Maléfice

DU MÊME AUTEUR AUX ÉDITIONS MIRA

Possession
Et vos péchés seront pardonnés
Tabous
Coupable innocence
Enquêtes à Denver
Crimes à Denver
Une femme dans la tourmente
L'ultime refuge
Le cercle brisé
Maléfice

NORA ROBERTS

Maléfice

Roman

MIRA

Titre original :
THE REEF
publié par G.P. PUTNAM'S SONS, NEW YORK

Traduction de l'américain par KATIA NOVET SAINT-LOT

Photos de couverture
Drapé : © PHOTOGRAPHER'S CHOIC / GETTY IMAGES
Collier : © ROYALTY FREE / PHOTODISC / GETTY IMAGES
Conception graphique : © VIVIANE ROCH

83/85 boulevard Vincent Auriol 75646 PARIS CEDEX 13.
ISBN 978-2-2808-3536-7 — ISSN 1765-7792

A Ruth Langan et Marianne Willman,
pour le passé, le présent et le futur

PREMIÈRE PARTIE

Le Passé

« Le passé ne contient rien de plus que le passé, et ce qui en résulte existait déjà dans la cause. »

HENRI BERGSON

Prologue

James Lassiter était un homme de quarante ans, bien bâti, d'une beauté un peu rude, qui jouissait d'une forme physique exceptionnelle.

Pourtant, il n'avait plus qu'une heure à vivre.

Debout sur le pont du bateau, il avait les yeux fixés sur l'ondulation claire et soyeuse de l'eau, sur les verts lumineux et les marrons profonds de la mer de corail. Loin, à l'ouest, l'écume mousseuse se dressait et s'écrasait contre le faux rivage formé par la bande de coraux.

De là où il se trouvait, il apercevait les formes et les ombres des poissons filant comme des flèches à travers l'univers sous-marin qu'il aimait tant partager avec eux.

Les côtes de l'Australie étaient perdues, au loin. Autour de lui, il n'y avait que la mer.

C'était une journée parfaite. L'eau scintillait comme des milliers de joyaux sous la lumière aveuglante du soleil. La brise était douce, légère, et n'avait pas goût de pluie.

James sentait le pont tanguer doucement sur la mer tranquille, comme un berceau. Il entendait la petite musique des vaguelettes qui clapotaient contre la coque. Et, dessous, dans les profondeurs marines, un trésor les attendait.

Depuis plus d'un an, ils travaillaient sur l'épave du *Sea Star*, un navire marchand britannique qui avait fait naufrage sur la Grande Barrière de Corail, deux siècles plus tôt. Plus d'une année durant laquelle ils avaient essuyé des tempêtes, des pannes et toutes sortes de pépins. Plus d'une année passée à plonger et à sonder les profondeurs de la mer, pour retrouver toutes les richesses abandonnées sur le *Sea Star*.

Il en restait encore. Mais, à cet instant, les pensées de James étaient déjà tournées vers demain, vers sa prochaine aventure après le *Sea Star*... quelque part au nord de la dangereuse barrière de corail, du côté des eaux plus douces des Antilles. Il pensait à une autre épave, un autre trésor.

La Malédiction d'Angélique.

Il se demandait si la fameuse malédiction concernait le joyau fabuleux ou la femme qui lui avait donné son nom : Angélique, la sorcière dont les pouvoirs seraient demeurés enfermés dans les rubis, les diamants et l'or du bijou disparu. D'après la légende, elle le portait le jour où elle avait été brûlée vive, un supplice auquel elle avait été condamnée pour avoir assassiné son mari, celui-là même qui lui avait offert le fabuleux collier.

Cette histoire fascinait James. La femme. Le collier. La légende qui les entourait. Il voulait retrouver ce trésor. Pas seulement à cause de sa valeur inestimable mais aussi pour le plaisir et la fierté d'être celui qui l'aurait découvert. Oui. James Lassiter voulait entrer dans cette légende ; il voulait se l'approprier, la faire sienne.

Toute sa vie, il avait fait des fouilles dans les profondeurs marines. Sa tête était pleine d'histoires de pirates, d'épaves, de contes relatant les naufrages de vaisseaux chargés de trésors. Il aimait la chasse et il aimait rêver. Ces rêves lui avaient volé sa femme. Ils lui avaient aussi donné un fils.

James tourna le dos à la rambarde et considéra Matthew. Il allait sur ses seize ans, maintenant. Il était devenu grand, même s'il avait encore besoin de s'étoffer.

Plus tard, il serait fort, songea James en regardant le corps mince et déjà musclé de son fils.

Ils avaient les mêmes cheveux noirs ébouriffés, à cette différence près que Matthew refusait systématiquement de les faire couper. Tandis qu'il vérifiait le matériel de plongée, James nota également que son visage s'était considérablement affiné au cours des deux dernières années.

« Un visage d'ange », avait dit un jour une serveuse dans un restaurant. James sourit intérieurement en se rappelant la réaction embarrassée et les grimaces de son fils, lorsqu'il avait entendu ces mots.

Aujourd'hui, Matthew pouvait se rassurer : il avait plutôt un air de diable avec ses cheveux noirs comme le jais et ses yeux bleus perçants tellement semblables à ceux de son père, et si prompts à exprimer la colère. Le pauvre garçon avait hérité du fameux caractère de cochon des Lassiter.

James soupira. Si l'on ajoutait à cela la malchance qui semblait s'acharner sur leur famille depuis deux générations, le legs était lourd à porter.

Mais, un jour, James se rattraperait : il offrirait à son fils un trésor inestimable. La réponse à leurs problèmes gisait quelque part, dans les mers tropicales des Antilles.

Un collier de rubis et de diamants qui avait son histoire, sa légende, toutes deux teintées de sang.

La Malédiction d'Angélique.

James esquissa un sourire. Le jour où il tiendrait le bijou entre ses mains, la chance tournerait d'un seul coup. Il suffisait d'être encore un tout petit peu patient.

— Tu as fini avec ces bouteilles, Matthew ? La matinée est en train de filer.

Matthew leva la tête et écarta ses cheveux de son visage.

Le soleil se levait derrière son père, l'enveloppant d'un halo de lumière, et le jeune homme se dit qu'il avait l'air d'un roi en train de se préparer pour une bataille. Comme toujours, son cœur se gonfla d'amour et d'admiration.

— J'ai changé ton manomètre. Je veux jeter un coup d'œil à l'ancien.

— Tu t'occupes bien de ton vieux père, fit James en lui donnant une bourrade affectueuse. Ça te rapportera une fortune, un de ces jours.

— Laisse-moi plonger avec toi, papa. Laisse-moi prendre ta place, ce matin.

James étouffa un soupir. Matthew n'avait pas encore appris à contrôler ses émotions. Surtout quand elles étaient négatives.

— On a formé des équipes, Matthew. Tu connais les rythmes. Buck et toi, vous descendez l'après-midi ; VanDyke et moi, le matin.

— Je ne veux pas que tu plonges avec lui ! déclara Matthew. Je vous ai entendus vous disputer, hier soir. Il te hait. Je le sens.

« Et c'est bien réciproque », songea James.

— Tu sais, dans les équipes, il y a souvent des frictions, répondit-il avec un clin d'œil. C'est inévitable. Il n'en demeure pas moins que c'est VanDyke qui finance en grande partie cette expédition. Laisse-le s'amuser. Dans son esprit, la chasse au trésor, c'est juste une distraction pour les hommes d'affaires qui ne savent pas quoi faire de leurs vacances.

— Il plonge comme un pied, affirma Matthew.

— Il ne se débrouille pas si mal que ça. Il manque juste un peu de style, par vingt mètres de fond.

James enfila sa combinaison. Cette discussion commençait à le fatiguer.

— Tu sais si Buck a vérifié le compresseur ?

— Oui. Ecoute, papa…

— Matthew, laisse tomber. Tu veux bien ?

— Juste aujourd'hui, insista le garçon d'un air entêté. Je n'ai vraiment pas confiance en ce type. C'est un faux cul.

— Votre langage ne cesse de se détériorer, mon jeune ami !

C'était Silas VanDyke, un homme élégant et très pâle, qui venait de faire cette déclaration en sortant de la cabine.

Matthew lui jeta un regard mauvais et, une fois de plus, VanDyke se demanda jusqu'à quel point le gamin lui était hostile.

— Votre oncle vous réclame, en bas, annonça-t-il.

— Je veux plonger avec mon père, aujourd'hui, déclara Matthew.

— Voilà qui me contrarierait fort, rétorqua VanDyke sans se départir de sa voix suave. Comme vous le voyez, j'ai déjà enfilé ma combinaison.

— Fiston, dit James d'un ton impatient, va voir ce que veut Buck.

— D'accord, répondit Matthew en s'éloignant.

— Votre fils a une attitude détestable, déclara VanDyke dès que le garçon eut disparu.

— Il ne peut pas vous sentir, répliqua James sans détour. C'est un garçon très instinctif.

— Ecoutez, Lassiter, dit VanDyke d'un ton sec, cette expédition touche à sa fin, et c'est une chance parce que je suis à bout de patience. Je me permets quand même de vous rappeler que, sans moi, vous seriez obligé de déclarer forfait par manque d'argent.

— Peut-être, fit James en remontant la fermeture Eclair de sa combinaison de plongée. Peut-être pas.

— Je veux l'amulette, Lassiter. Vous savez très bien qu'elle est là-dessous, et je crois même que vous savez précisément à quel endroit. Je la veux. Je l'ai achetée. Je vous ai acheté.

— Pardon, mais, pour m'acheter, il aurait fallu que je sois à vendre. Vous avez payé pour mon temps et pour mon expérience. Vous connaissez les règles du jeu aussi bien que moi, VanDyke ; la Malédiction d'Angélique appartiendra à celui qui la retrouvera.

Et une chose était sûre : personne ne la retrouverait dans l'épave du *Sea Star*.

James posa la main sur la poitrine de VanDyke et le poussa légèrement.

— Et maintenant, ôtez-vous de mon chemin.

VanDyke serra les mâchoires et contrôla parfaitement sa colère. La patience était l'un de ses atouts majeurs dans sa course à l'argent et au pouvoir. Sa devise était simple : pour réussir, il faut être celui qui tient les rênes, celui qui exerce un maximum de contrôle.

— Vous allez regretter d'avoir essayé de me doubler, déclara-t-il sur un ton doucereux.

— Ouais, c'est ça. En attendant, moi, j'aurai pris mon pied !

Aussitôt après avoir lancé cette remarque, James entra dans la cabine.

— Eh, qu'est-ce que vous fabriquez, là-dedans ? s'écria-t-il. Vous lisez des magazines porno ou quoi ? Allez : au boulot !

Pendant ce temps-là, VanDyke s'était approché des bouteilles. Il ne lui fallut pas plus de quelques secondes pour faire ce qu'il avait décidé, et à aucun moment il n'éprouva le moindre doute, la plus petite hésitation.

Quand James, Buck et Matthew réapparurent sur le pont, il enfilait son gilet stabilisateur.

Aucun de ces trois crétins ne lui arrivait à la cheville, songea-t-il avec mépris. Ils avaient oublié à qui ils avaient affaire, et ce qu'il représentait. Il était Silas VanDyke, un homme qui avait reçu, gagné ou pris tout ce qu'il désirait, et qui avait bien l'intention de continuer sur sa lancée. Croyaient-ils vraiment le contrarier en l'excluant de leur petit trio ? Il était grand temps de se débarrasser d'eux et d'engager une autre équipe.

Buck Lassiter n'était qu'un idiot bedonnant, à moitié chauve, aussi loyal qu'un chien et tout aussi insignifiant.

Matthew était un petit imbécile, plein de zèle et d'impétuosité, un jeune impudent que VanDyke se ferait un plaisir d'écraser comme un vulgaire ver de terre.

Quant à James, songea-t-il en regardant les trois hommes qui bavardaient tranquillement, c'était un dur, beaucoup plus rusé qu'il n'en avait l'air. Il refusait de coopérer et de se laisser utiliser. Et puis, surtout, il se croyait plus malin que Silas VanDyke ! Il pensait pouvoir découvrir la Malédiction d'Angélique, l'amulette du pouvoir, le joyau de légende porté par une sorcière et convoité par tant d'hommes, depuis lors. C'était là son erreur… une erreur fatale. VanDyke avait investi du temps, de l'argent et beaucoup d'énergie dans cette aventure. Or, Silas VanDyke ne faisait jamais de mauvais investissements.

— La chasse sera bonne, aujourd'hui, déclara James en serrant sa ceinture de plombs. Je le sens. Silas, vous êtes prêt ?

— Oui.

James ajusta son masque et se renversa dans l'eau.

— Papa, attends ! s'écria Matthew.

Mais son père lui fit un bref salut et disparut sous l'eau.

Là, le monde était silencieux et stupéfiant de beauté. Le bleu intense était brisé par des doigts de lumière qui perçaient la surface. Des caves et des châteaux de coraux s'étendaient à perte de vue, formant des univers secrets.

Un requin bifurqua en découvrant James, et s'éloigna tranquillement.

Lassiter se sentait presque plus à l'aise sous l'eau qu'à l'air libre. Il s'enfonça dans les profondeurs marines, suivi de près par VanDyke.

L'épave était déjà bien dégagée. Ils avaient creusé des tranchées, tout autour, et récupéré tous les trésors qu'elle recélait. Les coraux avaient pris possession de l'arc brisé et transformé le bois en une sorte de sculpture multicolore et fantastique qui paraissait constellée d'améthystes, d'émeraudes et de rubis.

C'était un véritable trésor vivant, un miracle d'art créé par l'eau de mer et le soleil. Et, comme toujours, James éprouva un intense sentiment de bonheur en le contemplant.

Ils se mirent au travail et, très vite, James se sentit gagné par l'euphorie. La malchance des Lassiter était en train de s'éloigner, se dit-il en rêvant. Bientôt, il serait riche et célèbre. Après des jours et des jours de recherches, il était enfin tombé sur la clé du mystère. Il avait remonté la piste de la Malédiction d'Angélique et percé son secret.

Il savait, maintenant, que les Lassiter retrouveraient le joyau et le remonteraient à la surface au cours de leur propre expédition. Il en était tellement sûr qu'il se sentait presque désolé pour ce crétin de VanDyke.

Il tendit la main pour caresser une épine de corail, comme s'il s'était agi d'un chat, et dut suspendre son geste.

Il secoua la tête, mais ne put se débarrasser de l'impression de lourdeur et de brume qui semblait avoir envahi son cerveau. Très loin, au fond de lui, il entendit une sonnette d'alarme. Un plongeur moins expérimenté que lui n'aurait peut-être pas reconnu les signes annonciateurs du danger, mais James Lassiter connaissait les symptômes de la narcose à l'azote que l'on appelait aussi l'ivresse des profondeurs. Il avait bien failli en être victime, à deux reprises, mais jamais dans des eaux aussi peu profondes : ils n'étaient même pas à trente mètres.

Malgré tout, il frappa sur sa bouteille. VanDyke l'observait déjà d'un regard froid et scrutateur. James lui fit signe qu'il voulait remonter à la surface, mais, au lieu d'en tenir compte, VanDyke l'attira vers lui et lui désigna l'épave. James fronça les sourcils et renouvela sa demande. De nouveau, VanDyke l'empêcha de remonter.

Lassiter ne céda pas à la panique. Ce n'était pas son genre. Il comprit immédiatement qu'il était victime d'un sabotage. Mais VanDyke était un amateur. Il était inconscient du danger... James plissa les yeux et tendit brusquement le bras pour attraper le détendeur de son équipier, mais il le manqua de justesse.

Ce geste marqua le début d'un combat sous-marin aussi lent que silencieux. Les poissons multicolores s'écartèrent brusquement, puis se réunirent pour regarder le spectacle que leur offraient le prédateur et sa proie. James sentait son esprit glisser vers le néant, au fur et à mesure que le gaz d'azote le pénétrait, mais il luttait de toutes ses forces. Il réussit même à remonter une dizaine de mètres en direction de la surface.

Puis, brusquement, il renonça et se mit à rire en succombant à l'extase. Il étreignit VanDyke, l'entraînant dans une sorte de danse, comme s'il cherchait à partager son ravissement. C'était si beau, là-dessous, dans cette lumière bleue scintillante de pierres précieuses et de joyaux qui n'attendaient que d'être cueillis... On était si bien !

Il était né pour vivre sous l'eau.

Bientôt, le bonheur de James Lassiter allait glisser vers l'inconscience. Sa mort serait douce. Son manque de coordination était un symptôme supplémentaire de sa fin prochaine.

VanDyke tendit la main et arracha le tuyau d'air qui était relié à la bouche de James.

Lassiter cligna des yeux d'un air stupéfait, et il se noya.

1.

La mer recelait des trésors innombrables. Des doublons d'or, des pièces d'argent et toutes sortes d'objets précieux. Avec un peu de chance, on pouvait les cueillir sur les fonds sablonneux, aussi facilement que des pêches sur un arbre. C'était, du moins, ce que le père de Tate aimait à dire.

Mais la jeune femme savait bien que la chance ne suffit pas. Il faut aussi du temps, du talent, énormément d'efforts, des mois et des mois de recherches, et de l'argent pour acquérir un équipement sophistiqué…

Mais elle était toute prête à jouer le jeu. Et c'est dans cet état d'esprit qu'elle nageait vers son père dans l'eau turquoise des Antilles.

C'était l'été de ses vingt ans et, durant trois mois, elle allait explorer les fonds sous-marins au large de Saint-Kitts. Trois mois passés à nager dans une eau cristalline et chaude, en compagnie de poissons multicolores, dans un décor sculpté de coraux aux couleurs de l'arc-en-ciel… Il n'y avait pas de quoi se plaindre !

Chaque plongée était une nouvelle aventure. On ne savait jamais ce qu'on allait trouver parmi les gorgones et les herbiers sous-marins, enfouis sous l'enchevêtrement des formations de corail. Dans ce genre de sport, la chasse est aussi importante et aussi gratifiante que la découverte.

Et puis, une fois de temps en temps, la chance sourit.

Tate se rappelait très bien le choc et l'excitation qu'elle avait ressentis, la première fois qu'elle avait cueilli une petite cuiller en argent dans son lit de vase. Et aussi toutes les questions qui lui avaient traversé l'esprit : qui s'en était servi pour porter un peu de soupe à ses lèvres ? Un capitaine de galion ? Ou peut-être sa compagne de voyage ?

Et ce jour où sa mère tapait allègrement sur un morceau de conglomérat — cette roche formée par des siècles de réactions chimiques, sous les mers… Tate entendait encore le cri de joie et l'éclat de rire enchanté de Marla Beaumont, lorsqu'elle avait découvert une bague en or.

C'était des coups de chance comme celui-là qui permettaient aux Beaumont de passer plusieurs mois par an à poursuivre leur passion, à chasser d'autres trésors.

Alors qu'ils nageaient côte à côte, Raymond Beaumont toucha le bras de sa fille et tendit le doigt vers sa droite. Ensemble, ils regardèrent une tortue des mers qui nageait tranquillement, à quelques mètres de là.

Ce rire dans les yeux de Ray valait tous les trésors du monde, songea Tate avec un élan de tendresse. Il avait travaillé dur, toute sa vie, avant de prendre sa retraite, et, maintenant, il recueillait les fruits de ses efforts.

Ils continuèrent d'avancer lentement, unis par leur amour de la mer, le silence et les couleurs. Un banc de sergents-majors passa devant eux. Tate roula lentement sur elle, pour le plaisir, et contempla la lumière du soleil qui perçait la surface de l'eau, au-dessus de leurs têtes. Comme toujours, lorsqu'elle était au fond de la mer, elle éprouva une sensation de liberté qui lui arracha un rire. Les bulles jaillirent de sa bouche et montèrent vers la surface, effrayant un mérou curieux.

Elle s'enfonça plus loin dans les profondeurs, à la suite de son père. Le sable renfermait tant de secrets. N'importe quel monticule pouvait être en réalité une planche de galion espagnol rongée par les vers. Ce carré sombre pouvait recouvrir une cachette de pirates pleine de pièces d'argent. Tate se dit qu'elle devait faire attention, pas seulement aux poissons, aux gorgones et aux formations de corail, mais aussi et surtout au moindre signe susceptible de révéler un trésor enfoui.

Ils se trouvaient dans les eaux douces des Antilles, à la recherche du rêve de tous les chasseurs de trésor. Une épave encore vierge et dont on disait qu'elle contenait un trésor de roi. Cette plongée — leur première dans ce territoire — était une plongée de reconnaissance. Elle devait les aider à prendre leurs repères, après des mois passés à compulser des livres et à étudier des cartes marines. Ils allaient évaluer les courants et les marées. Et peut-être, qui sait, peut-être auraient-ils de la chance…

Tate se dirigea vers une petite butte de sable et se mit à l'éventer énergiquement avec ses mains. Son père lui avait enseigné cette méthode d'excavation lorsqu'il avait découvert l'intérêt sans limites qu'elle portait à la plongée sous-marine.

Au fil des années, il lui avait appris bien d'autres choses encore, et notamment un profond respect pour la mer et toutes les créatures qui y vivent. Tate espérait faire un jour une grande découverte. Pour l'amour de son père.

Elle se tourna vers lui et le vit en train d'examiner une petite chaîne de corail. Elle sourit. Raymond Beaumont avait beau rêver des trésors créés par les hommes, il aimait tout autant les merveilles naturelles de la mer.

Comme elle n'avait rien trouvé du côté de sa butte de sable, la jeune femme se lança à la poursuite d'un joli coquillage rayé. Mais, soudain, du coin de l'œil, elle aperçut une ombre noire qui se dirigeait vers elle, agile et silencieuse. Son cœur se glaça. Un requin ? Elle se tourna, ainsi qu'on le lui avait appris, et tendit la main pour attraper son couteau de plongée, prête à défendre sa vie et celle de son père.

Mais elle découvrit très vite qu'il s'agissait d'un plongeur. Il était rapide et souple comme un requin, mais c'était bel et bien un homme. Le souffle de Tate s'échappa dans une nuée de bulles car, pendant un instant, elle avait oublié de le réguler. Le plongeur lui adressa un signe, puis il en fit un autre à l'homme qui le suivait.

L'instant d'après, la jeune femme se trouva nez à nez — ou plutôt masque à masque — avec l'homme qui souriait d'un air ravi. Il avait des yeux aussi bleus que la mer qui les entourait, et ses cheveux noirs flottaient dans le courant. Elle eut aussi l'impression qu'il se moquait gentiment d'elle. Sans doute avait-il deviné sa réaction, un instant plus tôt. Il leva la main dans un geste pacifiste, et Tate rengaina son arme. Puis, il lui adressa un clin d'œil et tourna la tête vers Ray.

Pendant qu'on échangeait les salutations d'usage dans un langage purement gestuel, Tate observa les nouveaux venus. Ils avaient de bons équipements, et tout le matériel indispensable à la chasse au trésor : le sac dans lequel on glissait ses trouvailles, le couteau, le compas-bracelet et l'ordinateur de plongée. Le premier homme était jeune ; on devinait son corps mince et musclé dans la combinaison de plongée. Ses mains étaient larges, avec de longs doigts, et elles portaient les cicatrices et les marques d'un chasseur endurci.

Son compagnon était chauve, légèrement bedonnant, mais aussi agile qu'un poisson.

Tate s'aperçut qu'il était en train de conclure une sorte d'accord tacite avec son père, et elle fronça les sourcils. Après tout, c'était leur site : ils étaient arrivés les premiers.

Mais elle ne put que s'incliner lorsqu'elle vit son père leur faire signe que tout était « O.K. ».

Dès qu'ils se furent séparés pour poursuivre leur exploration chacun de leur côté, Tate retourna vers un petit monticule de sable qu'elle avait déjà repéré. Les recherches de son père avaient permis d'établir que quatre navires de la flotte espagnole s'étaient échoués au nord des îles de Nevis et de Saint-Kitts, au cours de l'ouragan du 11 juillet 1733. Deux épaves, celle du *San Cristobal* et celle de la *Vaca*, brisées sur les récifs près de Dieppe Bay, avaient été retrouvées, fouillées et relevées, des années plus tôt. Restaient à découvrir celles du *Santa Margarita* et de l'*Isabella*.

De nombreux documents prétendaient que ces deux navires transportaient bien plus que leur cargaison de sucre. Il y aurait eu également, à bord, des joyaux, de la porcelaine et plus de dix millions de pesos en or et en argent. Sans compter tout ce que les marins et les passagers embarquaient secrètement.

Les deux épaves devaient regorger de trésors. Et une telle découverte allait représenter l'un des événements scientifiques majeurs de ce siècle.

Comme le monticule qu'elle venait d'éventer n'avait rien révélé, Tate se dirigea un peu plus au nord. La compétition avec les autres plongeurs l'incitait à ouvrir l'œil et à redoubler d'attention. Mais lorsqu'un banc de poissons brillants effectua une courbe parfaite autour d'elle, elle ne put s'empêcher de nager au travers des bulles qu'ils avaient formées.

Compétition ou pas, rien ne l'empêcherait jamais de jouir de ce genre de spectacle anodin mais merveilleux. Elle faisait tout avec la même énergie, le même enthousiasme.

Soudain, elle repéra un rocher. A première vue, il ressemblait à un gros caillou, mais elle s'en approcha quand même. Elle était à moins d'un mètre lorsqu'une main aux longs doigts passa devant ses yeux et se referma sur le rocher.

« Imbécile ! » songea-t-elle, prête à se détourner. Mais elle se figea en voyant le plongeur dégager une épée encroûtée de dépôt. L'homme adressa à Tate un sourire qu'elle trouva provocateur. Il eut même le culot de la saluer avec l'épée, en faisant une pirouette dans l'eau. Puis, quand il remonta à l'air libre, Tate le suivit. Ils refirent surface au même instant.

— Je l'ai vue la première, déclara-t-elle, d'un air indigné.

— Je ne crois pas, répliqua l'homme sans se départir de son agaçant sourire. Quoi qu'il en soit, vous étiez lente, et moi pas. C'est celui qui trouve qui garde, ajouta-t-il en soulevant son masque.

— Le sauvetage a ses règles, vous savez, dit Tate en s'efforçant de garder son calme. Vous étiez dans mon espace.

— D'après moi, c'est vous qui étiez dans le mien. Vous aurez plus de chance la prochaine fois.

— Tate, ma chérie ! cria Marla Beaumont, depuis le pont de l'*Adventure*. Le déjeuner est prêt. Invite ton ami à monter à bord.

— Avec plaisir, dit l'inconnu.

En quelques brassées, il fut à l'arrière du bateau, puis il jeta l'épée sur le pont. Elle fit en tombant un horrible bruit de ferraille.

Tate serra les dents et nagea à son tour vers l'arrière de l'*Adventure*, tout en maudissant le désastreux début de cet été qui promettait pourtant d'être merveilleux. Elle ignora la main que lui tendait galamment le voleur d'épée, et se hissa à bord, juste au moment où son père et l'autre plongeur apparaissaient à la surface de l'eau.

— Enchanté de faire votre connaissance, dit le jeune homme en passant une main dans ses cheveux dégoulinants d'eau.

Il adressa un sourire charmant à Marla.

— Mon nom est Matthew Lassiter.

— Marla Beaumont. Bienvenue à bord.

La mère de Tate était une très belle femme, avec un teint de porcelaine et un corps élancé. Elle portait un pantalon, un chemisier fluide, et un chapeau de paille à large bord. Elle fit glisser ses lunettes de soleil sur son nez.

— Je vois que vous avez fait la connaissance de ma fille, Tate, et de mon mari, Ray.

— En quelque sorte, dit Matthew en détachant sa ceinture de plombs et en la posant à côté de son masque. Il regarda autour de lui.

— Vous avez un beau bateau.

— Oh, merci.

Marla sourit de nouveau. En règle générale, elle n'était pas très portée sur les travaux ménagers, mais elle adorait s'occuper de l'*Adventure*.

— Et votre bateau à vous est là-bas, je suppose, ajouta-t-elle avec un signe de la main du côté de l'avant. Le *Sea Devil*.

Tate dut se retenir pour ne pas faire une réflexion désagréable. Diable des mers. Ah, il portait bien son nom ! En effet, contrairement à l'*Adventure*, le *Sea Devil* n'avait pas fière allure. Le vieux bateau de pêche aurait même eu besoin d'un bon coup de peinture. A cette distance, il ressemblait à une baignoire flottant sur la surface scintillante de la mer.

— Oh, c'est juste un rafiot, dit Matthew. Mais il tient bien la vague.

Il se dirigea vers les autres plongeurs pour les aider à se débarrasser de leur équipement.

— Tu as un sacré coup d'œil, mon garçon, déclara l'homme chauve d'une grosse voix rocailleuse. Au fait, je suis Buck Lassiter. Et voici mon neveu, Matthew.

Sans prêter attention aux présentations, Tate rangea son équipement et ôta sa combinaison. Puis, tandis que les autres admiraient l'épée que Matthew venait de remonter, elle s'engouffra dans le rouf et se dirigea vers sa cabine.

La situation n'avait rien d'anormal, se dit-elle en enfilant un grand T-shirt. Ses parents étaient toujours en train d'inviter des inconnus à bord, pour déjeuner ou dîner. Ils n'avaient jamais adopté l'attitude méfiante et distante des chasseurs de trésors. Au contraire. Ils représentaient des exemples parfaits de l'hospitalité sudiste.

En général, Tate trouvait cela plutôt attendrissant. Mais aujourd'hui...

Elle entendit son père féliciter joyeusement Matthew pour sa trouvaille, et ça l'exaspéra.

Nom d'un chien, elle l'avait vue la première !

De son côté, Matthew se disait que Tate était en train de bouder — une attitude typiquement féminine. Car, en dépit de sa coupe de cheveux à la garçonne et de sa silhouette légèrement androgyne, il ne faisait aucun doute que cette jolie rousse était une femme. Et diablement attirante, par-dessus le marché. Ses yeux, surtout, étaient magnifiques : d'un vert lumineux et profond. Des yeux qui l'avaient foudroyé, d'abord sous l'eau, puis à l'air libre.

Matthew trouvait d'autant plus amusant de jouer au chat et à la souris avec elle. Après tout, s'ils allaient partager le même espace sous-marin pendant quelque temps, autant rendre l'expérience la plus amusante possible.

Le garçon était assis en tailleur sur le pont avant lorsque Tate ressortit. Elle s'était un peu calmée, et put l'observer tranquillement.

Il était très bronzé, et une pièce d'argent ancienne, suspendue à une chaîne, brillait sur sa poitrine. Tate aurait voulu lui demander où il l'avait trouvée, et comment. Mais il la regardait d'un drôle d'air, à présent, avec une espèce de sourire affecté, si bien qu'elle se garda de prononcer le moindre mot.

Matthew mordit dans l'un des sandwichs que Marla venait de poser devant lui.

— Mmm, c'est délicieux, madame Beaumont, déclara-t-il. Bien meilleur que le genre de nourriture auquel nous sommes habitués, Buck et moi.

— Prenez encore un peu de salade de pommes de terre, dit leur hôtesse qui se sentait flattée. Et appelez-moi Marla… Tate, sers-toi, ma chérie.

— Tate ? répéta Matthew en clignant des yeux dans la lumière du soleil. C'est un prénom original.

— C'est le nom de jeune fille de ma femme, déclara Ray en enroulant un bras autour des épaules de Marla.

Il était assis dans un fauteuil, en short, et semblait heureux de pouvoir se prélasser au soleil, en compagnie de sa famille et de ses invités. Ses cheveux d'argent dansaient dans la brise.

— Tate fait de la plongée depuis qu'elle est haute comme trois pommes, expliqua-t-il. Je n'aurais pas pu rêver meilleure partenaire. Marla adore la mer, mais c'est à peine si elle sait nager.

Marla eut un petit rire.

— C'est vrai que j'ai peur de l'eau, dit-elle. Dès que je m'enfonce au-delà des genoux, je panique. Je me suis toujours demandé si je ne m'étais pas noyée, dans une autre vie.

Elle eut un petit rire et conclut :

— En tout cas, dans celle-ci, je me contente de m'occuper du bateau.

— Et quel bateau ! dit Buck d'un air admiratif.

Ce superbe onze mètres avec un pont en teck devait abriter au moins deux cabines et une cuisine. Et, même sans ses lunettes — Buck était très myope et portait, sous l'eau, un masque aux verres correcteurs —, il pouvait deviner les contours des énormes fenêtres de la cabine de pilotage.

Quant à sa propriétaire, elle portait aux doigts un diamant qui devait faire cinq bons carats, et une très belle bague ancienne en or.

Oui, ces gens-là avaient de l'argent.

— C'est curieux, dit-il à Ray. Matthew et moi, nous plongeons dans le coin depuis quelques semaines, et nous ne vous avions pas encore vus.

— Normal. C'était notre première plongée, aujourd'hui. Nous sommes descendus tranquillement depuis la Caroline du Nord. On est partis le jour où Tate a terminé ses cours.

« Ça alors ! songea Matthew. Voilà que je suis tombé sur une fille à papa qui va encore à l'école… »

Il détourna les yeux qu'il gardait depuis un moment fixés sur les jambes de Tate, et se concentra sur son deuxième sandwich. Ça changeait tout. Il aurait bientôt vingt-cinq ans, et il n'avait pas de temps à perdre avec des gamines hautaines et à peine sevrées.

— Nous allons passer l'été ici, continua Ray. Peut-être davantage. L'hiver dernier, nous avons fait de la plongée au large du Mexique, pendant plusieurs semaines. Il y avait quelques belles épaves, par là-bas, mais la plupart avaient été entièrement explorées et vidées. On a tout de même découvert une ou deux choses. Des tessons de poteries, des pipes en argile.

— Et ces jolies bouteilles de parfum, ajouta Marla.

— Vous faites ça depuis longtemps ? demanda Buck.

— Quinze ans, répondit Ray, les yeux brillants. Un de mes amis m'a encouragé à prendre des leçons de plongée. Quand j'ai passé mon brevet, je suis allé à Diamond Shoals avec lui. Il a suffi d'une plongée pour que je sois conquis.

— Maintenant, il passe tout son temps libre sous l'eau quand il n'est pas en train de préparer une plongée ou de raconter la dernière, déclara Marla en riant. Alors, forcément, j'ai appris à m'occuper d'un bateau.

— Eh bien, moi, je cherche des trésors depuis plus de quarante ans, dit Buck en reprenant de la salade de pommes de terre.

Il n'avait rien mangé d'aussi bon depuis au moins un mois.

— On a ça dans le sang. Mon père était pareil. Nous plongions au large de la Floride, mon père, mon frère et moi, avant que le gouvernement ne se mette à faire des manières. Le trio des Lassiter, c'était nous.

— Oh, bien sûr ! s'exclama Ray en se tapant sur le genou. J'ai entendu parler de vous. Votre père était Big Matt Lassiter. Il a découvert l'épave du *El Diablo* au large de Conch Key. C'était en 1964, je crois ?

— 63, corrigea Buck avec un large sourire. Nous avons découvert l'épave et le trésor qu'elle contenait. Vous auriez dû voir ça ! Des montagnes d'or, d'argent et de bijoux. J'ai tenu entre mes mains une chaîne en or avec un dragon. Un dragon tout en or, nom de Dieu ! Pardonnez mon langage, madame.

— Oh, ce n'est pas grave, répondit Marla en lui tendant un autre sandwich. Il était comment, ce dragon ? demanda-t-elle, visiblement intéressée.

— Incroyable. Avec des rubis à la place des yeux et une queue incrustée d'émeraudes.

Il secoua la tête.

— A lui seul, il valait une fortune.

— Oui, j'ai vu des photos, dit Ray. Le dragon du *El Diablo.* Et vous êtes celui qui l'a trouvé et remonté à la surface. C'est extraordinaire.

— Ouais. Malheureusement, l'Etat est venu fourrer son nez là-dedans, reprit Buck. Nous avons été en procès pendant des années. La limite des cinq kilomètres commençait soi-disant au bout du récif, et non pas au rivage. Ces salauds nous ont saignés à blanc. Des vrais pirates. Au bout du compte, il ne nous est rien resté.

— C'est terrible, murmura Marla.

— Notre père ne s'en est jamais remis, dit Buck. Il n'a plus jamais plongé, après ça.

Il eut un haussement d'épaules.

— Enfin, il y a d'autres épaves. Et d'autres trésors.

Il s'interrompit un instant pour jauger son interlocuteur, et ajouta :

— Comme le *Santa Margarita*, et l'*Isabella*.

— Oui, répondit Ray en croisant son regard. Ils sont là. J'en suis sûr.

— C'est possible, dit Matthew en soulevant son épée. Comme il est possible que les deux navires aient été emportés par la mer. Apparemment, il n'y a eu aucun survivant.

— Mais des témoins de l'époque ont déclaré les avoir vus sombrer, dit Ray.

Matthew hocha la tête.

— Possible.

— Matthew est un cynique, dit Buck. Il m'aide à garder la tête froide.

Il se pencha en avant et reprit :

— Je vais vous dire quelque chose, Ray. Moi aussi, j'ai fait des recherches. Il y a trois ans, Matthew et moi, nous avons passé près de six mois à explorer ces eaux, principalement les trois kilomètres entre Saint-Kitts-et-Nevis et la péninsule. On a trouvé un truc ici, un autre là, mais pas les épaves.

Il se renversa en arrière et secoua la tête :

— Pourtant, je sais qu'elles sont là.

— Mmm, je crois que vous cherchiez au mauvais endroit, dit Ray. Non pas que j'en sache plus que vous. Mais, si j'en crois les informations que j'ai pu glaner, les deux navires sont montés plus au nord ; il semble qu'ils avaient dépassé la pointe de Saint-Kitts quand ils ont sombré.

Buck hocha la tête.

— Ouais, c'est ce qui ressort de mes recherches. Mais la mer est grande.

Il consulta Matthew du regard, et le garçon se contenta de hausser les épaules. Alors, il reprit, en regardant Ray droit dans les yeux :

— J'ai quarante ans d'expérience, et mon neveu fait de la plongée pratiquement depuis qu'il est en âge de marcher. Ce qui nous manque, ce sont les fonds.

Ray avait fait toute sa carrière dans une entreprise de courtage ; il savait reconnaître les bons investissements.

— Vous voulez une association, Buck ? Il faut que nous en parlions, que nous discutions des termes, des pourcentages…

Il se leva et sourit.

— Si nous passions dans mon bureau ?

Marla sourit à son tour.

— Eh bien, moi, je vais m'asseoir à l'ombre et lire un peu. Je vous laisse, les enfants.

Elle alla s'installer sous un auvent, avec un livre et un verre de thé glacé.

— Et moi, je vais nettoyer mon butin, déclara Matthew en attrapant un sac en plastique. Vous permettez que j'emprunte ça ?

Puis, sans attendre la réponse, il fourra ses affaires dans le sac et souleva ses bouteilles.

— Vous voulez me donner un coup de main ? ajouta-t-il à l'intention de Tate.

— Non, répondit la jeune fille.

Matthew haussa les sourcils d'un air surpris.

— Je pensais que vous aimeriez la voir un peu débarrassée de tous ces dépôts, dit-il en désignant l'épée.

Puis il considéra Tate en silence pendant un moment : il se demandait ce qui allait l'emporter entre sa curiosité et son irritation. La réponse ne se fit pas attendre. Tate poussa un vague grognement, puis attrapa le sac en plastique et plongea dans l'eau. Quelques minutes plus tard, elle se hissait à bord du *Sea Devil.*

De près, le bateau avait encore plus mauvaise mine que de loin. Il y régnait une légère odeur de poisson. Et si les équipements de plongée étaient soigneusement rangés, le pont avait grandement besoin d'être lavé et repeint. Les fenêtres du petit abri de navigation étaient tachées par la fumée et le sel. Tate aperçut à l'intérieur deux hamacs et deux seaux renversés qui devaient servir de sièges.

— C'est pas le *Queen Mary*, dit Matthew en rangeant ses bouteilles. Mais c'est pas le *Titanic* non plus. C'est un bon bateau. Il tient bien la mer.

Il prit le sac en plastique des mains de Tate et en tira sa combinaison de plongée qu'il fourra dans une grande poubelle en plastique remplie d'eau, pour la rincer.

— Vous voulez boire quelque chose ? demanda-t-il.

Tate jeta encore un regard autour d'elle.

— Vous avez quelque chose de stérilisé ?

Matthew souleva le couvercle d'une glacière, y prit un Pepsi et le lui lança. Tate l'attrapa au vol et s'assit sur l'un des seaux renversés.

— Vous vivez à bord ? demanda-t-elle en tirant sur la languette de la canette.

— Eh oui.

Il disparut à l'intérieur et, comme elle l'entendait fourrager, elle tendit la main et caressa l'épée qu'il avait posée sur le deuxième seau.

Avait-elle orné le flanc d'un capitaine espagnol ? S'en était-il servi pour tuer des boucaniers, ou juste par coquetterie ? Tate l'imaginait, fier et batailleur, avec des manchettes en dentelle, agrippant l'arme d'une main lorsque les vagues et le vent battaient son navire…

Puis la jeune fille leva les yeux et vit que Matthew l'observait. Gênée, elle retira sa main et porta la canette de Pepsi à ses lèvres.

— Nous en avons une à la maison, dit-elle d'un ton égal. Seizième siècle.

Elle s'abstint bien de préciser qu'en fait d'épée, ils n'avaient que la garde, et qu'elle était brisée.

— Content pour vous, déclara Matthew.

Il prit l'épée et s'assit sur le pont. Il regrettait l'impulsion qui l'avait poussé à inviter la jeune fille à son bord. Il avait beau se répéter qu'elle était trop jeune pour lui, il avait tout de même des yeux, et ses yeux ne pouvaient manquer de voir la manière dont le T-shirt mouillé moulait le corps de Tate, ou encore de remarquer la longueur positivement scandaleuse de ses jambes dorées par le soleil. Et puis, il y avait sa voix : un mélange de whisky et de limonade. Ce n'était pas une voix d'enfant, ça !

De son côté, Tate avait remarqué la douceur avec laquelle Matthew travaillait à effacer les marques de corrosion, sur l'épée. Elle fronça les sourcils ; elle ne s'attendait guère à voir ces mains dures, marquées de cicatrices, capables de tant de patience.

— Pourquoi cherchez-vous à vous associer ? demanda-t-elle brusquement.

— Qui a dit ça ? répliqua Matthew sans lever les yeux de son ouvrage.

— Eh bien, votre oncle…

— Ça, c'est Buck. Il gère la partie affaires.

Tate posa le menton dans sa main.

— Et vous, qu'est-ce que vous gérez ?

Il leva la tête, et plongea le regard au fond des yeux de Tate.

— La chasse.

Tate n'avait pas de mal à le comprendre, sur ce point, et elle lui sourit avec chaleur.

— C'est merveilleux, n'est-ce pas, d'imaginer tout ce que l'on va peut-être découvrir ? A ce propos, où avez-vous trouvé la pièce de monnaie ?

Devant l'air interloqué de Matthew, elle sourit de nouveau et toucha le disque d'argent qui pendait à son cou.

— Oh ! Ma première véritable plongée sur une épave, répondit-il, presque à contrecœur.

Si seulement cette jeune fille n'était pas aussi chaleureuse, aussi spontanée et amicale !…

— C'était en Californie. Nous avons habité là-bas, pendant un moment. Et vous, pourquoi êtes-vous ici, à faire de la plongée, au lieu de vous amuser avec des garçons de votre âge ?

Tate rejeta la tête en arrière, en adoptant un air sophistiqué.

— Les garçons sont faciles, déclara-t-elle sur un ton un peu traînant. J'aime les défis.

Matthew sentit son cœur se serrer d'une drôle de façon.

— Attention, petite fille, murmura-t-il.

— J'ai vingt ans, riposta Tate.

En fait, elle allait bientôt les avoir. Dans quelques semaines.

— Et vous, pourquoi êtes-vous là, à faire de la plongée, au lieu de travailler pour gagner votre vie ? enchaîna-t-elle.

Cette fois, Matthew sourit.

— Parce que je suis doué. Si vous aviez été meilleure, vous seriez en possession de cette épée, et pas moi.

Tate préféra ignorer la provocation, et but une nouvelle gorgée de Pepsi.

— Pourquoi votre père n'est pas avec vous ? reprit-elle, après quelques instants. Il a renoncé à la plongée ?

— En quelque sorte. Il est mort.

— Oh ! Je suis désolée.

— Il y a neuf ans de cela, précia Matthew sans cesser de nettoyer son épée. On était au large de l'Australie.

— Un accident de plongée ?

— Non. Il était bien trop fort pour avoir un accident.

Matthew saisit la canette que Tate avait posée sur le pont et avala une longue gorgée de Pepsi.

— Il a été assassiné, précisa-t-il.

Tate ne comprit pas immédiatement ce qu'il venait de dire. Il avait parlé de manière si froide, si terre à terre.

— Mon Dieu, comment… ?

— Je n'en sais rien, répondit Matthew, tout en se demandant pourquoi diable il lui avait parlé de ça. Quand il est descendu, il était vivant et, quand on l'a remonté, il était mort. Passez-moi ce chiffon.

— Mais…

— Point final, dit-il, prenant le chiffon lui-même. Ça ne sert à rien de vivre dans le passé.

Tate aurait voulu poser sa main sur celle de Matthew, mais elle sentait bien qu'il l'aurait repoussée.

— C'est une drôle de remarque de la part d'un chasseur de trésor, dit-elle simplement. Après tout, c'est le passé qui vous fait vivre.

— Ma chère Tate, le passé ne doit compter que pour ce qu'il nous rapporte, ici et aujourd'hui. Et, justement, on dirait qu'il vient de me gâter.

Il continuait de frotter doucement la garde de l'épée, et elle vit le métal briller.

— De l'argent, murmura-t-elle. C'est la marque d'un certain rang. J'en étais sûre.

— C'est une belle pièce, dit Matthew.

Tate se pencha en avant et laissa son doigt courir sur le métal brillant.

— A première vue, je dirais qu'elle est du dix-huitième siècle.

Matthew sourit.

— Ah bon ?

— J'étudie l'archéologie marine. C'était peut-être l'épée d'un capitaine.

— Ou d'un autre officier. En tout cas, elle devrait me rapporter de quoi acheter de la bière et des crevettes pendant un petit moment.

Tate sursauta.

— Vous allez la vendre ? Comme ça ? Vous allez vous en séparer pour de l'argent ?

— Je ne vais pas l'échanger contre des coquillages.

— Mais, vous ne voulez pas savoir d'où elle vient, à qui elle a appartenu ?

— Pas spécialement.

Il leva le côté nettoyé de la garde et le contempla dans la lumière du soleil.

— Je connais un antiquaire, à Saint Bart, qui m'en donnera un bon prix.

— C'est horrible. C'est…

Elle s'interrompit pour chercher le qualificatif le plus insultant qu'elle pût trouver.

— C'est un signe d'ignorance, lança-t-elle finalement en se levant d'un bond. Si ça se trouve, cette épée a appartenu au capitaine de l'*Isabella* ou du *Santa Margarita*. Et, dans ce cas, sa place est dans un musée.

« Ces amateurs ! » songea Matthew, avec dédain.

— Sa place est là où je la mettrai, déclara-t-il en se levant à son tour. C'est moi qui l'ai trouvée.

— Je vous en donne cent dollars, dit Tate.

Il sourit.

— Voyons, Tate, j'obtiendrais davantage en faisant fondre la garde.

La jeune femme pâlit à cette idée.

— Vous ne feriez pas ça !

Il se contenta de pencher la tête de côté, et elle se mordit la lèvre.

— Deux cents dollars, proposa-t-elle. Ce sont toutes mes économies.

— Je préfère courir ma chance à Saint Bart.

Tate rougit.

— Vous n'êtes qu'un sale opportuniste.

— Absolument. Et vous, vous êtes une jeune idéaliste.

Il sourit encore de la voir aussi furieuse, les poings serrés, le regard menaçant. Puis, il surprit un mouvement sur le pont de l'*Adventure*.

— Et tu sais quoi, jeune fille ? Pour le meilleur ou pour le pire, on dirait que nous sommes associés.

— Plutôt mourir ! répliqua Tate.

Matthew la prit par les épaules et, pendant une fraction de seconde, Tate crut qu'il allait la jeter par-dessus bord. Mais il voulait juste lui faire tourner la tête pour qu'elle regardât du côté de son bateau.

Alors, la jeune fille sentit son cœur chavirer. A quelques mètres d'eux, son père et Buck Lassiter échangeaient une poignée de main.

2.

Un coucher de soleil scintillant déversa des coulées d'ors et de roses à travers le ciel, puis se fondit dans la mer. Il fut immédiatement suivi par le crépuscule qui tombe si brusquement, sous les tropiques. Sur l'eau calme, du côté du *Sea Devil*, on entendait un reggae diffusé par une radio portable. Une odeur de poisson sauté flottait dans l'air.

Au milieu de tout ça, Tate était de mauvaise humeur.

— Je ne comprends pas le besoin que nous avions de nous associer à qui que ce soit, déclara-t-elle en posant les coudes sur la table de la cuisine.

Sa mère lui tournait le dos. Elle était aux fourneaux.

— Ton père a vraiment accroché avec Buck, expliqua-t-elle en saupoudrant un peu de romarin dans la sauteuse. Ça lui fait du bien de pouvoir se lier d'amitié avec un homme de son âge.

— On est là, nous, marmonna Tate.

— Evidemment.

Marla tourna la tête et lui sourit.

— Mais les hommes ont besoin de la compagnie d'autres hommes, ma chérie. Ils ont besoin de cracher et de roter, de temps en temps.

Tate plissa le nez à la pensée que son père, toujours si digne, si distingué, fût capable de l'un ou de l'autre.

— Enfin, quand même, nous ne savons rien de ces deux types ! Ils sont apparus brusquement dans notre espace. Papa a passé des mois à faire des recherches sur ces épaves. Qu'est-ce qui nous dit que nous pouvons faire confiance aux Lassiter ?

— Le fait qu'ils soient des Lassiter, justement, répondit Ray en entrant dans la cuisine.

Il se pencha en avant et déposa un baiser sonore sur le front de Tate.

— Notre fille est d'une nature soupçonneuse, Marla.

Il échangea un clin d'œil avec sa femme et se mit à dresser le couvert : c'était son tour d'être de corvée.

— Ce n'est pas un défaut. Jusqu'à un certain point. Il ne faut pas croire tout ce qu'on voit ou tout ce qu'on entend, mais il faut quand même savoir suivre son instinct. Et le mien me dit que les Lassiter peuvent nous apporter précisément ce dont nous avons besoin pour compléter cette petite aventure.

— Et comment ? demanda Tate. Matthew Lassiter est arrogant, étroit d'esprit et…

— Il est surtout jeune, conclut Ray avec un regard pétillant. Marla, ce poisson sent merveilleusement bon.

Il glissa un bras autour de la taille de sa femme et lui fit des bisous dans le cou. Elle sentait la crème solaire et Chanel.

— Eh bien, asseyons-nous et voyons s'il est aussi bon qu'il en a l'air, répondit Marla.

Mais Tate n'était pas disposée à abandonner le sujet.

— Papa, sais-tu ce qu'il a l'intention de faire avec cette épée ? Il va la vendre.

Ray eut un haussement d'épaules.

— La plupart des chasseurs d'épaves vendent leur butin, chérie. C'est comme ça qu'ils gagnent leur vie.

— D'accord, mais il faudrait d'abord déterminer son époque, et d'où elle vient, à qui elle a appartenu. Il s'en fiche éperdument. Tout ce qui l'intéresse, c'est de l'échanger contre une caisse de bière.

— C'est fâcheux, en effet, concéda Marla dans un soupir, tandis que Ray versait du vin dans leurs verres. Et je comprends ce que tu ressens. Les Tate ont toujours été d'ardents défenseurs de l'Histoire.

— Tout comme les Beaumont, ajouta Ray. Nous devons sans doute cette passion à notre héritage sudiste. Moi aussi, je comprends ton point de vue, Tate, mais il faut essayer de se mettre à la place de Matthew. Il veut que ses efforts soient immédiatement récompensés. Si son grand-père avait agi ainsi, il serait mort immensément riche. Au lieu de quoi, il a choisi de partager sa découverte, et il a fini sans le sou.

— On doit pouvoir trouver un juste milieu, dit Tate.

— Certaines personnes en sont incapables. Mais je crois que Buck et moi y sommes parvenus. Si nous découvrons l'épave de l'*Isabella* ou du *Santa Margarita*, nous ferons une déclaration officielle auprès du gouvernement de Saint-Kitts-et-Nevis, si toutefois nous ne sommes pas en dehors des limites. Quoi qu'il en soit, nous partagerons ce que nous remonterons à la surface avec les Lassiter. Buck s'est un peu fait tirer l'oreille, au moment d'accepter cette clause, mais il a fini par céder. Nous avons quelque chose dont il a besoin, tu comprends.

— Quoi donc ? demanda Tate.

— Les fonds indispensables pour poursuivre cette opération. Nous prendrons le temps qu'il nous faudra, puisque tu peux reporter ton semestre d'études, si tu le souhaites. Nous avons également les moyens de payer l'équipement nécessaire pour une importante opération de sauvetage.

— Autrement dit, ils se servent de nous ! s'exclama Tate.

— Dans toute association, chacune des parties apporte quelque chose à l'autre, Tate.

La jeune femme poussa un soupir exaspéré. En théorie, elle n'avait rien contre les associations. Elle avait appris très tôt la valeur du travail d'équipe. C'était cette équipe-là qui l'inquiétait.

— Et ils nous apportent quoi, eux ? demanda-t-elle.

— D'abord, ce sont des professionnels. Nous ne sommes que des amateurs.

Tate fit mine de protester, mais il l'interrompit d'un geste.

— J'ai beau en rêver, le fait est que je n'ai jamais découvert une épave. J'ai simplement exploré celles que d'autres avaient trouvées et déjà fouillées. Bien sûr, nous avons eu de la chance, plusieurs fois, ajouta-t-il en prenant la main de Marla et en touchant la bague en or qu'elle portait. Nous avons pu remonter des choses que d'autres avaient manquées. Mais ce que je veux, c'est découvrir un navire naufragé que personne n'a encore vu.

— Et tu y arriveras, affirma Marla avec une foi inébranlable.

— Peut-être même cette fois-ci ! s'exclama Tate, avec impatience. Enfin, papa, tu as passé des mois à faire des recherches, à compulser des archives, des manifestes, des lettres, les comptes rendus de la tempête ; tu as étudié le mouvement des marées, tout… Tu as tellement travaillé !

— C'est vrai, admit Ray. Et je suis sensible au fait que Buck ait fait les mêmes recherches que moi et qu'il soit arrivé aux mêmes résultats. Je ne parle même pas de tout ce qu'il peut m'apprendre. Sais-tu qu'il a travaillé trois ans dans l'Atlantique Nord, à des profondeurs de cent cinquante mètres et plus ? Des eaux sombres et glaciales. Il a effectué des fouilles dans la boue, dans les coraux et dans des espaces infestés de requins. Tu t'imagines ?

Tate poussa un soupir.

— Papa, le fait qu'il ait plus d'expérience ne signifie pas…

— Toute une vie d'expérience ! Voilà ce qu'il nous apporte : l'expérience, la persévérance, une intelligence de chasseur. Et enfin, un dernier élément qui obéit à une logique fondamentale : deux équipes valent mieux qu'une seule.

Il s'interrompit un instant, avant de reprendre d'un air grave :

— Tate, j'ai besoin que tu comprennes ma décision. C'est vraiment important. Si tu ne peux pas, alors je dirai à Buck que notre arrangement ne tient plus.

« Et cela lui coûterait beaucoup, songea Tate, avec tristesse. Sa fierté serait touchée, car il a déjà donné sa parole ; son espoir, aussi, car il est clair qu'il compte beaucoup sur le succès de cette nouvelle équipe. »

— Je la comprends, dit-elle finalement. Et je l'accepte. Je voudrais juste poser une dernière question.

— Je t'écoute.

— Comment peut-on être sûrs que, s'ils trouvent quelque chose, ils ne le garderont pas pour eux ?

— C'est simple : nous allons nous séparer. Je plonge avec Buck, et toi, tu plongeras avec Matthew.

— Quelle bonne idée ! s'exclama Marla en pouffant de rire devant l'expression horrifiée de sa fille. Quelqu'un veut encore du poisson ?

L'aube se leva sur la mer. L'air était doux et aussi pur que l'argent. Au loin, les falaises brunes et vertes de Saint-Kitts se profilaient dans la lumière naissante. Plus au sud, des rubans de nuage enveloppaient le sommet du volcan qui dominait l'île de Nevis. Les plages de sable blanc étaient désertes. Un trio de pélicans effleura la surface de l'eau, puis chacun d'eux y plongea, ressortit et plongea de nouveau, dans une sorte de ballet parfaitement synchronisé. Des vaguelettes lapaient tranquillement la coque du bateau.

Peu à peu, la lumière devint plus intense, et l'eau prit la couleur profonde du saphir.

Tate était sur le pont arrière de l'*Adventure*, et elle enfilait sa combinaison, indifférente, pour une fois, à la beauté de ce spectacle. Elle vérifia sa montre de plongée, son profondimètre et les jauges de ses bouteilles. Puis elle fixa son couteau à son mollet. Pendant ce temps, son père et Buck sirotaient leur café et mangeaient des croissants, sur le pont avant.

Matthew, qui se tenait à côté de Tate, accomplissait exactement le même rituel qu'elle.

— Je ne suis pas plus content que vous de ce qui a été décidé, marmonna-t-il en aidant la jeune fille à fixer les bouteilles sur son gilet stabilisateur.

— Voilà qui me met du baume au cœur, riposta Tate.

Ils attachèrent leur ceinture de plombs, tout en se dévisageant avec une méfiance réciproque.

— Essayez simplement de me suivre, évitez de vous mettre en travers de mon chemin, et tout ira bien, déclara Matthew.

— Ah oui ?

Tate cracha dans son masque, le frotta et le rinça avec de l'eau de mer.

— Et pourquoi est-ce que vous, vous n'éviteriez pas de vous mettre en travers de mon chemin ?

Elle s'efforça de sourire en voyant approcher son père et Buck.

— Prête ? lui demanda Ray en vérifiant à son tour les harnais qui soutenaient ses bouteilles.

Il jeta un coup d'œil vers le récipient de plastique orange qui leur servait de balise et qui flottait tranquillement sur l'eau.

— N'oublie pas ton orientation.

— Nord nord-ouest, répondit la jeune fille.

Puis elle embrassa son père sur la joue.

— Ne t'inquiète pas.

Il ne s'inquiétait pas. Bien sûr que non ! Simplement, il était rare que sa petite fille plongeât sans lui.

— Amuse-toi bien.

Buck coinça ses pouces dans la ceinture de son short. Il portait une vieille casquette de base-ball des Dodgers, et ses yeux étaient masqués par des lunettes de vue teintées.

Tate se dit qu'il avait une drôle d'allure, mais elle ne pouvait pas s'empêcher de le trouver sympathique.

— Je vais garder l'œil sur votre neveu, lui dit-elle.

Buck pouffa de rire et répondit de sa voix rocailleuse :

— C'est bien. Et bonne chasse !

Tate hocha la tête, s'assit sur le bastingage et se laissa tomber dans l'eau. Elle descendit tranquillement de plusieurs mètres, puis elle attendit son partenaire, comme l'exigent les règles de la plongée. Dès l'instant où elle le vit dans l'eau, elle se tourna et nagea vers le fond.

Des gorgones mauves flottaient gracieusement dans le courant. Un poisson, surpris par cette intrusion, fila comme une flèche.

Avec son père, Tate aurait sans doute pris le temps de jouir du moment. Elle se serait sans doute arrêtée pour ramasser quelques coquillages, ou bien elle serait restée immobile suffisamment longtemps pour inciter un poisson à s'approcher d'elle.

Mais Matthew la rejoignait déjà, et Tate ne pensa plus qu'à la compétition.

« Qu'il essaie donc de me suivre ! » se dit-elle en donnant de vigoureux coups de palmes.

L'eau devenait plus fraîche, au fur et à mesure qu'ils descendaient, mais elle restait bonne. Tate gardait les yeux bien ouverts, pour ne pas manquer la moindre bosse, la plus petite décoloration dans le sable. Pas question que Matthew Lassiter remontât encore à la surface en vainqueur !

Elle ramassa un morceau de corail brisé, l'examina, et le jeta. Matthew nagea près d'elle, puis la dépassa. Et, bien qu'il fût courant, entre deux plongeurs, de mener à tour de rôle, la jeune fille n'eut de cesse de reprendre la tête.

Ils ne communiquaient que lorsque c'était absolument nécessaire. Et, même lorsqu'ils eurent décidé de s'éloigner un peu l'un de l'autre, ils ne cessèrent jamais de se surveiller mutuellement. Autant par méfiance que par souci de sécurité, se dit Tate.

Pendant une heure, ils passèrent au peigne fin le site où ils avaient trouvé l'épée, la veille. A un moment, Tate agita la main au-dessus d'un minuscule monticule de sable où elle avait vu briller quelque chose. Elle imaginait déjà une boucle de chaussure ou une plaque ternie, et elle dut ravaler sa déception lorsqu'elle déterra une canette de Coca-Cola.

Découragée, elle s'éloigna un peu vers le nord, et se trouva brusquement au milieu d'un jardin maritime composé de coquillages et de coraux multicolores, avec des tas de poissons qui venaient chercher à manger. De ravissantes branches de corail trop fragiles pour survivre à l'action des vagues, dans ces eaux peu profondes, dressaient leurs pointes multicolores, formant un tapis de rubis, d'émeraudes et de topazes. Des douzaines de créatures s'y cachaient, s'en nourrissant quand elles ne les nourrissaient pas.

Tate sourit en voyant un coquillage orange ramper lentement sur un rocher. Un poisson-clown fila entre les tentacules d'une anémone des mers, sans s'inquiéter de leurs piqûres. Un trio d'anges de la mer glissa près d'elle, en quête du petit déjeuner.

Tate avait l'air d'une enfant dans un magasin de jouets, songea Matthew qui l'observait. Elle demeurait aussi immobile que possible, et son regard courait de droite à gauche, comme si elle voulait s'imprégner de toute la scène.

Il aurait aimé hausser les épaules et se dire qu'elle était ridicule, mais lui aussi aimait la mer et son théâtre. Le drame et la comédie continuaient de se jouer autour d'eux : ici, les girelles jaune soleil s'affairaient autour de l'exigeante baliste, aussi dévouées que des suivantes, et là, vive et meurtrière, une murène jaillissait de sa cave et refermait ses mâchoires sur un mérou imprudent.

Tate ne tressaillit pas ; elle continua simplement d'observer ce qui se passait. C'était une bonne plongeuse, Matthew devait l'admettre. Forte, douée, avec un sens, une intelligence innés de la mer. Elle était mécontente de devoir travailler avec lui, mais elle jouait quand même le jeu.

La plupart des amateurs se découragent quand, au bout d'une heure, ils n'ont toujours rien trouvé. Mais elle continuait la chasse, systématiquement, sans paraître accuser le moindre signe de fatigue. Autant de qualités que Matthew appréciait chez un partenaire de plongée.

Après tout, s'ils devaient plonger ensemble pendant au moins deux mois, mieux valait s'attacher au côté positif de la situation.

Fort de ces bonnes résolutions, Matthew nagea vers Tate et lui tapa sur l'épaule. Elle se tourna vers lui, et le considéra d'un air neutre. Il lui désigna alors un banc de minuscules poissons argentés. Le regard de Tate s'alluma, et elle tendit la main, alors qu'ils passaient à quelques centimètres d'eux. D'un même mouvement, ils effectuèrent une courbe et s'éloignèrent aussitôt.

La jeune femme souriait encore quand elle aperçut le barracuda.

Il était à un mètre environ, immobile, avec ses yeux fixes et son large sourire plein de dents. Cette fois, ce fut elle qui tendit le doigt pour le désigner à son partenaire. Voyant qu'elle était plus amusée qu'effrayée, Matthew reprit ses recherches.

Tate jetait des coups d'œil en arrière, de temps à autre, afin de s'assurer que leurs mouvements n'attiraient pas le barracuda. Mais il demeurait à sa place, l'air placide. Un moment plus tard, lorsqu'elle leva de nouveau les yeux, il avait disparu.

Elle aperçut le conglomérat à l'instant où la main de Matthew se refermait dessus. Dégoûtée, persuadée que seule son inattention l'avait empêchée de le trouver avant lui, elle nagea encore quelques mètres en direction du nord, pour s'éloigner un peu.

Elle était agacée de l'avoir toujours dans les pattes. Si elle ne faisait pas attention, il était pratiquement toujours collé à elle. Elle haussa les épaules et s'éloigna encore, bien déterminée à lui prouver qu'elle se moquait éperdument du morceau de rocher informe qu'il avait trouvé.

C'est alors qu'elle vit la pièce de monnaie.

Un petit amas de sable foncé attira son attention. Par acquit de conscience, elle agita la main pour écarter le sable, tout en se disant qu'il s'agissait sans doute d'une pièce de vingt-cinq cents, ou encore d'une canette lancée depuis un bateau. Le disque noirci était à peine enfoncé dans la vase et, à l'instant où elle le souleva, elle sut qu'elle venait de découvrir un objet de légende.

Une pièce d'argent, songea-t-elle, tout étourdie. Le chant des pirates. Le butin des boucaniers.

Soudain, elle prit conscience qu'elle retenait son souffle, ce qui était une grave erreur, sous l'eau, et elle se remit à respirer lentement, tout en frottant la pièce avec le pouce. Elle aperçut le scintillement de l'argent, autour de la pièce irrégulière, et jeta un coup d'œil méfiant par-dessus son épaule. Voyant que Matthew était occupé ailleurs, elle glissa la pièce dans la manche de sa combinaison. Elle était très contente d'elle, et elle reprit ensuite ses recherches avec plus d'ardeur que jamais.

Un moment plus tard, un coup d'œil à son manomètre et à son ordinateur de plongée lui indiquèrent que le moment était venu de remonter à la surface. Elle nota sa position, puis se tourna vers son partenaire. Il hocha la tête et leva le pouce. Ils se mirent à nager en direction de l'est, puis remontèrent lentement.

Le sac de Matthew était plein de conglomérats, alors que celui de Tate était vide. Il ne manqua pas de le lui faire remarquer, mais elle répondit par un haussement d'épaules et perça la surface de l'eau juste avant lui.

— Pas de chance, jeune fille.

Elle supporta son sourire vainqueur, tandis qu'ils nageaient vers l'*Adventure*. Puis elle attrapa l'échelle, et tendit ses palmes à son père qui les attendait.

— Alors, comment ça s'est passé ? demanda-t-il dès que sa fille fut à bord.

Il la débarrassa de ses bouteilles et de sa ceinture de plombs. Puis, en remarquant son sac vide, il s'efforça de dissimuler sa déception.

— Rien qui vaille la peine d'être remonté, hein ?

— Je ne dirais pas ça, déclara Matthew en tendant son propre sac à Buck.

L'eau dégoulinait de ses cheveux et formait une flaque à ses pieds.

— On trouvera peut-être quelque chose de valable, une fois qu'on aura nettoyé tout ça.

— Le gosse a un sixième sens pour ces trucs-là, déclara Buck en posant le sac sur un banc.

— Je vais m'en occuper, proposa Marla.

Elle portait son chapeau de paille et une petite robe jaune qui mettait en valeur ses cheveux roux.

— Mais, d'abord, je veux filmer tout ça. Les enfants, je vous ai préparé à boire et à manger. Je suppose que ces deux-là vont vouloir descendre tout de suite pour tenter leur chance.

— Puisqu'on parle de chance ! dit Tate.

Elle écarta ses cheveux mouillés de son visage, tira sur les manches de sa combinaison et fit tomber une demi-douzaine de pièces sur le pont.

— On dirait qu'elle m'a souri, à moi aussi, conclut-elle d'un air ravi.

— Ça alors !

Matthew s'accroupit sur le pont. Il savait déjà ce qu'elle avait trouvé. Le poids, la forme des pièces ne laissaient aucune place au doute. Il en ramassa une et la frotta entre ses doigts. Puis il leva les yeux vers Tate.

Il ne lui serait jamais venu à l'idée de lui contester sa trouvaille, mais il était furieux qu'elle eût réussi à le faire passer pour un crétin.

— Où les avez-vous trouvées ? demanda-t-il.

— A quelques mètres au nord de l'endroit où vous étiez en train de récolter vos morceaux de rocher, répondit la jeune fille. Vous étiez tellement occupé : je n'ai pas voulu vous déranger.

Ouais, c'est ça.

Devant l'air dépité de Matthew, elle décida qu'ils étaient quittes. Du moins, pour le moment.

— Elles sont espagnoles, déclara Ray, les yeux fixés sur les deux pièces qu'il avait recueillies au creux de sa main. 1733. La date correspond.

— Elles viennent peut-être des deux autres navires, dit Matthew. Avec le temps, le courant, les tempêtes, les objets se déplacent.

— Mais rien ne nous dit qu'elles n'étaient pas à bord de l'*Isabella* ou du *Santa Margarita*, déclara Buck qui regardait le butin avec des yeux fiévreux. Nous allons concentrer nos recherches sur le site où vous les avez trouvées.

Il se redressa et tendit une pièce à Tate.

— On va mettre tout ça dans le tronc commun, mais vous avez bien mérité d'en garder une pour vous. Matthew, tu es d'accord ?

— Pas de problème, répondit le garçon en se tournant vers la glacière.

— Merci, murmura Tate, tout émue. C'est la première fois que je trouve une pièce d'argent. Quelle sensation incroyable ! C'est génial.

Prise d'une impulsion, elle se pencha et déposa un baiser sonore sur la joue de Buck. Il rougit aussitôt. Les femmes avaient toujours représenté un mystère insondable pour lui : un mystère avec lequel il avait soigneusement gardé ses distances.

— Cultivez cette sensation aussi longtemps que vous pourrez, dit-il. Elle est rare, et il peut se passer très longtemps avant que vous ne l'éprouviez de nouveau.

Puis, il donna une tape dans le dos de Ray.

— Alors, on y va ?

Moins de trente minutes plus tard, la deuxième équipe était sous l'eau. Marla avait étalé une toile cirée sur le pont, et elle attaquait, avec enthousiasme, les débris agglomérés des roches que Matthew avait remontés à la surface. De son côté, Tate nettoyait les pièces d'argent.

Tout près d'elles, Matthew terminait son deuxième sandwich.

— Marla, je me demande si je ne vais pas vous kidnapper. Vous avez vraiment l'art de confectionner les sandwichs.

— Oh, n'importe qui est capable d'en faire autant, répondit Marla. Il faut venir dîner avec nous. Vous verrez, alors, ce dont je suis capable quand je me mets aux fourneaux.

— Vous n'avez pas besoin de me prier, déclara Matthew. Je suis même prêt à courir jusqu'à Saint-Kitts pour vous chercher tous les produits dont vous pourriez avoir besoin.

— Alors ça, c'est gentil.

Marla avait troqué sa jolie robe jaune contre un short et un grand T-shirt, et elle transpirait légèrement sous son chapeau. Malgré cela, elle continuait de ressembler à une Belle du Sud en train d'organiser une « tea-party ».

— J'ai justement besoin d'un peu de lait pour faire des biscuits.

— Des biscuits faits maison ! s'exclama Matthew. Marla, pour ça, je reviendrais à la nage avec une vache sur le dos.

Son enthousiasme fut récompensé par le rire de Marla.

— Une bouteille de lait me suffira. Oh, pas tout de suite ! ajouta-t-elle, comme il faisait mine de se lever. Nous avons le temps. Finissez tranquillement de manger et profitez de ce beau soleil.

— Arrêtez de faire du charme à ma mère, grommela Tate entre ses dents.

Matthew s'approcha d'elle.

— J'aime bien votre mère, murmura-t-il. Vous avez les mêmes cheveux qu'elle. Ses yeux, aussi.

Il prit un autre morceau de sandwich et mordit dedans.

— Dommage que vous ne lui ressembliez pas, pour le reste.

— Nous avons la même ossature délicate, riposta Tate avec un sourire figé.

Matthew prit son temps pour étudier les deux femmes, l'une après l'autre.

— Oui, vous avez raison.

Tate fronça les sourcils et recula légèrement.

— Vous me collez encore, lui fit-elle remarquer d'un air contrarié. Comme quand on est sous l'eau.

— Tenez, mangez quelque chose, dit Matthew en lui fourrant un morceau de sandwich dans la bouche. J'ai décidé que vous étiez mon porte-bonheur.

Plutôt que de cracher ou de s'étouffer, Tate préféra avaler.

— Je vous demande pardon ?

— J'aime bien votre petit accent du Sud. Mon porte-bonheur, répéta-t-il. Parce que vous étiez avec moi quand j'ai trouvé l'épée.

— C'est vous qui étiez avec moi quand je l'ai trouvée.

— Peu importe. Il y a certaines choses auxquelles je ne tourne jamais le dos. Un homme qui a de l'avidité dans le regard, une femme avec une flamme dans les yeux, et la chance, qu'elle soit bonne ou mauvaise, conclut-il en lui offrant un autre morceau de sandwich.

— Vous ne croyez pas qu'il serait plus malin de vous éloigner de la malchance ?

— Il vaut mieux l'affronter. C'est plus rapide. Les Lassiter ont eu leur dose de malchance.

Il eut un haussement d'épaules et s'attaqua au dernier sandwich.

— En tout cas, c'est moi qui ai trouvé les pièces d'argent, lui rappela Tate.

— Je vous porte peut-être chance, moi aussi.

— Regardez ce que je viens de révéler ! s'exclama Marla de sa voix mélodieuse. Venez voir.

Matthew se leva et, après une légère hésitation, il tendit la main à Tate. Elle la prit et se leva prestement.

— Ce sont des clous, reprit Marla en s'épongeant le front avec un mouchoir. Ils ont l'air ancien. Et regardez ça…

Elle prit un petit disque au milieu des gravats.

— On dirait un bouton en cuivre, ou peut-être en bronze.

Matthew s'accroupit près d'elle. Il y avait deux pointes en fer, des tessons de poterie, un morceau de métal brisé qui avait pu être une boucle ou une épingle. Mais les clous l'intéressèrent tout particulièrement. Marla avait raison. Ils étaient anciens.

Il en prit un et le fit tourner entre ses doigts, en imaginant qu'il avait dû être cloué, autrefois, à des planches vouées aux tempêtes et aux vers de mer.

— C'est du bronze ! s'exclama Tate, ravie, alors qu'elle s'efforçait d'effacer la corrosion avec un chiffon imprégné de dissolvant. C'est un bouton. Il y a quelque chose de gravé dessus : une fleur… une petite rose. Il appartenait sûrement à une robe de femme.

Elle éprouva un brusque sentiment de tristesse en songeant que, contrairement à ce bouton, la pauvre femme n'avait pas survécu.

— Peut-être, dit Matthew en jetant un rapide coup d'œil sur l'objet.

Puis, il leva la tête et contempla la mer, tout autour d'eux.

— Ne nous emballons pas pour autant, reprit-il. Il est probable que nous sommes tombés sur un endroit où l'un des navires s'est heurté, alors que les vagues l'emportaient. L'épave est sûrement ailleurs.

Il marqua une pause, sans quitter des yeux la ligne d'horizon.

— N'importe où ailleurs.

Tate secoua la tête.

— Si vous croyez que vous allez réussir à me décourager avec vos discours pessimistes ! Nous ne sommes pas revenus les mains vides, que je sache. Une seule descente, et nous avons remonté tout ça : des pièces d'argent, des clous…

— Du menu fretin, affirma Matthew. Même pour un amateur.

— Si on a trouvé ça, c'est qu'il y a autre chose, répliqua Tate. Mon père est convaincu que nous avons des chances de faire une découverte majeure, et je suis de son avis.

Ses yeux verts lançaient des éclairs et, une fois de plus, Matthew dut faire un effort pour se rappeler ce qu'elle était : une fille à papa à peine sevrée.

Il haussa les épaules et lui tapota la joue, comme on le fait avec un enfant.

— Au moins, ça nous occupera. Mais, que cela vous plaise ou non, il arrive fréquemment que l'on trouve un petit quelque chose et que ça s'arrête là.

Il se redressa.

— Je vais vous aider à nettoyer tout ça, Marla.

— C'est fou ce que vous pouvez être optimiste, Lassiter ! s'exclama Tate.

Le regard qu'il lui avait lancé, un instant plus tôt, lui avait donné étrangement chaud, et elle ôta son T-shirt.

— Je vais nager, déclara-t-elle.

Elle s'approcha de la balustrade et effectua un superbe plongeon.

— C'est bien la fille de son père, dit Marla avec un sourire attendri. Toujours convaincue qu'avec du cœur, du travail et de la persévérance, on vient à bout de tous les obstacles. La vie est plus dure pour eux que pour ceux qui admettent que ça ne suffit pas.

Elle tapota le bras de Matthew.

— Je vais ranger tout ça. J'ai mes petites habitudes. Allez donc me chercher cette bouteille de lait.

3.

Tate détestait le pessimisme. D'après elle, c'était une preuve de lâcheté, une excuse pour éviter les déceptions.

Evidemment, c'était encore pire quand le pessimisme gagnait.

Depuis deux semaines, ils plongeaient chaque jour, à tour de rôle, de l'aube jusqu'au soir, et ils n'avaient déniché que quelques morceaux de métal corrodé. Pourtant, Tate refusait de se laisser décourager. Au contraire : elle redoublait d'enthousiasme.

Le soir, elle révisait tous les documents, toutes les copies que son père avait réunis pour ses recherches. Et plus Matthew adoptait une attitude détachée et blasée, plus elle était déterminée à lui prouver qu'il avait tort. Elle brûlait du désir farouche de retrouver cette épave, ne fût-ce que pour le moucher.

Et puis, ces deux semaines n'avaient pas été totalement perdues. Le temps était magnifique, et chaque nouvelle plongée encore plus spectaculaire que la précédente.

Tate allait aussi sur l'île de Saint-Kitts avec sa mère, pour faire des achats, explorer les lieux, pique-niquer sur la plage… Elle visita des vieux cimetières et des églises anciennes, dans l'espoir de trouver des indices qui leur permettraient de percer le secret des épaves coulées en 1733.

Mais ce qui la réjouissait le plus, c'était d'observer son père en compagnie de Buck. Ils formaient une drôle d'équipe, tous les deux : l'un, petit, râblé, avec une tête chauve comme une boule de billard, et l'autre, grand, svelte, avec ses beaux cheveux argentés. Ray s'exprimait avec l'accent légèrement traînant de la Caroline du Sud, tandis que la conversation de Buck ressemblait à une pétarade de coups de feu ponctuée de jurons typiquement yankees. Malgré toutes ces différences, quand on les voyait ensemble, on pouvait les prendre pour deux vieux amis qui se retrouvaient après une longue séparation.

Bien souvent, ils remontaient à la surface en riant aux éclats, comme deux gamins qui viennent de faire une mauvaise blague. Et ils avaient toujours une histoire à raconter, une anecdote dans laquelle ils se mettaient en scène l'un l'autre.

Pour Tate, c'était merveilleux de voir leur amitié grandir si vite. A la maison, son père recevait généralement des hommes d'affaires, avec plus ou moins le même degré de réussite, de fortune et d'héritage sudiste.

Ici, elle le regardait bronzer avec Buck, partager avec lui une bière et des rêves de richesses.

Marla les prenait en photo, ou bien elle les filmait, et elle les traitait de « vieux schnocks ».

Ce matin-là, alors que Tate se préparait à plonger, les deux compères étaient assis à la table du petit déjeuner, et dévoraient des croissants en parlant de base-ball.

— Buck n'y connaît pratiquement rien en base-ball, dit Matthew, à mi-voix. Il s'est mis à réviser, dernièrement, pour pouvoir se disputer avec Ray.

Tate s'assit pour enfiler ses palmes.

— Je trouve ça attendrissant, dit-elle.

— Je n'ai jamais prétendu le contraire.

— Tu ne dis jamais que quelque chose est sympa ou positif.

Il s'assit à son tour.

— O.K. C'est sympa. Tout le temps que Buck passe avec ton père lui fait un bien fou. Ces dernières années ont été difficiles pour lui. Je ne l'avais pas vu s'amuser autant depuis… depuis longtemps.

Tate poussa un long soupir. Difficile de garder une attitude froide et distante quand on a affaire à quelqu'un d'aussi franc et sincère.

— Je sais que tu l'aimes beaucoup, reprit-elle.

— Evidemment ! Il a toujours été là pour moi. Je ferais n'importe quoi pour Buck.

Il appuya sur son masque pour bien le fixer sur son visage.

— La preuve : je plonge avec toi !

Sur ces mots, il se laissa tomber dans l'eau.

Tate sourit et le suivit.

Ils descendirent lentement au niveau de la balise. Ils avaient poussé leurs recherches, petit à petit, en direction du nord. Et, comme chaque fois qu'ils exploraient un nouveau territoire, Tate sentit son cœur battre plus fort. Aujourd'hui, ils auraient peut-être davantage de chance.

L'eau était bonne, et elle frissonna de plaisir en sentant le courant glisser dans ses cheveux.

Les poissons s'étaient habitués à eux, et il n'était pas rare de voir un mérou ou un poisson-ange venir jeter des coups d'œil curieux devant leur masque. Tate descendait souvent avec un sac plein de miettes de pain, et elle prenait quelques minutes, en début de plongée, pour les distribuer aux poissons et les regarder tourbillonner autour d'elle.

Le barracuda, qu'ils avaient baptisé « Smiley », ne manquait jamais de leur rendre visite. Il les observait, à une distance raisonnable. En tant que mascotte, il manquait un peu d'entrain, mais, au moins, il était loyal.

Tate et Matthew avaient mis un système au point : chacun travaillait dans le champ de vision de l'autre, mais sans trop dépasser la limite invisible qui séparait leur territoire. Malgré tout, ils partageaient volontiers le spectacle permanent du monde sous-marin, et ils se faisaient un signe de la main, ou tapaient sur leur bouteille lorsqu'ils voulaient attirer l'attention de l'autre sur un banc de poissons, des coraux, ou une raie qui passait.

Tout bien considéré, Tate trouvait son compagnon de plongée beaucoup plus facile à vivre dans le silence de la mer qu'au-dehors.

Soudain, elle entendit le moteur d'un bateau ronfler au-dessus de sa tête. Elle reconnut même l'écho surnaturel de la voix de Tina Turner retransmis par une radio portable.

Emportée par le rythme, elle se mit à danser, autant que sa tenue le lui permettait, et elle fit peur à un mérou qui s'éloigna en lui lançant un regard torve. Tate sourit et jeta un coup d'œil par-dessus son épaule. Matthew nageait vers l'ouest, mais il était toujours dans son champ de vision. Elle continua d'avancer vers le nord, en direction des coraux rouges et bruns qu'elle avait repérés. Mais, en arrivant à leur hauteur, elle s'aperçut qu'il ne s'agissait pas de coraux. Une nuée de bulles s'échappa de l'embout de son détendeur.

Des barres de lest !

Il n'y avait aucun doute possible. En fonction de leur couleur, on pouvait savoir quel genre de bâtiment elles avaient lesté. Pour les goélettes, par exemple, on utilisait de la roche grise friable. Celles-ci étaient brunes. Elles se trouvaient donc probablement à bord d'un galion.

Les barres de lest d'un galion, se dit Tate, comme dans un rêve. Son père avait raison : l'une des épaves disparues dans l'ouragan de 1733 se trouvait bien là. Et elle venait de la trouver !

Elle poussa un cri de victoire qui n'eut d'autre effet que de laisser échapper de nouvelles bulles et de brouiller sa vision. Alors, la jeune fille prit son couteau et frappa plusieurs coups sur l'une de ses bouteilles.

Matthew se trouvait à quelques mètres de là, et il lui faisait signe. Mais Tate l'ignora et tapa encore deux coups secs sur sa bouteille. Enfin, elle eut la satisfaction de le voir se diriger vers elle.

« Prépare-toi à recevoir un choc, mon vieux ! » songea-t-elle.

Et, en effet, à la manière dont il écarquilla les yeux, elle vit tout de suite qu'il avait compris. Emportée par l'enthousiasme, elle lui sourit et fit une pirouette.

Derrière son masque, Matthew la regardait avec une incroyable intensité. Il fit le tour de la pile d'un air satisfait. Puis, il prit la main de Tate et lui serra les doigts. Elle s'attendait à ce qu'ils remontent à la surface pour annoncer leur découverte, mais il voulut l'entraîner vers l'endroit d'où il venait.

Elle résista, secoua la tête et leva le pouce vers le haut. Matthew lui montra la direction de l'ouest. Alors, Tate leva les yeux au ciel, et eut un geste excédé pour désigner les barres de lest. Puis elle entreprit de remonter à la surface.

Matthew lui prit la cheville et la fit redescendre à son niveau.

Tate faillit le repousser, mais il la tenait par le bras, maintenant, et l'entraînait à sa suite. Elle ne pouvait pas faire autrement que le suivre, et elle préparait déjà les insultes dont elle allait l'abreuver quand, brusquement, elle les vit…

Elle en demeura bouche bée. Puis elle se rappela qu'elle devait respirer, rajusta son détendeur et regarda les canons.

Ils étaient rongés par la corrosion, couverts d'algues et à moitié enfouis dans le sable, mais ils étaient bien là. Des canons. Des canons qui, autrefois, avaient défendu la flotte espagnole contre les pirates et les ennemis du roi. Tate aurait pu éclater en sanglots, tant elle était émue.

Au lieu de cela, elle attrapa Matthew par le bras et tournoya dans l'eau, en une sorte de danse victorieuse.

Puis, en pouffant de rire, elle s'accrocha à lui, tandis qu'ils remontaient vers la surface, une quinzaine de mètres plus haut.

A l'instant où ils émergèrent, Tate repoussa son masque et cracha son détendeur.

— Matthew, tu as vu ? s'écria-t-elle. L'épave est vraiment là. C'est sûr.

— On dirait.

— Et on est les premiers à l'avoir trouvée. Après plus de deux cent cinquante ans. On est les premiers !

Il sourit.

— Une épave vierge, ma jolie. Rien qu'à nous.

— Je n'arrive pas à le croire.

Elle jeta la tête en arrière et éclata de rire.

— Mon Dieu, c'est fabuleux ! Cette sensation, c'est extraordinaire !

Puis, sans cesser de rire, elle jeta les bras autour du cou de Matthew, au risque de les faire couler tous les deux, et elle pressa ses lèvres contre les siennes.

Matthew crut que son cœur allait s'arrêter de battre tellement le choc était violent pour lui. Sans vraiment savoir ce qu'il faisait, il transforma ce baiser innocent en une étreinte qui ne l'était plus du tout.

Il sentit alors le souffle de la jeune fille s'accélérer, et il perçut sa réponse brûlante, passionnée.

« Attention ! » se dit-il.

Mais il était trop tard. Tate s'offrait à ce baiser avec un abandon aussi irrésistible qu'il était inattendu.

Elle était elle-même stupéfaite par ce qu'elle ressentait. Le sel, la mer et le goût d'un homme formaient un mélange détonant. Un mélange comme elle n'en avait jamais connu jusqu'alors. Le soleil déversait sur eux sa lumière dorée, et faisait scintiller des diamants à la surface de l'eau caressante. Le bonheur de Tate était absolu…

Mais, brusquement, elle se retrouva seule. La porte ouvrant sur cet univers fascinant, à peine entrevu, venait de se refermer en claquant violemment.

Elle donna des coups de palme, instinctivement, pour garder la tête hors de l'eau, et cligna plusieurs fois des yeux.

— On est en train de perdre un temps précieux, dit Matthew d'un ton sec.

Tate ne réagit pas. Elle était encore tout étourdie.

— Qu'y a-t-il ? lui demanda-t-elle.

— Réveille-toi, voyons ! Tu ne vas pas me faire croire que c'est ton premier baiser !

Le ton glacial et insultant de sa voix pénétra enfin le brouillard qui avait envahi le cerveau de la jeune fille.

— Bien sûr que non ! répliqua-t-elle. D'ailleurs, ça n'a aucune importance : j'avais juste envie de partager mon bonheur avec toi.

— Ouais, eh bien garde-le. Il faut aller prévenir les autres et mettre des balises.

— Bon, bon. Pas la peine de te fâcher !

Elle se mit à nager en direction du bateau, et Matthew étouffa un juron. Tate, qui refusait de le laisser gâcher la plus belle journée de sa vie, se hissa prestement à bord de l'*Adventure*.

Marla était sur le pont avant, en train de se vernir les ongles. Elle leva la tête et sourit.

— Tu es en avance, chérie. Nous ne vous attendions pas avant au moins une heure.

— Où sont papa et Buck ?

— Dans la cabine de pilotage, encore en train d'étudier cette vieille carte, répondit Marla. Mais… il est arrivé quelque chose ? s'exclama-t-elle, prise de panique. Où est Matthew ? Il est blessé ?

— Il va très bien, répondit Tate en détachant sa ceinture de plombs. Il est derrière moi.

Elle entendit les palmes de son équipier tomber sur le pont, mais ne se retourna pas pour l'aider à monter à bord. Au lieu de ça, elle prit une profonde inspiration.

— Tout va bien, reprit-elle. Nous l'avons trouvée.

Marla se précipita vers la rambarde pour s'assurer que Matthew était bien là, sain et sauf.

— Trouvé quoi, chérie ? demanda-t-elle, enfin rassurée.

— L'épave ! L'une des deux épaves. Nous l'avons trouvée.

La jeune fille passa une main tremblante sur son visage. Ses oreilles bourdonnaient et son cœur battait la chamade.

— Nom de Dieu ! cria Buck de sa voix rocailleuse. Il venait d'apparaître sur le seuil du rouf.

— Laquelle ? demanda-t-il.

— On ne sait pas encore, répondit Matthew, tout en se débarrassant de ses bouteilles.

Son pouls battait furieusement, autant à cause de leur découverte qu'à cause du baiser passionné qu'il venait d'échanger avec Tate.

— Ce qui est sûr, c'est qu'elle est là-dessous, Buck. On a trouvé des canons. Et aussi des barres de lest comme on en utilisait sur les galions.

Ray, qui venait de les rejoindre, regardait le garçon en écarquillant les yeux.

— Quelle est la position, Tate ? demanda-t-il.

La jeune fille ouvrit la bouche et la referma aussitôt. Dans son excitation, elle avait complètement oublié de noter ce détail essentiel. Elle rougit brusquement.

Matthew eut un petit sourire supérieur et donna le renseignement à Ray.

— Il faut mettre des balises, conclut-il. Enfilez vos combinaisons.

Puis il ajouta en souriant :

— J'ai l'impression que nous allons pouvoir utiliser ta suceuse à air toute neuve, Ray.

— Ouais.

Ray échangea un regard avec Buck, et les deux hommes tombèrent dans les bras l'un de l'autre.

Il leur fallait un plan.

Quand ils eurent bien célébré leur trouvaille, ce fut Tate qui se chargea de faire entendre la voix de la raison. Ils devaient s'organiser non seulement pour effectuer les fouilles et le sauvetage de l'épave, mais aussi pour la préserver. Ils devaient déclarer officiellement leur découverte au gouvernement de Saint-Kitts-et-Nevis, afin qu'elle fût enregistrée. Enfin, tout ce qu'ils allaient trouver devrait être catalogué.

Ils avaient besoin d'un bon appareil photo amphibie, afin de photographier le site et la position des objets qu'ils allaient découvrir, plusieurs cahiers pour tout répertorier, et des ardoises et des crayons à mines de plomb pour faire des croquis sous l'eau.

— Autrefois, bougonna Buck en prenant une autre bière, quand un homme découvrait une épave, tout ce qu'elle contenait était à lui tant qu'il était capable de déjouer les pirates et les voleurs. Il fallait être prudent, savoir tenir sa langue et se montrer prêt à se battre pour défendre son bien. Maintenant, il y a des tas de règles et tout le monde veut un morceau du gâteau que vous, vous avez trouvé, à force de travail et de persévérance, sans oublier une bonne dose de chance. Et je ne parle même pas de tous les mecs qui se soucient davantage d'un bout de bois bouffé par les vers que d'un coffre plein de pièces d'argent.

— Il est important de préserver l'intégrité historique d'une épave, Buck, déclara Ray. Il faut respecter la valeur historique des choses : c'est notre responsabilité, et notre façon de respecter le passé.

— Ouais ! dit Buck en allumant l'une des dix cigarettes qu'il s'autorisait à fumer, chaque jour. Il fut un temps où on aurait fait exploser tout ça pour trouver le trésor. Je ne dis pas que c'était malin. Mais, au moins, on rigolait bien.

— Nous n'avons pas le droit de détruire une chose pour accéder à une autre, murmura Tate.

Buck la regarda et sourit.

— Attends un peu d'avoir attrapé la fièvre de l'or, ma petite, et on en reparlera. Il faut l'avoir vécu au moins une fois pour comprendre. Tu es là, dans l'eau, et, d'un seul coup, tu vois briller quelque chose, dans le sable. Et, crois-moi, ça brille vraiment : pas comme l'argent. C'est peut-être une pièce de monnaie, ou une chaîne, un médaillon, un petit bijou qu'un homme mort depuis très longtemps avait offert à sa femme, morte depuis tout aussi longtemps. Et cet objet, il est là, au creux de ta main ! Tu n'as plus qu'une idée, après ça : en trouver d'autres.

Tate pencha la tête de côté.

— C'est pour ça que tu continues à plonger ? demanda-t-elle avec curiosité. Si tu trouvais tous les trésors que contiennent l'*Isabella* et le *Santa Margarita* et que tu devenais fabuleusement riche, tu continuerais à plonger pour en chercher d'autres ?

— Je plongerai jusqu'à ce que je meure, répondit Buck. C'est tout ce que je sais faire et tout ce dont j'ai besoin. Ton père était comme ça, ajouta-t-il à l'adresse de Matthew. Qu'il découvre un trésor ou qu'il remonte les mains vides, il fallait qu'il retourne sous l'eau. La mort l'a arrêté. Rien ni personne d'autre n'aurait eu ce pouvoir.

Sa voix se brisa légèrement, et il baissa les yeux sur sa bière.

— Il voulait l'*Isabella*. Il a passé les derniers mois de sa vie à essayer de savoir où elle était. Maintenant, on va la retrouver pour lui. Et on retrouvera aussi la Malédiction d'Angélique.

— Pardon ? fit Ray en levant les sourcils d'un air stupéfait. La Malédiction d'Angélique ?

— Elle a tué mon frère, dit Buck d'une voix qui commençait à être pâteuse. Saloperie de mauvais sort ! C'est cette sorcière...

Matthew poussa un soupir, se pencha en avant et prit la bière des mains de son oncle.

— C'est un homme qui a tué mon père, Buck, déclara-t-il. Un homme de chair et de sang. Rien à voir avec une malédiction ou un mauvais sort lancé par une sorcière.

Il se leva et aida Buck à se mettre sur pieds.

— Il divague quand il boit trop, expliqua-t-il. Bientôt, il va vous parler du fantôme de Barbe Bleue.

— Je l'ai vu, bafouilla Buck avec un sourire niais.

Ses lunettes avaient glissé sur son nez, et il regardait par-dessus, sans rien voir.

— J'en suis sûr. C'était au large de la côte d'Okra-coke. Tu te souviens, Matthew ?

— Evidemment ! Allez, on a beaucoup de boulot, demain. Il faut aller se reposer.

— Tu veux un coup de main ? demanda Ray.

Il se leva et fut surpris de découvrir qu'il ne tenait pas trop bien sur ses jambes, lui non plus.

— Non, ça ira, répondit Matthew. Je vais le jeter dans le canot pneumatique et ramer jusqu'à notre bateau. Merci pour le dîner, Marla. Je n'avais encore jamais mangé un poulet frit aussi bon que le vôtre. Rendez-vous à l'aube, petite, ajouta-t-il à l'adresse de Tate.

La jeune fille hocha la tête et vint rejoindre Buck. Puis elle enroula un bras autour de ses épaules.

— Allez, Buck, c'est l'heure d'aller faire dodo, dit-elle gentiment.

— T'es une brave gosse, toi, dit-il en la serrant affectueusement contre lui. Pas vrai, Matthew ?

— Mais oui, fit Matthew. Je vais descendre le premier, Buck. Et je te préviens : si tu tombes à l'eau, je te laisse couler.

— Pff, tu parles ! s'esclaffa Buck en s'appuyant sur Tate. Il affronterait un banc de requins pour moi. On est comme ça, chez les Lassiter : on se sert les coudes.

— Je sais, répondit Tate en titubant légèrement sous son poids.

Elle l'aida, non sans mal, à passer par-dessus la rambarde. Puis il aborda la première marche de l'échelle. Juste en dessous de lui, Matthew laissa échapper un juron.

— Tiens-toi bien, Buck, dit Tate qui devait se retenir pour ne pas éclater de rire.

— Ne t'inquiète pas, ma jolie. Il n'existe pas un seul bateau au monde à bord duquel je ne puisse pas monter.

— Attention ! Tu vas nous faire chavirer ! s'écria Matthew.

Le canot se mit à tanguer dangereusement, alors même que Matthew essayait d'y pousser son oncle. Buck s'affala en riant, et ils furent copieusement arrosés par une gerbe d'eau.

— Je vais écoper, Matthew, dit Buck en prenant l'eau entre ses mains jointes.

— Arrête de gigoter, tu veux ? rétorqua son neveu.

Il leva la tête et vit les trois Beaumont qui les regardaient en souriant.

— J'aurais dû le forcer à rentrer à la nage, maugréa-t-il en saisissant les rames.

— Bonne nuit, Ray ! lança Buck d'un air joyeux, au moment où ils s'éloignaient. Demain, on va trouver des doublons d'or. De l'or et de l'argent, et des bijoux précieux. Une nouvelle épave, Matthew, murmura-t-il encore à l'adresse de son neveu, en laissant retomber son menton sur sa poitrine. J'ai toujours su qu'on la trouverait. Ce sont les Beaumont qui nous ont porté chance.

— Ouais.

Matthew arrima le canot à leur bateau et rangea les rames à l'intérieur de la frêle embarcation. Puis, il considéra son oncle d'un air sceptique.

— Tu vas réussir à monter à bord ?

— Evidemment que je vais réussir à monter à bord ! Pour qui tu me prends ? s'exclama Buck en se redressant.

Il parvint, en effet, à se hisser au haut de l'échelle sans faire chavirer le bateau pneumatique. Matthew le rejoignit un instant plus tard, trempé jusqu'aux genoux. Buck était tourné vers l'*Adventure* et faisait des moulinets avec ses bras.

— Ohé, l'*Adventure*, tout va bien !

— On verra si tu dis la même chose demain matin, bougonna Matthew en s'efforçant de l'entraîner vers la cabine.

— Ce sont des gens bien, tu sais, Matthew. Au début, je voulais surtout qu'on se serve de leur matériel et que, le moment venu, on prenne la part du lion. C'était facile : il suffisait de plonger, une nuit, et d'embarquer le gros du butin. Ils n'y auraient vu que du feu.

— C'est probable, admit Matthew en débarrassant son oncle de son pantalon trempé. Moi aussi, j'y ai pensé. La plupart du temps, les amateurs méritent de se faire rouler.

— Et on en a roulé quelques-uns, ajouta Buck avec un bon rire. Mais on peut pas faire ça à ce vieux Ray. C'est un ami. Je n'ai pas eu un ami comme ça depuis la mort de ton père. Et puis, il y a sa jolie femme, sa jolie fille. Non, ajouta-t-il en secouant la tête d'un air de regret. On peut pas rouler les gens qu'on aime bien.

Matthew acquiesça d'un vague grognement et considéra le hamac suspendu entre les murs de la cabine.

— Faut te coucher, maintenant.

— Ouais. On va être réglo avec Ray.

Buck se hissa dans le hamac et le fit tanguer dangereusement.

— On devrait peut-être leur parler de la Malédiction d'Angélique, reprit-il après quelques instants de silence. Ça fait quelques jours que j'y pense. Je n'ai jamais rien dit à personne, à part toi.

— Te fais pas de bile, répondit Matthew en se débarrassant de son jean.

— Remarque, si on leur dit rien, la malédiction ne pourra pas les frapper. Je ne voudrais pas qu'il leur arrive malheur.

— Il ne leur arrivera rien du tout.

— Tu te rappelles ce croquis que je t'avais montré ? Tout cet or, ces rubis, ces diamants. C'est dur de croire qu'une chose aussi belle puisse porter malheur.

— Elle ne porte pas malheur, Buck, affirma Matthew.

Il jeta sa chemise à côté de son jean. Puis, il s'approcha de son oncle et lui ôta ses lunettes.

— Il faut dormir, maintenant.

— Il y a au moins quatre cents ans qu'on a brûlé cette sorcière, et les gens continuent de mourir. Comme James.

Matthew crispa les mâchoires, et son regard devint froid comme la glace.

— Ce n'est pas ce collier qui a tué mon père. C'est un homme. C'est Silas VanDyke.

— VanDyke, répéta Buck, dans un demi-sommeil. On n'a jamais pu le prouver.

— Je sais que c'est lui. Ça me suffit.

— C'est la malédiction, reprit Buck. La malédiction de la sorcière. Mais on finira par l'avoir, Matthew. Toi et moi, on va y arriver.

L'instant d'après, Buck ronflait comme un sonneur.

Matthew sortit sur le pont, en caleçon. « Maudite soit cette satanée malédiction », songea-t-il. Il trouverait cette amulette, bien sûr. Il avait l'intention de suivre la piste de son père jusqu'au bout, jusqu'à ce qu'elle le menât au fameux bijou. Ensuite, il se vengerait du salopard qui avait assassiné James Lassiter.

Il leva les yeux vers le ciel constellé d'étoiles. La lune y était accrochée, comme une pièce d'argent coupée en deux. Il s'installa dans son propre hamac, suffisamment loin de la cabine pour ne pas être dérangé par les ronflements de son oncle.

Il avait vu le croquis du collier auquel la légende prêtait des pouvoirs maléfiques. Il lui suffisait de fermer les yeux pour revoir la chaîne d'or lourd avec son pendentif incrusté de diamants et l'énorme rubis qui brillait au centre.

La légende lui était aussi familière que les contes de fées qu'on raconte aux enfants, le soir, au moment de les coucher. Une femme était morte sur le bûcher, condamnée pour sorcellerie et pour le meurtre de son mari. Au moment de périr, elle avait juré que toute personne qui tirerait profit de sa mort le paierait de sa vie.

Depuis lors, la ruine et le désespoir n'avaient cessé d'accompagner le bijou. Des hommes avaient tué pour se l'approprier ; des femmes avaient comploté, menti, trahi.

Mais Matthew ne croyait pas un seul instant que le joyau fût maudit. Selon lui, ces hommes et ces femmes étaient morts à cause de leur propre avidité. Un bijou d'une telle valeur n'avait pas besoin d'être investi de pouvoirs maléfiques pour pousser un être humain au meurtre. Matthew ne le savait que trop bien. La Malédiction d'Angélique était précisément ce qui avait poussé VanDyke à tuer son père.

Le visage de cette ordure, sa voix, sa carrure, jusqu'à son odeur étaient restés gravés dans la mémoire de Matthew. Peu importait que le temps passât. Il n'oubliait rien. Un jour ou l'autre, il trouverait l'amulette et il s'en servirait contre VanDyke. Elle serait l'instrument de sa vengeance.

Il s'endormit ainsi, l'esprit plein de haine, et, comme c'était souvent le cas, ses rêves l'emportèrent sous l'eau.

Il nageait dans une mer pure et claire, sans équipement pour l'alourdir ou entraver ses mouvements, vif et agile comme un poisson. Il s'enfonçait de plus en plus loin dans les profondeurs de la mer, là où la lumière du soleil ne pénètre plus, où les couleurs — rouges, oranges et jaunes — se fondent jusqu'à n'être plus qu'un décor uniforme de bleus et de gris. Il n'avait aucun souci. Juste une merveilleuse sensation de liberté. Son bonheur était total. Il pouvait rester là jusqu'à la fin des temps, au sein de cet univers silencieux…

Soudain, au-dessous de lui, il aperçut les contours d'un galion : les trois mâts, la coque, les drapeaux déchirés qui flottaient dans le courant… Il gisait sur le côté, dans le sable, entier. On voyait encore les canons, comme dirigés vers leurs ennemis, prêts à tirer, et le gouvernail qui semblait attendre le fantôme du capitaine.

Après avoir croisé un banc de poissons, puis une pieuvre, Matthew s'approcha de l'épave. Il fit le tour du galion espagnol et trouva la plaque sur laquelle était gravé son nom : *Isabella*.

C'est alors qu'il la vit, à quelques mètres de lui, souple et gracieuse comme une sirène. Ses longs cheveux flottaient autour de sa tête en mèches soyeuses et flamboyantes. Ses épaules et ses seins étaient nus. Sa peau avait la couleur des perles, blanche et scintillante.

Ses yeux verts pétillaient de malice.

Le courant parut le porter vers elle et, soudain, elle enroula ses bras autour de lui. Puis elle posa les lèvres sur les siennes. Elles étaient aussi douces que le miel et, lorsque Matthew la toucha, il sut qu'il attendait cet instant depuis toujours.

Avec lenteur, leurs corps accomplirent la danse rituelle de l'amour dans le silence de la mer, et lorsque Matthew jouit en elle, il fut aussitôt envahi par un merveilleux sentiment de paix et de bien-être.

Puis, Tate l'embrassa de nouveau, avec une tendresse incroyable. Et elle lui sourit. Il voulut l'attirer de nouveau contre lui, mais elle secoua la tête et s'éloigna. Il se lança derrière elle, et ils jouèrent un instant, comme deux enfants, autour du navire échoué.

Finalement, Tate l'entraîna vers un coffre et, en riant aux éclats, elle souleva le couvercle clouté. Un monticule d'or leur apparut alors. La jeune fille y plongea les mains, et les pièces tombèrent sur le sable. Il y avait aussi des joyaux magnifiques, des diamants gros comme le poing, et aussi des émeraudes, des saphirs, des rubis.

Matthew les prit par poignées et les fit dégouliner sur la tête de Tate, ce qui lui arracha des éclats de rire.

Puis, il trouva l'amulette, avec sa chaîne en or lourd, et les pierres de sang et de larmes dont le pendentif était incrusté. Le bijou dégageait de la chaleur, comme s'il était vivant, et Matthew le contempla un instant, en songeant qu'il n'avait encore jamais rien vu d'aussi beau.

Il le prit, contempla le visage ravi de Tate et le glissa autour de son cou. Elle rit encore, l'embrassa, et toucha le pendentif.

Soudain, des flammes jaillirent du bijou, produisant un jet de chaleur et de lumière si violent que Matthew se trouva propulsé en arrière, comme s'il avait reçu un coup en pleine poitrine. Les yeux écarquillés par l'horreur, il vit le feu se propager et envelopper sa compagne, comme un fourreau incandescent.

Il ne voyait plus que le regard épouvanté de Tate. Il ne pouvait pas la toucher. Autour d'eux, l'eau, si calme un instant plus tôt, s'agitait violemment, comme en pleine tempête. Une tornade de sable s'éleva brusquement et aveugla Matthew. Il entendit le craquement du mât qui se déchirait, et le grondement qui secouait le fond de la mer et se répercutait contre la coque du galion, comme autant de tirs aux canons.

Il entendit leurs cris, aussi — ceux de Tate, et les siens. Puis, tout cela s'évanouit : les flammes, la mer, l'épave, l'amulette. Et même Tate. Le ciel s'étirait au-dessus de sa tête, avec sa moitié de lune et ses étoiles. La mer était tranquille et noire comme l'encre ; elle chuchotait doucement contre le bateau.

Il était seul sur le pont du *Sea Devil*, dégoulinant de sueur, le cœur battant, le souffle court.

4.

Le lendemain matin, après un voyage express à Saint-Kitts en compagnie de Ray pour acheter du matériel, Tate plongea avec Matthew.

Elle commença par prendre des tas de photos du site, puis elle fit signe à son compagnon de poser devant le canon. Ensuite, ce fut Matthew qui prit des clichés de la jeune femme devant les barres, au milieu des poissons. Enfin, ils attachèrent un boulet de canon à un flotteur et l'envoyèrent à la deuxième équipe restée à la surface.

Alors, le travail put commencer.

Matthew dut déployer des trésors de patience et de dextérité pour manœuvrer la suceuse à air. Pendant qu'il se chargeait de cette opération, Tate examinait ce qui retombait de la bouche du tuyau et recueillait ce qui lui paraissait intéressant. C'était un travail difficile et fastidieux, pour l'un comme pour l'autre. Le sable et les débris flottaient autour d'eux, créant une sorte de nuage sale qui leur obscurcissait la vue. Il fallait ouvrir l'œil et faire preuve de beaucoup de patience pour fouiller ce qui retombait, charger les morceaux de ceci ou de cela dans des seaux, et les faire remonter à la surface.

Matthew faisait des trous d'essai dans le sable, à un rythme régulier et, de temps en temps, Tate se laissait aller à imaginer qu'un jet de pièces d'or allait jaillir du tuyau, comme un jackpot dans une machine à sous.

Entre-temps, le cœur battant d'excitation, elle ramassait des clous fondus et des morceaux de conglomérat et de céramique brisée.

L'année qui venait de s'écouler lui avait confirmé sa passion pour l'histoire et les fragments de culture enfouis sous les mers.

Ses ambitions étaient claires : elle allait poursuivre ses études et décrocher son diplôme. Un jour, elle rejoindrait le rang des scientifiques qui naviguaient sur les océans, sondant leurs profondeurs pour découvrir et analyser les reliques de navires naufragés.

Tout en travaillant, elle se surprenait parfois à contempler un objet brisé, à se poser mille questions sur ses origines, son histoire…

A un moment, Matthew lui fit un signe, à travers le nuage de sable et, dans le trou qu'il venait de faire, à environ trente centimètres de profondeur, elle vit deux pointes de fer calcifiées et croisées, comme des épées : au milieu, reposait un plat en étain.

Tate sourit, attrapa la main de Matthew et la serra très fort. Puis elle lui envoya un baiser du bout des doigts. Après quoi, elle saisit l'appareil photo amphibie qu'elle avait attaché à sa ceinture et prit plusieurs clichés.

Elle aurait bien passé encore un moment à admirer leur nouvelle trouvaille, mais, déjà, Matthew creusait un autre trou.

Chaque fois qu'ils déplaçaient la suceuse à air, ils faisaient une découverte : une poignée de cuillers cimentées dans le corail, un bol brisé…

Ils n'avaient plus conscience ni du temps ni de la fatigue. Des centaines de spectateurs assistaient à ces fouilles : des petits poissons qui patrouillaient à travers la zone bouleversée, à la recherche de vers. Quand l'un d'eux avait de la chance, ses compagnons se précipitaient vers lui, dans l'espoir d'attraper quelque chose, à leur tour.

Le barracuda les surveillait également, à bonne distance, immobile comme une statue.

Matthew actionnait la suceuse à air comme un artiste, en veillant bien à ne causer aucun dommage.

Soudain, Tate écarquilla les yeux. Elle venait d'apercevoir une pièce de porcelaine. Une coupelle, avec des boutons de rose peints tout autour du bord.

En temps normal, Matthew l'aurait laissée là, car il savait qu'un objet aussi fragile peut se briser au moindre contact, lorsqu'il est ainsi cimenté à du corail. Mais le regard de la jeune fille exprimait un tel ravissement qu'il ne put résister. Il lui fit signe de reculer un peu, et entreprit de dégager le sable. Puis, il lui tendit le tuyau de la suceuse à air, glissa la main sous la coupelle et, tout doucement, avec d'infinies précautions, il la dégagea.

L'opération lui coûta quelques lambeaux de peau, mais il fut mille fois récompensé par le regard émerveillé de sa compagne lorsqu'il lui offrit la porcelaine. Cependant, il ne s'attendait pas à voir ses yeux se remplir de larmes.

Il était un peu déconcerté lorsqu'il reprit le tuyau et donna le signal de remonter à la surface. Il serra la valve sur l'aspirateur, dégageant un torrent de bulles, et, ensemble, ils nagèrent vers la lumière qui scintillait au-dessus de leurs têtes.

Quand ils émergèrent à la surface, Tate ne parla pas. Elle en était incapable. Heureusement, ils étaient bien assez encombrés avec la suceuse à air et le dernier seau plein de conglomérats.

— Eh bien, vous ne chômez pas ! dit Ray en criant pour tenter de couvrir le rugissement du compresseur.

Il tressaillit lorsque Buck coupa le moteur, et reprit, sur un ton normal, tout en soulevant le seau que Tate lui tendait :

— Nous avons des douzaines d'artéfacts : des cuillers, des fourchettes, des pièces de cuivre, des boutons…

Il s'interrompit en voyant la coupelle que la jeune femme tenait dans sa main.

— Mon Dieu, de la porcelaine ! Et elle est intacte. Marla ! Marla, viens voir.

Lorsqu'ils se hissèrent sur le pont, Tate et Matthew trouvèrent Marla assise sur une chaise, entourée de débris, la coupelle à fleurs posée sur ses genoux, sa caméra vidéo à côté d'elle.

— C'est une jolie pièce, dit Buck qui avait du mal à cacher son excitation.

— Il y a tant et tant de choses ! s'exclama Tate, sans plus chercher à retenir ses larmes. Tu ne peux pas imaginer, papa. Tous ces objets sont restés enfouis sous le sable pendant plus de deux cents ans, et regarde…

Elle s'agenouilla près de sa mère et toucha délicatement le bord du bol.

— Il n'est même pas ébréché. Il est parfait.

Elle se redressa et tira sur la fermeture Eclair de sa combinaison.

— Il y avait un plateau en étain, aussi. Il est pris entre deux pointes de fer, comme une sculpture. Je n'ai eu qu'à fermer les yeux pour l'imaginer sur une table, chargé de fruits. Rien de ce que j'ai étudié ne peut se comparer à l'expérience vécue, à ce que l'on ressent quand on fait soi-même de telles découvertes.

— Je crois qu'on est tombés sur la cuisine et l'office, dit Matthew. Il y a des tas d'ustensiles de bois, des pichets à vin, des assiettes brisées.

Il accepta le verre de jus de fruits que lui tendait Ray, et but une longue gorgée. Puis il ajouta :

— J'ai creusé un bon nombre de trous sur une zone de trois mètres environ. A mon avis, vous devriez pousser de quelques degrés au nord.

— Allons-y, dit Buck qui enfilait déjà sa combinaison. Matthew alla se servir un autre verre de jus de fruits.

— J'ai vu passer un requin, dit-il à mi-voix, pour ne pas effrayer Marla. Il n'a pas eu l'air de s'intéresser à nous, mais on ne sait jamais. Faites bien attention.

Ray jeta un coup d'œil du côté de sa femme, qui était en train de filmer religieusement tous les trésors qu'ils avaient remontés à la surface, et il hocha la tête.

— Un homme averti en vaut deux, dit-il.

Puis il s'adressa à Tate :

— Tu veux bien mettre une nouvelle pellicule dans l'appareil photo, ma chérie ?

Vingt minutes plus tard, le compresseur reprit son travail de pompage. Tate et Marla s'étaient installées à une table, dans le rouf, et elles entreprirent de cataloguer chacun des objets qu'ils avaient remontés de l'épave.

— C'est le *Santa Margarita*, déclara Tate en reposant la cuiller qu'elle venait d'examiner. Nous avons retrouvé le numéro de série sur un des canons. Nous avons découvert notre galion espagnol, maman.

— Le rêve de ton père.

— Et le tien aussi, non ?

— Oui, tu as raison, dit Marla, avec un sourire. Au début, je venais surtout pour accompagner Ray. Après tout, c'était un loisir intéressant et agréable. On passait des vacances aventureuses, et cela nous changeait de notre travail de bureau qui était tellement quelconque.

Tate leva les sourcils d'un air surpris.

— Tu ne m'avais jamais dit que tu trouvais ton travail quelconque.

— Oh, je n'avais rien contre le fait d'être secrétaire juridique, du moins tant que je ne me suis pas demandé pourquoi diable je ne m'étais pas débrouillée pour devenir avocate.

Elle eut un haussement d'épaules, et reprit :

— Il est vrai qu'à mon époque, et dans le milieu où j'ai grandi, les femmes devaient généralement se contenter d'être l'ombre de leur mari. Ta grand-mère était très vieux jeu, tu sais.

Elle eut un rire, et reposa une tasse en étain dont l'anse s'était brisée.

— J'ai eu de la chance de rencontrer ton père. Beaucoup de chance.

— Tu aurais aimé être avocate ? demanda Tate qui était de plus en plus étonnée.

— Cela ne m'a pas traversé l'esprit avant l'âge de quarante ans, répondit Marla. C'est une époque dangereuse pour une femme. Ce qui est sûr, c'est que je n'ai pas hésité une seule seconde quand ton père a décidé de prendre sa retraite. J'étais parfaitement heureuse de le suivre et de jouer à la chasse au trésor avec lui. Mais, maintenant, ajouta-t-elle en prenant une pièce d'argent, quand je vois ces objets, je m'aperçois que nous accomplissons une tâche importante. Je ne pensais pas que je ferais encore quelque chose de remarquable, un jour.

— Encore ?

Marla la regarda en souriant.

— Ce que j'ai fait de plus beau et de plus important dans ma vie, c'est toi. Cette chasse au trésor, là, c'est tout à fait merveilleux et exaltant, mais le plus beau trésor, pour ton père comme pour moi, c'est bien toi.

— Tu m'as toujours donné l'impression que je pouvais accomplir n'importe quoi, murmura Tate qui était très émue.

— Parce que tu le peux.

Marla tourna la tête vers la porte et dit :

— Entrez, Matthew.

— Je ne voulais pas vous déranger, dit-il en pénétrant pour la première fois à l'intérieur du rouf.

— Ne dites pas de bêtises ! répliqua Marla. Je vais nous chercher du café. J'en ai fait, tout à l'heure. Tate et moi, nous étions en train de mettre un peu d'ordre dans notre trésor.

— Nous allons avoir besoin de plus de place, dit Matthew en considérant les artéfacts éparpillés sur la table.

Marla éclata de rire.

— J'adore les hommes optimistes.

— Dis plutôt réaliste, corrigea Tate. Mon équipier est loin d'être un optimiste.

Tout en se demandant s'il devait rire ou se vexer, Matthew s'assit près de Tate et goûta le café que Marla venait de poser devant lui.

— Je ne suis pas sûr d'être d'accord, murmura-t-il.

— Pourtant, j'ai raison. Buck est le rêveur de votre tandem. Toi, tu aimes ce genre de vie : le soleil, la mer, le sable. Pas de vraies responsabilités, pas de liens. Tu ne t'attends pas à trouver un coffre plein de doublons d'or, mais tu es capable de te débrouiller avec les petites babioles que tu trouves, ici et là. De quoi t'acheter de la bière et des crevettes pendant un moment.

— Tate ! s'exclama Marla en étouffant un petit rire. Ne sois pas impolie.

— Non, elle n'a pas tort, intervint Matthew. Laissez-la finir.

— Tu n'as pas peur de travailler dur, reprit-elle, parce tu sais que tu auras toujours le temps de te prélasser dans ton hamac. Tu aimes l'excitation que procure la plongée, l'excitation liée à la découverte, et tu t'intéresses beaucoup plus à l'argent que peuvent te rapporter les objets que tu remontes qu'à leur valeur intrinsèque. Voilà pourquoi, quand tu dis que nous allons avoir besoin de plus de place, je te crois sur parole.

— Formidable, déclara Matthew qui, tout compte fait, se sentait un peu attaqué. A mon avis, le mieux serait de nous servir du *Sea Devil* pour entreposer nos trouvailles. Buck et moi, nous pouvons très bien camper ici, sur le pont. *L'Adventure* sera notre poste de travail. Nous plongeons d'ici, nous nettoyons les artéfacts et les conglomérats d'ici, puis nous transportons tout sur le *Sea Devil*.

— Ce n'est pas bête, dit Marla. Après tout, nous avons deux bateaux. Autant les utiliser.

— Bien, dit Tate. Si papa et Buck sont d'accord, alors moi aussi. En attendant, je vais chercher ce qui est resté sur le pont. Tu me donnes un coup de main ?

— Bien sûr. Merci pour le café, Marla.

— Oh, je vous en prie, mon petit.

Ils quittèrent la cabine, et Tate reprit :

— Je vais retourner à Saint-Kitts, tout à l'heure, pour faire développer la pellicule que j'ai prise sous l'eau. Tu veux m'accompagner ?

— Peut-être.

Tate avait perçu une légère crispation dans la voix de son compagnon, et elle sourit.

— Matthew, tu sais pourquoi nous travaillons si bien ensemble, sous l'eau ?

— Non. Mais je sens que tu vas me le dire.

— En effet. Je pense que tu es foncièrement réaliste, et moi, complètement idéaliste. Tu es casse-cou, insouciant, et je suis prudente. Nous nous complétons.

— Tu aimes tout analyser, pas vrai ?

— Possible.

Tate se rapprocha de lui. Elle sentait son cœur battre follement dans sa poitrine.

— Par exemple, j'ai essayé d'analyser les raisons pour lesquelles tu étais furieux contre moi, après m'avoir embrassée.

— Je n'étais pas furieux, corrigea-t-il posément. Et c'est toi qui m'as embrassé.

— J'ai commencé. Mais c'était un geste spontané. Et toi, tu as transformé ce baiser. Et puis, tu t'es mis en colère parce que tu ne t'attendais pas à ressentir ce que tu as ressenti. Moi aussi, j'étais étonnée.

Elle posa les deux mains sur la poitrine de Matthew.

— Je me demande si nous le serions encore, maintenant ?

— Attention : tu t'aventures en eaux troubles, murmura Matthew qui faisait un effort surhumain pour garder le contrôle de lui-même.

— Je ne suis pas seule, répondit-elle en s'apercevant brusquement qu'elle n'avait plus peur. Je sais ce que je fais.

— Non, tu n'en sais rien.

Il lui prit les poignets et la repoussa, mais sans la lâcher.

— Tu te dis qu'il n'y a pas de conséquences, reprit-il. Mais tu te trompes : il y en a. Et si tu ne fais pas attention, tu vas les découvrir à tes dépens.

Tate sentit un frisson la parcourir tout entière.

— Je n'ai pas peur d'être avec toi, déclara-t-elle. Au contraire. Je le veux.

— C'est facile à dire, avec ta maman à quelques mètres d'ici. A moins, bien sûr, que tu ne sois beaucoup plus rusée que tu n'en as l'air.

Sur ces mots, il la repoussa carrément et s'éloigna.

L'allusion mit le feu aux joues de Tate. Elle prenait soudain conscience du fait qu'elle avait essayé de le séduire. Elle avait fait cela pour s'assurer qu'elle en était capable, d'une part, et aussi parce qu'il l'attirait énormément et qu'elle avait besoin de savoir s'il partageait son désir. Mais, à présent, elle avait honte. Elle se lança derrière lui.

— Matthew, cria-t-elle, je te demande pardon. Je…

Mais il plongea et se mit à nager en direction du *Sea Devil*. Tate poussa un soupir de dépit. Il aurait pu au moins l'écouter !…

Elle plongea à son tour. Quand elle se hissa à bord du vieux bateau, Matthew faisait sauter la languette d'une canette de bière.

— Rentre chez toi, fillette, avant que je te jette par-dessus bord, lui dit-il.

— Je t'ai demandé pardon ! lui rappela-t-elle en écartant ses cheveux mouillés de son visage. Ce que j'ai fait était stupide et je te présente mes excuses.

— D'accord, répondit Matthew. Maintenant, rentre chez toi.

Il s'installa dans son hamac, et elle s'approcha pour poursuivre :

— Je ne veux pas que tu sois fâché, Matthew. J'essayais juste… Je ne sais pas. Je faisais un essai.

Il posa sa bière sur le pont.

— Un essai ? répéta-t-il.

Puis, sans crier gare, il se redressa, attrapa la jeune fille à bras-le-corps et la plaqua contre lui, de sorte qu'ils se retrouvèrent allongés l'un sur l'autre, sur le hamac. Puis, il posa les deux mains sur les fesses de Tate qui écarquilla les yeux.

— Matthew !

Il lui donna une petite tape, plutôt affectueuse, et la repoussa. Tate bascula et se retrouva assise sur le pont.

— Je dirais que nous sommes quittes, maintenant, déclara-t-il, avant de reprendre sa bière.

La première réaction de Tate fut de se jeter sur lui. Mais son instinct lui souffla qu'en agissant ainsi, elle s'exposait à une défaite humiliante car il était beaucoup plus fort qu'elle. Et puis, de toute façon, elle l'avait cherché.

Elle respira profondément et se leva, le plus dignement qu'elle put.

— Très bien, dit-elle sur un ton calme. Nous sommes quittes.

Matthew s'attendait à ce qu'elle se jetât sur lui, toutes griffes dehors. Il dut reconnaître que sa réaction, froide et contrôlée, forçait l'admiration.

— Tu es quelqu'un de chouette, Tate, lui dit-il.

— On est de nouveau amis ? demanda-t-elle en lui tendant la main.

— Equipiers, en tout cas.

Tate hocha la tête. Ils avaient évité le pire. Du moins pour le moment.

— Si on faisait une pause ? Ça te dit de plonger en apnée ?

— Pourquoi pas ? On a des masques et des tubas dans le rouf.

— Je vais les chercher.

Mais elle revint avec un carnet de croquis.

— Qu'est-ce que c'est ?

— Tu le vois bien, bougonna-t-il.

Tate ignora sa mauvaise humeur, et s'assit au bord du hamac.

— C'est toi qui as fait ce croquis du *Santa Margarita* ?

— Ouais.

— C'est drôlement bien.

— Je suis un vrai Picasso.

— N'exagérons rien. J'aurais tellement aimé voir le navire dans cet état. Et ces chiffres, ce sont des mesures ?

Matthew poussa un soupir. Ah ! Les amateurs !

— Si tu veux évaluer à peu près la surface qu'occupe l'épave, il faut bien faire quelques calculs. Aujourd'hui, nous sommes tombés sur les cuisines. Voilà les cabines des officiers, celles des passagers, ajouta-t-il en désignant divers points sur le dessin. Le mieux, c'est d'imaginer une vue à vol d'oiseau.

Il prit le carnet, tourna une page, et dessina une grille.

— Voilà le fond de la mer. Là, nous avons trouvé les barres de lest.

— Alors, le canon est ici ?

— C'est ça.

Il les dessina rapidement.

— Aujourd'hui, on a fait des trous d'ici jusque-là. Il faut avancer davantage vers le milieu du bateau si on veut trouver le trésor.

— Mais on va dégager toute l'épave, n'est-ce pas ?

Il lui jeta un bref coup d'œil et continua de dessiner.

— Ça peut prendre des mois, et même des années.

— Peut-être, mais le galion est aussi important que son contenu. Nous devons le récupérer et préserver tout ce qu'on trouvera.

Matthew était persuadé que le navire n'était qu'un tas de bois sans valeur. Mais il joua le jeu.

— La saison des ouragans ne va pas tarder. Nous aurons peut-être de la chance, mais, pour le moment, on se concentre sur le trésor. Après, tu pourras prendre tout le temps que tu voudras pour t'occuper du reste.

Quant à lui, il empocherait sa part et s'en irait. Avec le butin, il pourrait se permettre de construire le bateau de ses rêves, et il reprendrait les recherches de son père sur l'*Isabella*.

Il devait retrouver la Malédiction d'Angélique. Et aussi VanDyke.

— C'est raisonnable, dit Tate en se levant.

Puis, lorsqu'elle vit l'expression meurtrière qui habitait le visage de Matthew, elle demanda :

— A quoi tu penses ?

Il cligna des yeux et se força à revenir dans le présent.

— A rien. Evidemment que c'est raisonnable, enchaîna-t-il aussitôt. Avant longtemps, la rumeur va courir que nous avons découvert une nouvelle épave. Nous aurons de la compagnie.

— Des journalistes ?

Matthew leva les yeux au ciel.

— S'il n'y avait qu'eux ! Non, je veux parler des pilleurs.

— Mais nous avons déclaré officiellement notre découverte !

A ces mots, Matthew éclata de rire.

— La loi ne signifie rien, Tate. N'oublie pas que les Lassiter sont mieux placés que quiconque pour le savoir. Bientôt, il faudra qu'on prenne des tours de garde pour dormir et pour travailler. Si on commence à remonter de l'or, crois-moi, les pilleurs vont le sentir de l'Australie jusqu'à la mer Rouge.

— Je te crois, murmura-t-elle gravement.

Puis, elle retourna dans le rouf et revint avec deux masques et deux tubas.

— Allons voir ce que font papa et Buck, dit-elle. Après, je veux aller faire développer les photos que j'ai prises ce matin.

Marla avait préparé une liste de courses pour Tate.

— J'aurais dû me douter que maman m'enverrait au supermarché, dit la jeune fille avec un petit soupir.

Matthew sauta sur la frêle embarcation et fit démarrer le moteur.

— Ce n'est pas grave.

— Attends de voir la liste. Oh ! regarde, ajouta-t-elle en désignant un banc de dauphins en train de décrire un arc au-dessus de l'eau, juste sous le soleil qui entamait sa descente dans le ciel.

— J'ai nagé avec un dauphin, un jour, poursuivit-elle en souriant. Nous étions dans la mer de Corail, et il y en avait plusieurs qui suivaient notre bateau. J'avais douze ans. C'était génial. Ils ont des regards si doux !

Dès que Matthew ralentit, elle se leva, évalua la distance et bondit sur le débarcadère. Lorsque le petit bateau fut amarré, ils traversèrent la bande de sable blanc.

— Matthew, si on retrouve le trésor et que tu deviens riche, que feras-tu ?

— Je dépenserai mon argent. Je me ferai plaisir.

— En faisant quoi ?

Il eut un haussement d'épaules.

— Je construirai un bateau. Mon propre bateau. Et puis, j'achèterai peut-être une maison sur une île comme celle-ci.

Ils passèrent devant les vacanciers qui se prélassaient au soleil. Des employés de l'hôtel vêtus de chemises fleuries et de shorts blancs allaient et venaient sur le sable, portant des plateaux chargés de cocktails multicolores.

— Je n'ai jamais été riche, poursuivit Matthew à mi-voix. Je ne pense pas que j'aurais beaucoup de mal à m'y habituer, à vivre comme tous ces gens, ajouta-t-il en désignant les hommes et les femmes allongés sur la plage. De beaux hôtels, de beaux vêtements, avoir les moyens de payer pour ne rien faire.

— Mais tu continuerais à plonger ? demanda Tate en glissant sa main dans la sienne.

— Evidemment !

— Moi aussi. La mer Rouge, la Grande Barrière de Corail, l'Atlantique Nord, la mer du Japon. Il y a tant d'endroits à voir. Quand j'aurai terminé mes études, j'irai partout.

— Archéologie marine, hein ?

— Oui.

Il la considéra un instant. Son casque de cheveux roux était ébouriffé par le sel et le vent. Elle portait un large pantalon de toile, un T-shirt et des lunettes de soleil avec une monture noire et carrée.

— Tu n'as pas tellement l'air d'une scientifique.

— La science exige d'avoir un cerveau et de l'imagination, pas d'être une gravure de mode.

— Tu as raison.

Tate haussa les épaules et sourit. En dépit des tentatives réitérées de sa mère, elle n'avait jamais été coquette ; elle n'avait même jamais prêté la moindre attention à ses vêtements ou à son apparence physique.

— L'important, c'est que j'aie une bonne combinaison de plongée, déclara-t-elle. Je n'ai pas besoin d'une garde-robe sophistiquée pour effectuer des fouilles sous-marines. Or, c'est ce que j'ai l'intention de faire toute ma vie. Tu imagines la satisfaction qu'on doit ressentir quand on est payé pour aller à la chasse au trésor et étudier des artéfacts ?

Elle secoua la tête d'un air émerveillé.

— Il y a tant et tant de choses à apprendre.

— Personnellement, l'école ne m'a jamais beaucoup intéressé, dit Matthew.

Et, de toute façon, ils n'étaient jamais restés suffisamment longtemps au même endroit.

— Je suis plutôt un autodidacte, ajouta-t-il. J'apprends sur le tas.

— C'est ce que j'ai cru comprendre.

Ils prirent un taxi jusqu'au centre-ville, et Tate donna sa pellicule de photos à développer. Puis, ils se promenèrent dans les rues. Au grand plaisir de Tate, Matthew paraissait content de la suivre et même d'entrer dans les boutiques. Elle passa un moment à admirer un ravissant médaillon en or avec une perle accrochée à la base. Car, si elle ne portait aucun intérêt aux vêtements, elle adorait, par contre, les babioles.

— Je ne pensais pas que tu aimais ce genre de trucs, lui dit Matthew en s'accoudant sur le comptoir à côté d'elle. Tu ne portes pas de bijoux.

— Mes parents m'avaient offert une très jolie bague avec un petit rubis, pour mes seize ans. Je l'ai perdue en plongeant. Depuis, je ne porte plus aucun bijou.

Elle s'arracha à la contemplation du joli médaillon.

— Tu veux boire quelque chose ? Ou plutôt non, ajouta-t-elle, le regard brillant. Une glace. Ça te tente ?

Matthew sourit.

— D'accord.

Tout en dégustant leur glace, ils longèrent les trottoirs animés et explorèrent des petites rues étroites. En passant près d'un buisson, Matthew prit un hibiscus blanc et le glissa derrière l'oreille de la jeune femme. Puis, lorsqu'ils s'arrêtèrent pour faire les courses de Marla, Matthew fit rire sa compagne aux éclats en lui racontant l'histoire de Buck et du fantôme de Barbe Noire.

— On était au large d'Okra-coke, et c'était l'anniversaire de Buck. Cinquante ans. L'idée qu'il avait déjà un demi-siècle de vie derrière lui l'avait tellement déprimé qu'il avait vidé la moitié d'une bouteille de whisky. Je l'ai aidé à avaler le reste.

— Pas possible ! dit Tate en choisissant des bananes mûres et en les déposant dans son panier.

— Et plus il buvait, plus il était déprimé, poursuivit Matthew. Il a commencé à conjuguer les « si seulement ceci, si seulement cela… Si seulement nous avions poursuivi nos recherches pendant encore un mois, nous aurions peut-être retrouvé cette épave ! Si seulement nous étions arrivés les premiers, nous aurions découvert le trésor ! Si seulement le temps ne s'était pas gâté, nous serions peut-être devenus riches ! » Entre le whisky et l'ennui, j'ai fini par m'endormir sur le pont… Ce melon n'est pas mûr, dit-il sans transition. Prends celui-là.

Il posa le melon dans le panier de Tate, puis choisit les raisins lui-même.

— Bref, d'un seul coup, j'entends rugir le moteur, et voilà que le bateau se lance dans la direction du sud-est, à une vitesse d'au moins douze nœuds. Buck est à la barre et il hurle des histoires de pirate à tue-tête. J'ai cru mourir de peur. Je me suis levé, j'ai trébuché et je me suis cogné la tête sur le bastingage, si fort que j'ai vu trente-six chandelles. J'ai failli passer par-dessus bord tellement il a viré brusquement. Et il continuait de crier. Moi, je me suis mis à l'insulter, tout en essayant de rester debout. Tu aurais dû le voir ! Il avait les yeux qui lui sortaient de la tête. Tu sais qu'il est affreusement myope : sans ses lunettes, il ne voit pas à dix centimètres. Et pourtant, il était là, le bras tendu vers la mer, en train de crier qu'il voyait des pirates. On aurait dit le capitaine Haddock !

Matthew secoua la tête en souriant.

— Il a presque fallu que je l'assomme pour reprendre le contrôle du bateau. Il continuait à crier : « Le fantôme, Matthew, le fantôme de Barbe Noire ! Tu ne le vois donc pas ? Là, à dix degrés par bâbord. » Il n'y avait strictement rien, à part un peu de brume, mais, pour Buck, c'était la tête coupée de Barbe Noire, avec de la fumée qui sortait de sa barbe. Il affirmait que c'était un signe et que, si on plongeait là, le lendemain matin, on allait trouver le trésor de Barbe Noire, celui que tout le monde croit enterré quelque part sur terre.

Tate régla les courses, et Matthew se chargea des sacs.

— Et tu as plongé le lendemain, parce qu'il te le demandait ?

— Oui. Et aussi pour qu'il arrête de m'en parler. On n'a rien trouvé, bien sûr. Mais on n'est pas près d'oublier son cinquantième anniversaire.

Le crépuscule était presque tombé lorsqu'ils retournèrent sur la plage. Matthew rangea les sacs dans le bateau et se tourna pour regarder Tate qui avait roulé les jambes de son pantalon pour pouvoir entrer dans l'eau.

La lumière rose encadrait ses cheveux, et Matthew se rappela brusquement son rêve et les sensations merveilleuses qu'il lui avait procurées.

— C'est tellement beau, ici, murmura la jeune femme. On pourrait croire qu'il n'existe rien d'autre. Comment peut-il y avoir autant de problèmes dans le monde, alors qu'il y a des endroits comme celui-ci, des journées comme celle-ci ?

Matthew ne pouvait pas le deviner mais, pour Tate, cette journée était la plus romantique de toute sa jeune vie : ils avaient marché main dans la main sur la plage, Matthew avait glissé une fleur dans ses cheveux…

— Nous devrions peut-être rester ici pour toujours, reprit-elle avec un petit rire.

Elle se retourna, et sentit son cœur se gonfler d'émotion. Matthew la regardait fixement, avec une telle intensité qu'elle ne réfléchit pas, n'hésita pas une seule seconde. Elle marcha vers lui et noua les mains autour de son cou.

Sans la quitter des yeux, Matthew l'attira contre lui et mit le feu à son sang.

Bien sûr, on l'avait déjà embrassée. Mais elle était tout à fait capable de faire la différence entre un homme et un gamin. Et, cette fois, c'était un homme qui la tenait dans ses bras.

Elle se pressa contre lui et l'embrassa partout sur le visage. Puis elle revint à sa bouche avec un soupir de plaisir.

Matthew était comme fou. Elle était si mince, si avide, si prête à accepter sa moindre exigence.

— Tate, dit-il d'une voix dure, presque désespérée. On ne peut pas faire ça.

— Mais si, on peut ! On le fait déjà. Embrasse-moi encore. Dépêche-toi.

De nouveau, il s'empara de ses lèvres, et il crut qu'il allait exploser. C'était comme une douleur, une agonie, comme la chaleur après le froid.

— C'est de la folie, murmura-t-il contre ses lèvres. Je suis complètement dingue.

— Moi aussi, répondit Tate. Oh, j'ai tellement envie de toi, Matthew ! D'ailleurs, toi aussi, tu as envie de moi. Pendant un moment, j'ai cru que je ne t'intéressais pas du tout, et ça me faisait vraiment mal. C'est drôle, parce que, même au début, quand je ne t'aimais pas du tout, j'avais déjà envie de toi.

— Seigneur ! Je pensais que c'était toi la plus prudente de nous deux.

— Pas quand il s'agit de toi, répondit la jeune femme en se blottissant contre lui. Jamais quand il s'agit de toi. Quand tu m'as embrassée, la première fois, j'ai compris que tu étais ce que j'avais toujours attendu.

— Tate, tu vas trop vite. Crois-moi, tu n'es pas prête pour ce à quoi je pense.

— Tu veux faire l'amour avec moi ? lui demanda Tate en le regardant droit dans les yeux. Ne t'inquiète pas : je ne suis plus une enfant, Matthew.

— Dans ce cas, c'est moi qui ne suis pas prêt. Et je ne veux rien faire qui puisse blesser tes parents. Ils ont été tout à fait corrects avec moi.

« Comme il est fier ! songea-t-elle. Fier, loyal et intègre. » Pas étonnant qu'elle fût tombée tellement amoureuse de lui !

Elle sourit.

— Très bien. Nous allons prendre notre temps. Ce sera notre décision à tous les deux, Matthew.

Elle toucha doucement ses lèvres avec les siennes.

— Je peux attendre.

5.

Le temps se gâta et, pendant les deux jours qui suivirent, il fut impossible de plonger.

Malgré son impatience, Tate s'installa sur le pont de l'*Adventure* et entreprit de cataloguer soigneusement chacune des pièces du *Santa Margarita* que son père et Buck avaient remontées à la surface, lors de leur dernière plongée.

La pluie battait la bâche tendue au-dessus de sa tête. Les îles avaient disparu dans la brume et, lorsqu'elle regardait autour d'elle, la jeune femme ne voyait plus que la mer agitée et le ciel en colère.

Les autres disputaient une partie de poker marathon dans le rouf. Des bruits de voix, des rires et des jurons flottaient vers le pont, à intervalles réguliers, comme portés par le vent. Tate souriait, alors, et tandis qu'elle nettoyait les marques de corrosion sur une grosse croix en argent, elle s'avisa brusquement qu'elle n'avait jamais été aussi heureuse.

Soudain, Matthew se glissa dans son petit abri, une tasse de café dans chaque main.

— Tu veux de l'aide ?

— Avec plaisir, lui répondit-elle.

Comme chaque fois qu'elle le voyait, elle eut l'impression que son cœur faisait un double saut périlleux.

— La partie est terminée ?

— Non, mais la chance commence à m'abandonner, dit-il en s'asseyant à côté d'elle. Buck fait un malheur, en revanche.

— Je n'ai jamais pu retenir les règles du poker. J'aime mieux le rami.

Elle lui montra la croix.

— Elle appartenait peut-être au cuisinier du galion, Matthew. Elle devait se balancer sur sa poitrine quand il battait des œufs, par exemple.

— Ouais.

Il toucha la croix. C'était une pièce grossière, qui faisait plutôt penser au travail d'un forgeron qu'à celui d'un bijoutier. Elle ne pesait pas très lourd, non plus. D'après Matthew, elle n'avait pas beaucoup de valeur.

— Qu'est-ce que tu as d'autre ? demanda-t-il.

— Ces moraillons de gréement, répondit Tate. Regarde à l'intérieur : ils portent encore les traces de corde. Comme ils ont dû se battre pour essayer de sauver le vaisseau ! Le vent devait hurler, les voiles se déchiraient…

Le regard de la jeune femme se perdit dans la brume, tandis qu'elle imaginait la scène.

— Les hommes s'accrochaient aux mâts, les passagers étaient terrifiés, les mamans serraient leurs enfants contre elles, alors que le galion tanguait de plus en plus violemment. Et voilà que nous retrouvons ce qui reste d'eux.

Elle posa le moraillon et prit une pipe en argile.

— Un marin a dû garder cet objet dans sa poche ; il devait rester sur le pont, le soir, après son tour de garde, pour la fumer tranquillement. Et cette chope devait être pleine de bière.

— Dommage qu'elle ait perdu son anse, dit Matthew qui refusait de se laisser attendrir par ces visions d'un autre temps. Sa valeur est diminuée.

— Tu ne penses qu'à l'argent, décidément ! s'exclama Tate.

Il sourit.

— Absolument. Je te laisse le drame et je prends le pognon.

— Mais…

Matthew interrompit les objections de la jeune femme en lui volant un baiser.

— Tu es tellement mignonne quand tu prends cet air indigné.

— Vraiment ?

Tate était assez jeune et assez amoureuse pour se sentir flattée. Elle prit son café et but une gorgée, puis elle le regarda par-dessus le bord de la tasse.

— Je ne te crois pas l'âme aussi mercenaire que tu veux bien le laisser paraître, reprit-elle, après quelques instants.

— C'est parce que tu crois ce qui te fait plaisir, tout simplement. Il leva la tête.

— La pluie s'éloigne. Nous allons pouvoir plonger, demain.

— Qu'y a-t-il ? Tu ne tiens pas en place.

— Que veux-tu, avec ta maman qui me met une assiette sous le nez, chaque fois que je cligne des yeux, j'ai peur de prendre de mauvaises habitudes.

Il leva la main et l'enfouit dans les cheveux courts de la jeune femme.

— C'est un autre monde. Tu représentes un autre monde.

— Allons, nous ne sommes pas si différents, murmura Tate.

Elle tourna le visage vers lui jusqu'à ce que leurs lèvres se touchent.

— Juste ce qu'il faut.

Matthew se raidit légèrement. Que savait-elle du monde et de la vie ? se demanda-t-il. S'il était un homme digne de ce nom, il ne la toucherait pas ; il ne les entraînerait pas à commettre une erreur irréversible.

— Tate…

Il hésitait entre la repousser et l'attirer plus près de lui, lorsque Buck passa la tête sous la bâche.

— Hé, Matthew, tu…

Ils se séparèrent aussitôt, mais Buck avait eu le temps de les voir et il rougit violemment.

— Euh, pardon, je… Matthew…

Pendant qu'il bafouillait lamentablement, Tate reprit calmement son stylo et lui adressa un grand sourire.

— Salut, Buck. Il paraît que tu fais un malheur au poker.

— Euh, oui, oui…

Il enfonça les mains dans ses poches et se dandina d'un pied sur l'autre.

— La pluie est en train de cesser, reprit-il finalement. Matthew et moi, nous allons porter tout ça sur le *Sea Devil*.

— J'ai tout répertorié, dit Tate. Je vais vous donner un coup de main.

— Non, non, ce n'est pas nécessaire, répondit Buck. On doit aussi jeter un coup d'œil au moteur. Et puis, ta maman dit que tu es de corvée de cuisine, ce soir.

— C'est vrai, reconnut la jeune femme, avec un soupir. Elle se leva et coinça son cahier sous son bras.

— Bon, je vais m'atteler à la tâche. On se retrouve pour le dîner.

Les deux hommes parlèrent peu, tandis qu'ils enveloppaient et chargeaient le butin. Matthew remarqua qu'ils auraient peut-être besoin de louer une pièce ou un garage pour tout entreposer, mais Buck ne répondit que par un vague grognement. Il attendit qu'ils fussent à bord du *Sea Devil* pour exploser.

— Tu es devenu cinglé ou quoi ?

— Je n'ai pas besoin d'un chaperon, Buck.

— Il faut croire que si, ou tu ne serais pas en train de t'amuser avec cette petite. A quoi tu penses ?

— Je ne m'amuse pas avec elle, répliqua Matthew, les dents serrées. Pas comme tu l'entends, en tout cas.

— Eh bien, c'est heureux ! Tate n'est pas une fille pour toi, je te l'affirme.

— Je sais ce qu'elle est et ce qu'elle n'est pas.

— Tant mieux. Surtout, ne l'oublie pas. Les Beaumont sont des gens bien.

— Et ce n'est pas mon cas ? C'est ce que tu veux dire ? répliqua Matthew avec une telle amertume que Buck leva les yeux vers lui d'un air surpris.

— Je n'ai jamais dit ça, mon garçon, répondit-il d'un ton plus doux. Simplement, nous ne sommes pas comme eux. Nous ne l'avons jamais été. Tu as peut-être envie te t'amuser un peu avant de passer à autre chose, mais les filles comme Tate attendent davantage.

Il prit une cigarette, l'alluma et considéra son neveu à travers le nuage de fumée.

— Tu vas me dire que tu as l'intention de lui donner ce qu'elle attend ?

Matthew poussa un soupir et prit une bière dans la glacière.

— Non. Mais je n'ai pas non plus l'intention de lui faire du mal.

— Change de cap, fiston. Il y a des tas de femmes partout, si jamais ça te démange.

Il vit briller une lueur de colère dans les yeux de son neveu, mais il soutint son regard.

— Je te dis tout ça parce que c'est ma responsabilité. Quand un homme attache ses pas à ceux d'une femme qui ne lui convient pas, il en résulte de gros problèmes pour l'un comme pour l'autre.

— Comme pour mon père et ma mère, murmura le jeune homme, après avoir avalé une longue rasade de bière.

— En effet, répondit Buck avec gravité. Ils se sont rencontrés, et boum, c'était le feu d'artifice. Mais ni l'un ni l'autre n'a réfléchi aux conséquences avant qu'il soit trop tard. Et ils en ont bien souffert.

— Je n'ai pas l'impression qu'elle en ait beaucoup bavé, répliqua Matthew avec colère. Elle a quitté mon père, que je sache. Et moi aussi, par la même occasion. Elle n'est jamais revenue ; elle n'a jamais regardé en arrière.

— Elle n'a pas supporté l'existence que nous menions, Matthew. Si tu veux mon avis, il n'y a pas beaucoup de femmes qui en sont capables. Ça ne sert à rien de leur en vouloir pour ça.

— Je ne suis pas mon père. Et Tate n'est pas ma mère. C'est ça l'essentiel.

Buck écrasa sa cigarette et le considéra avec gravité.

— Je vais te dire l'essentiel. Cette fille est en train de vivre une aventure excitante, le temps d'un été. Tu es bel homme, alors forcément, te voilà inclus dans les réjouissances. Mais, quand ce sera terminé, elle retournera à l'université ; elle décrochera un bon boulot, un bon mari, et tu te retrouveras tout seul comme un couillon. Si tu refuses de penser à ça et que tu tombes sous le charme des étoiles qui brillent dans ses yeux, vous allez le regretter, l'un comme l'autre.

— Il ne te vient même pas à l'esprit que je pourrais être assez bien pour elle ?

— Tu es assez bien pour n'importe qui, corrigea Buck. Mieux que la plupart des hommes. Cela ne signifie pas que tu es celui qu'il lui faut, et vice versa.

— Et tu parles d'expérience, n'est-ce pas ? répliqua Matthew d'un air légèrement moqueur.

— Je ne sais peut-être rien sur les femmes, mais en tout cas, toi, je te connais.

Puis Buck posa une main sur l'épaule de son neveu, dans un geste rassurant et affectueux.

— Nous sommes sur le point de toucher le jackpot, Matthew. Des hommes comme nous peuvent passer leur vie à courir après la chance sans jamais la trouver. Pour nous, c'est fait. Avec ton butin, tu pourras devenir quelqu'un. Après ça, crois-moi, tu auras tout le temps que tu voudras pour te consacrer aux femmes.

— Ouais, répondit Matthew. Pas de problème.

Buck sourit. Il se sentait soulagé.

— Bon, on va jeter un coup d'œil à ce moteur ?

— J'arrive.

Matthew regarda longuement la bouteille qu'il tenait à la main, jusqu'à ce qu'il eût réussi à maîtriser son envie de la briser en mille morceaux. Buck ne lui avait rien dit qu'il ne se fût déjà répété des dizaines de fois — en des termes bien moins délicats.

Il était le troisième descendant d'une lignée de chasseurs de trésor harcelés par la malchance. Il avait survécu à force de débrouillardise. En dehors de Buck, il n'avait aucune famille. Il ne possédait rien. Il était un aventurier, un homme à la dérive, instable, sans racine. Et, même s'il devenait riche, subitement, cela ne changerait pas vraiment.

Buck avait raison. Matthew Lassiter, sans domicile fixe, et riche de quatre cents dollars tout au plus, ne pouvait pas prétendre construire quoi que ce fût avec Tate Beaumont.

Tate se sentait frustrée de ne pas passer suffisamment de temps seule avec Matthew. En dehors de la plongée, bien sûr, mais dans ces moments-là, la communication n'était pas facile. Et les contacts physiques étaient pour le moins limités.

Tandis qu'elle fouillait les retombées de la suceuse à air, elle décida qu'il était temps de changer tout cela. Pas plus tard qu'aujourd'hui. Après tout, c'était son vingtième anniversaire.

L'œil aux aguets, elle faisait le tri parmi tout ce qui retombait du tuyau : clous, pointes de fer, coquillages, une petite boîte de bronze, une pièce d'argent incrustée dans un morceau de corail, un sextant, un crucifix de bois, une jolie tasse en porcelaine coupée en deux.

Soudain, elle vit passer un éclat doré.

Elle scruta avidement le nuage pour essayer de retrouver la course de ce scintillement. Elle imaginait déjà un doublon d'or, un bijou ancien d'une valeur inestimable... enfin, elle referma les doigts autour de la pièce d'or. Lorsqu'elle les rouvrit, ses yeux s'emplirent de larmes.

Il ne s'agissait pas d'une pièce de monnaie ni d'un joyau noyé depuis des siècles ; ce n'était pas non plus un artéfact. Mais, pour Tate, cet objet n'avait pas de prix. Elle contempla la perle accrochée au joli médaillon en or. Puis, elle se tourna et vit que Matthew avait écarté le tuyau de la suceuse à air et la regardait. Il dessina une série de lettres dans l'eau : JOYEUX ANNIVERSAIRE. Tate pouffa de rire et nagea vers lui. Ignorant les bouteilles et les tuyaux, elle prit la main de son compagnon et la pressa contre sa joue.

Il la laissa faire, un moment, puis se dégagea et lui fit signe de retourner à sa place.

De nouveau, la suceuse à air se mit à aspirer du sable. Tate l'ignora un instant pour admirer le ravissant bijou à son poignet. Quand elle reprit son travail, son cœur chantait de bonheur et d'amour.

Matthew concentra ses efforts sur le côté du monticule de barres de lests qui regardait la terre. Avec une patience infinie, il sondait le sable, creusant un cercle toujours plus large, tandis que Tate continuait de trier ce qui retombait du tuyau. Puis, comme il levait la tête, il aperçut, à travers le nuage qu'il soulevait, le barracuda qui semblait lui sourire.

Pris d'une impulsion, il changea légèrement de position. Il n'était pas d'une nature superstitieuse, mais un homme de la mer aime à reconnaître certains signes et à respecter les traditions. Leur ami Smiley venait rôder chaque jour au même endroit. Il pouvait aussi bien s'en servir comme d'une balise.

Tate regarda Matthew soulever la suceuse à air et la porter à quelques mètres vers le nord. Puis elle reporta son attention sur un banc de balistes qui passait tout près d'elle.

Soudain, elle entendit un objet tomber sur l'une de ses bouteilles. Elle se remit au travail, et ce fut à peine si elle réagit lorsqu'elle aperçut le scintillement de l'or pour la première fois. Elle fronça les sourcils et regarda le lit de sable, sur lequel plusieurs pièces d'or semblaient avoir poussé brusquement, comme des fleurs. Stupéfaite, elle se pencha et ramassa un doublon. Sur un côté, était gravé le visage d'un roi espagnol mort depuis bien longtemps.

Elle lâcha la pièce. Puis, prise d'une fièvre subite, elle se mit à les ramasser par poignées, puis à les fourrer dans sa combinaison et dans son sac, ignorant les autres objets qui tombaient du tube. Les morceaux de conglomérat pleuvaient sur elle, mais elle ne le voyait plus.

Elle compta cinq doublons, dix, puis vingt, et d'autres encore. Elle laissa échapper un rire. L'air lui manquait. Et, lorsqu'elle leva la tête, elle vit que Matthew lui souriait.

Ils avaient trouvé le trésor du *Santa Margarita*.

Comme dans un rêve, Tate nagea vers son compagnon et lui prit la main. Il lui désigna le trou qu'il avait fait et, à travers le sable, elle aperçut un verre de cristal parfaitement préservé, d'autres pièces d'or, des médaillons, des formes calcifiées d'artéfacts, et aussi un rectangle noirci dans lequel elle devina aussitôt un lingot d'argent.

En se penchant pour ramasser une lourde chaîne en or, Tate sentit ses oreilles bourdonner. Lentement, elle souleva le bijou de son lit de sable et découvrit une croix couverte d'une croûte de vie sous-marine… et d'émeraudes.

Elle se tourna alors vers son compagnon, et lui passa la chaîne autour du cou. Matthew toucha la croix. Il se sentait profondément ému par ce geste si simple et si généreux. Il aurait voulu dire à Tate ce qu'il ressentait, mais il ne put que lui faire signe de remonter à la surface.

Tate acquiesça d'un signe de tête et se mit à nager vers la lumière.

Quand elle sortit la tête de l'eau, elle était incapable de parler. C'était à peine si elle pouvait respirer. Elle nagea jusqu'à l'*Adventure* et, quand elle se hissa à bord, elle tremblait comme une feuille.

— Ça va, ma jolie ? lui demanda Buck d'un air soucieux. Puis il cria à l'adresse de Ray :

— Viens vite ! La gosse a quelque chose.

— Mais non, mais non, tout va bien, dit-elle en avalant un grand bol d'air.

— Allonge-toi et ne bouge pas.

Buck s'activait autour d'elle comme une vraie mère poule. Il la débarrassa de son masque et tressaillit de soulagement lorsqu'il entendit Matthew se hisser à son tour à bord du bateau.

— Qu'est-ce qui s'est passé ? demanda-t-il sans se retourner.

— Pas grand-chose, répondit Matthew en posant sa ceinture de plombs.

— Mon œil ! La petite est blanche comme un linge. Ray, apporte un peu de cognac.

Ray et Marla étaient déjà là. Leurs voix résonnaient dans la tête de Tate. Des mains la tâtaient, cherchant une blessure. Soudain, elle fut prise d'un fou rire.

— Je vais bien, affirma-t-elle entre deux hoquets. Nous allons même très bien, tous les deux. Pas vrai, Matthew ?

— Ouais, super. On a juste eu une drôle de surprise, là-dessous.

— Quel genre de surprise ? demanda Marla d'un air inquiet. Tate n'arrête pas de trembler.

— Je vais vous expliquer, dit la jeune fille. Mais il faut que je me lève. Laissez-moi me lever, insista-t-elle en sentant revenir son fou rire.

Elle écarta les mains qui s'empressaient autour d'elle et se redressa. Puis, elle retourna son sac et fit glisser la fermeture Eclair de sa combinaison.

Une pluie de pièces d'or tomba sur le pont.

— Nom de Dieu ! s'exclama Buck.

— On a trouvé le trésor.

Tate renversa la tête en arrière et hurla vers le soleil.

— On a trouvé le trésor !

Elle prit ses parents par le cou et les entraîna dans une danse endiablée. Puis, elle planta un baiser sur le crâne chauve de Buck qui regardait fixement les pièces d'or, d'un air incrédule.

Une fraction de seconde plus tard, elle se jeta dans les bras de Matthew, et faillit le faire tomber. Lorsqu'il retrouva l'équilibre, il était très ému. Il aurait dû repousser Tate et n'attribuer cette étreinte qu'à l'excitation du moment, mais il n'en eut pas la force, et il la serra contre lui à l'étouffer.

Finalement, ce fut elle qui se dégagea, les yeux brillants.

— J'ai cru que j'allais m'évanouir en voyant toutes ces pièces d'or, dit-elle.

— Nous formons une bonne équipe, murmura Matthew.

— Une équipe fantastique, oui !

Elle le prit par la main, et ils rejoignirent Ray et Buck qui enfilaient déjà leurs combinaisons.

— Tu aurais dû voir ça, papa ! Matthew actionnait la suceuse à air comme si ç'avait été un pendule !

Elle se mit à raconter tous les détails de la découverte. Seul Matthew s'aperçut que Marla demeurait étrangement silencieuse.

— Je vais descendre prendre des photos, reprit Tate en fixant deux nouvelles bouteilles à son gilet stabilisateur. Il faut réunir le plus de documentation possible. Tels qu'on est partis, on va sûrement faire la couverture du *National Geographic*.

— Ne mettons pas la charrue avant les bœufs ! dit Buck en rinçant son masque. Mieux vaut laisser les journalistes en dehors de tout ça, et garder le profil bas. En tout cas, pour le moment.

Il regarda autour de lui, comme s'il s'attendait à voir surgir une douzaine de bateaux.

— Les découvertes comme celle-ci sont rarissimes, et j'en connais qui seraient prêts à tout pour s'approprier une part du gâteau.

Tate sourit et se laissa tomber dans l'eau.

— Mets le champagne au frais, Marla ! cria Ray. Nous avons deux événements à fêter. Tate va avoir droit à une sacrée soirée d'anniversaire.

Il sourit à Buck.

— Prêt, coéquipier ?

— Prêt, patron.

Ils descendirent la suceuse à air et disparurent sous l'eau.

Matthew rajouta un peu de carburant dans le compresseur et remercia Marla qui venait de lui apporter un grand verre de thé glacé.

— Quelle journée, hein ? lui dit-elle.

— Ouais. Ça n'arrive pas souvent.

— Comme vous dites ! Je ne pensais pas pouvoir être de nouveau aussi heureuse.

Elle s'installa dans un fauteuil.

— Car j'ai été très heureuse dans ma vie, vous savez ? Grâce à mon mari, et aussi à ma fille. Tate nous a donné beaucoup de joie. Elle est intelligente, passionnée, généreuse.

— Et vous aimeriez que je garde mes distances, conclut Matthew.

— Je ne sais pas, répondit Marla avec un sourire. Je ne suis pas aveugle, Matthew. J'ai vu les étincelles entre vous. Et c'est bien naturel. Vous êtes jeunes, beaux, et vous vivez en ce moment dans un espace restreint.

— Il ne s'est rien passé.

— Je vous remercie de me le dire, mais, voyez-vous, cela ne m'empêche pas de m'inquiéter. Tate a toute la vie devant elle et tant de possibilités. Je voudrais qu'elle ait tout, au moment le plus opportun. En fait, je suis juste en train de vous demander de faire attention. Si elle est amoureuse de vous…

— Nous n'avons pas parlé de ça, répliqua vivement Matthew.

— Si elle est amoureuse de vous, répéta Marla, elle mettra tout le reste de côté. Tate pense avec son cœur. Oh, elle se croit pleine de bon sens, dotée d'un esprit pratique. Et c'est vrai, tant que ses émotions n'entrent pas en ligne de compte. Soyez prudent avec elle.

Sur ces mots, elle se leva.

— Je vais vous préparer quelque chose à manger.

Elle posa une main sur l'épaule de Matthew, puis elle se dressa sur la pointe des pieds et déposa un baiser sur sa joue.

— Vous, asseyez-vous au soleil et profitez de votre heure de gloire.

6.

En l'espace de quelques jours, le fond de la mer fut criblé de trous. Le *Santa Margarita* cédait généreusement ses trésors. Entre la suceuse à air et les fouilles effectuées simplement à la pelle ou à mains nues, les deux équipes récupérèrent toutes sortes d'objets allant de l'ordinaire au spectaculaire : une écuelle de bois rongée par les vers, une magnifique chaîne en or, des cuillers, une croix somptueuse incrustée de perles… Tous ces objets étaient cueillis dans le sable où ils avaient reposé, pendant des siècles, et remontés à la surface dans des seaux.

De temps en temps, un bateau de plaisance passait près d'eux, et les passagers leur faisaient des signes. Si Tate était à bord, elle s'appuyait contre la rambarde et bavardait avec eux. Il n'y avait pas moyen de cacher le nuage trouble que provoquait la suceuse à air, sous l'eau. La rumeur commençait à s'étendre. Ils se contentaient de minimiser l'importance de leurs progrès. Mais la perspective de voir arriver d'autres chasseurs de trésor les incitait à redoubler d'efforts.

— Une déclaration officielle ne signifie rien du tout pour certains de ces pirates, dit Buck à l'adresse de Tate. Il faut se méfier, et surtout ne pas se laisser marcher sur les pieds.

Il finissait d'enfiler sa combinaison, et il prit le masque qu'elle lui tendait.

— Enfin, il faut être malin. Nous allons être riches, Tate.

— Je n'en doute pas un instant, répondit la jeune fille. Nous avons déjà découvert bien plus de choses que je n'aurais osé l'imaginer.

— Tu peux imaginer encore davantage, lui dit Buck. C'est bien qu'il y ait deux jeunes gens comme toi et Matthew dans l'équipe. Vous pourriez travailler vingt heures sur vingt-quatre, s'il le fallait. Tu es une sacrée plongeuse, tu sais. Et douée pour les fouilles, aussi.

— Merci, Buck.

— Je ne connais pas beaucoup de femmes qui en sont capables.

Tate leva les sourcils d'un air surpris.

— Vraiment ?

— Mais oui, vraiment. Et ne me sors pas le sempiternel refrain sur l'égalité des sexes. Je ne fais que constater une réalité. Il y a des tas de filles qui plongent correctement mais, quand il faut vraiment se mettre au travail, elles ne tiennent pas le coup. Contrairement à toi.

Tate réfléchit un instant.

— Je vais prendre ça comme un compliment, dit-elle finalement.

— Et tu auras bien raison. Cette équipe est la meilleure de toutes celles avec lesquelles j'ai travaillé, depuis l'époque où je plongeais avec mon père et mon frère.

Il s'installa sur la rambarde et donna une bourrade à Ray.

— Evidemment, une fois qu'on aura tout remonté, il faudra que je me débarrasse de ce rigolo, là.

Il enfila son masque et sourit.

— Je crois que je vais l'assommer avec ses propres palmes.

— Que tu dis ! riposta Ray en enjambant le bastingage. Seulement, j'ai déjà décidé que j'allais t'étouffer avec un coussin. Le trésor m'appartient.

Il éclata d'un grand rire diabolique.

— Il est à moi, tu m'entends ? Rien qu'à moi !

Il roula des yeux, fourra l'embout de son détendeur dans sa bouche et sauta dans l'eau.

— Ils sont complètement cinglés, ces Sudistes ! Attends-moi, j'arrive ! cria Buck en sautant à son tour.

Tate le regarda disparaître sous l'eau et secoua la tête.

— Ils sont fous. On dirait deux gamins en train de faire les quatre cents coups.

Elle se tourna vers Matthew.

— Je n'ai jamais vu mon père s'amuser autant, lui dit-elle.

— Je peux en dire autant de Buck. Il n'est jamais aussi détendu. Sauf quand il a avalé un demi-litre de whisky.

— Ce n'est pas seulement à cause du trésor, dit Tate en tendant la main à son compagnon.

— Peut-être pas, mais ça aide.

— Ils seraient devenus amis, de toute façon. Avec ou sans trésor. Comme nous, ajouta Tate en embrassant Matthew du bout des lèvres. Nous nous serions trouvés, Matthew. C'était écrit.

— Comme il était écrit que nous devions retrouver le *Santa Margarita*.

— Non. Ça, c'est différent.

Elle se blottit contre lui et l'embrassa de nouveau. Ses lèvres étaient chaudes et douces, irrésistibles, et Matthew sentit qu'il n'allait pas pouvoir résister très longtemps à la tentation. Tate était partout autour de lui. Il aimait son odeur, sa saveur. Il les aurait reconnues de très loin, même s'il avait été aveugle, sourd et complètement idiot.

Jamais une femme ne l'avait séduit ainsi. Il la voulait tellement qu'il en était terrifié.

Et, lorsqu'elle se dégagea, le regard rêveur, les lèvres un peu enflées, il vit qu'elle n'avait aucune conscience du besoin qu'elle faisait naître en lui, aucune idée de son désespoir ou de ses terreurs.

— Qu'est-ce qui ne va pas ? lui demanda-t-elle en touchant doucement sa joue. Tu as l'air si grave.

— Rien. Ça va.

Matthew fit un effort surhumain pour reprendre son sang-froid et faire naître un sourire sur son visage.

— Je me disais que c'était vraiment dommage.

— Quoi donc ?

— Eh bien, quand Buck aura réglé son compte à Ray, ce sera mon tour de me débarrasser de toi.

Tate cligna des yeux et pencha la tête de côté.

— Ah oui ? Et tu comptes t'y prendre comment ?

— Je crois que je vais t'étrangler. Ensuite, je te jetterai par-dessus bord. Il va sans dire que nous gardons Marla. On l'enchaînera à la cuisinière. Il faut bien manger.

— Comme c'est bien pensé ! Evidemment, ton petit plan ne marche que si je ne t'attrape pas la première, ajouta-t-elle en lui chatouillant les côtes.

Matthew éclata de rire et se plia en deux. Puis il essaya de l'attraper. Mais elle se dégagea prestement et, lorsqu'il eut repris son souffle, elle se tenait à tribord du rouf.

— Ah, tu veux jouer ? fit-il d'un air menaçant.

Il se lança à bâbord pour lui couper la route. Mais elle l'attendait avec un seau rempli d'eau. Il essaya bien de se mettre à l'abri, mais elle fut plus rapide que lui et lui lança le contenu du récipient à la figure. Puis elle éclata de rire en le voyant tousser et dégouliner d'eau de mer.

Mais lorsqu'il eut essuyé ses yeux et qu'elle vit son regard, elle poussa un cri et battit en retraite. Sa seule erreur fut de lâcher le seau.

Au même instant, Marla sortit du rouf et heurta sa fille de plein fouet.

— Seigneur ! C'est la guerre ? s'exclama-t-elle.

— Maman ! cria Tate en se cachant derrière elle.

A cet instant précis, Matthew faisait le tour de la cabine avec le seau plein d'eau. Il s'immobilisa.

— Vous devriez vous écarter, Marla. Ça risque de dégénérer.

Tate enroula les bras autour de la taille de sa mère.

— Non ! s'écria-t-elle. Maman reste là !

— Allons, allons, les enfants, dit Marla en tapotant la main de sa fille.

— C'est elle qui a commencé ! déclara Matthew.

Il riait comme un fou. Il y avait des années qu'il ne s'était senti aussi bien, aussi libre et heureux.

— Allez, espèce de poltronne ! lança-t-il à l'adresse de Tate. Lâche ta mère et viens recevoir ce que tu mérites.

— Jamais ! Tu as perdu, Lassiter. Tu n'oseras jamais arroser maman.

Matthew plissa les yeux et considéra son seau d'eau. Lorsqu'il releva la tête, la jeune fille lui jetait des regards effrontés en battant des cils.

— Désolé, Marla, dit-il.

Puis, sans plus de scrupules, il les aspergea toutes les deux. Un concert de cris s'éleva sur le pont, tandis que Matthew courait chercher des munitions.

La bataille fut rude, mais comme Marla s'était jetée dans la mêlée avec un enthousiasme qu'il ne pouvait pas prévoir, Matthew dut bientôt s'incliner et, pour éviter la honte, il plongea par-dessus bord.

— Bravo, maman ! fit Tate, à bout de souffle.

— J'ai fait ce qui s'imposait, répondit Marla en passant une main dans ses cheveux mouillés.

Elle avait perdu son chapeau dans le combat, et son chemisier et son short étaient trempés. Elle se pencha, néanmoins, pour s'enquérir de l'état de son adversaire, et put constater avec soulagement qu'il faisait tranquillement la planche.

— Vous acceptez de vous rendre, Yankee ?

— Oui, madame. Je reconnais la supériorité de votre équipe.

— Alors, remontez vite à bord, mon ami. Je m'apprêtais à préparer des beignets de crevettes, lorsque j'ai été interrompue.

Il nagea vers l'échelle, puis hésita un instant, et regarda Tate d'un air soupçonneux.

— On fait une trêve ?

— On fait même la paix, répondit-elle en lui tendant la main.

Dès qu'ils se touchèrent, Tate comprit ce qu'il avait en tête.

— N'y pense même pas, Lassiter ! lui dit-elle en plissant les yeux.

L'idée de la faire basculer dans l'eau lui avait effectivement traversé l'esprit, mais il décida de prendre sa revanche une autre fois. Il atterrit sur le pont et écarta de ses yeux ses cheveux dégoulinants.

— Au moins, ça nous a rafraîchis.

— Je n'aurais jamais cru que tu arroserais maman.

Il sourit et s'installa sur une chaise.

— Parfois, les innocents doivent souffrir. Elle est formidable, tu sais. Tu as de la chance.

— Ouais.

Tate s'assit à côté de lui.

— Je ne t'ai jamais entendu parler de ta mère, reprit-elle.

— Parce qu'il n'y a pas grand-chose à en dire. Elle a mis les voiles quand j'étais gosse.

— Mis les voiles ?

— Ouais. La maternité ne devait pas beaucoup l'intéresser. On était en Floride, à l'époque. Mon père et Buck réparaient des bateaux. On n'a jamais été riches, mais là, c'était vraiment une période de vaches maigres. Je me rappelle que mes parents se disputaient souvent. Un jour, ma mère m'a laissé chez les voisins en prétextant qu'elle avait des courses à faire. Elle ne voulait pas m'avoir dans les pattes.

Il eut un haussement d'épaules.

— Elle n'est jamais revenue.

— C'est terrible, murmura Tate. Je suis désolée.

— Bah, on s'est débrouillés.

— Tu ne l'as plus jamais revue ? demanda Tate d'un air incrédule.

— Non. Elle avait sa vie, on avait la nôtre. Et puis, on ne restait jamais longtemps au même endroit. Le nord de la Floride, la Californie, les îles. On se débrouillait plutôt bien. On a fait des fouilles d'épaves au large du Maine, et mon père a rencontré VanDyke.

— C'est qui ?

— Silas VanDyke. L'homme qui l'a tué.

— Mais…

Tate pâlit et se redressa brusquement.

— Si tu sais…

— Je sais, coupa Matthew sur un ton égal. Ils ont été associés pendant environ un an. Enfin, disons plutôt que mon père travaillait pour lui. VanDyke avait découvert un nouveau violon d'Ingres : la chasse aux trésors. C'est un de ces hommes d'affaires richissimes qui pensent pouvoir acheter tout ce qu'ils désirent. C'est comme ça qu'il considérait les trésors : une marchandise qu'il pouvait acheter. Il cherchait un collier. Une amulette. Il était sûr de le trouver aux alentours d'un vaisseau qui avait coulé au large de la Grande Barrière de Corail. Ce n'était pas un grand plongeur, mais il avait du fric. Beaucoup de fric.

— Alors, il a engagé ton père ?

— Le nom des Lassiter signifiait encore quelque chose, à l'époque. Nous avions une certaine réputation. Mon père était le meilleur de sa profession, et VanDyke voulait ce qu'il y avait de meilleur. Mon père l'a entraîné. Il lui a tout appris, et il a été happé par la légende. La Malédiction d'Angélique.

— Qu'est-ce que ça veut dire ? demanda Tate qui semblait fascinée. Buck en a parlé, l'autre soir.

— C'est ce fameux collier, répondit Matthew. Il aurait appartenu à une sorcière qui a été exécutée au seizième siècle, quelque part en France. C'est une chaîne en or avec un énorme rubis au centre, et aussi des diamants. C'est un bijou d'une valeur inestimable. Mais ce qui intéressait VanDyke, par-dessus tout, c'était le pouvoir dont il aurait été investi s'il l'avait possédé. Il prétendait même avoir un lien de parenté avec la sorcière.

Il secoua la tête.

— Des conneries, bien sûr, mais il y a des hommes qui tuent pour moins que ça.

— Quel genre de pouvoir ?

— Magique. On dit que le collier est ensorcelé. Quiconque le possède a tout ce qu'il désire : pouvoir, richesse… à condition de le contrôler. Par contre, si c'est le collier qui a le contrôle, son propriétaire perd tout. Comme je te le disais, tout ça est complètement idiot. Mais VanDyke a la maladie du pouvoir : il a besoin de tout contrôler.

— C'est fascinant, dit Tate, tout en se promettant d'effectuer des recherches sur cette légende à la première occasion. Je n'avais encore jamais entendu cette histoire.

— Il n'y a pas beaucoup de documentation sur le sujet : juste des bouts d'information, ici et là. Le collier est passé de main en main, et il a soi-disant causé des ravages. C'est comme ça qu'il a acquis sa réputation.

— Comme le diamant Hope.

— Ouais, si on avale ce genre d'histoires.

Il la regarda un instant sans rien dire, puis ajouta :

— Ce qui est sûrement ton cas.

— Bien entendu ! répliqua la jeune fille sur le ton de la plaisanterie. Est-ce que VanDyke l'a retrouvé ?

— Le collier ? Non. Il pensait que mon père savait où il était. Il s'est mis dans la tête que papa essayait de le doubler. Il n'avait pas tort, d'ailleurs. D'après Buck, papa avait retrouvé des papiers qui lui faisaient penser que le collier avait été vendu à un riche marchand espagnol ou à un aristocrate. Il avait fait beaucoup de recherches, et il avait fini par en déduire que le collier se trouvait à bord de l'*Isabella*. Mais il n'en avait parlé qu'à Buck.

— Il n'avait pas confiance en VanDyke ?

— Il aurait dû se méfier encore davantage. Je les ai entendus se disputer, la nuit qui a précédé cette dernière plongée. VanDyke l'accusait de cacher le collier. Mon père lui a ri au nez. Il lui a dit qu'il était fou. Le lendemain, il était mort.

— Tu ne m'as jamais dit comment ça s'est passé ?

— Il s'est noyé. L'enquête a conclu que l'équipement n'avait pas été vérifié correctement. C'est faux. C'était moi qui en étais responsable. Tout était parfait quand j'ai regardé, ce matin-là. VanDyke a saboté les bouteilles. Quand mon père a atteint vingt mètres de profondeur, il s'est retrouvé en train d'avaler trop d'azote.

— Narcose, murmura Tate. L'ivresse des profondeurs.

— Ouais. VanDyke a prétendu qu'il avait essayé de l'aider à remonter à la surface mais que mon père s'était débattu. Toujours d'après la version de VanDyke, puisque c'est la seule que nous ayons, il a voulu remonter pour aller chercher de l'aide, mais mon père l'en empêchait. Je suis descendu dès que ce salopard a émergé avec son histoire à dormir debout, mais, bien sûr, il était trop tard.

— C'était peut-être un accident, Matthew. Un terrible accident.

— Non. Et ce n'est pas non plus la Malédiction d'Angélique, comme Buck s'obstine à le croire. C'était un meurtre. J'ai bien vu la tête de cette ordure quand j'ai remonté le corps de mon père. Il souriait.

— Oh, Matthew, fit la jeune femme en se blottissant contre lui dans son désir de le consoler. Ça a dû être horrible pour toi.

— Un jour, je retrouverai l'*Isabella* et le collier. VanDyke viendra le chercher et je l'attendrai.

Tate sentit un frisson la parcourir tout entière.

— N'y pense pas, murmura-t-elle.

— Ça ne m'arrive pas très souvent.

Il glissa un bras autour des épaules de la jeune fille.

— Comme je te l'ai déjà dit, le passé est passé. Et cet après-midi est trop beau pour ruminer des vilains souvenirs. On devrait prendre une journée de vacances, dans la semaine. Louer des skis ou faire du parapente.

— Du parapente ? répéta Tate en levant les yeux vers le ciel. Tu en as déjà fait ?

— Je ne connais rien de mieux que de voler au-dessus de l'eau. Après la plongée, bien sûr.

— Je suis partante. Mais si tu veux convaincre le reste de l'équipe de prendre une journée de repos, on a intérêt à se mettre au travail. Va chercher ton marteau, Lassiter.

Ils venaient à peine de s'attaquer à un morceau de conglomérat lorsqu'ils entendirent un hurlement, à bâbord. Tate se redressa et s'approcha du bastingage.

— Matthew, dit-elle aussitôt d'une voix mal assurée. Viens voir.

Elle s'éclaircit la gorge.

— Maman ! Apporte la caméra. Mon Dieu, dépêche-toi !

— Pour l'amour du ciel, Tate, je suis en train de faire frire des crevettes ! s'exclama Marla en sortant sur le pont. Je n'ai pas le temps de faire du cinéma.

Tate se tourna vers elle et la regarda en riant d'un air un peu fou.

— Quand tu auras vu ça, je crois que tu changeras d'avis.

Marla s'approcha de sa fille et regarda par-dessus bord. Buck et Ray nageaient vers le bateau en riant. Ils portaient à eux deux un seau rempli de doublons d'or.

— Seigneur ! fit Matthew. Il est plein ?

— A ras bord ! hurla Ray. Et on en a rempli deux autres, en dessous.

— Tu n'as encore jamais rien vu de pareil, Matthew ! dit Buck. On est riches comme des rois. Il y en a des milliers et des milliers. Bon, vous avez l'intention de hisser ça à bord, ou vous voulez qu'on vous les lance une par une ?

Ray éclata de rire, et les deux hommes se tapèrent mutuellement sur la tête. Des pièces tombèrent du sceau, comme des poissons.

— Attendez, attendez, que je vous cadre, marmonna Marla en riant et en jurant tout à la fois. Je n'arrive pas à trouver le bouton pour filmer.

— Je vais le faire, dit Tate.

Elle prit la caméra des mains de sa mère et porta le viseur à son œil droit.

— Allez-y, souriez !

— Ils vont se noyer, si ça continue, dit Matthew en attrapant la corde et en remontant le seau. Nom d'un chien, c'est lourd ! Donnez-moi un coup de main.

Marla poussa des grognements et faillit passer par-dessus bord, mais elle aida Matthew à tirer sur la corde, tandis que Tate filmait la scène.

Quand le seau fut sur le pont, la jeune fille y plongea les mains avec émerveillement.

— Mon Dieu, qui aurait pu imaginer une chose pareille ?

— Je t'avais dit de ne pas museler ton imagination ! cria Buck. Marla, sortez votre plus jolie robe : on va danser, ce soir.

— Eh, l'ami, c'est à ma femme que tu parles !

— Elle ne le sera plus une fois que je t'aurai tué. Bon, je vais chercher un autre seau.

— Moi aussi.

Tate courut mettre sa combinaison.

— Je descends avec la caméra… Je veux filmer tout ça et leur donner un coup de main.

— Je te suis, dit Matthew. Marla… je crois que vos crevettes sont en train de brûler.

— Mon Dieu !

Elle se précipita vers la cuisine en serrant toujours entre ses doigts une grosse poignée de doublons. Tate se dandinait pour enfiler sa combinaison.

— Tu sais ce que ça signifie ? demanda-t-elle à Matthew.

— On est riches ! répondit-il en la soulevant dans ses bras et en la faisant tournoyer.

— Imagine tous les équipements que nous allons pouvoir acheter ! Un sonar, des magnétomètres, un bateau plus grand… Deux bateaux plus grands. Et un ordinateur pour répertorier tous les artéfacts.

— On devrait peut-être s'offrir un submersible, pendant qu'on y est, suggéra Matthew.

— D'accord. Rajoute ça à la liste. Un submersible avec de la robotique pour pouvoir sonder l'abysse, pendant notre prochaine expédition.

Il accrocha sa ceinture de plombs.

— Tu ne veux pas des fringues, des voitures, des bijoux ?

— Ce n'est pas une priorité, mais j'y réfléchirai… Maman ! On rejoint papa et Buck pour leur donner un coup de main.

— Essayez donc de m'attraper quelques crevettes, dit Marla en sortant avec une assiette pleine de petits tas noirs. Celles-ci ne sont plus bonnes à manger.

— Marla, je vais vous acheter une cargaison de crevettes, et tout un camion de bières ! s'exclama Matthew.

Puis, obéissant à une impulsion, il prit le visage de Marla entre ses mains et l'embrassa en plein sur la bouche.

— Je vous aime, déclara-t-il avec élan.

— Ça l'ennuierait de me le dire à moi ? marmonna Tate à mi-voix.

Puis elle sauta dans l'eau. Elle commença par descendre les pieds devant, puis elle tourna gracieusement sur elle-même et se mit à nager vers le fond. Elle suivit la corde qui permettait aux plongeurs de situer le bateau, traversa le nuage de sable qu'avait soulevé la suceuse à air, et déboucha dans l'eau claire.

Ray et Buck étaient là. Ils avaient posé un deuxième seau d'or à côté d'eux, et ils fouillaient le sable.

Tate prit une photo au moment où Buck tendait à Ray une brique noircie qui était, en fait, un lingot d'argent.

Les poissons nageaient autour d'eux, formant un véritable carrousel vivant. Il y avait des médaillons, d'autres pièces d'or, des briques oblongues d'argent décoloré... Ray trouva une dague dont la poignée et la lame étaient encroûtées de vie marine. Il fit mine d'attaquer Buck avec son épée, et son adversaire brandit un lingot pour se défendre.

Matthew, qui avait rejoint Tate, secoua la tête et tapota sa tempe avec son index.

« Oui, songea la jeune femme. Ils sont fous. Et c'est merveilleux. »

Elle prit des photos sous plusieurs angles, pour obtenir de bons clichés de la petite pyramide de lingots, ainsi que de l'étrange sculpture formée par la fusion des pièces d'or et des médailles, à côté du seau.

Elle imaginait déjà la couverture du *National Geographic*. Le musée Beaumont serait bientôt une réalité.

Son père s'approcha d'elle et lui offrit la dague. Avec son couteau de plongée, elle gratta délicatement la surface de la poignée, et elle ouvrit de grands yeux étonnés en découvrant le scintillement écarlate d'un rubis. Elle glissa l'arme blanche dans sa ceinture de plombs, comme un boucanier.

Matthew et Buck indiquèrent alors qu'ils allaient remonter le prochain chargement. Ray fit mine de déboucher une bouteille de champagne, et sa suggestion fut accueillie par des hochements de têtes affirmatifs. Puis, les deux hommes remontèrent vers la surface en tenant chacun un côté du seau.

Tate fit signe à son père d'aller se planter près de la pile de lingots et d'y poser un de ses pieds palmés. Il se prêta au jeu de bonne grâce, et elle prit plusieurs photos. Puis, en pouffant de rire, elle lâcha l'appareil amphibie qui demeura suspendu à sa taille.

Elle remarqua alors que tous les poissons étaient partis. Même Smiley avait disparu. Rien ne bougeait, dans l'eau, et le silence était devenu étrangement lourd.

Elle leva les yeux vers le nuage et vit les ombres de Matthew et Buck qui portaient leur butin vers la surface.

Puis, elle vit le cauchemar.

Il arriva si vite, si discrètement, que son esprit commença par le rejeter. D'abord, il n'y eut rien d'autre que les silhouettes des hommes nageant à travers le nuage d'eau et de sable, et le soleil, dont quelques rayons perçaient cette masse opaque. Puis, l'ombre surgit de nulle part.

Quelqu'un poussa un hurlement. Plus tard, son père lui dirait que le cri avait jailli d'elle et qu'il l'avait alerté. Déjà, elle nageait furieusement pour remonter.

Le requin était plus long qu'un homme. Il pouvait mesurer trois mètres. Ses mâchoires étaient ouvertes : il était prêt à attaquer. Tate comprit le danger. Elle poussa un autre cri, mais il était trop tard.

Les deux hommes se séparèrent brusquement, comme s'ils avaient été propulsés par une force invisible. La gorge nouée par la terreur, Tate vit le requin attraper Buck entre ses mâchoires et le secouer comme un chien secoue un rat. La violence de l'agression arracha le masque et le détendeur du plongeur, que le requin continuait de secouer, dans l'eau qui se tachait de sang.

Sans même avoir conscience de son geste, Tate saisit son couteau.

Le requin plongea, sans lâcher sa victime. Au même instant, Matthew enfonça la lame de son propre couteau dans sa chair. Il avait visé le cerveau mais l'avait manqué. Le poisson tournait comme un fou tant il était excité par l'odeur et le goût du sang, mais il ne lâchait pas sa proie.

Matthew frappa encore, et encore.

Buck était mort. Il savait que Buck était mort. Et il n'avait qu'une seule pensée : tuer. L'œil noir et vitreux du requin était fixé sur lui. Soudain, il tourna et devint blanc. Libéré, le corps de Buck se mit à dériver dans le sang, tandis que le requin cherchait une nouvelle proie.

Matthew se prépara à tuer ou à mourir. Et soudain, Tate jaillit à travers le nuage de sable, comme un ange guerrier, une dague ancienne dans une main, son couteau de plongeur dans l'autre.

La peur de Matthew décupla. Il vit avec horreur le requin se tourner vers la jeune fille et charger. Matthew fonça vers le rideau de sang et frappa de nouveau l'animal pour l'empêcher d'aller plus loin.

Avec une force née de la terreur, il enfonça son arme jusqu'à la garde et pria comme il ne l'avait jamais fait. Et il s'accrocha, tandis que le requin ruait violemment. De son côté, Tate avait réussi à lui ouvrir le ventre.

Alors, Matthew lâcha la carcasse et vit Ray qui remontait péniblement vers eux, son couteau dans une main, et le bras enroulé autour du corps inconscient de Buck. Sachant que l'eau ensanglantée pouvait attirer les spécimens les plus dangereux, Matthew entraîna Tate vers la surface.

— Grimpe dans le bateau, lui ordonna-t-il.

Mais elle était blanche comme la craie, et elle semblait sur le point de s'évanouir. Il la gifla, une fois, deux fois, jusqu'à ce qu'elle le regardât de nouveau.

— Monte sur ce foutu bateau, cria-t-il. Hisse l'ancre. Dépêche-toi.

Elle hocha la tête en sanglotant et se mit à nager maladroitement vers l'*Adventure*. Ses mains glissaient sur l'échelle, et elle avait oublié d'ôter ses palmes. Elle voulut crier à l'aide, mais aucun son ne sortit de sa bouche. Sa mère avait mis la radio, et la voix de Madonna flottait dans l'air.

Finalement, ses bouteilles s'écrasèrent sur le pont et le bruit attira Marla. L'instant d'après, elle s'agenouillait devant sa fille.

— Maman… Un requin…

Tate tomba à genoux et se mit à cracher de l'eau.

— Buck… Oh, mon Dieu…

— Ça va ? demanda Marla, d'une voix blanche. Ma chérie, est-ce que tu vas bien ?

— C'est Buck. Il faut appeler l'hôpital. Hisse l'ancre. Dépêche-toi.

— Et ton père ? Tate !

— Il va bien. Dépêche-toi, maman. Lance un appel radio.

Marla s'éloigna en courant, et Tate se redressa. Elle ôta sa ceinture de plombs, tout en évitant de regarder le sang sur ses mains. Puis, en titubant légèrement, elle courut vers le côté du bateau.

— Il est vivant, dit Ray en attrapant l'échelle.

Matthew était juste derrière lui, et tous deux soutenaient le corps inerte de Buck.

— Aide-nous à le hisser à bord, reprit-il.

Puis il croisa le regard de sa fille, et ajouta :

— Prépare-toi, chérie.

L'instant d'après, elle comprit l'avertissement de son père. Le requin avait arraché la jambe de Buck au-dessous du genou.

La jeune fille se sentit gagnée par la nausée. Mais elle lutta pour chasser cette horrible sensation. Elle entendit le cri étouffé de sa mère, derrière elle. Mais, lorsqu'elle se tourna, Marla avait déjà pris le contrôle des opérations.

— Va chercher des couvertures, ma chérie. Et des serviettes. Plein de serviettes. Dépêche-toi. Et la trousse de premiers secours. Ray, j'ai fait un appel radio. On nous attend à Frigate Bay. Il vaut mieux que tu prennes le gouvernail.

Elle ôta sa chemise, sous laquelle elle portait un joli soutien-gorge en dentelle blanche. Sans un tressaillement, elle s'en servit pour éponger le sang qui coulait du moignon de la jambe de Buck.

Tate revint bientôt en courant, les bras chargés de serviettes.

— Matthew, presse-les contre la blessure, dit Marla. Le plus fort que tu pourras. Matthew.

Le ton de sa voix était à la fois calme et très ferme. Matthew leva la tête brusquement.

— Il faut appliquer une pression très forte sur la jambe, tu comprends ? Il n'est pas question qu'on le laisse se vider de son sang.

— Il n'est pas mort, dit Matthew d'une voix blanche, tandis qu'elle prenait ses mains et les pressait sur les serviettes qu'elle avait plaquées contre la blessure.

Déjà, une flaque de sang s'étendait sur le pont.

— Non, il n'est pas mort. Et il ne mourra pas. Nous avons besoin d'un garrot.

Soudain, elle remarqua que Buck portait encore sa palme, au pied gauche. Des larmes lui brûlèrent le fond des yeux, mais ses gestes demeuraient rapides et précis. A aucun moment ses mains ne tremblèrent, tandis qu'elle fixait le tourniquet au-dessus du terrible moignon ensanglanté.

— Il faut le garder au chaud, reprit-elle d'une voix égale. Nous serons à l'hôpital d'ici à quelques minutes.

Tate posa une couverture sur Buck et s'agenouilla sur le pont pour prendre la main du blessé. Puis, elle prit celle de Matthew et la serra très fort, tandis que le bateau fendait les flots en direction de la terre.

7.

Matthew était assis par terre, sur le carrelage de l'hôpital, et il s'efforçait désespérément de ne penser à rien. S'il se laissait aller, ne fût-ce qu'un instant, il se retrouvait dans le tourbillon d'eau sanglante, en train de regarder le requin trancher le corps de Buck.

Il savait qu'il reverrait cette image des centaines, des milliers de fois, dans son sommeil : le bouillon aveuglant des bulles, la lutte entre l'homme et le prédateur, la lame de son couteau plongeant et déchirant la peau du poisson.

Chaque fois que la scène se déroulait dans son esprit, il la suivait comme au ralenti, et ce qui n'avait duré que quelques minutes paraissait se prolonger pendant des heures. Il revoyait chaque détail, depuis l'instant où Buck l'avait écarté du passage du requin, jusqu'à l'arrivée précipitée au service des urgences.

Lentement, il leva la main et la plia. Il se rappelait la force avec laquelle les doigts de Buck s'étaient accrochés à cette main, pendant cette course effrénée vers la terre. Buck était en vie, à ce moment-là. Hélas, il se demandait maintenant si ce n'était pas encore pire, car rien ni personne n'aurait pu le convaincre que Buck allait s'en tirer.

La mer semblait prendre un malin plaisir à lui arracher les personnes qu'il aimait le plus.

« C'est peut-être la Malédiction d'Angélique », songea-t-il. Ce foutu collier était là, quelque part ; il attendait patiemment sa prochaine victime. Il avait commencé par emporter son père et, maintenant, c'était le tour de son oncle.

Matthew frotta durement son visage entre ses mains, comme un homme qui se réveille après un long sommeil. D'où lui venaient ces idées absurdes ? Il était en train de devenir fou. Un homme avait assassiné son père, et un requin venait de tuer Buck. Fallait-il qu'il fût de mauvaise foi pour rejeter sa propre incapacité à les sauver sur une amulette qu'il n'avait même jamais vue !

Pour sanglante et morbide que fût l'histoire du joyau, Matthew savait bien qu'il ne pouvait rejeter sa responsabilité sur rien ni sur personne. S'il avait été plus rapide, Buck serait encore là, entier, et s'il avait été plus malin, son père serait encore en vie.

Comme lui-même était en vie. Et il allait devoir porter le poids de sa culpabilité pour le restant de ses jours.

Il posa le front sur ses genoux et s'efforça de mettre un peu d'ordre dans ses pensées. Il savait que les Beaumont se trouvaient au bout du couloir, dans la salle d'attente. Ils lui avaient offert leur soutien, leur réconfort, mais il avait dû s'échapper. Toute cette compassion rendait sa souffrance plus insupportable encore.

Si, par miracle, Buck survivait, ce ne serait pas grâce à lui, mais grâce au calme, à la rapidité et à l'efficacité avec lesquels Marla avait géré la crise. C'était elle qui avait pris le contrôle des opérations. Il n'avait même pas été capable de remplir les papiers, à l'hôpital : il les regardait fixement, jusqu'à ce que Marla les lui prît gentiment des mains et lui posât les questions nécessaires pour pouvoir le faire à sa place.

Matthew découvrait brusquement qu'il ne servait à rien.

— Matthew.

Tate s'accroupit devant lui et lui glissa un gobelet de café entre les mains.

— Viens t'asseoir avec nous.

Il secoua la tête. Machinalement, il porta le gobelet à ses lèvres et avala une gorgée de café. Le visage de Tate était encore livide, et ses yeux rougis, gonflés par les larmes. Mais la main qu'elle avait posée sur le genou de Matthew ne tremblait pas.

Une image passa dans la tête de Matthew : Tate en train de se lancer vers les mâchoires du requin.

— Va-t'en, Tate.

Au lieu de lui obéir, elle s'assit à côté de lui et glissa un bras autour de ses épaules.

— Il va s'en tirer, Matthew. Je le sais.

— Ah oui ? répliqua-t-il sur un ton froid et sec. Tu es devenue diseuse de bonne aventure, d'un seul coup ? En plus du reste ?

— Il faut y croire, insista la jeune femme en posant la tête sur son épaule. Ça aide.

Matthew pensait qu'elle se trompait. Ça faisait mal, au contraire, d'y croire. Tellement mal qu'il se leva brusquement.

— Je vais faire un tour.

— Je viens avec toi.

— Non. Je ne veux pas de toi.

Il se tourna vers elle et laissa sa peur, son sentiment de culpabilité et sa souffrance exploser sous forme de colère.

— Je ne veux pas que tu m'approches.

Tate sentit sa gorge se nouer, ses yeux la brûler, mais elle tint bon.

— Je ne te laisserai pas seul, Matthew. Autant t'y habituer.

— Je ne veux pas de toi, répéta-t-il.

Puis il la prit à la gorge et la poussa contre le mur.

— Je n'ai pas besoin de toi. Va donc chercher ta gentille petite famille et fichez le camp d'ici.

— Matthew, Buck est notre ami, dit Tate en ravalant ses larmes. Et toi aussi.

— Vous ne nous connaissez même pas. Vous êtes juste là pour vous amuser et passer quelques mois au soleil à jouer à la chasse au trésor. Vous avez eu de la chance. Vous ne savez pas ce que c'est de passer des mois et des mois, des années, sans rien trouver. De mourir sans rien.

— Il ne mourra pas, fit Tate dans un souffle.

— Il est déjà mort, répliqua Matthew d'un ton las. Il est mort à la seconde où il m'a protégé. Cet imbécile m'a écarté de la trajectoire du requin.

Les mots jaillissaient de sa bouche, maintenant, tellement douloureux qu'il essaya de leur échapper en se détournant, en cachant son visage entre ses mains. Mais c'était inutile.

— Il m'a poussé et il s'est placé devant moi. A quoi pensait-il ? Et toi, à quoi pensais-tu ? s'exclama-t-il encore, en affrontant de nouveau le regard de Tate. Qu'est-ce qui t'a pris de te jeter comme ça vers nous ? Tu ne sais donc pas que lorsqu'un requin sent le sang, il attaque n'importe quoi. Tu aurais dû retourner vers le bateau. Nous avons eu de la chance que tout ce sang n'attire pas une douzaine d'autres requins. A quoi tu pensais, hein ?

— A toi, répondit-elle posément, le dos plaqué contre le mur. Je suppose que tous les deux, Buck et moi, nous avons pensé à toi. S'il t'était arrivé quelque chose, je n'aurais jamais pu le supporter, Matthew. Je n'aurais pas pu continuer à vivre. Je t'aime.

Matthew la regardait fixement. Personne, de toute sa vie, ne lui avait dit ces mots.

— Alors, tu es stupide, marmonna-t-il en passant une main mal assurée dans ses cheveux.

— Peut-être, répondit-elle d'une voix tremblante. Il faut croire que tu es stupide, toi aussi. Tu n'as pas abandonné Buck. Tu l'as cru mort et tu aurais pu t'enfuir pendant que le requin s'occupait de lui. Mais tu ne l'as pas fait. Pourquoi ne t'es-tu pas mis à l'abri, Matthew ?

Il ne put que secouer la tête. Et lorsqu'elle fit un pas en avant et l'entoura de ses bras, il enfouit son visage dans ses cheveux.

— Tate, murmura-t-il d'une voix brisée.

— C'est bon, répondit-elle en lui caressant le dos. Ça va aller. Accroche-toi à moi.

— Je porte malheur.

— Ne dis pas n'importe quoi. Tu es fatigué. Et rongé par l'inquiétude. Viens t'asseoir. Nous allons attendre tous ensemble.

Elle ne le quitta plus. Les heures passèrent, dans cette sorte d'état second propre à l'attente dans les hôpitaux. Des gens allaient et venaient. On entendait le frottement des semelles de crêpe des infirmières sur le carrelage, l'odeur entêtante du désinfectant qui ne parvient jamais à masquer tout à fait celle de la maladie.

Puis, doucement, la pluie se mit à battre les carreaux.

Tate s'assoupit, la tête sur l'épaule de Matthew. Mais elle se réveilla dès qu'elle sentit son corps se crisper. Instinctivement, elle lui prit la main et se tourna vers le médecin qui venait d'entrer.

C'était un homme jeune. Il avait les traits tirés par la fatigue.

— Monsieur Lassiter, dit-il d'une voix musicale.

Matthew se leva.

— Oui, répondit-il, prêt au pire.

— Je suis le docteur Farrge. Votre oncle a supporté l'opération. Je vous en prie, asseyez-vous.

— Que voulez-vous dire ?

— Il a survécu. Son état reste critique, cependant. Vous savez qu'il a perdu beaucoup de sang. Plus de trois litres. Encore un peu et nous n'aurions pas pu le sauver. Mais son cœur est solide et nous avons bon espoir.

— Vous voulez dire qu'il va vivre ?

— Chaque heure qui passe voit augmenter ses chances.

— Quelles sont-elles, à l'heure qu'il est ?

Farrge regarda Matthew droit dans les yeux. Il savait que trop de gentillesse fait parfois plus de mal que de bien.

— Je dirais qu'il a quarante pour cent de chances de passer la nuit. S'il y arrive, elles continueront à augmenter. Bien sûr, il aura besoin d'être suivi de très près. Quand il ira mieux, je pourrai vous donner les coordonnées de plusieurs médecins spécialisés dans le traitement de patients amputés d'un membre.

— Est-ce qu'il a repris conscience ? demanda Matthew.

— Non. Nous allons le laisser dans la salle de réveil pendant un moment. Puis, nous l'installerons dans l'unité de soins intensifs. Je ne pense pas qu'il revienne à lui avant plusieurs heures. Vous devriez laisser un numéro de téléphone où l'on peut vous joindre, et nous vous appellerons s'il y a le moindre changement.

— Je ne bouge pas, déclara Matthew. Je veux le voir.

— Pas tant que nous ne l'aurons pas transporté dans l'unité de soins intensifs. Et, même là, vous ne pourrez rester que quelques minutes.

— Nous allons prendre des chambres à l'hôtel, dit Ray en se levant.

Il posa une main sur l'épaule de Matthew.

— Nous allons nous relayer.

— Je ne bouge pas, répéta Matthew.

— Matthew, murmura Ray avec gentillesse, nous devons continuer à fonctionner comme une équipe.

Il jeta un coup d'œil vers sa fille et comprit le regard qu'elle lui lançait.

— Marla et moi, nous allons prendre des chambres à l'hôtel et nous organiser un peu. Nous reviendrons vous remplacer dans quelques heures.

Des dizaines de tuyaux étaient reliés au corps immobile allongé dans le lit. Des machines ronronnaient et faisaient entendre leur bip à intervalles réguliers. De l'autre côté du rideau, Matthew entendait les murmures des infirmières, leurs pas rapides, tandis qu'elles s'occupaient des patients.

Il était seul avec Buck et se força à regarder le drap blanc et la manière étrange dont il se creusait, au niveau d'une des jambes. Buck allait devoir s'habituer à l'horrible réalité. Tous les deux devraient s'y habituer.

Si, toutefois, Buck survivait.

Pour l'heure, il avait une mine affreuse, le visage avachi, et son corps était affreusement immobile, sous le drap. Buck était du genre à tourner et virer constamment dans son lit. Il ronflait si fort que la peinture s'écaillait sur les murs.

Pourtant, il gisait là, aussi silencieux, aussi raide qu'un mort dans son cercueil.

Matthew prit la main large et dure de son oncle et la serra entre les siennes, ce qu'il n'aurait jamais osé faire si Buck avait été conscient. Puis, il étudia le visage qu'il croyait connaître aussi bien que le sien.

Avait-il jamais remarqué à quel point les sourcils de Buck étaient épais et grisonnants ? Et depuis quand ces rides s'étaient-elles creusées autour de ses yeux ? En même temps, son front était lisse comme celui d'une petite fille.

Seigneur, songea Matthew en fermant les yeux. Il avait perdu une jambe.

Pris de panique, il posa le front contre le drap.

— Tu as vraiment fait une connerie, quand tu t'es jeté devant moi, reprit-il. Tu voulais peut-être te battre avec le requin ! Il faut croire que tu n'es plus aussi rapide qu'autrefois. Maintenant, tu vas te dire que je te dois une sacrée chandelle. Mais, pour ça, il faut que tu vives. Il faut que tu vives pour récupérer ton butin, aussi.

Il agrippa la main de Buck.

— Tu m'entends ? Tu dois vivre, si tu veux recueillir ton butin. Penses-y. Si tu me laisses tomber maintenant, tu auras tout perdu, et il ne nous restera plus qu'à nous partager ta part du *Santa Margarita*. Ta première grande découverte, Buck, et si tu ne te sors pas de là, tu n'auras même pas l'occasion de dépenser le premier sou.

Une infirmière écarta le rideau, comme pour lui indiquer qu'il était temps de laisser le malade.

— Bon, on me fiche dehors, conclut Matthew, toujours à l'adresse de Buck. Mais je reviendrai. Réfléchis à ce que je viens de te dire.

Dans le couloir, Tate faisait les cent pas, autant par nervosité que pour se maintenir éveillée. Dès qu'elle vit Matthew, elle se précipita vers lui.

— Il a repris connaissance ?

Matthew secoua la tête.

— Non.

Tate lui prit la main.

— Le médecin nous avait prévenus. Ecoute, papa et maman vont nous remplacer, maintenant.

Puis, comme Matthew faisait mine de protester, elle serra ses doigts avec impatience.

— Matthew, écoute-moi. Nous sommes tous concernés. Et Buck va sûrement avoir besoin de nous quatre. Alors, autant commencer maintenant. Toi et moi, nous allons nous installer à l'hôtel, manger quelque chose et dormir quelques heures.

Tout en parlant, elle l'attirait vers l'ascenseur. Elle fit un signe à ses parents, juste avant que les portes métalliques se referment sur eux.

— Nous allons nous appuyer les uns sur les autres, Matthew, enchaîna-t-elle. C'est comme ça que ça marche.

— Si seulement je pouvais faire quelque chose ! murmura-t-il.

— Tu es déjà en train de faire quelque chose, lui répondit Tate avec gentillesse. Nous reviendrons vite. Tu as juste besoin de te reposer un peu. Et moi aussi.

Il la regarda, alors, et, pour la première fois, il remarqua les traces d'épuisement sur son visage. Des cernes mauves ourlaient ses yeux injectés de sang, et sa peau était si pâle qu'elle en devenait presque transparente. Il n'avait pas pensé à elle, se dit-il. Il ne s'était même pas demandé si elle avait besoin de s'appuyer sur lui.

— Il faut que tu dormes, lui dit-il.

— Deux petites heures me feraient du bien, en effet, admit-elle. Ensuite, nous reviendrons et tu retourneras voir Buck. Nous attendrons jusqu'à ce qu'il se réveille.

— Ouais, murmura Matthew. Jusqu'à ce qu'il se réveille.

Dehors, le vent et la pluie s'engouffraient entre les feuilles de palmiers. Le taxi roula en cahotant le long des rues étroites et désertes jusqu'au petit hôtel où les parents de Tate avaient réservé deux chambres. Matthew prit quelques billets dans sa poche et paya le chauffeur. Puis, ils sortirent sous la pluie et entrèrent dans un vestibule décoré de fauteuils en rotin et de plantes grasses.

— Papa m'a donné les clés, dit Tate. Ce n'est pas le Ritz, mais c'est l'hôtel le plus proche. Nous sommes à l'étage.

Ils gravirent les marches, et Tate s'arrêta devant une porte.

— Voilà ta chambre. Papa m'a dit que nous étions juste à côté.

Elle baissa la tête et regarda la clé dans sa main, un instant, avant de reprendre :

— Je peux entrer avec toi ? Je n'ai pas envie de rester seule.

Elle leva les yeux vers lui.

— Je sais que c'est idiot, mais...

— C'est bon, dit-il.

Il lui prit la clé des mains, ouvrit la porte et lui fit signe d'entrer.

La chambre était petite, avec un dessus-de-lit à fleurs rouges et orange et une commode. L'abat-jour était de travers, et Tate alla le redresser, instinctivement, comme si ce geste pouvait rendre la pièce un peu moins triste. La pluie battait furieusement contre la fenêtre.

— Ce n'est pas grand-chose, murmura Tate.

— Pour toi, sans doute. Tu dois être habituée à mieux.

Il se rendit dans la salle de bains et revint avec une serviette.

— Sèche-toi les cheveux, dit-il en la lui tendant.

— Merci. Je sais que tu as besoin de te reposer. Je devrais te laisser seul.

Matthew s'assit sur le lit et ôta ses baskets.

— Tu peux dormir ici, si tu veux. Tu n'as rien à craindre.

— Je ne crains rien.

Il se redressa, poussa un soupir et lui frotta lui-même les cheveux avec la serviette.

— Déchausse-toi et allonge-toi.

— Tu vas rester près de moi ?

Il la regarda tandis qu'elle tirait sur les lacets de ses chaussures de tennis. Il aurait pu lui faire l'amour. Il aurait suffi d'une caresse, d'un mot. Il aurait pu se perdre en elle, tout oublier, ne fût-ce qu'un moment.

Et après ? Il ne pourrait plus jamais se regarder dans une glace.

Il tira le couvre-lit et s'allongea sur le drap. Puis, il tendit la main à Tate. Sans hésiter, elle vint se blottir contre lui et poser la tête sur son épaule.

Matthew éprouva le début d'une réaction, au creux de son ventre, mais elle se transforma très vite en une douleur diffuse. Il enfouit son visage dans les cheveux de sa compagne et éprouva un étrange sentiment de souffrance et de réconfort mêlés.

De son côté, Tate ferma les yeux avec confiance.

— Tout ira bien, Matthew, murmura-t-elle. Je le sais. Je t'aime.

Et elle s'endormit comme une enfant. Matthew attendit l'aube en écoutant tomber la pluie.

Le requin fendit l'eau comme une balle de revolver, prêt à l'attaque, assoiffé de sang. L'eau était rouge et Tate n'arrivait plus à respirer. Elle hurlait tout en essayant de s'échapper. En vain. Les mâchoires effrayantes du requin s'ouvrirent et se refermèrent sur elle.

Tate se réveilla en sursaut, prête à hurler de terreur. Puis, quand elle eut reconnu les lieux, elle se roula en boule sur le lit et lutta pour sortir de ce rêve affreux. Elle était dans la chambre de Matthew. Saine et sauve. Et Matthew aussi…

Mais où était-il ?

Elle leva la tête et aperçut les premiers rayons du soleil qui filtraient à travers le rideau de la fenêtre. Aussitôt, une vague d'angoisse la submergea. Elle se dit que Matthew avait appris la mort de Buck et qu'il était retourné à l'hôpital sans elle. Puis, elle entendit le bruit de la douche dans la salle de bains.

Matthew était là.

Elle poussa un soupir de soulagement et passa une main dans ses cheveux.

Lorsqu'il ouvrit la porte, un moment plus tard, il avait le torse perlé de gouttes d'eau. Elle l'accueillit avec un sourire. Il avait bien assez de soucis comme ça : elle n'allait pas en rajouter en lui parlant de ses cauchemars.

— Je pensais que tu allais dormir encore un moment, lui dit-il simplement.

En le voyant ainsi, avec ses cheveux mouillés peignés vers l'arrière, simplement vêtu de son jean, Tate sentit son cœur battre plus fort.

— Non, ça va, répondit-elle.

Il y eut un silence, et Tate éprouva brusquement le besoin de le combler.

— La pluie a cessé, dit-elle.

— Oui. Je retourne à l'hôpital.

— Nous retournons à l'hôpital, rectifia-t-elle. Je vais prendre une douche et me changer.

Elle se leva et prit la clé de la chambre voisine.

— Maman m'a dit qu'il y avait une cafétéria, juste à la sortie de l'hôtel. Je t'y retrouve dans dix minutes.

— Tate.

La jeune femme s'arrêta sur le seuil, et Matthew hésita. Que pouvait-il dire ? Et, surtout, comment le dire ?

— Rien, bredouilla-t-il. Dans dix minutes.

Une demi-heure plus tard, ils étaient de retour à l'hôpital. En les voyant arriver, Ray et Marla se dressèrent d'un seul mouvement.

La première chose que Matthew remarqua était leur air fatigué. Epuisé. D'habitude, les Beaumont étaient toujours impeccables, quelles que fussent les circonstances. Pourtant, à cet instant, leurs vêtements étaient froissés, ils avaient les traits tirés, et les joues de Ray étaient ombrées par un début de barbe. Depuis des semaines qu'ils travaillaient ensemble, c'était la première fois que Matthew le voyait ainsi. Pour des raisons qu'il ne s'expliquait pas, il s'attacha à ce détail. Ray n'était pas rasé.

— On ne nous a pas dit grand-chose, dit-il. Seulement qu'il avait passé une bonne nuit.

— Nous avons pu le voir quelques minutes, enchaîna Marla en serrant doucement la main de Matthew. Vous vous êtes reposés un peu ?

— Ouais.

Matthew s'éclaircit la gorge. Elle ne s'était pas coiffée, songea-t-il encore. Ray n'était pas rasé et Marla ne s'était pas brossé les cheveux.

— Je veux que vous sachiez combien je suis touché…

— Je vous en prie, Matthew Lassiter, répliqua Marla. On utilise ce genre de formule polie avec les étrangers envers lesquels on se sent redevable. Pas avec des amis qui vous aiment.

— Je voulais juste dire que je suis content que vous soyez là, murmura Matthew.

— Je lui ai trouvé meilleure mine, dit Ray en glissant un bras autour des épaules de sa femme. Pas vrai, Marla ?

— Oui. L'infirmière nous a dit que le Dr Farrge allait passer le voir bientôt.

— Nous prenons la relève, maintenant, déclara Tate. Vous devriez manger quelque chose et vous reposer.

Ray regarda attentivement sa fille, et il dut juger qu'elle était suffisamment d'aplomb car il hocha la tête.

— D'accord. Appelez l'hôtel s'il y a le moindre changement. Sinon, nous serons de retour à midi. Quand ils furent seuls, Tate prit la main de Matthew.

— Allons le voir, dit-elle.

Quelques secondes plus tard, ils étaient au chevet de Buck, et Matthew lui trouva, en effet, meilleure mine. Au moins, cet horrible masque de cendre avait disparu.

— Ses chances augmentent avec chaque heure qui passe, lui rappela Tate. Il a résisté à l'opération et il a passé une bonne nuit.

— C'est un dur, murmura Matthew. Tu vois cette cicatrice, là ? ajouta-t-il en touchant une longue marque qui zigzaguait sur l'avant-bras de son oncle. Un barracuda. Dans le Yucatán. J'actionnais la suceuse à air, et Buck et le poisson sont entrés en collision dans le nuage que formaient les retombées. Il est allé se faire recoudre et, une heure plus tard, il était de nouveau dans l'eau. Il en a une autre sur la hanche…

— Matthew, dit la jeune femme d'une voix tremblante. Matthew, il m'a serré la main.

— Quoi ?

— Il m'a serré la main. Regarde ses doigts.

En effet, ils se refermaient doucement sur ceux de Tate. Matthew fut pris de sueurs froides, puis, aussitôt après, il eut très chaud. Buck battit des paupières.

— Je crois qu'il revient à lui.

Une larme glissa sur la joue de Tate, et elle serra la main de Buck, comme pour lui répondre.

— Parle-lui, Matthew.

— Buck.

Le cœur battant, Matthew se pencha au-dessus du blessé.

— Nom de Dieu, Buck, je sais que tu m'entends. Je ne vais pas perdre mon temps à parler tout seul.

De nouveau, Buck battit des paupières.

— Merde.

— Merde, répéta Tate en sanglotant doucement. Tu l'as entendu, Matthew ? Il a dit « merde ».

— Forcément, répondit Matthew en attrapant l'autre main de son oncle.

— Allez, espèce de rigolo, réveille-toi.

— J'suis réveillé. Nom de nom.

Buck ouvrit les yeux et distingua vaguement des formes et des ombres. Il avait la sensation de flotter, ce qui n'était pas si désagréable. Au bout de quelques instants, il réussit à voir Matthew un peu plus clairement.

— Nom d'un chien. Je croyais que j'étais mort.

— Il ne t'a pas eu, hein ? bredouilla Buck. Ce salopard ne t'a pas eu ?

— Non, répondit Matthew qui se sentait de nouveau terrassé par son horrible sentiment de culpabilité. C'était un vrai tigre. Au moins trois mètres. Nous l'avons tué, Tate et moi. Il sert de repas aux poissons, à l'heure qu'il est.

— Bon, murmura Buck en refermant les yeux. Je déteste les requins.

— Je vais prévenir l'infirmière, dit Tate à voix basse.

— Je les déteste, répéta Buck. Saloperies de bestioles.

Il rouvrit les yeux. Peu à peu, il distingua les machines et les tubes autour de lui.

— On n'est pas sur le bateau.

— Non, répondit Matthew, la gorge serrée. Tu es à l'hôpital.

— Je déteste les hôpitaux. Foutus docteurs. Tu sais bien que j'ai horreur des hôpitaux.

— Je sais. Mais on n'avait pas le choix, Buck. Le requin t'a fait mal.

— Pff, deux points de suture…

Matthew se dit avec angoisse que Buck n'allait pas tarder à se rappeler ce qui s'était réellement passé.

— Reste calme, Buck, lui dit-il. Il faut que tu restes calme.

— Il m'a eu.

Buck revoyait brusquement la scène. Il se rappelait les sensations d'agonie et d'impuissance qu'il avait ressenties, alors qu'il était secoué, déchiré, alors qu'il était étouffé et aveuglé par son propre sang.

— Cette saloperie de requin m'a eu, fit-il encore en essayant de se redresser. Qu'est-ce qu'il m'a fait, Matthew ? Dis-moi ce qu'il m'a fait.

— Calme-toi, répondit Matthew en l'obligeant à rester allongé. Tu ne dois pas t'énerver. Sinon, ils vont encore te droguer.

— Dis-moi, répéta Buck, le regard empli d'horreur et de panique. Dis-moi ce qu'il m'a fait.

Matthew lui prit la main et le regarda droit dans les yeux.

— Il a pris ta jambe, Buck. Ce salaud a pris ta jambe.

8.

— Tu ne vas tout de même pas passer le reste de ta vie à te culpabiliser ! s'exclama Tate.

Elle interrompit ses allées et venues et vint s'asseoir à côté de Matthew, sur un banc, à la sortie de l'unité de soins intensifs.

Buck avait repris conscience depuis vingt-quatre heures, et plus ses chances de rémission augmentaient, plus Matthew semblait sombrer dans un désespoir sans fond.

— Il arrive parfois des choses qui ne sont la faute de personne, Matthew…

Elle poussa un soupir, et s'exhorta à la patience.

— C'est un accident horrible et tragique. Mais tu ne pouvais pas l'empêcher, et tu ne peux rien changer, maintenant. Tout ce que nous pouvons faire, c'est aider Buck à traverser cette épreuve.

— Il a perdu une jambe, Tate. Et chaque fois qu'il me regarde, nous savons très bien, l'un et l'autre, que je devrais être à sa place.

— Eh bien, tu n'y es pas, à sa place ! Et ça ne sert à rien de le regretter.

Elle passa une main dans ses cheveux. Elle était épuisée par les efforts qu'elle devait fournir pour demeurer forte et garder une attitude positive.

— Il a peur. Il est en colère. Il est déprimé. Et pourtant, il ne te fait aucun reproche.

— Vraiment ? demanda Matthew en levant les yeux vers sa compagne.

— Oui, vraiment. Parce que, contrairement à toi, il ne se prend pas pour le centre du monde.

Elle bondit sur ses pieds.

— Je vais le voir. Tu n'as qu'à rester là et continuer à t'apitoyer sur toi-même.

La tête haute, elle traversa le couloir et poussa les portes de l'unité de soins intensifs. Mais, dès qu'elle fut certaine que Matthew ne pouvait plus la voir, elle s'appuya contre un mur et ferma les yeux. Quand elle eut repris des forces, elle plaqua un sourire sur son visage et alla trouver Buck.

Il ouvrit les yeux. Derrière les verres épais de ses lunettes, son regard était terne.

— Salut, fit la jeune fille en venant l'embrasser. Il paraît qu'on va bientôt te transférer dans une chambre normale, avec une télévision et des infirmières plus jolies les unes que les autres.

— C'est ce qu'on m'a dit. Je pensais que vous étiez retournés sur le bateau.

— Non. Matthew est dans le couloir. Tu veux que je l'appelle ?

— Non.

Buck se mit à plier le drap entre ses doigts.

— Ray est passé, tout à l'heure.

— Oui, je sais.

— Il m'a parlé d'un spécialiste, à Chicago, que je devrais aller voir en sortant d'ici.

— Oui. Il paraît que c'est l'un des meilleurs.

— Il aura beau être doué, il ne me rendra pas ma jambe.

— Il t'en donnera une qui sera encore mieux, répliqua Tate d'une voix qu'elle savait trop enjouée. Tu n'as jamais regardé cette série télévisée, avec l'homme bionique. Je l'adorais, quand j'étais gosse. On t'appellera « Bionique Buck ».

L'ombre d'un sourire passa sur les lèvres du blessé.

— Ouais, c'est ça : Bionique Buck, le roi des estropiés.

— Je ne vais pas rester, si tu parles comme ça.

Buck haussa les épaules. Il était trop fatigué pour discuter.

— Tu ferais mieux de retourner sur le bateau, de toute façon. Allez récupérer le butin avant que quelqu'un d'autre s'en occupe.

— Ne t'inquiète pas pour ça. Nous avons déclaré officiellement notre découverte.

— Et alors ? s'exclama-t-il. C'est toujours le problème, avec les amateurs : ils n'y connaissent rien. La rumeur a dû se propager, à l'heure qu'il est. Surtout après ce qui s'est passé. Une attaque par un requin, dans des eaux fréquentées par les touristes… Tu vas voir la ruée. Vous avez mis ce qu'on avait trouvé sous clé, j'espère ?

— Euh…

La vérité était qu'elle n'avait pas pensé une seule fois au trésor, depuis deux jours.

— Oui, bien sûr, répondit-elle. Ne t'inquiète pas, Buck.

— Il faut retourner sous l'eau, remonter ce qui reste. Vite. Est-ce que j'en ai parlé à Ray ?

Il battit des paupières et se força à rouvrir les yeux.

— Est-ce que je lui ai dit ? Ces foutus médicaments m'empêchent de réfléchir. Il faut remonter le butin. N'oublie pas qu'on a trouvé un trésor…

Il éclata d'un rire amer, et sa tête roula sur l'oreiller.

— On a enfin trouvé un trésor, et qu'est-ce que ça m'a coûté ? Une jambe. Il faut aller le chercher et le mettre sous clé, ma petite. Tu m'entends ?

— Oui, Buck, murmura la jeune fille en lui caressant la main. Je vais m'en occuper. Essaie de te reposer, maintenant.

— N'y va pas toute seule.

— Non, bien sûr que non, murmura-t-elle.

Puis, elle lui ôta ses lunettes.

— Attention à la Malédiction d'Angélique. Elle ne veut pas de gagnant. Fais attention !

— Oui. Repose-toi.

Quand elle fut certaine qu'il dormait, elle sortit sur la pointe des pieds. Matthew n'était plus sur le banc ni dans le couloir. Elle consulta sa montre. Ses parents seraient de retour dans moins d'une heure.

Elle hésita un instant, puis se dirigea vers l'ascenseur d'un air décidé. Elle allait se charger de tout elle-même.

La jeune femme se sentit chez elle dès l'instant où elle monta à bord de l'*Adventure*. Quelqu'un, sans doute sa mère, avait lavé le pont. Il n'y avait plus aucune trace de sang, et les équipements étaient soigneusement rangés à leur place.

Elle décida de récupérer le cahier dans lequel elle avait scrupuleusement répertorié les artéfacts, au fur et à mesure qu'ils les remontaient à la surface. Mais, dès qu'elle entra dans le rouf, elle sut qu'il y avait un problème.

Tout était impeccable : la table rutilait, et la cuisine était propre comme un sou neuf. Et il n'y avait pas de cahier, aucun artéfact sur le comptoir.

Quand le premier moment d'angoisse fut passé, Tate se dit que ses parents l'avaient probablement devancée. Ils étaient passés récupérer le butin et l'avaient emporté dans la chambre d'hôtel. Ou sur le *Sea Devil*. Oui, plutôt sur le bateau des Lassiter puisque c'était là qu'ils avaient décidé de tout entreposer.

Elle ressortit sur le pont, et se demanda si elle devait les rejoindre. Mais, en repensant à l'inquiétude et à l'insistance de Buck, elle décida de se rendre sur le *Sea Devil*, afin de s'assurer que tout allait bien. La distance était courte. En une heure, elle pouvait faire l'aller-retour.

Ensuite, elle retournerait au chevet de Buck pour le rassurer.

A partir de ce moment, elle se sentit un peu plus calme, car elle avait un objectif.

Et, dès qu'elle fut en mer, elle se retrouva totalement. La vie lui paraissait si simple quand elle était sur un bateau, avec l'immensité de la mer pour horizon et le vent dans la figure. Les mains sur le gouvernail, elle se demanda si elle aimerait cet univers avec autant de passion dans le cas où elle aurait eu d'autres parents ? Aurait-elle éprouvé la même attirance, si elle avait été élevée de manière plus conventionnelle, si son père ne lui avait pas toujours raconté des histoires de trésors enfouis sous les mers ?

Et, à cet instant, alors que les eaux si bleues des Antilles scintillaient tout autour d'elle, elle se dit que oui. Le destin est un maître patient. Il sait attendre.

Elle semblait avoir trouvé le sien, plus tôt que la plupart des gens. Vingt ans à peine, et elle imaginait déjà ce que serait sa vie. D'abord, elle serait avec Matthew, toujours. Ensemble, ils navigueraient sur toutes les mers du globe, à la recherche des secrets que recèlent les fonds sous-marins. Ils formeraient une équipe. Avec le temps, Matthew se rendrait compte que leur quête avait une valeur autrement plus importante et plus profonde que le seul attrait de l'or et de ce qu'il peut procurer. Ils créeraient un musée et permettraient ainsi à des centaines et des centaines de personnes de connaître les battements du cœur de l'Histoire.

Et puis, un jour, ils auraient des enfants, un foyer, et elle écrirait un livre qui raconterait leurs aventures. Matthew finirait par comprendre qu'ensemble, rien ne leur était impossible.

Oui, songea Tate. Comme le destin, elle serait patiente.

Elle souriait toute seule, lorsqu'elle aperçut le *Sea Devil.* Aussitôt, elle fronça les sourcils. Un yacht blanc était ancré à bâbord.

C'était un bateau magnifique, d'au moins trente mètres de long. Il y avait des gens sur le pont. Un homme en uniforme portait un plateau avec des verres, et une femme se faisait bronzer sur une chaise longue.

Dans d'autres circonstances, Tate aurait admiré la superbe embarcation. Mais elle avait déjà remarqué le nuage trouble à la surface de l'eau. Quelqu'un, là-dessous, était en train d'actionner une suceuse à air. Et elle venait aussi de reconnaître l'odeur d'œuf pourri qui flottait dans l'air : cette odeur si caractéristique des gaz que dégageaient les épaves.

En tremblant de colère, Tate vint amarrer l'*Adventure* à tribord du *Sea Devil.*

Puis, prenant à peine le temps d'ôter ses chaussures de tennis, elle plongea dans l'eau et nagea vers le *Sea Devil.* L'instant d'après, elle se hissait sur le pont du vieux bateau.

La bâche dont ils s'étaient servis pour couvrir le butin de la *Santa Margarita* était bien en place, mais il lui suffit d'un coup d'œil pour constater que la plupart des objets qu'ils avaient récupérés avaient disparu.

C'était pareil à l'intérieur de la cabine. La croix avec ses émeraudes, le seau plein de pièces d'argent, la coupelle de porcelaine et le plat en étain que sa mère et elle avaient nettoyés avec tant de soin… tout avait disparu.

Les dents serrées, elle se tourna vers le yacht. Puis, elle plongea de nouveau dans l'eau et nagea vers l'échelle. Quelques instants plus tard, toute dégoulinante, elle mettait le pied sur un superbe pont en acajou.

Une jeune femme blonde en string, avec des lunettes de soleil et un casque de Walkman sur la tête, était allongée sur une chaise longue.

Tate se dirigea vers elle et lui tapa sur l'épaule.

— Qui est le maître à bord ?

— Qu'est-ce que c'est ? demanda la blonde en faisant glisser ses lunettes sur son nez et en regardant Tate d'un air de profond ennui.

— Qui êtes-vous et que faites-vous avec mon épave ?

— Une Américaine ! dit la blonde en soupirant. Tous les mêmes, ajouta-t-elle dans un anglais hésitant, avec un très fort accent français. Ils se croient chez eux partout. Poussez-vous. Vous êtes en train de me mouiller.

Elle soupira de nouveau et s'étira langoureusement.

— Et ce bruit ! C'est vraiment insupportable. Ça n'arrête pas, toute la journée, la moitié de la nuit…

Tate crispa les mâchoires. Le bruit auquel la jeune femme faisait allusion était le moteur du compresseur relié à la suceuse à air.

— Nous sommes les premiers à avoir découvert le *Santa Margarita* ! déclara-t-elle avec colère. Nous avons fait une déclaration officielle auprès du gouvernement de Saint-Kitts-et-Nevis. Vous n'avez aucun droit de travailler dessus.

— Margarita ? C'est qui, ça ?

La blonde prit une cigarette dans un paquet posé sur la table, à côté d'elle, et l'alluma avec un briquet en or.

— Je suis la seule femme, ici, ajouta-t-elle en considérant Tate de la tête aux pieds.

Puis, son regard s'adoucit.

— Ah, mon cher, nous avons de la compagnie.

— Je vois, en effet.

Tate se retourna et se trouva nez à nez avec un homme mince, vêtu d'une chemise et d'un pantalon en lin couleur chamois, et coiffé d'un panama. Son visage, aussi lisse que celui d'un adolescent, était d'une grande beauté et trahissait une santé éclatante. Il avait un long nez fin, des cheveux légèrement argentés, et des yeux d'un bleu presque translucide.

Tout en lui dénotait la fortune et les bonnes manières. Il sourit et tendit la main vers Tate, avec tant de charme qu'elle en oublia presque la raison de sa présence sur ce pont.

— Ceci est votre bateau ? demanda-t-elle.

— En effet. Bienvenue à bord du *Triumphant*, répondit-il. Nous ne recevons pas souvent la visite de nymphes. André, apportez donc une serviette à mademoiselle.

— Je ne veux pas de serviette, répliqua Tate. Je veux que vous rappeliez vos plongeurs. C'est mon épave.

— Vraiment ? Comme c'est étrange ! Vous ne voulez pas vous asseoir, mademoiselle… ?

— Non, je ne veux pas m'asseoir, espèce de voleur !

L'homme cligna des yeux, mais sans se départir de son sourire.

— Je pense que vous me prenez pour quelqu'un d'autre. Mais je suis sûr que nous allons très vite éclaircir ce petit malentendu. Ah !

Il prit la serviette que lui tendait un steward en uniforme.

— André, apportez-nous du champagne, aussi. Trois coupes.

— Je me moque de vos civilités ! cria Tate. Coupez plutôt ce compresseur.

— Le bruit rend toute conversation difficile, je vous l'accorde, dit l'homme en faisant un signe de tête au steward.

Plus il s'exprimait sur ce ton courtois et aimable, plus Tate se sentait ridicule. Elle décida donc de s'asseoir sur la chaise qu'on lui offrait. Elle allait se comporter de la même manière froide, logique et polie que son interlocuteur.

— Vous avez pris possession de mes bateaux, déclara-t-elle.

L'homme haussa les sourcils d'un air stupéfait, et tourna la tête pour étudier le *Sea Devil.*

— Cette chose vous appartient ?

— Il appartient à mes partenaires, marmonna Tate.

Elle était consciente qu'à côté du *Triumphant*, le *Sea Devil* ressemblait à une poubelle, mais cela ne l'empêcha pas de poursuivre sur le même ton :

— Pas mal d'objets ont disparu du *Sea Devil* et de l'*Adventure* et…

— Ma chère enfant, ai-je l'air d'avoir besoin de voler quoi que ce soit à qui que ce soit ? lui demanda l'homme en souriant et en croisant les mains sur ses genoux.

Un diamant de plusieurs carats brillait à son petit doigt.

— Certaines personnes ne volent pas par besoin, mais par plaisir.

L'homme regarda Tate avec un regard brillant et plein d'intérêt.

— Astucieuse et ravissante, déclara-t-il. Voilà des attributs remarquables pour quelqu'un d'aussi jeune.

La jeune femme sur la chaise longue marmonna quelques paroles incompréhensibles en français, mais l'homme se contenta de rire et de lui tapoter le bras.

— Couvre-toi, ma chère. Tu gênes notre invitée.

Tandis que la femme faisait la moue et attachait un minuscule haut de Bikini autour de ses seins magnifiques, l'homme prit une coupe de champagne sur le plateau que lui présentait son steward, et l'offrit à Tate.

Elle l'accepta machinalement, avant de s'apercevoir qu'elle avait été manœuvrée.

— Ecoutez…, reprit-elle.

— Je ne demande pas mieux.

A cet instant, le compresseur se tut, et l'homme poussa un long soupir de soulagement.

— Ah, voilà qui est mieux ! Vous disiez avoir perdu certains objets ?

— Vous savez parfaitement de quoi je parle. Des artéfacts du *Santa Margarita*. Nous travaillons sur ce site depuis des semaines. Nous avons fait une déclaration officielle de notre découverte auprès du gouvernement de Saint-Kitts-et-Nevis.

L'homme la considéra avec intérêt ; il éprouvait toujours beaucoup de plaisir à observer une créature aussi directe et passionnée, surtout quand il savait qu'il avait déjà gagné.

— Je crains qu'il n'y ait un léger malentendu, à ce sujet, répondit-il, tout en portant sa coupe de champagne à ses lèvres. Voyez-vous, nous sommes en eaux libres, ici. Le gouvernement a souvent tendance à contester cette réalité. C'est pourquoi je les ai contactés, il y a plusieurs mois, afin de les informer de mon intention d'effectuer des fouilles par ici. Il est fâcheux que vous n'ayez pas été prévenus. Evidemment, lorsque je suis arrivé, j'ai bien remarqué qu'on avait fouillé ici et là. Mais, après tout, il n'y avait personne.

Tate s'efforça de garder son calme et entendant ce tissu de mensonges.

— Nous avons eu un accident. L'un de mes coéquipiers est à l'hôpital.

— Comme c'est regrettable ! La chasse au trésor est un sport dangereux. Personnellement, je m'y adonne depuis un certain nombre d'années et j'ai toujours eu de la chance.

— Nous avons laissé le *Sea Devil* ici, poursuivit Tate. Nos balises, aussi. Les règles du sauvetage…

— Je suis disposé à fermer les yeux sur cette inconvenance.

Tate demeura bouche bée.

— Comment ? Vous ignorez allègrement nos droits officiels, vous volez des artéfacts et des papiers sur nos bateaux et…

— Je ne sais pas de quoi vous voulez parler, dit l'homme d'une voix plus ferme. Je suggère que vous vous adressiez aux autorités de Saint-Kitts-et-Nevis.

— Vous pouvez être sûr que nous allons le faire.

— Très bien.

Il prit la bouteille de champagne dans son seau en argent et en versa dans sa coupe ainsi que dans celle de sa compagne.

— Vous n'aimez pas le Taittinger ?

Tate posa brusquement sa coupe sur la table.

— Vous ne vous en tirerez pas comme ça, déclara-t-elle. Nous avons découvert le *Santa Margarita*, nous avons travaillé le gisement. L'un d'entre nous est presque mort. Si vous croyez pouvoir faire irruption et dérober ce qui nous appartient…

— Ah, la propriété, dans ce genre de domaine, est une notion tellement brumeuse, fit remarquer l'homme en étudiant les bulles de champagne qui pétillaient dans son verre. Evidemment, rien ne vous empêche de contester mes droits. Mais je crains que vous n'alliez au-devant de terribles déconvenues. J'ai la réputation de toujours gagner.

Il lui adressa un large sourire et se leva.

— Et maintenant, que diriez-vous de faire le tour de mon yacht ? J'en suis très fier. J'ai fait installer des…

— Je me fiche de savoir si vous avez une proue en or, répliqua Tate froidement, en se levant à son tour. Et je me fiche également de vos airs mondains. Riche ou pas, vous n'êtes rien de plus qu'un pirate.

— Pardon, dit soudain le steward. On vous demande à l'avant.

— Dites que j'arrive, André.

— Oui, monsieur VanDyke.

— VanDyke, répéta Tate avec stupéfaction. Silas VanDyke !

— Ah, je vois que ma réputation m'a précédé ! dit l'homme d'un air ravi. Il est vrai que j'aurais dû me présenter plus tôt. Je manque à tous mes devoirs, mademoiselle…

— Beaumont. Tate Beaumont. Je sais qui vous êtes, monsieur VanDyke. Et je sais aussi ce que vous avez fait.

— Voilà qui est très flatteur. Mais j'ai fait tant de choses.

— Matthew m'a parlé de vous. Matthew Lassiter.

— Oh, oui, Matthew. Je suis sûr qu'il n'a pas été tendre. Dans ce cas, vous devez savoir que je m'intéresse tout particulièrement à un objet.

— La Malédiction d'Angélique. Je suis au courant. Et, compte tenu du fait que vous avez déjà tué un homme pour essayer de l'obtenir, je ne suis pas surprise de constater que vous n'hésitez pas à voler les autres.

— Ah, le jeune Matthew vous a rempli la tête de bêtises, déclara VanDyke d'un air affable. On peut comprendre qu'il ait besoin de désigner un coupable lorsqu'on sait que sa propre négligence a causé la mort de son père.

— Matthew n'est pas négligent, répliqua Tate.

— Il était très jeune, et il ne saurait être tenu pour responsable. Je les aurais volontiers aidés, à l'époque, mais il ne m'aurait jamais laissé faire.

Il eut un petit haussement d'épaules.

— Ainsi que je vous l'ai dit, mademoiselle Beaumont, la chasse au trésor est un sport dangereux. Il y a des accidents. Mais je tiens à me montrer très clair sur un point : si l'amulette se trouve sur le *Santa Margarita*, elle m'appartient, ainsi que tout le contenu de l'épave.

Son regard brillait d'un éclat particulier, tandis qu'il prononçait ces mots.

— Et j'ai pour habitude de chérir ce qui m'appartient. N'est-ce pas, ma belle ? ajouta-t-il à l'adresse de la blonde toujours allongée sur sa chaise longue.

— Absolument, répondit-elle en faisant glisser une main sur sa cuisse bronzée.

— Le *Santa Margarita* ne vous appartient pas, pour l'instant, riposta Tate en se dirigeant vers le bastingage. Et nous verrons bien à qui reviendra le droit d'y opérer des fouilles.

— Je n'ai aucun doute à ce sujet, répondit VanDyke en levant sa coupe de champagne. Oh ! Et n'oubliez pas de saluer les Lassiter de ma part, mademoiselle Beaumont.

Tate l'entendit s'esclaffer, tandis qu'elle plongeait dans l'eau claire.

— Silas, fit la jeune femme blonde en allumant une autre cigarette, qui était cette ennuyeuse Américaine ?

— Tu l'as trouvée ennuyeuse ?

VanDyke regarda Tate nager vers l'*Adventure* et sourit d'un air satisfait.

— Je l'ai trouvée fascinante, au contraire. Jeune, impétueuse. Et sa naïveté a quelque chose de rafraîchissant. On rencontre rarement ce genre de qualités dans les cercles que je fréquente.

— Alors, tu la trouves attirante, avec son grand corps maigre et ses cheveux coupés comme ceux d'un garçon.

Parce qu'il était de bonne humeur, VanDyke se rassit et caressa les lèvres boudeuses de sa compagne.

— Attirante comme seule une enfant peut l'être, dit-il. Ce sont les femmes qui m'intéressent. C'est toi qui me fascines. Sinon, tu ne serais pas ici, ma chère.

Il dégrafa le petit soutien-gorge du Bikini bleu électrique et posa la main sur l'un des seins parfaits qu'il venait de dévoiler, tout en songeant qu'il changerait de compagne dès que celle-ci commencerait à l'ennuyer.

Puis, il se redressa et regarda Tate se diriger vers Saint-Kitts à bord de l'*Adventure*.

« La jeunesse a ses bons côtés », se dit-il. Surtout, c'était une chose que ni son argent ni son sens des affaires ne pouvait acheter. Il se demanda soudain combien de temps il faudrait à quelqu'un comme Tate pour devenir ennuyeuse. Très longtemps, sans doute.

Puis, il s'éloigna en sifflotant vers le pont avant du bateau, où ses plongeurs venaient d'étaler leurs dernières découvertes. Alors, son cœur se mit à chanter. Tout ce qui était là — corrodé, calcifié ou brillant de mille feux... — tout lui appartenait. Et le fait de savoir qu'il l'avait dérobé aux Lassiter, pratiquement sous leur nez, décuplait son plaisir.

Personne ne dit rien quand VanDyke s'agenouilla pour étudier le butin avec ses doigts parfaitement manucurés.

Oui, le fait de savoir qu'il avait remonté ce trésor, alors même que le frère de James Lassiter luttait pour rester en vie, était, en quelque sorte, la cerise sur le gâteau.

Et puis, la situation était digne de la légende. La Malédiction d'Angélique continuait de frapper tous ceux qui la recherchaient. Tous sauf lui. Parce qu'il avait prouvé qu'il était prêt à attendre. Encore et encore. Son sens des affaires lui avait soufflé d'oublier toute cette histoire, de faire la part du feu. Il avait déjà perdu suffisamment d'argent.

Mais l'amulette continuait de le hanter. Il n'avait jamais pu oublier la manière dont James Lassiter lui avait ri au nez, et avait essayé de le doubler.

S'il ne trouvait pas le joyau perdu, s'il n'en devenait pas le propriétaire, il aurait échoué, ce qui était tout à fait inacceptable, même s'il ne s'agissait pour lui que d'un violon d'Ingres. Et puis, après tout, l'argent n'était pas un problème : il avait largement les moyens de satisfaire un caprice, aussi coûteux qu'il fût.

D'après son raisonnement, la Malédiction d'Angélique continuait de le hanter pour une raison très simple : elle lui appartenait.

Il leva les yeux. Les plongeurs attendaient. Toute l'équipe le regardait en silence, prête à obéir au moindre de ses ordres. L'argent pouvait acheter cela, conclut VanDyke avec satisfaction.

— Continuez les fouilles, dit-il.

Il se redressa et épousseta son pantalon.

— Je veux des gardes armés sur le pont et autour de l'épave. Et, s'il y a des intrus, occupez-vous d'eux, discrètement mais fermement.

Il eut un hochement de tête satisfait et ajouta en regardant vers la mer :

— Si jamais la fille revient, ne lui faites pas de mal. Elle m'intéresse.

Puis, il s'éloigna.

— Piper, suivez-moi, lança-t-il par-dessus son épaule, à l'adresse du spécialiste d'archéologie sous-marine qu'il avait attaché à son service.

Ils entrèrent tous les deux dans son bureau.

Comme le reste du yacht, cette pièce était élégante et fonctionnelle. Les murs étaient tapissés de bois de rose et le parquet ciré brillait d'une bonne couleur chaude. Le bureau, solidement fixé au sol, était une pièce du dix-neuvième siècle qui avait appartenu à un lord britannique.

Tout le décor était résolument anglais, avec des fauteuils de cuir fin dans des tons de bordeaux et de vert foncé, et de lourdes draperies de brocart. Il y avait même une toile de Gainsborough. Le matériel électronique, en revanche, était tout à fait moderne et à la pointe de la technologie.

VanDyke avait jonché sa table de chartes, de copies de documents et autres manifestes susceptibles de l'aider dans sa chasse au trésor. Loisir ou pas, la connaissance est l'une des armes du contrôle.

VanDyke s'installa à son bureau et attendit une fraction de seconde, prenant un plaisir pervers à laisser son employé debout. Il savourait son pouvoir. Puis, comme il était décidément d'humeur charmante, il lui fit signe de s'asseoir.

— Vous avez terminé de transférer le contenu des cahiers de notes sur disquette ? demanda-t-il.

— Oui, monsieur, répondit l'autre, respectueusement.

Il était brillant dans son domaine. Mais, surtout, il souffrait d'une dépendance à la cocaïne et au jeu, dont VanDyke se servait pour le manipuler à sa guise.

— Aucune mention de l'amulette ?

— Aucune, répondit Piper. Je dois dire que la personne qui s'est chargée de répertorier le résultat des fouilles a accompli un travail de tout premier ordre. Tout est listé, daté, jusqu'à la plus petite pointe de fer. Les photos sont excellentes et les croquis très clairs.

VanDyke hocha la tête. Ainsi, ils n'avaient pas trouvé l'amulette. Il le savait, bien sûr, dans son cœur, dans ses entrailles. Mais il aimait les détails tangibles.

— Bon, fit-il. Gardez tout ce qui pourrait se révéler utile et détruisez le reste. Je vais avoir besoin d'un rapport exhaustif concernant le butin que les plongeurs ont remonté à la surface, aujourd'hui. Pour demain matin, 10 heures. Je pense que cela va vous tenir éveillé toute la nuit.

Il déverrouilla un tiroir et prit un petit flacon qui contenait une poudre blanche.

— N'en abusez pas, Piper, conclut-il en masquant le dégoût que lui inspirait l'expression de gratitude avide qui s'était peinte sur le visage de l'archéologue. Et soyez discret.

— Oui, monsieur VanDyke.

Piper fit prestement disparaître le flacon dans sa poche.

— Vous aurez ça demain matin, assura-t-il à son patron.

VanDyke hocha la tête.

— Ce sera tout pour le moment.

Quand il se retrouva seul, il se cala au fond de son fauteuil et poussa un soupir en considérant le désordre de papiers, sur son bureau. Il était possible que les Lassiter fussent tombés sur cette épave vierge grâce à un coup de chance, et que cela n'eût rien à voir avec l'amulette.

Si c'était le cas, il allait prendre ce qu'ils avaient trouvé, et ce nouveau butin viendrait grossir sa fortune.

Mais si la Malédiction d'Angélique se trouvait sur le *Santa Margarita*, alors elle serait bientôt entre ses mains. Car il allait fouiller chaque centimètre du navire échoué et toutes les eaux alentour.

De nouveau, il soupira. James Lassiter avait découvert quelque chose — une chose qu'il avait refusé de partager. Cette seule pensée suffisait encore à réveiller sa colère. Après toutes ces années, les recherches autour de l'Australie et de la Nouvelle-Zélande n'avaient rien donné. Il manquait une pièce du puzzle. VanDyke en était convaincu. Comme il était convaincu que James détenait une information cruciale. Avait-il eu le temps de la partager avec son idiot de frère, ou avec son fils ?

Peut-être pas. Peut-être avait-il emporté son secret dans la mort. En tout cas, ces peut-être le rendaient fou. VanDyke détestait ne pas savoir, ne pas être sûr. Et il supportait encore moins l'idée qu'il avait peut-être fait un mauvais calcul. Cette seule pensée avait le don de le plonger dans une fureur sans bornes.

Son regard s'assombrit, sa belle bouche se pinça, se mit à trembler, et il lutta désespérément contre la crise de rage qui menaçait de le submerger, comme un homme se bat contre la bête qui le prend à la gorge. Il connaissait les symptômes : les pulsations désordonnées du cœur, le sang battant à ses tempes, derrière ses yeux, le grondement à ses oreilles.

Ces humeurs violentes l'assaillaient de plus en plus souvent, comme lorsqu'il était enfant et que l'on refusait de faire ses caprices.

Mais c'était avant qu'il eût pris le pouvoir, avant qu'il eût appris à s'en servir pour manipuler les autres et pour gagner. A l'époque, il tapait du pied, il hurlait ou il brisait tous les objets qui lui tombaient sous la main. Oh, comme il détestait être humilié ! Comme il était en rage quand les autres décidaient à sa place !

Cela n'avait pas changé mais, aujourd'hui, il refusait de se laisser dominer par la colère. Quelles que fussent les circonstances, il devait garder le contrôle de la situation et, pour cela, il n'y avait qu'un moyen : avoir l'esprit clair. Les émotions ne servent qu'à affaiblir un homme, à le rendre vulnérable. Autrefois, elles le poussaient à commettre des erreurs. Il ne devait surtout pas l'oublier.

De la même façon, il se forçait régulièrement à repenser à sa mère, au fait qu'elle avait perdu cette même bataille et terminé sa vie dans une chambre verrouillée, à baver sur ses chemisiers de soie.

VanDyke frissonna encore une fois, dans un dernier effort pour venir à bout de sa fureur. Il respira profondément, à plusieurs reprises, et massa ses mains crispées.

Il n'était pas impossible qu'il se fût montré impatient, dans sa manière de gérer son conflit avec James Lassiter. Il ne commettrait pas cette erreur deux fois. Des années de recherche l'avaient rendu plus fort, plus sage. Il comprenait mieux la valeur de ce qu'il possédait.

La Malédiction d'Angélique l'attendait quelque part. Ils avaient rendez-vous tous les deux. Et ni l'un ni l'autre ne permettrait à quiconque de se placer en travers de leur chemin. Mais il était toujours possible d'utiliser les intrus avant de les écarter.

Il n'existait aucune mer, aucun océan, aucun étang dans lequel les Lassiter plongeaient sans qu'il en fût aussitôt averti.

Un jour, ils le mèneraient jusqu'à la Malédiction d'Angélique…

9.

Tate fit irruption à l'hôpital, à bout de souffle, le visage blanc de colère. En sortant de l'ascenseur, elle aperçut ses parents et Matthew au bout du couloir, et dut se retenir pour ne pas courir et les appeler. Comme elle approchait à pas vifs, sa mère se retourna et écarquilla les yeux.

— Tate, pour l'amour du ciel, on dirait que tu as plongé tout habillée !

— C'est la catastrophe, répondit la jeune fille en butant sur les mots. Il y a un bateau… Ils sont en train de fouiller notre site… Je n'ai rien pu faire.

— Calme-toi, lui dit son père en posant les mains sur ses épaules. Où étais-tu ?

— Sur le site. Il y a un yacht, là-bas. Une splendeur. Ils ont un équipement de tout premier ordre. Ils sont en train de fouiller le *Santa Margarita*. J'ai vu le nuage formé par la suceuse à air.

Elle s'interrompit une fraction de seconde pour reprendre son souffle.

— Il faut nous dépêcher d'y aller. Ils sont montés à bord de l'*Adventure* et du *Sea Devil*. Mes cahiers de notes ont disparu et la plupart des artéfacts aussi. Je sais qu'il les a pris. Il va le nier, mais je le sais.

— Qui ?

Tate tourna la tête vers Matthew.

— VanDyke. Silas VanDyke.

Sans lui laisser le temps de prononcer un mot de plus, Matthew lui attrapa le bras et la fit pivoter brusquement.

— Comment le sais-tu ?

— Un des types, sur le bateau, l'a appelé par son nom. Il sait qui tu es. Il sait aussi ce qui est arrivé à Buck. Il a dit… Matthew, attends ! s'exclama-t-elle tandis qu'il s'élançait vers l'ascenseur.

Elle le rattrapa et se planta devant lui.

— Où vas-tu ?

— Faire ce que j'aurais dû faire il y a longtemps, répondit Matthew d'un ton froid, implacable. Je vais le tuer.

— Reprends-toi, lui ordonna Ray en l'attrapant par le bras. Il faut se montrer prudent et ne pas agir inconsidérément. L'enjeu est trop important.

— Je ne permettrai pas que ce salopard s'en tire comme la première fois.

— Nous y allons ensemble, déclara Ray.

Puis il se tourna vers sa femme et ajouta :

— Toi et Tate, vous restez ici pendant que nous réglons cette affaire.

— Je ne veux pas attendre ici ! protesta Tate.

— C'est hors de question, renchérit Marla. Nous formons une équipe, Ray.

— Ecoutez, je n'ai pas de temps à perdre avec vos histoires de famille ! s'écria Matthew en se dégageant d'un geste brusque. Pendant que vous essayez de contrôler vos bonnes femmes, moi, j'y vais.

— Espèce de…, s'exclama Tate.

Mais sa mère l'interrompit aussitôt.

— Vous avez raison sur un point, Matthew, déclara-t-elle. Nous sommes en train de perdre un temps précieux.

Sur ces mots, elle s'engouffra dans l'ascenseur dont la porte venait de s'ouvrir.

— Crétin ! lança Tate à l'intention de son compagnon.

Une fois à bord de l'*Adventure*, Tate rejoignit sa mère près du bastingage, tandis que les deux hommes pilotaient le bateau.

— Qu'as-tu pensé de ce VanDyke ? lui demanda Marla qui était plus effrayée qu'elle ne voulait bien l'admettre.

— Il est rusé, répondit la jeune femme. Avec un fond méchant sous ses airs doucereux. Intelligent, aussi. Il savait que je ne pouvais rien faire contre lui, et il en éprouvait du plaisir.

— Il t'a fait peur ?

— Il m'a offert du champagne, et il m'a proposé de me faire visiter son bateau. L'hôte parfait qui accueille un invité.

Tate secoua la tête.

— Oui, il m'a fait peur. Je l'imagine très bien en empereur romain, en train de manger des grains de raisin pendant que les lions déchirent des Chrétiens dans l'arène. Je suis sûre qu'il trouverait le spectacle à son goût.

Marla réprima un frisson.

— Tu penses qu'il a tué le père de Matthew ?

— En tout cas, Matthew en est convaincu. Tiens, voilà le bateau, ajouta-t-elle en levant la main.

De son côté, Matthew considéra le *Triumphant*. Un nouveau yacht, se dit-il, et beaucoup plus luxueux que celui qu'ils avaient utilisé en Australie. Les ponts semblaient déserts.

— J'y vais, déclara-t-il.

— Procédons par étapes, répondit Ray. Nous allons commencer par les appeler.

Il manœuvra le bateau pour le placer entre le yacht et le *Sea Devil*. Puis, il coupa les moteurs.

— Faites entrer les femmes dans les cabines et dites-leur d'y rester, dit Matthew en prenant un couteau de plongée.

— Et tu penses faire quoi ? demanda Ray sur un ton acerbe. Coincer ça entre tes dents et te jeter vers l'autre bateau au bout d'une corde ? Réfléchis un peu, tu veux ?

Et il se dirigea vers le bastingage, du côté où se tenaient sa femme et sa fille.

— Ohé, le *Triumphant* ? lança-t-il.

— Il y avait une femme à bord, dit Tate. Et tout un équipage. Des marins, des stewards. Des plongeurs, aussi.

A cet instant, le yacht avait plutôt l'air d'un vaisseau fantôme.

— J'y vais, reprit Matthew en se préparant à plonger.

Au même instant, Silas VanDyke sortit sur le pont principal.

— Bon après-midi, fit-il de sa belle voix modulée. Quelle belle journée pour naviguer, n'est-ce pas ?

— Silas VanDyke !

L'interpellé se pencha et croisa les bras sur le bastingage.

— Lui-même. Que puis-je faire pour vous ?

— Je suis Raymond Beaumont.

— Oh, bien sûr ! J'ai rencontré votre fille. Tout à fait charmante. C'est un plaisir de vous revoir, Tate. Et vous devez être Mme Beaumont.

Il inclina légèrement la tête.

— Je comprends maintenant d'où Tate tient sa beauté. Et n'est-ce pas le jeune Matthew Lassiter que je vois là ? Quelle coïncidence !

— Je savais que vous étiez un meurtrier, VanDyke, lança Matthew. Mais j'ignorais que vous étiez aussi devenu pirate.

— Ah, vous n'avez pas changé, répliqua VanDyke avec un large sourire. Je m'en réjouis. J'ai un faible pour les caractères mal dégrossis comme le vôtre. Je vous aurais bien invités à bord, enchaîna-t-il, toujours aussi affable, mais nous sommes très occupés, en ce moment. Nous pourrions peut-être prendre rendez-vous plus tard dans la semaine ? Organiser une petite soirée amicale ?

Matthew ouvrit la bouche pour répliquer, mais Ray le devança.

— Nous sommes les premiers à avoir découvert le *Santa Margarita*, déclara-t-il d'une voix forte. Nous avons rempli tous les papiers officiels auprès du gouvernement de Saint-Kitts-et-Nevis. Nous travaillons sur le site depuis plusieurs semaines.

— Je crains de ne pas être d'accord avec vous, répondit Silas en sortant un porte-cigarettes en argent de sa poche. Je vous invite à vérifier auprès des autorités, si vous le jugez nécessaire. En outre, il n'y avait personne lorsque je suis arrivé. Juste ce vieux bateau vide.

— L'un de nos équipiers a été gravement blessé, il y a quelques jours. Nous avons dû interrompre les fouilles.

— Ah, fit VanDyke en allumant une cigarette. J'ai appris l'accident de ce pauvre Buck. Une terrible épreuve, pour lui comme pour vous tous. J'en suis navré. Il n'en demeure pas moins que je suis là, et pas vous.

— Vous avez volé des objets qui nous appartiennent, sur nos bateaux ! cria Tate.

— Cette accusation est ridicule, et vous aurez beaucoup de mal à la prouver. Bien sûr, rien ne vous empêche d'essayer.

Il marqua une pause pour admirer un couple de pélicans.

— La chasse au trésor est une occupation bien frustrante, n'est-ce pas ? reprit-il sur le ton de la conversation. Il n'est pas rare qu'elle nous brise le cœur. Présentez mes vœux de prompt rétablissement à votre oncle, Matthew. J'espère que la malchance qui poursuit votre famille va enfin s'arrêter.

— Espèce de salopard ! marmonna Matthew entre ses dents, tout en commençant à escalader le bastingage.

Tate se jeta sur lui pour l'en empêcher. Au même instant, Ray l'attrapa par le bras.

— Regarde le pont supérieur, murmura-t-il. A l'avant et à l'arrière.

Sur le *Triumphant*, deux hommes venaient d'apparaître, armés de fusils et visiblement prêts à tirer.

— Je veille toujours sur ce qui m'appartient, expliqua VanDyke. Un homme dans ma position apprend très vite que la sécurité n'est pas seulement un luxe, mais une nécessité absolue. Raymond, vous m'avez l'air d'être un homme raisonnable, suffisamment en tout cas pour empêcher le jeune Matthew de faire une bêtise pour quelques babioles.

Il tira la dernière bouffée de sa cigarette, puis la jeta à l'eau.

— Sans compter que je serais affreusement navré si une balle perdue venait à vous frapper, vous ou l'une des deux ravissantes femmes qui se trouvent à vos côtés.

Il sourit.

— Un accident est si vite arrivé. Demandez donc au jeune Lassiter. Il sait cela mieux que personne.

Matthew agrippait la rampe si fort que les jointures de ses doigts en avaient blanchi.

— Je vais le tuer, marmonna-t-il. Je…

— Ne sois pas ridicule, coupa Ray. Ils te descendront avant même que tu arrives sur le bateau. Ce type ne plaisante pas.

Il le prit par le bras et l'entraîna, avec une force née tout autant de la peur que de la fureur que lui inspirait la situation.

— Retourne au gouvernail, Matthew. On rentre à Saint-Kitts.

Matthew hésita encore une fraction de seconde. Il était au bord de la nausée. Si seulement il avait été seul… Finalement, il se détourna et regagna le poste de pilotage.

— Bravo, Raymond, dit VanDyke avec une pointe d'admiration dans la voix. Vous êtes un homme plein de sagesse. Ce garçon est un peu tête brûlée. Il n'a pas notre maturité et notre intelligence. Ce fut un véritable plaisir de faire votre connaissance, conclut-il avec un hochement de tête. Madame Beaumont. Tate. Je vous souhaite une excellente fin de journée.

Sur ce, il retourna à l'intérieur de son yacht et Marla osa enfin bouger. Elle s'approcha de Ray sur des jambes flageolantes.

— Mon Dieu, murmura-t-elle. Tu crois qu'ils nous auraient tués ?

Ray, qui était envahi par un profond sentiment de rage et d'impuissance, caressa les cheveux de sa femme, doucement.

— Nous allons avertir les autorités, déclara-t-il finalement.

Tate, quant à elle, rejoignit Matthew derrière le gouvernail.

— Nous ne pouvions rien faire, lui dit-elle, sans oser le toucher. Ces sbires t'auraient descendu sans hésiter, Matthew. Nous allons le dénoncer dès que nous toucherons terre.

— Et ça servira à quoi, à ton avis ? On ne peut rien contre un type qui a autant de fric.

— Nous avons tout fait dans les règles, répliqua la jeune femme. Nous avons rempli des papiers…

— Ne sois pas stupide ! lui dit-il en la foudroyant du regard. Il ne va rester aucune trace de ces papiers. Il va voler notre épave. Il va la dépouiller entièrement. Et je l'ai laissé faire. Je suis resté là sans réagir, comme il y a neuf ans.

— Tu ne pouvais rien faire, dit Tate.

Ignorant son instinct qui lui soufflait de garder ses distances, de ne pas insister, elle mit un bras autour du cou de son compagnon.

— Matthew…

— Laisse-moi tranquille.

— Mais…

— Je te dis de me foutre la paix !

Blessée, elle s'éloigna et le laissa seul, comme il le désirait.

Ce soir-là, Tate resta seule dans sa chambre, à l'hôtel. Elle était en état de choc. Son père leur avait annoncé, un moment plus tôt, qu'il n'y avait aucune trace des papiers qu'ils avaient dûment remplis et signés. Quant au fonctionnaire qui l'avait reçu au moment de la déclaration, il prétendait, à présent, ne pas le connaître.

Silas VanDyke avait gagné. Encore une fois.

Tout ce qu'ils avaient fait, tout leur travail, les souffrances que Buck avait endurées et continuerait d'endurer jusqu'à la fin de ses jours, tout cela était nié. Pour la première fois de sa vie, Tate devait affronter une réalité à laquelle elle avait toujours refusé de croire. Parfois, il ne sert à rien d'avoir raison ni de faire les choses dans les règles ni même d'être intègre.

Elle revoyait les objets magnifiques qu'elle avait tenus entre ses mains : la croix en émeraudes, la coupelle en porcelaine, tous ces morceaux d'histoire qu'elle avait cueillis sur leur lit de sable et remontés à la lumière. Elle ne les toucherait plus jamais. Elle ne les étudierait pas, elle ne les verrait pas à travers la vitre d'un musée. Pas de petit carton discret annonçant leur appartenance à la collection

Beaumont-Lassiter. Elle ne verrait pas le nom de son père dans le *National Geographic*, elle n'admirerait pas ses propres photos dans les pages du fameux magazine.

Ils avaient perdu.

Comme elle était trop agitée pour rester plus longtemps dans sa chambre, elle décida d'aller marcher sur la plage.

Ce fut là qu'elle retrouva Matthew, à l'endroit précis où ils se tenaient, quelques semaines plus tôt, lorsqu'elle avait brusquement compris qu'elle l'aimait.

Elle sentit son cœur se serrer en le rejoignant.

— Je suis tellement désolée, Matthew, lui dit-elle après quelques instants.

— Bof, rien de bien neuf. Je n'ai jamais eu de bol.

— Ça n'a rien à voir avec la chance. Quelqu'un a triché et volé.

— Tout a toujours quelque chose à voir avec la chance. Et aussi avec le courage. Si j'en avais un peu, je serais allé trouver VanDyke tout seul.

— Et tu aurais fait quoi ?

— Je ne sais pas. Je me serais battu, en tout cas, marmonna-t-il avec entêtement.

— Tu te serais fait tuer, oui. Et nous, on aurait réagi comment, à ton avis ? Buck a besoin de toi, Matthew. Moi aussi.

Matthew courba le dos. Il n'aimait pas penser qu'on avait besoin de lui.

— Je vais m'occuper de Buck.

— Nous allons tous nous occuper de lui. Il y a d'autres épaves, Matthew. Il suffit d'attendre. Quand Buck ira mieux, nous les trouverons.

Elle prit ses mains entre les siennes.

— Il pourra refaire de la plongée, s'il le veut, reprit-elle avec une note d'espoir dans la voix. Le Dr Farrge me l'a dit. Il paraît qu'ils font des prothèses extraordinaires, de nos jours. Dans quelques semaines, nous l'emmènerons à Chicago.

— Ouais, répondit Matthew.

Mais il se demandait comment diable il allait payer le voyage, les honoraires du spécialiste et le reste.

— Après, nous irons dans un endroit chaud où il pourra récupérer, reprit Tate. Ça nous donnera du temps pour effectuer de nouvelles recherches sur l'*Isabella*.

— Si tu crois que tu auras le temps de faire tout ça quand tu auras repris tes études à l'université !

— Je ne retournerai pas à l'université.

— Qu'est-ce que tu racontes ?

— Tu as très bien entendu.

Elle était ravie de la décision qu'elle venait de prendre, et elle jeta les bras autour du cou de Matthew.

— Je me demande bien pourquoi je voulais absolument faire ça. Je peux parfaitement apprendre sur le terrain. A quoi servent les diplômes ?

— Ce que tu dis est stupide, répliqua Matthew, tout en essayant de dénouer les bras de la jeune femme. Mais elle ne se laissa pas faire.

— Mais non ! Au contraire : c'est très logique. Je vais rester avec toi et Buck, à Chicago, et ensuite, nous déciderons ensemble de ce qu'il convient de faire.

Elle approcha ses lèvres de celles de Matthew.

— Moi, tout m'est égal, reprit-elle. Du moment que nous sommes ensemble. Imagine notre vie, Matthew : on pourra naviguer où on voudra, quand on le voudra, sur le *Sea Devil*. Papa et maman nous rejoindront quand nous aurons trouvé une nouvelle épave. Et nous en trouverons une autre, encore plus belle que celle du *Santa Margarita*. VanDyke ne peut pas nous battre, Matthew. A moins que nous le laissions faire.

— Il nous a déjà battus.

— Oh, non ! Regarde. Nous sommes ici, nous sommes ensemble et nous avons toute la vie devant nous. Il veut l'amulette, mais il ne l'a pas. Et je sais qu'il ne l'aura jamais. Quant à nous, que nous la trouvions ou pas, nous aurons toujours plus que lui.

— Tu rêves.

— Et alors ?

Elle sourit.

— Est-ce que ce n'est pas le propre des chasseurs de trésors ? Maintenant, au moins, nous pouvons rêver ensemble. Laisse VanDyke prendre tout le butin jusqu'au dernier doublon. Je m'en moque. C'est toi que je veux.

Elle était totalement sincère. Et cette conviction étourdissait Matthew. Elle l'éblouissait et l'emplissait d'un sentiment de terreur et de culpabilité. Il lui suffisait de claquer des doigts pour qu'elle le suivît où il voulait. Elle abandonnerait tout.

Et, très vite, elle éprouverait pour lui presque autant de haine qu'il en éprouvait lui-même.

— Je trouve que tu ne te préoccupes pas beaucoup de ce que je veux, moi, déclara-t-il en feignant la nonchalance.

— Que veux-tu dire ?

— Ecoute, Tate, cette opération s'est révélée un véritable fiasco. J'ai travaillé dur, et j'ai vu tous mes efforts réduits à néant. C'est moche, mais ce n'est pas le pire. Me voilà avec un estropié sur les bras. Qu'est-ce qui te permet de penser que je suis prêt à m'encombrer de toi, en plus ?

Tate écarquilla les yeux.

— Tu ne penses pas ce que tu dis, murmura-t-elle. Tu es encore sous le choc.

— Ça, tu peux le dire ! Et quel choc ! Si toi et ta petite famille modèle, vous ne vous étiez pas mis en travers de notre chemin, je ne serais pas ici, aujourd'hui, avec les mains vides. Mais Ray tenait absolument à faire les choses dans la légalité. A ton avis, comment VanDyke est-il arrivé jusqu'ici ?

— Mon père n'est pas responsable de ça.

— Tiens ! s'exclama Matthew en enfonçant les poings dans ses poches. Buck et moi, on travaille différemment. Mais vous aviez le fric. Maintenant, on n'a plus rien. Des mois de boulot pour rien et, en plus, je me retrouve avec un oncle amputé.

— Comment peux-tu dire des choses aussi horribles ?

— Je ne fais que décrire la situation. Je vais l'installer quelque part, parce que je lui dois bien ça. Mais toi et moi, c'est complètement différent. On s'est bien amusés, d'accord. Je ne m'en plains pas. C'était sympa. Mais, maintenant que l'affaire a capoté, si tu crois que je vais m'encombrer de toi…

Tate demeura immobile, comme pétrifiée. Elle avait l'impression qu'on venait de lui arracher les entrailles. Et Matthew qui continuait à la regarder d'un air amusé…

— Tu es amoureux de moi, murmura-t-elle d'une voix mal assurée.

— Tu rêves encore. Remarque, je veux bien continuer à jouer le premier rôle dans ton petit fantasme romantique. Seulement, je préfère te prévenir : ne t'attends pas à une fin de conte de fées avec les cloches et tout le tintouin. C'est pas mon style.

Il la regarda, et se dit qu'il devait se montrer plus odieux encore. Les mots ne suffiraient pas à lui faire lâcher prise. Alors, il l'attira contre lui.

— J'ai bien aimé le jeu, tu sais, reprit-il. Et, après tout, on pourrait peut-être essayer de se remonter le moral mutuellement. Histoire de finir sur un feu d'artifice !

Il prit la bouche de la jeune fille et l'embrassa durement, avec voracité et même un brin de méchanceté. Elle se débattit, mais il ignora sa réaction et glissa une main sous son T-shirt.

— Arrête ! s'écria Tate. Arrête, tu me fais mal.

— Allez ! fit Matthew.

Sa peau était comme le satin. Il aurait tellement voulu la caresser, la savourer. Au lieu de cela, il la meurtrissait, tout en sachant que les marques qu'il laisserait sur sa peau s'effaceraient bien plus vite que celles qu'il était en train d'imprimer sur son propre cœur.

— Tu en as envie autant que moi, lui dit-il.

— Non, répondit Tate en sanglotant.

Elle se dégagea violemment.

— Ne me touche pas ! reprit-elle en serrant ses bras sur sa poitrine.

— Tout compte fait, tu n'es qu'une allumeuse, lui dit-il. Tu causes, tu causes, mais tu n'agis pas beaucoup, hein ?

Tate le voyait à peine à travers les larmes qui lui brouillaient la vue.

— Tu n'as aucun sentiment pour moi.

— Mais si, dit Matthew en soupirant. Qu'est-ce que je dois faire pour te convaincre de coucher avec moi ? De la poésie ? Ça doit pouvoir s'arranger. Tu es trop pudique pour faire ça sur la plage ? Pas de problème. J'ai une chambre à l'hôtel, généreusement payée par ton père.

— Tu te moques de nous depuis le début.

— Hé, j'ai rempli ma part du contrat.

— Je t'aimais. Nous t'aimions tous.

Matthew se dit qu'elle parlait déjà au passé. En fin de compte, ce n'était pas si difficile de tuer l'amour.

— La belle affaire ! répliqua-t-il. Notre association est rompue. Toi et tes parents, vous retournez à votre petite vie bien rangée, et moi, je continue mon chemin. Alors, on s'envoie en l'air ou il faut que je trouve quelqu'un d'autre ?

Tate crispa les mâchoires.

— Je ne veux plus jamais te voir, dit-elle d'une voix sourde. Je veux que tu nous laisses tranquilles. Mes parents n'ont pas besoin de savoir que tu es un salaud.

— Pas de problème. Allez, cours te réfugier dans ton nid douillet ! J'ai plein de trucs à faire.

Tate s'éloigna de lui en s'efforçant d'abord de marcher calmement, la tête haute. Mais, au bout de quelques pas, elle flancha et se mit à courir en sanglotant.

Quand elle fut partie, Matthew s'assit dans le sable et se prit la tête dans les mains. En la sauvant de lui, il venait d'accomplir la première action héroïque de sa vie.

Mais Dieu que cela faisait mal ! Il songea que cette souffrance prouvait bien qu'il n'avait pas du tout l'étoffe d'un héros.

10.

— Je me demande bien pourquoi Matthew n'est pas là, murmura Marla en faisant les cent pas dans le couloir de l'hôpital. Ça ne lui ressemble pas de manquer l'heure des visites. Surtout qu'aujourd'hui, on a transféré Buck dans une chambre normale.

Tate haussa les épaules.

— Il a dû trouver des choses plus intéressantes à faire, déclara-t-elle, sans pouvoir se débarrasser du nœud qui lui serrait la gorge.

Elle avait passé la nuit à tourner et virer dans son lit, sans pouvoir trouver le sommeil, à verser toutes les larmes de son corps.

— C'est bien ce que je dis, répondit Marla : ça ne lui ressemble pas.

Au même moment, Ray sortit de la chambre de Buck.

— Il s'habitue à son nouveau décor, fit-il, avec un sourire qui ne suffisait pas à effacer l'inquiétude au fond de ses yeux. Il est un peu fatigué, et il n'a pas très envie d'avoir des visiteurs. Matthew n'est pas encore arrivé ?

— Non, répondit Marla qui ne cessait de jeter des coups d'œil du côté de l'ascenseur. Tu lui as parlé de VanDyke ?

— Je n'en ai pas eu le courage, dit Ray en se laissant tomber lourdement sur le banc. Je crois qu'il commence tout juste à réaliser, au sujet de sa jambe. Il est amer, et aussi en colère. Rien de ce que je lui ai dit n'a paru l'aider. Si, en plus, je lui avais annoncé que tous nos efforts de ces dernières semaines ont été réduits à néant…

— En effet, ça peut attendre, dit Marla en s'asseyant près de lui. Il ne faut pas que tu culpabilises, mon chéri.

— Je n'arrête pas de repenser à ce moment, murmura-t-il. Une minute, on était les rois : tout ce qu'on touchait se transformait en or. La minute d'après, c'était l'horreur. Est-ce que j'aurais pu faire quelque chose, être plus rapide ? Je ne sais pas. C'est arrivé tellement vite. Buck n'arrête pas de dire que c'est la Malédiction d'Angélique.

— C'était un accident, affirma Marla en réprimant un frisson. Cela n'a rien à voir avec des malédictions et des légendes. Tu le sais bien.

— Je sais que Buck a perdu une jambe. Je sais aussi que le rêve que nous touchions du bout des doigts s'est brusquement transformé en cauchemar. Et on ne peut rien faire. C'est ça le pire. Il n'y a strictement rien à faire.

— Tu as besoin de repos.

Marla se leva et lui prit la main.

— Nous avons tous besoin de nous reposer. Nous allons rentrer à l'hôtel et essayer de mettre tout cela de côté pendant quelques heures. Demain matin, on avisera.

— Tu as peut-être raison.

— Allez-y, dit Tate, qui n'avait pas du tout envie de passer le reste de l'après-midi dans une chambre d'hôtel. Moi je vais aller me promener ou m'asseoir sur la plage.

— C'est une bonne idée, dit Marla.

Elle prit sa fille par le bras et l'entraîna vers l'ascenseur.

— Va prendre un peu le soleil. Une petite pause nous fera du bien à tous.

Tate se força à sourire. Mais elle savait que rien ne lui ferait vraiment du bien avant très, très longtemps.

Au même moment, Matthew était assis dans le bureau du Dr Farrge. Il avait déjà mis en œuvre plusieurs des décisions qu'il avait prises au cours de la nuit. Des décisions qu'il jugeait nécessaires, pour le bien de tous.

— Ce spécialiste, à Chicago, comment dois-je m'y prendre pour le joindre ? demanda-t-il.

— Je peux faire ça pour vous, monsieur Lassiter.

— Je vous remercie. J'ai également besoin de savoir combien je dois à l'hôpital, pour l'instant.

— Votre oncle n'a pas d'assurance médicale, n'est-ce pas ?

— Non, répondit Matthew.

C'était la première fois de sa vie qu'il devait une somme d'argent qu'il ne possédait pas. Et, malheureusement, il doutait fort d'être un candidat très acceptable pour un crédit. Quelle banque allait prêter de l'argent à un chasseur de trésors professionnel ? Il allait commencer par vendre le *Sea Devil* et la plupart de leurs équipements.

— Je vous donnerai ce que j'ai, dit-il au médecin. Pour le reste, il faudrait me consentir un paiement échelonné. J'ai déjà passé quelques coups de téléphone pour essayer de trouver un travail. Ça ne devrait pas poser trop de problèmes.

Farrge s'adossa à son fauteuil.

— Je suis sûr que l'on peut trouver des arrangements. Il existe des programmes, dans votre pays...

— Buck n'aura pas recours à l'aide sociale, déclara Matthew avec une pointe de fureur dans la voix. Pas tant que je pourrai travailler. Dites-moi juste le total. Je me débrouillerai.

— Comme vous voudrez, monsieur Lassiter. Heureusement, votre oncle est solide. Je suis convaincu qu'il se remettra physiquement. Il pourra même plonger de nouveau, s'il le désire. C'est sur le plan psychologique que ça va être le plus dur. Il aura besoin de votre soutien. Et vous, vous aurez besoin d'aide pour...

— Je me débrouillerai, dit Matthew en se levant.

Il ne se sentait pas prêt à entendre parler de psychiatres ou de psychothérapeutes.

— Vous lui avez sauvé la vie. Pour ça, je vous dois de l'argent. A partir de là, je m'organise.

— C'est une grosse responsabilité pour une seule personne.

— Peut-être. Mais que faire ? demanda Matthew sur un ton froid, totalement dénué de passion. Pour le meilleur ou pour le pire — surtout le pire, d'ailleurs —, je suis tout ce qu'il a.

Il n'y avait pas grand-chose à ajouter, songea Matthew en se rendant à l'étage où se trouvait la chambre de Buck. Les Lassiter, quels que fussent leurs défauts, s'acquittaient toujours de leurs dettes.

Oh, ils omettaient peut-être de payer l'addition dans un bar, de temps en temps, quand les vaches étaient maigres. Et il leur était arrivé de rouler un touriste ou deux en gonflant le prix d'une pipe en argile. Si un idiot payait trois fois la valeur d'un pichet de vin simplement parce qu'un parfait inconnu l'assurait qu'il provenait de la cachette personnelle de Jean Lafitte, tant pis pour lui.

Mais ils avaient de l'honneur. Matthew se sentait une responsabilité vis-à-vis de Buck, et il comptait bien l'assumer. Le trésor leur avait échappé et, bientôt, ils n'auraient même plus de bateau. Mais il s'était juré d'emmener son oncle à Chicago.

Il respira profondément et ouvrit la porte de la chambre. Par chance, Buck était seul.

— Je me demandais si tu allais te montrer, marmonna Buck. Tu pourrais au moins te déplacer quand on trimballe ton oncle à travers ce foutu hôpital.

— Cette chambre est bien, fit Matthew en jetant un coup d'œil vers le rideau qui séparait Buck du patient occupant le lit voisin.

— C'est de la merde. Je ne veux pas rester ici.

— Tu n'y seras pas longtemps. Nous allons nous rendre à Chicago.

— Qu'est-ce que j'irais foutre à Chicago ?

— Voir le médecin qui va te donner une nouvelle jambe.

— Une nouvelle jambe, mon cul ! Un morceau de plastique avec des charnières.

— On pourrait t'attacher un morceau de bois, si tu préfères, riposta Matthew en s'asseyant à son chevet. Je pensais que les Beaumont seraient avec toi.

— Ray est passé. Je l'ai renvoyé. Je n'ai pas envie d'avoir sa tronche de six mètres de long sous le nez. Où est cette foutue infirmière ? grommela-t-il encore en cherchant le bouton d'appel. Elles sont toujours là quand on n'en veut pas, à vous enfoncer des aiguilles partout dans le corps. Je veux mes cachets ! aboya-t-il, lorsque l'infirmière entra. J'ai mal.

— Après votre repas, monsieur Lassiter, répondit-elle patiemment. Nous allons vous servir le dîner d'ici un moment.

— Je ne veux pas de votre immonde pâtée. Même les chiens la refuseraient.

Plus elle essayait de le calmer, plus il s'énervait. Si bien qu'elle finit par quitter la chambre.

— Drôle de manière de te faire des amis, dit Matthew. Si j'étais toi, je serais un peu plus sympa avec une femme qui est susceptible de revenir me piquer avec une aiguille de douze centimètres.

— Tu n'es pas moi, que je sache ! Tu as deux jambes.

— Ouais, murmura Matthew.

— C'est bien la peine d'avoir trouvé un trésor. J'ai enfin tout le fric dont un homme peut rêver, et ça ne suffira jamais à me rendre entier. Qu'est-ce que je vais faire ? Acheter un bateau et faire des tours dessus en chaise roulante ? C'est la Malédiction d'Angélique : je te le dis, moi ! Ce qu'elle donne d'une main, elle le reprend de l'autre, et au centuple.

— Nous n'avons pas trouvé l'amulette.

— Mais elle est là. Je le sais. Cette saloperie de bestiole n'a même pas eu la bonté de me tuer. Ça aurait mieux valu. Je ne suis plus qu'un estropié. Un estropié bourré de fric.

— Sois un estropié, si c'est ce que tu veux, murmura Matthew, avec lassitude. Mais pour ce qui est d'être bourré de fric, c'est raté. VanDyke est passé par là.

— Qu'est-ce que tu racontes ? grogna Buck. Qu'est-ce que VanDyke vient faire là-dedans ?

Matthew prit une profonde inspiration et se lança. Mieux valait tout dire, tout de suite, et d'un seul coup.

— VanDyke nous a doublés. Et il a tout pris.

— Mais, c'est notre épave ! bredouilla Buck. On a rempli tous les papiers, avec Ray.

— Ouais, eh bien on ne retrouve plus que les papiers remplis par VanDyke, dis donc ! Il n'a eu qu'à acheter un ou deux fonctionnaires, et l'affaire était dans le sac.

— Mais enfin, il faut l'arrêter, l'empêcher de faire ça ! s'écria Buck en se redressant sur le lit.

L'idée de tout perdre, maintenant, c'était impensable. Sans sa part du trésor, il n'était pas seulement estropié, mais également impuissant, pauvre, bon à rien…

Aussitôt, Matthew se leva et posa les mains sur ses épaules pour le forcer à s'allonger.

— L'en empêcher ? Mais comment ? Il a toute une équipe d'hommes armés et des plongeurs qui travaillent jour et nuit, sans interruption. Je parie qu'il a déjà fait emporter tout ce qu'il a remonté de l'épave, et aussi ce qu'il est venu voler sur le *Sea Devil* et l'*Adventure*.

— Tu vas le laisser faire sans réagir ? tempêta Buck en attrapant son neveu par le plastron de sa chemise. Tu vas tourner les talons et renoncer à ce qui nous appartient ? Je te rappelle que ça m'a coûté une jambe.

— Je sais ce que ça t'a coûté. Et, oui, je tourne les talons. Je n'ai pas l'intention de mourir pour une épave.

— Je n'aurais jamais cru que tu deviendrais aussi lâche, marmonna Buck en détournant la tête. Si je n'étais pas coincé ici…

— Eh bien, je te conseille de tout faire pour te décoincer afin de gérer la situation à ta façon. En attendant, c'est moi qui décide, et on va à Chicago.

— Comment ? On n'a pas un sou !

— La vente du *Sea Devil* et de nos équipements va nous permettre de récolter quelques milliers de dollars.

Buck pâlit de nouveau.

— Tu as vendu le bateau ? De quel droit ? Le *Sea Devil* m'appartenait !

— Une moitié, seulement. En vendant ma part, la tienne est partie aussi. Je fais ce que je dois faire.

— Ouais. Tu prends la fuite et tu liquides tout.

— Précisément. Et maintenant, je vais nous trouver des billets d'avion pour Chicago.

— Je n'irai pas à Chicago.

— Tu iras où je te dirai d'aller.

— Et moi, je te dis d'aller au diable.

— Du moment qu'on passe par Chicago, répliqua Matthew, pas de problème.

Sur ces mots, il quitta la chambre.

Matthew s'assit sur un tabouret au bar de l'hôtel et commanda une bière. Il ne se rappelait même plus la dernière fois qu'il avait vraiment dormi. Mais le manque de sommeil n'était rien, comparé à la douleur qui lui arrachait l'intérieur de la gorge. Il avala une gorgée de bière glacée pour essayer de chasser le nœud qui l'étouffait.

Il touchait le fond, songea-t-il en pensant à sa vie. Quelques mois plus tôt, il n'avait pratiquement rien : un bateau qui avait connu des jours meilleurs, un peu d'argent liquide dans une boîte à cigares, pas de projets pressants, pas davantage de problèmes. A posteriori, il pouvait se dire qu'il était plutôt heureux.

Puis, du jour au lendemain, le sort avait opéré une brusque volte-face : la chance, le succès, l'amour, tout semblait lui sourire. Une femme l'aimait, la fortune et la gloire étaient à portée de main…

Maintenant, il avait tout perdu, jusqu'à ces petits riens qui, jusqu'alors, lui suffisaient largement pour vivre. Et il découvrait à quel point il est dur de perdre après avoir gagné.

— Matthew, dit une voix près de lui.

Ray posa la main sur son épaule et s'installa sur le tabouret à côté de lui.

— Merci d'être venu, lui dit Matthew.

— C'est la moindre des choses. Je prendrai une bière, ajouta-t-il à l'intention du barman. Une autre pour toi, Matthew ?

— Ouais. Pourquoi pas ?

— Nous n'arrêtons pas de nous croiser, ces jours-ci, reprit Ray. Nous pensons toujours que nous allons te trouver à l'hôpital, mais tu n'y es jamais en même temps que nous. Il faut dire que nous n'y passons pas autant de temps que nous le voudrions. Buck n'a pas très envie d'avoir de la compagnie.

— Je sais. Il ne veut même plus me parler depuis que je lui ai raconté ce qui s'est passé.

— Ah, tu lui as dit ?

— Il fallait bien.

— Je suis désolé, Matthew. Il ne devrait pas s'en prendre à toi. Tu n'aurais rien pu faire, de toute façon.

— Je ne sais pas ce qui le rend le plus amer : le fait d'avoir perdu sa jambe ou l'idée de devoir renoncer à notre trésor.

— C'est une question de temps. Il plongera de nouveau. Le Dr Farrge m'a dit qu'il se rétablissait formidablement vite, sur le plan physique.

— C'est l'une des choses dont je voulais vous parler. J'ai reçu le feu vert pour l'emmener à Chicago. Demain.

— Demain ? s'exclama Ray.

— Farrge ne voit pas de raison de le garder ici plus longtemps. Buck est suffisamment fort pour supporter le voyage, et plus vite il verra ce spécialiste, mieux cela vaudra.

— Je suis vraiment content, Matthew. C'est une bonne nouvelle. Tu nous tiendras au courant, dis ? Marla et moi, nous vous rejoindrons dès que tu nous donneras le feu vert.

— Vous êtes… vous êtes le meilleur ami qu'il a jamais eu, murmura Matthew. Il sera vraiment touché si vous faites le voyage pour aller le voir. Je sais qu'il est difficile, en ce moment, mais…

— Ne t'inquiète pas pour ça, dit Ray. Quand on a la chance de se faire un ami comme Buck, on ne jette pas tout à la poubelle au premier problème. Nous viendrons, Matthew. Tate a décidé de reprendre ses cours en septembre, mais je suis certain qu'elle fera tout son possible pour se rendre à Chicago, elle aussi, dès qu'elle aura des vacances.

— Elle va reprendre les cours ? murmura Matthew.

— Oui. Nous sommes contents pour elle. Toute cette histoire l'a beaucoup affectée, et le fait de se replonger dans ses études devrait l'aider à traverser cette mauvaise passe.

— Ouais.

— Je ne veux pas me mêler de ce qui ne me regarde pas, Matthew, mais j'ai l'impression que vous vous êtes disputés, tous les deux.

— Rien de bien grave. Elle va retomber sur ses pieds.

— Je n'en doute pas. Tate est une fille volontaire et raisonnable.

Ray fronça les sourcils.

— Je ne suis pas aveugle, tu sais. Je sais qu'il s'est passé quelque chose entre vous.

— Rien de grave non plus, affirma Matthew.

Il regarda Ray droit dans les yeux et répéta pour bien le rassurer :

— Rien de sérieux, je vous en donne ma parole.

Ray hocha la tête, l'air soulagé.

— J'espérais pouvoir vous faire confiance, à tous les deux. Je sais qu'elle n'est plus une enfant, mais un père ne peut pas s'empêcher de s'inquiéter.

— Et vous ne voudriez pas qu'elle s'acoquine avec un type comme moi.

Ray leva les sourcils, étonné par les propos de Matthew autant que par la note de dérision qui perçait dans sa voix.

— Pas du tout, dit-il en secouant la tête. Je serais simplement désolé de la voir s'investir sérieusement dans une relation, alors qu'elle est encore si jeune. Je sais qu'elle est capable d'envoyer tout balader, y compris ses plans de carrière, et ce serait dommage.

— Très bien. C'est parfait.

Ray réfléchit un instant. Une pensée venait de surgir, brusquement, dans son esprit.

— Si elle te savait amoureux d'elle, elle ne retournerait pas en Caroline du Nord, reprit-il au bout de quelques instants.

— Je ne sais pas de quoi vous parlez, grommela Matthew. Je vous dis qu'il ne s'est rien passé de sérieux entre nous.

Hélas, il croisa le regard compatissant de Ray, et sa belle assurance s'écroula brusquement.

— Merde ! Qu'est-ce que je pouvais faire ? s'exclama-t-il en baissant la tête. Lui dire de faire ses paquets et de me suivre ?

— Tu aurais pu, répondit Ray avec douceur.

— Je n'ai rien à lui offrir, à part des problèmes et une poisse à toute épreuve. Dès que j'aurai emmené Buck à Chicago, j'accepterai un boulot sur un bateau de sauvetage, au large de la Nouvelle-Ecosse. Les conditions de travail sont dégueulasses, mais ça ne paie pas trop mal.

— Matthew…

Mais il secoua la tête et enchaîna :

— Le problème, c'est que ça ne suffira pas. Surtout au début. J'ai pu payer ce qu'on devait, ici, mais pour les Etats-Unis, entre le spécialiste et le reste, je n'y arriverai pas. Farrge a obtenu un arrangement. Buck représente pour eux une sorte d'expérience, apparemment. Et il m'a parlé de sécurité sociale, de Medicaid ou Medicaire ou une connerie comme ça. Mais, même de cette façon-là…

Il avala une nouvelle gorgée de bière.

— J'ai besoin d'argent, Ray. Je n'ai personne d'autre à qui le demander, et je vous avoue que j'aurais préféré ne pas m'adresser à vous. Mais je n'ai pas le choix.

— Buck est mon ami et mon partenaire, Matthew.

— J'ai besoin de dix mille dollars.

— D'accord.

Matthew crispa les mâchoires.

— N'acceptez pas si vite, merde !

— Tu préférerais avoir à te mettre à genoux ? Ou que je te parle de termes et de conditions ?

— Je ne sais pas, répondit Matthew.

Il dut se retenir pour ne pas agripper sa bouteille de bière et la jeter contre le mur.

— Il va me falloir un certain temps pour vous rembourser. Car je vais vous rembourser, ajouta-t-il. Il me faut de quoi payer l'opération de Buck, puis la thérapie et la prothèse. Et il lui faudra aussi un endroit pour vivre, après. Mais j'ai du travail et, quand celui-là s'arrêtera, j'en trouverai un autre.

— Je n'ai pas d'inquiétude à ce sujet, Matthew. Je sais que tu me rembourseras. Et toi, de ton côté, tu sais que je me fiche de savoir si je récupérerai cet argent ou pas.

— Moi pas.

— Et je le comprends. Je vais te faire un chèque, mais à une condition. Je voudrais que tu nous tiennes au courant des progrès de Buck.

— D'accord. Et j'accepte le chèque à une condition, moi aussi. Tout ceci doit rester entre nous.

— Autrement dit, tu ne veux pas que Buck l'apprenne. Et Tate non plus.

— Exactement.

— Tu ne te facilites pas les choses.

— Peut-être, mais c'est ce que j'ai décidé.

— Très bien. Je laisserai le chèque dans une enveloppe à ton nom à la réception.

— Merci, Ray.

Matthew lui tendit la main.

— Merci pour tout. C'était un sacré été.

— En effet. Mais il y en aura d'autres, tu sais. Comme il y a d'autres épaves. Peut-être qu'un jour, nous plongerons de nouveau ensemble. L'*Isabella* est toujours là.

— Avec la Malédiction d'Angélique, non, merci, fit Matthew en secouant la tête. Elle coûte trop cher. Je la laisse aux poissons.

— Tu dis ça pour l'instant, mais le temps passera... Prends soin de toi, Matthew.

— Ouais. Et dites... dites à Marla que je vais regretter ses bons petits plats.

— Tu vas lui manquer, toi aussi. Tu nous manqueras à tous. Et Tate, tu n'as pas de message pour elle ? Il y aurait eu tant et tant à dire ! Matthew se contenta de secouer la tête. Quand il se retrouva seul, il repoussa sa bière.

— Un whisky, dit-il au barman. Ou plutôt, non : apportez-moi la bouteille.

C'était la dernière nuit qu'il passait sur l'île, et il avait hâte d'être au lendemain.

DEUXIÈME PARTIE

Le Présent

« L'ici, le maintenant, par lesquels tout futur plonge dans le passé. »

JAMES JOYCE

11.

L'équipage du *Nomad* comptait vingt-sept personnes, et Tate était ravie d'en faire partie. Elle avait travaillé très dur, pendant cinq ans, pour décrocher sa maîtrise d'archéologie sous-marine. Autour d'elle, ses amis, sa famille lui conseillaient de ralentir le rythme, de prendre au moins des vacances, mais ce diplôme était le seul objectif qu'elle se sentait capable de contrôler.

Et elle avait réussi. Après quoi elle s'était aussitôt fixé un autre but. Depuis trois ans, maintenant, elle travaillait à parfaire son expérience, et grâce à son association avec le Poseidon Institute et sa mission avec SeaSearch, à bord du *Nomad*, elle franchissait les dernières étapes qui lui permettraient d'obtenir son doctorat et d'asseoir sa réputation.

Plus que tout, elle se réjouissait de faire ce qu'elle aimait.

Cette expédition avait un but scientifique et pécuniaire, ce qui, dans l'esprit de la jeune femme, représentait le seul ordre de priorité acceptable.

Le quartier réservé à l'équipage était pour le moins spartiate, mais les laboratoires et les équipements se révélaient de tout premier ordre. Le vieux navire-cargo avait été entièrement transformé pour l'exploration et les fouilles sous-marines. Il était lent, plutôt laid, mais Tate se moquait bien de cela ; le *Nomad* réunissait des scientifiques et des techniciens permi les meilleurs dans le domaine de la recherche océanique.

Et elle avait l'immense privilège de faire partie de ce petit groupe.

La journée était superbe ; les eaux du Pacifique brillaient comme un diamant bleu. Et, quelque part à des lieues sous la mer, à des profondeurs que la lumière n'atteint jamais, là où l'homme ne saurait s'aventurer, gisait un bateau à aubes, le *Justine*, et son trésor.

Tate s'assit sur le pont, et installa son ordinateur portable sur ses genoux afin de terminer une lettre qu'elle écrivait à ses parents.

« Nous allons le retrouver. L'équipement à bord du *Nomad* est d'une incroyable sophistication. Dart et Bowers sont impatients d'utiliser leur robot. Nous l'avons surnommé Chauncy. Je ne sais plus trop pourquoi. Mais nous avons placé tous nos espoirs en lui. Tant que nous n'avons pas trouvé le *Justine* et entamé les fouilles, je suis assez libre de mon temps. Tout le monde met la main à la pâte, mais il n'y a pas grand-chose à faire. Quant à la nourriture, maman, elle est fabuleuse ! Nous attendons un nouveau parachutage de vivres, aujourd'hui. J'ai réussi à sous-tirer plusieurs recettes au cuisinier, mais tu devras les adapter et réduire la quantité d'ingrédients car, ici, les repas sont prévus pour trente personnes.

» Après plus de trois semaines à bord, nous avons nos petits drames, comme dans les familles : on se dispute, on se fâche et on se réconcilie. Nous avons même nos petites histoires d'amour. Je crois que je vous ai parlé de Lorraine Ross, la chimiste avec qui je partage une cabine. L'assistant du cuisinier, George, a le béguin pour elle. C'est plutôt mignon.

» Jusqu'à maintenant, le temps est clément. Et à la maison ? Les azalées et les magnolias ne devraient plus tarder à fleurir. Tout ça me manque. Vous aussi, vous me manquez. Je sais que vous partez bientôt pour la Jamaïque ; j'espère que ma lettre arrivera avant votre départ. Avec un peu de chance, nous pourrons peut-être nous voir, en octobre. Si tout se passe bien, je devrais avoir terminé ma thèse. Je me fais une joie à l'idée de refaire de la plongée avec papa.

» En attendant, je vais vous laisser pour aller retrouver Hayden, qui doit encore être plongé dans les chartes. La prochaine levée du courrier est prévue pour la fin de la semaine ; cette lettre ne partira donc pas avant. Envoyez-moi un petit mot, d'accord ? Les lettres sont précieuses comme l'or, ici.

» Je vous aime,

Tate »

Elle s'était bien gardée de parler de l'ennui et du terrible sentiment de solitude qui l'assaillait parfois, lorsqu'elle regardait autour d'elle et qu'elle ne voyait que de l'eau. Plusieurs membres de l'équipage commençaient à perdre espoir. Cette expédition avait coûté beaucoup de temps, d'argent et d'énergie. S'ils échouaient, ils perdraient leurs commanditaires, leurs parts du trésor, et surtout une chance d'entrer dans l'Histoire.

Tate rapporta son ordinateur dans la cabine qu'elle partageait avec Lorraine. Puis elle ramassa machinalement les chemises, les shorts et les chaussettes abandonnés sur le sol. Lorraine était une scientifique brillante mais, une fois sortie du laboratoire, elle était aussi désordonnée qu'une adolescente. Et si elle continuait à s'asperger de ce parfum musqué, elle allait rendre ce pauvre George complètement fou.

Tate déposa les vêtements sur la couchette défaite de sa compagne et secoua la tête, se demandant encore par quel miracle elles étaient devenues amies. Elles étaient si différentes. Tate était méticuleuse, organisée et travailleuse, Lorraine, négligente et ouvertement fainéante. Au cours de ses années à l'université, Tate avait eu une seule relation sérieuse avec un jeune homme, et ils s'étaient séparés bons amis ; de son côté, Lorraine avait traversé deux douloureux divorces et une kyrielle de liaisons.

C'était une petite femme au corps voluptueux, avec un halo de cheveux dorés, qui n'allait jamais nulle part sans être parfaitement maquillée, coiffée et habillée.

De son côté, Tate était grande, mince, et elle n'avait laissé pousser ses cheveux roux que tout récemment. Elle se maquillait rarement et admettait volontiers qu'elle n'avait absolument aucun sens de la mode.

Elle rangea son ordinateur, quitta la cabine et emprunta l'escalier métallique menant au pont supérieur. Elle sourit, en entendant souffler au-dessus de sa tête.

— Salut, Dart.

— Salut.

Dart s'arrêta en haut de l'escalier pour la laisser passer. C'était un petit homme tout rond avec des cheveux châtains très fins qui lui tombaient toujours dans les yeux.

— Ça va ?

— Oui. Pas grand-chose à faire. Je vais voir si Hayden a besoin d'aide.

— Il est là, plongé dans ses bouquins.

— Rien d'intéressant sur l'écran ? demanda Tate.

— Pas le *Justine*, en tout cas. Mais Litz est au bord de l'orgasme, ajouta-t-il en parlant du biologiste sous-marin. Il y a plein de bestioles intéressantes, quand on descend en dessous de sept cents mètres. Il est devenu à moitié fou en voyant deux crabes.

— C'est son boulot, dit Tate, en souriant.

Personne, à bord, n'aimait Frank Litz. Il était froid et exigeant.

— Ouais. Ça ne le rend pas plus humain, marmonna Dart. A plus.

— D'accord.

Tate poursuivit son chemin en direction du bureau du Dr Hayden Deel. Ses deux ordinateurs ronronnaient, et sa table était couverte de livres ouverts, de notes, de copies de journaux de bord, de chartes et de manifestes. Penché sur ce fouillis de pages, Hayden se livrait à de nouveaux calculs.

Il n'était pas seulement un brillant scientifique, mais aussi un homme charmant. Il devait avoir quarante ans environ, et ses cheveux bruns, légèrement frisés, étaient parsemés de mèches grises. Derrière ses lentilles de contact, ses yeux avaient une couleur de miel, et son regard était presque toujours distrait. Il était grand, large d'épaules, et juste un peu maladroit. Comme toujours, sa chemise était fripée.

— Hayden ?

Il grogna. Tate prit une chaise, s'installa en face de lui, croisa les bras sur la table et attendit qu'il eût terminé de marmonner dans sa barbe.

— Hayden ? répéta-t-elle.

— Hein ? Quoi ?

Il cligna des yeux et leva la tête. Aussitôt, son visage s'éclaira d'un sourire.

— Salut. Je ne t'ai pas entendue entrer. Je suis en train de refaire les calculs de dérive. Je crois que nous nous sommes trompés, Tate.

— Vraiment ? De combien ?

— Il suffit de pas grand-chose. J'ai décidé de tout reprendre depuis le début.

Tate sentit qu'il allait lui faire une miniconférence, comme c'était souvent le cas, et elle s'en réjouissait d'avance car tout ce qu'il racontait était passionnant.

En effet, il aligna ses papiers et croisa ses mains dessus, puis il commença :

— Le bateau à aubes *Justine* a quitté San Francisco le matin du 8 juin 1857, en route pour l'Equateur. Il comptait cent quatre-vingt-dix-huit passagers et soixante et un membres d'équipage. En plus des effets personnels des passagers, le bateau transportait vingt millions de dollars en or. Des lingots et des pièces.

— C'était une période faste, en Californie, dit Tate qui connaissait par cœur la fabuleuse histoire du *Justine*.

— Le bateau a pris cette route, poursuivit Hayden en se tournant vers l'un de ses ordinateurs : celui qui contenait la reproduction du voyage à travers le Pacifique. Il a fait escale à Guadalajara afin de déposer certains passagers et d'en prendre d'autres. Quand il est reparti, le 19 juin, il y avait deux cent neuf personnes à bord.

Il déplaça plusieurs copies d'anciennes coupures de journaux de l'époque.

— C'était un superbe bateau, et l'humeur à bord était festive. Le temps était calme, le ciel clair comme le verre.

— Trop calme, enchaîna Tate qui imaginait la scène.

— L'un des survivants a parlé du coucher de soleil absolument fantastique, le soir du 21 juin. L'air était immobile et lourd. Il faisait chaud. La plupart des gens attribuaient cela à la proximité de l'équateur.

— Mais le capitaine devait savoir.

— En tout cas, il aurait dû. Ni lui ni le journal de bord n'ont survécu. A minuit, les vents se sont levés et, avec eux, les vagues. D'après la route qu'ils ont suivie et leur vitesse, ils se trouvaient là. Le capitaine a dû décider de rejoindre les côtes du Costa Rica, afin d'échapper à la tempête. Mais, avec une houle de plus de quinze mètres, leurs chances de s'en sortir étaient maigres.

— Ils ont résisté toute la nuit et toute la journée du lendemain, continua Tate. Les passagers étaient terrifiés. Les enfants pleuraient. On pouvait à peine distinguer le jour de la nuit, et il était impossible d'entendre ses propres prières. Ceux qui étaient assez courageux pour regarder ne voyaient que des murs et des murs d'eau.

— Quand la nuit du 22 est arrivée, le *Justine* se brisait de toutes parts, reprit Hayden. Il n'y avait aucun espoir de le sauver. Ils ont mis les femmes et les enfants dans des chaloupes de sauvetage.

— Les hommes embrassaient leur femme, murmura Tate. Les pères serraient leurs enfants contre eux pour la dernière fois. Ils savaient tous qu'ils allaient périr, à moins d'un miracle.

— Quinze d'entre eux seulement ont survécu, dit Hayden en se grattant la joue. Une chaloupe a réussi à tromper la tempête. Sans ces rescapés, nous ne disposerions même pas de ces petits indices pour retrouver le bateau.

Il se tourna vers Tate et s'aperçut qu'elle avait les larmes aux yeux.

— Cela fait longtemps, Tate.

— Je sais, murmura-t-elle. Mais c'est tellement facile d'imaginer ce qu'ils ont pu ressentir.

— Pour toi, ça l'est, dit Hayden en lui tapotant maladroitement la main. C'est pourquoi tu es une scientifique hors pair. Nous savons tous faire des calculs et énoncer des théories. Mais la plupart d'entre nous manquent totalement d'imagination.

Il songea qu'il n'avait même pas de mouchoir à lui offrir. Et aussi qu'il aurait dû essuyer lui-même les larmes qui coulaient doucement sur la joue de la jeune femme. Au lieu de cela, il s'éclaircit la gorge et retourna à ses calculs.

— Je vais suggérer qu'on se déplace à dix degrés sud sud-ouest.

— Oh ! Pourquoi ?

Sachant qu'il allait entreprendre de le lui expliquer, Tate se leva et vint se poster derrière lui, afin de mieux voir, par-dessus son épaule, les écrans et les notes qu'il avait prises. Parfois, elle posait une main sur son bras ou se penchait pour mieux voir. Alors, le cœur de Hayden battait plus fort. Il se traitait intérieurement de crétin, de vieux fou, mais cela ne changeait rien à ce qu'il ressentait.

Il aimait tout chez Tate. Son intelligence, son cœur, et, s'il se laissait aller à fantasmer, son long corps de sirène. Sans parler de sa voix, douce et un peu rauque à la fois.

— Tu as entendu ?

— Quoi ?

— Le bruit, répondit la jeune femme, en pointant son doigt vers le plafond. Des bruits de moteur d'avion. Ils vont parachuter nos vivres. Viens, on va regarder.

— Mais, je n'ai pas tout à fait terminé…

— Allez !

Elle lui attrapa la main, et l'entraîna dehors en éclatant de rire.

— Tu vis comme une taupe, ici. Viens passer quelques minutes sur le pont.

Il la suivit, bien sûr, en se faisant l'effet d'une taupe à la poursuite d'un papillon. Elle avait de si jolies jambes. Et ce grain de beauté enchanteur, juste au-dessus du genou droit. Il aurait voulu y poser ses lèvres.

Aussitôt, il se traita d'idiot et se rappela qu'il avait treize ans de plus qu'elle. Il était investi d'une certaine responsabilité vis-à-vis de cette jeune femme comme vis-à-vis de l'expédition tout entière.

— En voilà un autre ! hurla Tate en voyant un paquet tomber à l'eau.

— Nous allons manger comme des rois, ce soir, déclara Lorraine, penchée par-dessus la rambarde pour regarder les hommes qui rapportaient le ballot. N'oubliez rien, les gars ! leur cria-t-elle.

Puis elle se tourna vers Hayden et battit des cils.

— Alors, Doc, où étiez-vous passés, tous les deux ?

— Hayden a fait de nouveaux calculs, répondit Tate. J'espère qu'ils ont pensé au chocolat.

— Tu sais pourquoi tu manges autant de chocolat ? lui demanda Lorraine. Je vais te le dire : c'est parce que tu es une refoulée.

— Et toi, tu es jalouse parce que les M&M's vont directement se loger sur tes cuisses.

Lorraine fit la moue.

— Mes cuisses sont superbes. Pas vrai, Doc ?

— Laisse Hayden tranquille !

Soudain, Tate poussa un cri. Quelqu'un venait de l'attraper par-derrière.

— C'est la récré ! déclara Bowers, l'expert en robotique, tout en soulevant la jeune femme dans ses bras. On va nager, les chéris.

— Bowers, je vais t'étrangler, fit Tate en éclatant de rire. Et, cette fois, je suis sérieuse.

— Pft, elle m'adore, dit-il en enjambant le bastingage. Accroche-toi bien à mon cou, chérie.

— Pourquoi est-ce que tu t'en prends toujours à moi ?

— Parce que nous formons un si beau couple, tous les deux. On y va ?

Ils sautèrent dans le vide. Tate ferma les yeux et cria à tue-tête, pour le plaisir, avant de tomber à l'eau.

Elle était fraîche, et la jeune femme se laissa couler un moment. Quand elle remonta à la surface, Bowers l'accueillit avec un clin d'œil.

— Ça fait du bien, hein ?

Puis il leva la tête vers le *Nomad*, et s'écria :

— Alerte générale ! Voilà Dart !

Depuis le bastingage, Hayden regardait Tate et ses compagnons jouer dans l'eau, comme des enfants qu'on vient de lâcher dans la cour de récréation. Il se sentit vieux, et même un peu rassis.

— Allez, Doc. On plonge aussi ? lui proposa Lorraine avec un petit sourire charmeur.

— Je ne suis pas bon nageur.

— Tu n'as qu'à prendre une bouée. Ou bien, sers-toi de Dart comme flotteur.

Hayden sourit en regardant Dart qui flottait dans le Pacifique comme un bouchon de liège gonflé d'eau.

— Je crois que je vais me contenter de jouer les spectateurs, répondit-il.

Lorraine haussa les épaules sans se départir de son sourire.

— Comme tu voudras.

A plusieurs milliers de kilomètres des eaux cristallines du Pacifique où Tate batifolait, Matthew frissonnait dans les eaux glacées de l'Atlantique Nord.

Le fait qu'il dirigeât l'équipe de sauvetage représentait une bien maigre consolation. Au fil des années, il avait grimpé les échelons de la hiérarchie, au sein de Fricke Salvage, à force d'accepter toutes les missions qui payaient bien. Il était désormais responsable de toutes les fouilles sous-marines, et empochait dix pour cent des profits nets.

Mais il avait horreur de son job.

Un chasseur de trésor ne pouvait imaginer pire humiliation. Il n'y avait pas d'or, aucun trésor à découvrir, sur le *Reliant*, un vieux vaisseau datant de la Seconde Guerre mondiale, tout encroûté de la boue glacée de l'Atlantique Nord.

Souvent, quand ses doigts étaient comme des glaçons et que sa bouche bleuissait de froid, Matthew se mettait à rêver à l'époque où il plongeait pour le plaisir autant que pour le profit, dans des eaux chaudes et transparentes, en compagnie de poissons multicolores. Il se rappelait ses sensations, quand, brusquement, il voyait briller un lingot d'or ou une pièce d'argent noircie.

Mais la chasse au trésor est un jeu de hasard et il avait des dettes à payer. Des médecins, des avocats, des centres de rééducation… Merde, plus il travaillait, plus il devait d'argent ! Si on lui avait dit, dix ans plus tôt, que sa vie se limiterait un jour à travailler pour payer des factures, il aurait éclaté de rire.

Aujourd'hui, c'était la vie qui lui rigolait au nez.

Il fit signe à son équipe, à travers la boue. Il était temps de commencer la lente remontée vers la surface. L'épave du *Reliant* était couchée sur le flanc, et il n'en restait plus grand-chose, maintenant qu'ils l'avaient à moitié découpée.

Dire qu'il avait un jour rêvé de galions et de bateaux corsaires débordants de lingots ! Il en avait même découvert un. Mais il l'avait vite perdu.

Ainsi que tout le reste.

Maintenant, il était une espèce de chien galeux condamné à végéter dans ces eaux noires. Par ici, la mer était comme une cave, sombre, hostile, presque incolore, et aussi froide qu'un poisson mort. Un homme ne s'y sentait qu'à moitié humain.

Il fit un mouvement brusque et sentit une giclée d'eau glacée couler le long de son cou, à l'intérieur de sa combinaison. Il donna quelques coups de palmes et remonta jusqu'au palier suivant, tout en consultant son ordinateur de poignet. Il n'était pas assez bête pour se précipiter. Tant pis si l'eau était froide. Et tant pis s'il n'aspirait qu'à en sortir. Il avait vu un plongeur s'écrouler et mourir sur le pont, cinq ans plus tôt, simplement parce qu'il n'avait pas respecté les arrêts de décompression. La biologie et les lois de la physique étaient reines, par ici.

Une fois à bord du bateau, Matthew accepta la tasse de café brûlant que lui tendait l'un de ses camarades. Lorsque ses dents cessèrent de s'entrechoquer, il distribua ses ordres à l'équipe suivante. Et il se dit, une fois encore, qu'il allait faire cracher un bonus à Fricke, au terme de l'expédition. Pour lui et pour ses hommes. Ils l'avaient bien mérité.

— Le courrier est arrivé, lui dit un de ses compagnons, un Canadien français répondant au nom de LaRue. J'ai mis le tien dans ta cabine.

Il sourit, dévoilant une dent en or.

— Tu as une lettre et des tas de factures. Moi, j'ai six lettres de six nanas différentes. Tu me fais tellement pitié que je vais peut-être t'en refiler une. Marcella. Elle n'est pas bien jolie, mais elle baise comme une déesse, mon vieux !

Matthew repoussa la cagoule de sa combinaison.

— Je préfère choisir mes femmes.

— Bah alors, qu'est-ce que tu attends ? Tu as besoin de tirer un coup, Matthew. Je sais de quoi je parle, foi de LaRue.

Matthew regarda autour de lui.

— Je ne vois pas beaucoup de femmes, par ici.

— Viens avec moi au Québec, Matthew. Je te montrerai où trouver un coup à boire et une bonne petite nana à sauter.

— Oublie un peu le cul, LaRue. A la vitesse où on va, on risque de passer encore un mois ici.

— Raison de plus pour penser à ce que je ferai quand je pourrai me tirer d'ici, rétorqua l'homme en roulant l'une de ses grosses cigarettes malodorantes. Ça aide à passer le temps.

Il regarda Matthew s'engouffrer à l'intérieur du bateau et secoua la tête. Ce garçon avait besoin d'être guidé par un homme plus vieux et plus sage que lui et, surtout, il avait besoin de tirer un bon coup.

De son côté, Matthew n'aspirait qu'à enfiler des vêtements secs et chauds et à avaler un autre café brûlant. Il commença par se changer dans sa cabine. Puis il tria le courrier posé sur la petite table qui lui servait de bureau.

Des factures, bien sûr. Des honoraires de médecins, le loyer de Buck, en Floride, les honoraires de l'avocat que Matthew avait engagé lorsque Buck avait détruit un bar, à Fort Lauderdale, la facture du dernier centre de désintoxication dans lequel il avait entraîné son oncle, dans l'espoir de le voir enfin renoncer à l'alcool.

Il avait de quoi les payer. Mais, après, il ne lui resterait pas grand-chose. Il y avait aussi une lettre. Une seule. Il sourit en reconnaissant l'écriture sur l'enveloppe. Ray et Marla. Ils lui écrivaient une fois par mois. Quelles que fussent les circonstances, le temps ou la saison, et où qu'il se trouvât, Matthew recevait une lettre d'eux. Ils ne l'avaient pas laissé tomber une seule fois, en huit ans.

Comme toujours, il s'agissait d'une lettre de plusieurs pages, au fil desquelles Marla racontait leur vie quotidienne, tandis que Ray rajoutait des annotations dans la marge. Cinq ans plus tôt, ils avaient fait construire un cottage sur l'île d'Hatteras, à l'extrême pointe de la Caroline du Nord. Marla décrivait les travaux que Ray avait entrepris dans la maison, et ses propres essais de jardinage, qu'ils fussent ou non couronnés de succès. Elle parlait également de leurs aventures en mer, de leurs voyages en Grèce, au Mexique, en mer Rouge, et de leurs plongées le long des côtes des deux Caroline.

Et puis, bien sûr, elle lui parlait de Tate.

Matthew savait qu'elle approchait de la trentaine, qu'elle travaillait sur son doctorat et qu'elle participait à diverses expéditions. Pourtant, il continuait de l'imaginer comme elle était lorsqu'il l'avait connue : jeune, fraîche et si pleine de promesses. Quand il pensait à elle, il ressentait un vague sentiment de nostalgie, plutôt agréable, d'ailleurs. Ses souvenirs de cette époque et des quelques semaines qu'ils avaient passées ensemble étaient enveloppés d'une sorte de halo doré. Presque trop parfait pour être vrai.

Il y avait bien longtemps qu'il ne rêvait plus d'elle. Il était trop préoccupé par les dettes à payer, l'avenir, et le poids de ses responsabilités.

Matthew s'assit pour lire la lettre tranquillement, et savourer chaque mot. Comme toujours, Marla concluait sa missive en l'invitant à venir leur rendre visite et, comme toujours, Matthew en éprouva une sorte de tristesse mêlée d'amertume. Trois ans plus tôt, il avait réussi à convaincre Buck de faire le voyage, et leur séjour avait été un fiasco.

Pourtant, il s'était senti si bien chez les Beaumont, dans la maison chaleureuse où flottait la bonne odeur des petits plats mitonnés par Marla, avec sa vue sur la mer, au-delà des pins, et Ray qui parlait de la prochaine épave, de leur prochaine chasse au trésor. Et puis, Buck avait trouvé le moyen d'attraper le ferry jusqu'à Okra-coke, et il était revenu ivre mort.

A quoi bon retourner là-bas ? songea Matthew. Il n'avait pas besoin de s'humilier davantage, et encore moins de mettre les Beaumont dans une situation inconfortable. Leur correspondance suffisait.

Comme il repliait la lettre, l'écriture de Ray lui sauta aux yeux. Ce dernier avait rajouté un long paragraphe, manifestement à la hâte, au dos de la dernière page.

« Matthew, j'ai un petit souci que je n'ai pas confié à Marla. Je finirai par lui en parler, mais je voulais avoir ton avis, d'abord. Tu sais que Tate est dans le Pacifique, où elle travaille pour SeaSearch. Elle est très enthousiaste au sujet de cette mission. Nous l'étions tous. Et puis, il y a quelques jours, je me renseignais sur des actions pour un ancien client et j'ai eu envie d'investir dans SeaSearch — un peu comme un hommage personnel au succès de ma fille. J'ai découvert que la compagnie est une filiale de Trident, et que Trident fait partie de la VanDyke Corporation. Tu imagines mon inquiétude. Je ne sais pas si Tate est au courant. J'en doute fort. Il n'y a probablement aucune raison de s'inquiéter. Silas VanDyke ne doit même plus se rappeler qui est Tate. Pourtant, je n'aime pas l'idée qu'elle est associée à ce type, même de loin. Je ne sais pas si je dois prévenir Tate, ou s'il ne vaut pas mieux la laisser tranquille. J'aimerais beaucoup savoir ce que tu en penses.

» Et j'aimerais t'en parler en personne, si jamais tu peux trouver un moyen de venir à Hatteras. Je voudrais aussi te parler d'autre chose. J'ai fait une découverte incroyable, il y a quelques semaines — quelque chose que je cherchais depuis près de huit ans. Je veux te le montrer. Et j'espère que tu seras aussi enthousiaste que moi. Matthew, je vais repartir à la recherche de l'*Isabella*. J'ai besoin de toi et j'ai besoin de Buck. S'il te plaît, viens à Hatteras. Viens voir ce que j'ai découvert…

» Elle est à nous, Matthew. Cette épave nous appartient. Il est temps d'aller la chercher. » Avec toute mon amitié et mon affection,

Ray. »

Matthew fronça les sourcils et relut le texte une seconde fois. Ray Beaumont ne faisait pas dans la dentelle. En quelques lignes, il venait de lâcher plusieurs bombes qui explosaient à la figure de Matthew, comme autant de rappels douloureux de cet été qui remontait maintenant à huit ans. Tate. VanDyke. L'*Isabella*.

Il reposa brusquement la lettre sur la table. Repartir à la recherche de l'épave ? Jamais ! Il avait reconstruit sa vie. Et, même si elle n'était pas brillante, il n'avait pas besoin qu'on vienne le tenter avec de vieilles histoires de trésors fantômes.

Il n'était plus chasseur. Cette partie de sa vie était définitivement révolue. Il avait besoin d'argent, pas de rêves. De l'argent et du temps. Avec l'un et l'autre, il pourrait enfin achever ce qu'il s'était juré de faire, des années plus tôt, sur la tombe de son père. Il retrouverait VanDyke et il le tuerait.

Quant à Tate, sa vie et ses problèmes ne le regardaient pas. Il lui avait rendu un immense service, une fois. Le meilleur et le plus grand des services. Si elle flanquait tout en l'air et se retrouvait mêlée aux manigances de VanDyke, tant pis pour elle. Elle était adulte, maintenant, avec des tas de diplômes et un CV long comme le bras. C'était à lui qu'elle devait tout cela. Et il aurait fallu, en plus, qu'il se sentît responsable d'elle ? Pas question !

Pourtant, quand il la revoyait, comme autrefois, émerveillée par une pièce d'argent, jetant ses bras autour de son cou, le visage radieux, ou encore, attaquant courageusement un requin avec son petit couteau de plongée, il souffrait affreusement.

Il poussa un juron. Puis un autre.

Finalement, il se leva et se rendit dans la salle radio. Il avait des coups de téléphone à passer.

*
* *

Tate entra dans la pièce que l'équipe avait baptisée le « Point Zéro ». Elle était encombrée d'ordinateurs, d'écrans et de claviers. L'aiguille balayait le cadran vert du sonar, et plusieurs télécommandes, reliées aux appareils prenant des stéréophotos, étaient à portée de main.

Mais, à cet instant, la pièce ressemblait moins à un laboratoire scientifique qu'à une salle de jeux pour adolescents. Dart et Bowers disputaient une partie de Mortal Combat sur un ordinateur.

Il était presque minuit, et Tate aurait dû dormir ou travailler sur sa thèse, mais elle se sentait agitée. Et puis, Lorraine était d'humeur difficile. L'atmosphère de la cabine était étouffante, et Tate avait ressenti le besoin de prendre un peu l'air. Elle cueillit une poignée des bonbons que Dart emportait partout avec lui, et s'installa devant l'écran qui balayait le fond de la mer.

L'obscurité était profonde, et il faisait froid. De minuscules poissons translucides cherchaient de la nourriture. Ils se déplaçaient lentement, entourés de points de phosphorescence qui ressemblaient à des étoiles. Les dépôts de la mer paraissaient informes. Pourtant, il y avait de la vie. Tate sourit en voyant une limace de mer glisser sous l'œil de la caméra.

L'écran la berçait et, petit à petit, elle se sentit glisser vers un état de douce somnolence.

Mais, tout à coup, elle se redressa en clignant des yeux. Des crabes de coraux ! Ils ont pour coutume de coloniser n'importe quelle structure, et c'était précisément ce qu'ils étaient en train de faire. Il s'agissait, en l'occurrence, d'une structure de bois, remarqua la jeune femme en se penchant en avant. La coque d'un bateau, tout encroûtée de vie marine.

— Bowers !

— Attends une seconde. Je suis en train de rétamer ce brave Dart.

— Bowers, dépêche-toi !

— Quoi ? grommela Bowers en pivotant sur son fauteuil. Nom de Dieu ! ajouta-t-il aussitôt, les yeux fixés sur l'écran du sonar.

Il fit rouler son fauteuil vers l'avant et poussa plusieurs boutons pour arrêter le balayage de la caméra. Un silence de cathédrale tomba sur la pièce, uniquement interrompu par le ronronnement des équipements.

— C'est peut-être elle, murmura Tate.

— Possible, répondit Bowers en se mettant aussitôt au travail. Dart, occupe-toi de l'enregistrement numérique, ordonna-t-il. Et toi, Tate, monte dans la cabine de pilotage et demande l'arrêt complet des machines.

Ils ne parlèrent plus pendant un moment. Bowers fit un zoom avant et relança le mouvement de balayage de la caméra, au ralenti.

L'épave bruissait de vie, et Tate eut une pensée pour Litz et les autres biologistes qui étaient à bord : ils allaient bientôt chanter de joie ! Elle retenait son souffle. Et puis, soudain, elle poussa un cri.

— Vous voyez ça ?

En guise de réponse, Dart éclata d'un rire nerveux.

— C'est la roue à aubes. Non, mais regardez-la, allongée tranquillement, à attendre qu'on la trouve. C'est un bateau à aubes, Bowers. C'est l'épave du *Justine* !

Bowers mit la caméra sur la fonction pause.

— Mes enfants, dit-il en se levant, la situation exige que je fasse une déclaration fracassante de profondeur.

Il posa une main sur son cœur.

— Hip, hip, hip hourrah !

Puis, il attrapa Tate et l'entraîna dans une danse endiablée autour de la pièce. La jeune femme avait les larmes aux yeux. Elle riait et pleurait à la fois.

— Allons réveiller les autres ! décida-t-elle brusquement.

Elle courut jusqu'à sa cabine et fit irruption dans le minuscule espace qu'elle partageait avec Lorraine.

— Rejoins-nous au Point Zéro, lui lança-t-elle. Dépêche-toi.

— Quoi ? On coule ?… Laisse-moi tranquille, Tate. J'étais en train de rêver de Harrison Ford.

— Il attendra. Descends, je te dis.

Et, pour s'assurer que Lorraine allait lui obéir, Tate tira sur le drap qui couvrait son corps nu.

— Habille-toi d'abord, ajouta-t-elle avant de sortir en trombe.

Elle se rendit ensuite dans la cabine de Hayden.

— Hayden ? cria-t-elle en frappant sur la porte et en pouffant de rire. Hayden, réveille-toi ! L'alerte est donnée. Tout le monde sur le pont.

— Que se passe-t-il ?

Le professeur apparut sur le seuil, les yeux écarquillés, les cheveux dressés sur la tête, une couverture enroulée pudiquement autour de ses reins.

— Quelqu'un est blessé ?

— Non, tout le monde se porte à merveille.

Elle le regarda et, sous le coup de la joie, elle jeta les bras autour de son cou, en se disant qu'il était l'homme le plus adorable qu'elle eût jamais rencontré.

Sa surprise fut totale quand les lèvres de Hayden s'emparèrent des siennes. Elle n'avait pas énormément d'expérience, mais elle était capable de reconnaître le désir d'un homme quand elle était serrée contre lui.

— Hayden…

— Je suis désolé, dit-il en reculant d'un pas.

— Je ne sais pas ce qui m'a pris. Je n'aurais jamais dû faire ça.

Elle sourit.

— Ce n'est pas grave. Vraiment.

— Je suis ton professeur, bredouilla-t-il. Et, en tant que tel, je n'aurais jamais dû…

— Hayden, c'était juste un baiser. Et c'est moi qui me suis jetée à ton cou. Tu ne vas pas me renvoyer pour ça, quand même !

— Non, bien sûr que non. Mais…

— Ecoute, tu as eu envie de m'embrasser et tu l'as fait.

Elle lui prit la main.

— Pas de quoi en faire une maladie. Tu veux savoir pourquoi je t'ai tiré du lit ?

— Eh bien…

Hayden voulut redresser ses lunettes mais elles n'étaient pas sur son nez. Il fronça les sourcils.

— Oui. Je t'écoute.

— Hayden, vous avons trouvé le *Justine* ! hurla Tate. Et maintenant, tiens-toi bien, parce que je vais encore t'embrasser.

12.

Le robot faisait tout le boulot. Et c'était bien le problème. Au bout d'une semaine de fouilles, Tate commença à éprouver un vague sentiment d'insatisfaction.

L'épave était telle qu'ils l'avaient tous rêvée. Un véritable trésor. Il y avait des pièces d'or, et des lingots dont certains pesaient près de trente kilos. Les artéfacts étaient remontés à la surface, en abondance. Le robot travaillait dur, creusant, soulevant et transportant le butin par l'intermédiaire de Bowers et de Dart qui le manipulaient depuis la console informatique, au Point Zéro.

Régulièrement, Tate venait observer l'écran et la manière dont la machine soulevait de lourdes charges entre ses bras mécaniques, ou attrapait délicatement une éponge des mers entre ses pinces, pour la rapporter aux biologistes.

L'expédition était un succès total.

Et Tate était affreusement jalouse d'un horrible robot en métal.

A son poste de travail, dans une cabine à l'avant du bateau, elle photographiait, étudiait et cataloguait les vestiges de la vie du dix-neuvième siècle. Une broche en camée, des cuillers, un encrier en étain, des tessons de faïence, un jouet de bois dévoré par les vers. Et, bien sûr, les pièces d'or et d'argent. Elles s'empilaient sur sa table, et brillaient de mille feux, grâce au travail que faisait Lorraine, dans son laboratoire.

Tate prit une pièce de cinq dollars. C'était un ravissant disque d'or daté de 1857, l'année où le *Justine* avait coulé. Entre combien de mains était-il passé ? Peut-être fort peu.

— Elles sont jolies ces pièces, hein ? fit Lorraine en entrant avec un plateau couvert d'artéfacts qui venaient tout juste d'être décalcifiés.

— Oui, répondit Tate en reposant la pièce. Il y a là assez de travail pour toute une année.

— Tu devrais sauter de joie ! Je croyais que c'était le rêve de tout scientifique : un projet à long terme comme celui-ci.

— Evidemment, répondit Tate. Et je suis contente. Comment ne le serais-je pas ? J'ai participé à une découverte fascinante, en compagnie de scientifiques du meilleur niveau. Nous disposons d'un équipement de pointe, et nos conditions de vie sont plus qu'acceptables. Je serais folle de ne pas me réjouir.

— Alors, si tu m'expliquais pourquoi tu es folle ?

Tate secoua la tête.

— Tu n'as jamais fait de plongée. Je ne sais pas comment expliquer ce que je ressens à une personne qui n'est jamais descendue sous l'eau.

Lorraine s'installa sur une chaise en face d'elle.

— Essaie quand même. J'ai un peu de temps.

Tate soupira.

— Ce que nous faisons, là, ce n'est pas de la chasse au trésor, dit-elle. C'est de l'informatique, de la robotique, et c'est merveilleux, bien sûr. Nous n'aurions jamais retrouvé le *Justine* si nous n'avions pas eu tous ces équipements. Ni étudié son contenu comme nous le faisons. A cette profondeur, la pression et la température rendent toute plongée impossible. Ce sont des lois élémentaires de physique et de biologie, je le sais. Mais, merde, j'ai envie de descendre, moi ! J'ai envie de toucher l'épave. Je veux écarter le sable et trouver un morceau du passé. Le robot de Bowers se tape tout le travail intéressant.

— Ouais, il n'arrête pas de se vanter ! répliqua Lorraine.

— Je sais que je suis ridicule, dit Tate avec un petit sourire. Mais tu ne peux pas imaginer ce qu'on ressent quand on fouille une épave, chaque fois qu'on découvre un objet. C'est incroyable. Ce que nous faisons là est tellement stérile. Je ne pensais pas que j'éprouverais cela, mais chaque fois que je viens travailler dans cette pièce, je repense à ce que j'ai vécu. Ma première plongée, ma première épave, tout le travail avec la suceuse à air, au milieu des poissons, des coraux, de la boue et du sable. Le travail que ça représente, l'effort physique. On se sent vraiment impliqué, corps et âme.

Elle ouvrit les mains et les laissa retomber sur ses genoux.

— Ici, notre travail est tellement détaché et froid.

— Scientifique ?

— Oui. C'est de la science. Mais sans participation. En tout cas, je le ressens comme ça. Je me rappelle la première fois que j'ai trouvé une pièce d'argent. Nous avions découvert une épave vierge, dans les Antilles.

Elle poussa un nouveau soupir.

— J'avais vingt ans. Cet été-là a été mouvementé. Nous avons commencé par trouver ce galion espagnol, puis nous l'avons perdu. Je suis tombée amoureuse, et j'ai eu le cœur brisé. Depuis, je ne me suis jamais vraiment impliquée dans quoi que ce soit, avec qui que ce soit. J'ai toujours refusé.

— A cause du bateau ou du bonhomme ? demanda Lorraine.

— Les deux. En l'espace de quelques semaines, j'ai connu le bonheur absolu et les affres d'un énorme chagrin d'amour. Ça fait beaucoup pour une gosse de vingt ans. Je suis retournée à l'université avec un seul objectif en tête : décrocher mon diplôme et devenir la meilleure dans ma spécialité. Je voulais faire exactement ce que je fais maintenant, c'est-à-dire, entre autres choses, garder mes distances. Et me voilà, huit ans plus tard, en train de me demander si je n'ai pas commis une terrible erreur.

Lorraine haussa les sourcils d'un air surpris.

— Tu n'aimes pas ton travail ?

— Je l'adore. Simplement, j'accepte mal de devoir laisser des machines accomplir à ma place la part qui me passionne le plus.

— Allons, tout ça n'a pas l'air bien grave. Tu as juste besoin de mettre des bouteilles sur ton dos et de t'amuser un peu. A quand remontent tes dernières vacances ?

— Oh, voyons…

Tate s'appuya sur le dossier de sa chaise et ferma les yeux.

— Environ huit ans, si on ne compte pas les wee-ends et les fêtes de Noël à la maison.

— On ne les compte pas. Ecoute, le diagnostic du Dr Lorraine est très simple : tu souffres d'un petit coup de blues dû au surmenage. Prends un mois de vacances, dès que nous aurons terminé les fouilles du *Justine,* va quelque part où il y a des tas de palmiers, et passe beaucoup de temps avec les poissons.

La jeune femme se plongea dans l'étude de ses ongles manucurés.

— Si jamais tu veux de la compagnie, je suis sûre que Hayden ne refusera pas de t'accompagner.

— Hayden ?

— En d'autres termes, il est fou de toi.

— Hayden ? répéta Tate.

— Oui, Hayden. Enfin, voyons, Tate ! Il te dévore des yeux depuis des semaines.

— Mais... nous sommes des partenaires, Lorraine. Et des amis, aussi.

Puis, elle se rappela la manière dont il l'avait embrassée, le soir où ils avaient découvert le *Justine.*

— Merde, murmura-t-elle.

— C'est un type génial.

— Oui, bien sûr ! répondit Tate en passant une main dans ses cheveux d'un air abasourdi. Mais je n'ai jamais pensé à lui de cette façon.

— Eh bien, lui, il n'arrête pas de penser à toi de cette façon.

— Ce n'est pas une bonne idée d'avoir une histoire d'amour avec un partenaire de travail, murmura Tate.

— C'est toi qui décides, dit Lorraine. Mais il m'a semblé qu'il était temps que quelqu'un t'ouvre les yeux. Dans un tout autre registre, je suis également chargée de t'annoncer que plusieurs représentants de SeaSearch et de Poseidon vont venir examiner et emporter une partie du butin. Ils seront accompagnés par une équipe de tournage.

— Une équipe de tournage ? Je croyais que nous filmions tout nous-mêmes.

— Ils utiliseront aussi nos séquences. Nous allons faire l'objet d'un documentaire qui passera sur une chaîne câblée. N'oublie pas ton rouge à lèvres et ton mascara.

— Quand doivent-ils arriver ?

— D'un moment à l'autre.

Instinctivement, Tate prit une cuiller de bois, sur la table, et la pressa contre son cœur.

— Ils n'ont pas intérêt à déplacer quoi que ce soit tant que je n'aurai pas fini de tout cataloguer.

— Il faudra le leur dire, fit Lorraine en se dirigeant vers la porte. Mais n'oublie pas que nous sommes juste des exécutants.

Des exécutants, songea Tate en reposant la cuiller sur la table. C'était peut-être le cœur du problème. Sans trop savoir comment, elle était passée du statut de femme indépendante en quête d'aventure à celui de pion compétent employé au service d'une corporation sans visage.

Enfin, c'est ce qui lui permettait de travailler. Les scientifiques sont toujours en train de mendier. Et pourtant…

Elle se rendit brusquement compte qu'il y avait beaucoup de « et pourtant » dans sa vie. Elle allait devoir se livrer à une sérieuse introspection, et ensuite faire quelques choix.

Matthew ne pouvait plus en douter. Il était fou. D'abord, il avait quitté son travail. Un travail qu'il détestait, certes, mais qui lui permettait tout de même de payer ses factures tout en lui laissant encore de quoi entretenir un vieux rêve. Sans son salaire, comment terminerait-il le bateau qu'il construisait morceau par morceau, depuis des années ? Et, surtout, qu'allait devenir Buck ? Il serait forcé de vivre de subsides.

Pour couronner le tout, LaRue avait démissionné, lui aussi, pour suivre son ami. Matthew se retrouvait donc avec deux bonshommes qui passaient leur temps à se disputer et à se reprocher leurs défauts respectifs.

Et il était là, assis devant une caravane, dans le sud de la Floride, en train de se demander à quel moment précis il avait totalement perdu l'esprit.

La lettre des Beaumont était à l'origine de tout, avec ses allusions à Tate, à VanDyke, et bien sûr à l'*Isabella*. En la lisant, Matthew avait été submergé par un flot de souvenirs et, sans même réfléchir aux conséquences de son acte, il avait pris ses cliques et ses claques.

Mais il avait tout le temps de se poser des questions, maintenant. Qu'allait-il faire de son oncle ?

Depuis son accident, Buck avait recommencé à boire. A peine était-il sorti d'un centre de désintoxication qu'il rechutait… A cet instant précis, on pouvait entendre sa voix pleine de colère et d'amertume. Il pleuvait des cordes et, malgré cela, Matthew préférait rester dehors, sous l'abri précaire que lui offrait un auvent rouillé et percé.

— Qu'est-ce que c'est que cette merde infâme ? criait Buck en déplaçant des objets dans la minuscule cuisine.

LaRue ne prit même pas la peine de lever le nez de son livre.

— De la bouillabaisse. Une recette de famille.

— De la merde, reprit Buck. De la merde française.

Buck faisait claquer les portes des placards, à la recherche d'une bouteille.

— Ça pue.

En guise de réponse, LaRue tourna une page.

— Où est mon whisky, bordel de merde ? J'avais une bouteille, là-dedans.

— Personnellement, je préfère un bon petit beaujolais, déclara LaRue. A température ambiante.

Il entendit s'ouvrir la porte et marqua la page où il s'était arrêté. Le spectacle quotidien allait commencer.

— C'est toi qui m'as volé mon whisky, espèce de petit con ?

— Il n'y a pas de whisky, répondit Matthew. Je l'ai jeté.

— De quel droit ? cria Buck.

Matthew avait du mal à reconnaître son oncle lorsqu'il regardait cet ivrogne qui était tombé dans la déchéance.

— Peu importe de quel droit, répondit-il calmement. Le fait est qu'il n'y a plus de whisky. Essaie donc le café.

En guise de réponse, Buck saisit la cafetière et la jeta contre le mur.

— Comme tu voudras, fit Matthew en enfonçant les poings dans ses poches. Si tu veux boire, il faudra le faire ailleurs. Je ne te regarderai pas te tuer à petit feu.

— C'est mes oignons, marmonna Buck.

— Pas tant que je suis dans les parages.

— Tu n'es jamais dans les parages. Tu vas et viens comme ça te chante. Un vrai courant d'air. Tu n'as pas à me dire ce que j'ai à faire dans ma propre maison.

— C'est ma maison, corrigea Matthew. Tu te contentes d'y crever.

Il aurait pu esquiver le coup. Au lieu de cela, il reçut le poing de Buck en pleine figure, avec philosophie. Il éprouva même une sorte de plaisir à penser que son oncle était encore capable de cogner.

Puis, comme Buck le regardait fixement, il essuya le sang sur sa bouche, d'un revers de main.

— Je sors, déclara-t-il.

— C'est ça, fous le camp ! lui cria Buck. Tu as toujours été doué pour ça. Pourquoi tu t'arrêtes ? Personne n'a besoin de toi, par ici. Tu entends ? Personne n'a besoin de toi.

LaRue attendit que Buck fût retourné dans sa chambre pour se lever et diminuer le feu sous sa bouillabaisse. Puis, il prit sa veste, celle de Matthew, et quitta la caravane.

Ils n'étaient là que depuis trois jours, mais LaRue savait déjà où Matthew allait se réfugier. Il enfonça sa casquette sur son crâne et descendit vers la marina.

Il n'y avait pas un chat, dehors, et il trouva son ami dans le garage qu'il louait au mois. Matthew était assis à l'avant du bateau qu'il finissait de construire.

Le bâtiment avait deux coques, et il était presque aussi large que long. LaRue avait été sincèrement impressionné en le voyant, la première fois. Il était magnifique, et il avait l'air solide.

Matthew avait conçu le pont principal de telle sorte qu'il reposât en travers des coques. Ainsi, il resterait dégagé, même si la mer était agitée. L'avant et l'arrière étaient légèrement incurvés vers l'intérieur, créant une sorte d'effet tampon qui rendrait la navigation à la fois plus confortable et plus rapide. Mais le coup de génie, d'après LaRue, c'était le pont avant, avec ses dix-huit mètres carrés d'espace ouvert.

L'entrepôt pour le trésor.

Il ne manquait plus que les finitions : la peinture, les équipements de la passerelle de commandement, les instruments de navigation. Et un nom.

Il rejoignit Matthew à l'intérieur.

— Alors, tu le termines quand, ce bijou ? demanda-t-il.

— J'ai le temps, maintenant, répondit Matthew. Tout ce qui me manque, c'est le fric.

— J'en ai plein, moi.

LaRue tira un étui de sa poche et entreprit de se rouler une cigarette.

— Je ne dépense rien, sauf pour les femmes. Et elles ne me coûtent pas tant que ça, contrairement à ce que pensent beaucoup d'hommes. Si tu veux, je te donne de quoi terminer ton bateau, et toi, en échange, tu m'en cèdes un bout.

Matthew eut un rire sans joie.

— Quel bout veux-tu ?

LaRue alluma sa cigarette.

— Dis-moi, Matthew, pourquoi as-tu laissé Buck te frapper ?

— Pourquoi pas ?

— Eh bien, j'ai l'impression qu'il vaudrait mieux, pour lui, que tu lui colles ton poing dans la figure plutôt que le contraire.

— Ouais, c'est ça. Je vais me mettre à frapper un…

— Un estropié ? Non, bien sûr. N'empêche que tu ne rates pas une occasion de lui rappeler qu'il n'est plus ce qu'il a été.

Furieux, Matthew bondit sur ses pieds.

— Qu'est-ce qui te permet de dire une chose pareille ? J'ai fait tout ce que j'ai pu pour lui.

— C'est vrai. Tu paies son loyer, sa nourriture et le whisky qui est en train de le tuer. Tout ce que ça lui coûte, à lui, c'est sa fierté.

— Tu préférerais que je le jette dehors ?

LaRue eut un haussement d'épaules.

— Tu ne lui demandes pas de se comporter comme un homme. Alors, pourquoi ferait-il un effort ?

— Va te faire foutre.

— Je crois que tu aimes ton sentiment de culpabilité, Matthew. Cela te permet de ne pas faire ce que tu voudrais faire. De cette façon, tu ne risques pas de te planter.

Il sourit, lorsque Matthew l'attrapa par le revers de sa veste.

— Tu vois, moi, tu me traites comme un homme, poursuivit-il en levant le menton. Tu peux cogner si tu veux. Je te renverrai un coup de poing aussi sec. Après, on pourra se mettre d'accord au sujet du bateau.

— Qu'est-ce que tu fous ici ? lui demanda Matthew en le repoussant d'un air las. Je n'ai pas besoin de compagnie. Je ne veux pas de partenaire.

— Bien sûr que si ! Et puis, je t'aime bien, moi.

LaRue se rassit.

— Je vais te dire ce que je pense. Tu vas retourner chercher cette épave dont tu m'as parlé, un jour. Tu vas peut-être même te venger de ce VanDyke que tu détestes tant. Et récupérer la femme que tu aimes, par la même occasion. Moi, je veux faire partie de l'aventure parce que j'aimerais bien devenir riche, et aussi parce que j'aime les bagarres et les histoires d'amour.

— Tu es un crétin. Je ne sais pas ce qui m'a pris de te raconter toute cette histoire.

Matthew se frotta le visage avec ses mains.

— Je devais être soûl.

— Non. Tu ne bois jamais assez pour être soûl. Tu parlais tout seul. Et j'étais là.

— Ecoute, je vais peut-être repartir chercher cette épave. Et si j'ai de la chance, je croiserai de nouveau la route de VanDyke. Mais il n'y a plus de femme.

— Il y a toujours une femme. Celle-là ou une autre.

LaRue haussa les épaules d'un air fataliste.

— Je n'ai jamais compris qu'un homme puisse perdre la tête pour une nana. Une de perdue, dix de retrouvées. Un ennemi, en revanche, ça vaut la peine de se battre. Quant à l'argent, c'est plus facile d'être riche que pauvre. Alors, on finit de construire ton bateau, et on va au-devant de la fortune et de la vengeance.

Matthew considéra son compagnon d'un air las.

— Les équipements dont j'ai besoin ne sont pas donnés.

— Rien n'est donné.

— Nous ne trouverons peut-être jamais cette épave. Et, si jamais nous y arrivons, ce sera dur et dangereux de dégager le site.

— C'est le danger qui rend la vie intéressante. Tu as oublié ça, mon vieux ?

— Peut-être, murmura Matthew.

Il sentit quelque chose bouger et renaître en lui, comme si le sang qu'il avait laissé se refroidir, toutes ces années, se mettait à bouillir de nouveau dans son corps. Il tendit la main.

— On termine le bateau.

Trois jours plus tard, Buck vint trouver Matthew dans le garage. Il avait dû réussir à se procurer une bouteille parce qu'il puait l'alcool.

— Tu vas aller où avec ta baignoire ? demanda-t-il sur un ton brusque.

Matthew continua de poncer le teck qui deviendrait bientôt une balustrade.

— Pour commencer, Hatteras, répondit-il. Je vais retrouver les Beaumont.

— Pff, des amateurs ! Qu'est-ce qui t'a pris de construire un catamaran ?

— J'en avais envie.

— Les monocoques m'ont toujours suffi. A ton père aussi.

— Ce n'est pas ton bateau. Ce n'est pas le sien non plus. C'est le mien.

— Et de quelle couleur tu le peins ? C'est un truc de filles, ce bleu !

— C'est un bleu caraïbe, corrigea Matthew. Et je le trouve joli.

— Tu vas couler à la première tempête, grommela Buck qui résistait à l'envie de caresser la coque. Vous n'êtes plus bons qu'à faire de la navigation de plaisance, toi et Ray, de toute façon.

Matthew fit glisser son pouce sur le teck et fut satisfait de le trouver aussi lisse que du satin.

— Nous partons à la recherche de l'*Isabella*, déclara-t-il d'une voix tranquille.

Un long silence s'installa entre eux. Après quelques secondes, Buck dut s'appuyer au bateau. Il titubait légèrement, comme s'il était déjà en mer.

— Tu te fous de moi ?

— Ray a décidé de repartir en chasse. Il a découvert quelque chose qu'il souhaite me montrer. Dès que le bateau sera en état de naviguer, j'irai le rejoindre. Et peu importe ce qu'il a trouvé. J'ai décidé de partir à la recherche de l'épave, moi aussi. Il est plus que temps.

— Tu es devenu fou ? Tu as oublié ce que ça nous a coûté ? Ce que ça m'a coûté, à moi ?

— J'en ai une assez bonne idée, oui, répondit Matthew, tout en reprenant son ponçage.

— Tu avais le trésor du *Santa Margarita*, non ? Et tu as permis que ce salaud de VanDyke te le pique sous le nez. Tu t'es laissé détrousser alors que j'étais à moitié mort. Et tu veux repartir à la chasse au trésor et me laisser pourrir ici ?

— Je vais partir, Buck. Ce que tu fais de ta vie ne regarde que toi.

Soudain, Buck sembla pris de panique. Il posa les deux mains à plat sur la poitrine de Matthew.

— Et qui va s'occuper de moi ? Si tu t'en vas comme ça, je n'aurai plus un sou d'ici à quelques semaines. Tu es mon débiteur. J'ai sauvé ta vie de bon à rien. J'ai perdu une jambe pour toi. J'ai tout perdu pour toi.

Le vieux sentiment de culpabilité revint prendre Matthew à la gorge, mais, cette fois, il résista, et refusa de se laisser terrasser.

— Je ne te dois plus rien, Buck. Ça fait huit ans que je travaille comme un con pendant que tu picoles comme un trou. Tu m'as fait payer jusqu'à l'air que je respirais. Mais c'est fini. Je repars à la recherche de l'*Isabella* et j'ai bien l'intention de la trouver.

— Ils te tueront. L'*Isabella* et la Malédiction d'Angélique. Sinon, VanDyke s'en chargera. Et moi, je serai où ?

— Au même endroit qu'aujourd'hui. Debout sur deux jambes, dont une que j'ai payée.

Cette fois, il esquiva le coup de poing, et repoussa son oncle avec une telle force que ce dernier perdit l'équilibre et tomba à l'arrière du bateau.

— Essaie encore de me frapper et je te casse la figure, déclara-t-il, prêt à se battre. Et maintenant, écoute-moi bien : dans dix jours, je pars pour Hatteras avec LaRue. Tu peux te racheter une conduite ou aller te faire foutre. C'est toi qui décides. Et maintenant, laisse-moi tranquille. J'ai du boulot.

Buck se redressa en tremblant. Sa jambe fantôme avait recommencé à l'élancer. La rage au cœur, il sortit chercher une bouteille.

Une fois seul, Matthew se remit à poncer, comme un homme possédé.

13.

Silas VanDyke passait toujours le début du printemps à Manzanillo, sur la côte ouest du Mexique, dans sa maison juchée au sommet d'une falaise dominant le Pacifique. Rien ne l'apaisait plus que de venir se poster devant sa baie vitrée pour contempler le fracas des vagues, à ses pieds.

Il était né sous le signe du Verseau, et considérait l'eau comme son élément. Il aimait la regarder, la sentir, l'écouter. Et, bien qu'il voyageât énormément, pour les affaires comme pour le plaisir, il ne s'en éloignait jamais trop longtemps.

Toutes ses maisons étaient situées près de l'eau : sa villa à Capri, sa plantation à Fiji, son bungalow en Martinique. Même son appartement à New York offrait une vue imprenable sur l'Hudson. Mais il avait un faible particulier pour sa retraite du Mexique.

Non pas que ce séjour constituât des vacances. Son attitude envers le travail était aussi disciplinée que le reste de sa personne. Les lauriers se gagnaient, et il estimait avoir largement gagné les siens. Il croyait aux bienfaits du travail et à la nécessité d'entraîner son esprit autant que son corps. Certes, il avait hérité une grande partie de sa fortune, mais il ne l'avait pas gaspillée, pas plus que son temps. Au contraire, il avait construit sur ce capital, avec ruse et entêtement, jusqu'à tripler, au moins, la valeur de son héritage.

Il se considérait comme un homme discret et digne. Rien à voir avec un clown avide de publicité comme Donald Trump, par exemple. VanDyke menait ses affaires tranquillement, dans l'ombre, en faisant preuve de flair et en se protégeant soigneusement des assauts des journalistes.

Sauf lorsqu'il le décidait.

Il ne s'était jamais marié, bien qu'il professât une grande admiration pour les femmes. Le mariage est un contrat, et il craignait qu'une éventuelle rupture de ce contrat fût une source de problèmes. Enfin, il ne voulait surtout pas d'enfant, car, à son sens, la paternité pouvait mettre un homme en situation de faiblesse.

VanDyke refusait farouchement toutes ces complications. Il choisissait donc ses compagnes soigneusement, et les traitait avec le même respect et la même courtoisie dont il faisait preuve vis-à-vis de ses employés. Lorsqu'une femme cessait de l'intéresser, il la renvoyait, généralement avec un cadeau généreux.

Aucune, jusque-là, ne s'en était plainte.

A part, peut-être, la petite Italienne dont il s'était lassé, récemment, et qui avait essayé de causer quelques problèmes. Même les diamants qu'il lui avait offerts, en cadeau de rupture, n'avaient pas calmé sa colère. Elle avait même eu le front de le menacer. Non sans quelque regret, il s'était arrangé pour qu'elle reçût une petite leçon. Mais ses ordres étaient stricts : il ne devait rester aucune cicatrice visible. Après tout, elle avait un visage et un corps ravissants qui lui avaient procuré beaucoup de plaisir.

VanDyke considérait la violence mesurée comme un outil parfait pour un homme de sa stature. Au cours des dernières années, il en avait usé régulièrement, et de façon très judicieuse, songea-t-il avec satisfaction.

Le plus étrange était le plaisir qu'il en tirait. En fait, il pouvait bien admettre qu'en payant des hommes de main pour effectuer le sale boulot, il avait trouvé un moyen de calmer les colères qui le ravageaient, parfois.

Il connaissait trop d'hommes comme lui, puissants, à la tête de fortunes colossales, écrasés de responsabilités, et qui avaient fini par décliner simplement parce qu'ils acceptaient un échec, ou faisaient trop de concessions. Quand ils ne s'épuisaient pas à essayer de rester au sommet. Les frustrations finissent par rendre fou. Par conséquent, dans l'esprit de VanDyke, le propre de l'homme supérieur était de toujours soulager ses pulsions, quelles qu'elles fussent, et de savourer ses profits.

Pour l'heure, son esprit était tourné vers le *Nomad*, son équipage et sa merveilleuse découverte.

Les rapports étaient sur son bureau, ainsi qu'il l'avait ordonné. Il avait soigneusement choisi chaque membre de cette expédition, depuis les scientifiques jusqu'aux techniciens et même le personnel de cuisine. Et il se réjouissait de constater qu'une fois de plus, son instinct ne l'avait pas trompé. Ils s'étaient tous montrés à la hauteur de ses espérances. Et pour les récompenser, VanDyke était déjà disposé à leur accorder un bonus, au dernier moment.

Il admirait profondément les scientifiques pour leur logique et leur discipline, et il était tout à fait satisfait du travail de Frank Litz, en tant que biologiste et en tant qu'espion à sa solde. Il le tenait au courant de tout ce qui se passait à bord du *Nomad*, sans omettre le moindre détail, même le plus intime.

Oui, Litz était un bon élément. Et quelle différence avec Piper ! Le jeune archéologue avait un véritable potentiel, mais son fâcheux penchant pour la cocaïne gâchait tout. VanDyke jugeait toute dépendance synonyme de désordre. Lui-même avait cessé de fumer, plusieurs années auparavant, par principe. D'après lui, la volonté d'un individu équivalait au pouvoir qu'il était à même d'exercer sur son environnement. Et Piper manquait de volonté. Finalement, VanDyke ne regrettait pas de lui avoir offert la cocaïne pure qui l'avait tué.

Au contraire, il avait trouvé cela plutôt excitant.

Il retourna s'asseoir à son bureau et étudia les rapports de Litz et de son équipe de biologistes consacrés à l'écosystème, la flore et la faune qui colonisaient l'épave du *Justine*. Des éponges, des coraux, des limaces. VanDyke s'intéressait à tout.

Puis, il se plongea dans les rapports des géologues, des chimistes et de l'équipe qu'il avait envoyée pour observer l'opération et ses résultats.

Comme un enfant qui garde le meilleur pour la fin, il termina par le rapport des archéologues. La présentation était impeccable, et le travail minutieux, approfondi et parfaitement clair. Aucun détail n'était oublié : chaque artéfact était décrit, daté, photographié et catalogué en fonction du jour et de l'heure auxquels il avait été découvert. Et il y avait un renvoi au rapport du chimiste, précisant de quelle manière l'objet avait été traité, testé et nettoyé.

Une fierté presque paternelle envahit VanDyke, tandis qu'il lisait tous ces rapports. Il était très, très content de Tate Beaumont, et la considérait même comme sa protégée.

Elle allait remplacer avantageusement l'infortuné Piper.

VanDyke n'aurait su dire précisément ce qui l'avait poussé à s'intéresser de si près à la jeune femme, jusqu'à contrôler ses études et l'ensemble de son évolution, au fil des années. Il s'agissait d'une impulsion qui s'était révélée heureuse.

Tate l'avait vraiment impressionné lorsqu'elle l'avait affronté à bord du *Triumphant*. Il admirait le courage et l'intelligence, surtout quand ils sont tempérés par un esprit ordonné.

La jeune femme possédait toutes ces qualités. Professionnellement, elle avait répondu à son attente au-delà de toute espérance. Elle avait décroché son diplôme avec les honneurs et fait publier son premier article pendant la deuxième année de son cursus universitaire. Et, depuis, son travail était brillant. Elle était sûre d'obtenir son doctorat très jeune.

Oui, il était content d'elle. Tellement content qu'il lui avait ouvert plusieurs portes. L'expédition en sous-marin, à laquelle elle avait participé, au large de la Turquie, était son œuvre à lui. Et pourtant, tel un oncle indulgent, il n'avait pas cherché à s'en attribuer le mérite. Du moins, pour le moment.

VanDyke admirait également la manière dont elle menait sa vie personnelle. Au début, il avait regretté qu'elle ne restât pas en contact avec Matthew Lassiter. Un lien entre eux aurait représenté un moyen supplémentaire de surveiller ce crétin. Mais, en même temps, il s'était réjoui de voir qu'elle avait assez de bon sens pour rejeter un homme qui, manifestement, ne lui arrivait pas à la cheville.

Elle s'était concentrée sur ses études, ses objectifs. Elle avait bien eu une liaison avec un étudiant, après sa maîtrise, mais ça n'avait duré que dix mois. VanDyke s'était arrangé pour qu'on offrît au jeune homme un poste à l'institut océanographique de Greenland.

Tate devait se concentrer sur son travail et limiter les distractions, ainsi qu'il l'avait fait lui-même. Le mariage, une famille n'auraient fait que la distraire et l'éloigner de ses priorités.

Il était ravi qu'elle travaillât pour lui. Pour l'instant, il la gardait dans les coulisses, mais, le moment venu, si elle continuait à prouver sa valeur, il la sortirait de l'ombre et lui proposerait de s'associer avec lui. Une femme aussi intelligente et ambitieuse qu'elle reconnaîtrait la dette qu'elle avait envers lui, et mesurerait la valeur de ce qu'il lui offrait.

Oui, un jour, ils se retrouveraient. Ils travailleraient côte à côte.

Il était patient. Il pouvait attendre. Comme il attendait la Malédiction d'Angélique. Son instinct lui disait que, le moment venu, la première le mènerait à la seconde.

Alors, il aurait tout.

Le ronronnement du télécopieur attira son attention. VanDyke se leva, se servit un grand verre de jus d'orange, et prit la feuille que crachait la machine. Puis il la parcourut rapidement.

C'était le dernier rapport sur les Lassiter. Ainsi, Matthew avait quitté l'Atlantique Nord et rejoint son oncle. Il allait peut-être renvoyer ce vieil alcoolique dans un autre centre de désintoxication. VanDyke ne comprenait pas pourquoi Matthew n'abandonnait pas ce déchet, une fois pour toutes.

La loyauté familiale, songea-t-il en secouant la tête. VanDyke en avait entendu parler, mais sans en faire l'expérience. Son père ayant eu le bon goût de mourir à cinquante ans, VanDyke n'avait pas eu besoin de le renverser, comme il l'avait projeté. Heureusement, il n'avait ni frère ni sœur, et sa mère s'était éteinte discrètement dans un hôpital psychiatrique, alors qu'il avait tout juste treize ans.

Il n'avait que lui-même, songea-t-il, en sirotant son jus de fruits. Lui et sa fortune. Et quelque chose lui disait qu'il avait intérêt à utiliser une petite part de son argent pour garder l'œil sur Matthew Lassiter.

Car, si tout ce qu'on disait sur la loyauté familiale était vrai, alors le père du jeune homme avait dû trouver un moyen de passer son secret à son fils. Tôt ou tard, Matthew allait repartir à la recherche de la Malédiction d'Angélique. Et VanDyke, patient comme l'araignée, l'attendrait au tournant.

La météo s'était gâtée, du côté où le *Nomad* avait jeté l'ancre, et les fouilles durent être interrompues pendant quarante-huit heures. La houle rendit la moitié de l'équipage malade, en dépit des comprimés, et Tate comptait parmi les rares membres de l'expédition à ne pas trop souffrir du mal de mer. En attendant le retour du calme, elle buvait des litres de café et continuait de cataloguer les artéfacts que le robot n'avait cessé de remonter à la surface.

— Je savais que je te trouverais ici !

Tate leva la tête et sourit à Hayden.

— Je croyais que tu dormais.

Elle pencha la tête de côté.

— Tu es encore un peu pâle, mais tu as perdu ce joli teint vert. Tu veux un cookie ? ajouta-t-elle d'un air malicieux.

— Ce n'est pas gentil de se moquer des faiblesses des autres, répondit Hayden en s'asseyant à côté d'elle. Il paraît que Bowers s'amuse à tourmenter Dart en lui décrivant toutes sortes de plats.

— Bowers est sans pitié, dit la jeune femme en pouffant de rire. Nous avons partagé un excellent petit déjeuner, ce matin, lui, moi et quelques autres, ajouta-t-elle en riant. Mais ne t'inquiète pas : je ne te dirai pas ce que nous avons mangé.

— C'est vraiment humiliant pour le chef d'une expédition de perdre ainsi sa dignité. J'ai dû passer trop de temps en classe et pas assez sur le terrain.

— Allons, tu ne t'en tires pas si mal ! Toute l'équipe de tournage est alitée. Je sais que je ne devrais pas me réjouir des malheurs des autres, mais je suis bien contente de ne plus les voir traîner dans nos pattes.

— Ce documentaire devrait éveiller l'intérêt des gens pour notre travail, remarqua Hayden. Nous avons bien besoin d'un peu de publicité, et aussi d'argent.

— Je sais. Ce n'est pas souvent qu'on a la chance de participer à une expédition financée par des fonds privés, et couronnée de succès, par-dessus le marché. Regarde ça, Hayden, enchaîna-t-elle en prenant une montre de gousset en or. Elle est belle, n'est-ce pas ? Tu as vu le détail des gravures sur le couvercle ? On peut presque sentir le parfum des roses.

Elle caressa le bijou, puis souleva délicatement le couvercle.

— « Pour David, mon mari bien-aimé, qui fait s'arrêter le temps pour moi. Elizabeth. Le 4 février 1849. »

Tate poussa un soupir.

— Il y a un David et une Elizabeth MacGowan sur le manifeste, reprit-elle. Et leurs trois enfants, tous mineurs. Elizabeth a survécu, ainsi que sa fille aînée. Elle a perdu un fils, leur deuxième fille et son cher David. Le temps s'est arrêté pour eux, et il n'a plus jamais repris.

Elle referma la montre, doucement.

— Il devait la porter, quand le bateau a coulé, murmura-t-elle encore. Il a dû la garder avec lui, et peut-être a-t-il soulevé le couvercle et lu l'inscription, une dernière fois, après avoir fait ses adieux à sa femme et à ses enfants. Ils ne se sont plus jamais revus après cela. Et, pendant plus de cent ans, ce témoignage de l'amour d'une femme pour son mari est resté enseveli, en attendant qu'on le retrouve et qu'on se souvienne d'eux.

Il y eut un silence et, finalement, Hayden murmura :

— Quelle belle leçon de modestie, lorsque l'élève dépasse le professeur ! Tu es tellement plus douée que je l'ai jamais été, ajouta-t-il, tandis que Tate levait la tête et le considérait avec surprise. Si je trouve une montre, je vais remarquer le style, la marque. Je recopierai l'inscription et je me réjouirai d'avoir une date qui corrobore mes calculs concernant son époque. Je vais peut-être penser à David et Elizabeth, en passant et, bien sûr, je vais chercher leurs noms dans le manifeste. Mais je ne les verrai pas. Je ne les sentirai pas.

— Ça n'est pas scientifique.

— L'archéologie est censée être l'étude de la culture. On oublie trop souvent que ce sont les gens qui font la culture. Mais les meilleurs d'entre nous se le rappellent. C'est ce qui te place au-dessus des autres.

— Je suis bien avancée, avec mes grands sentiments ! Tout ça me rend tellement triste. Si je le pouvais, je prendrais cette montre, je retrouverais les arrière-petits-enfants de son propriétaire, et je leur dirais : regardez, ceci est une part de David et Elizabeth. Voilà ce qu'ils étaient.

Gênée, elle reposa la montre.

— Mais elle ne m'appartient pas. Elle ne leur appartient même pas, à eux. Elle est à SeaSearch.

— Sans SeaSearch, nous ne l'aurions jamais retrouvée.

— Je sais.

Tate soupira.

— Ce que nous faisons ici est important, Hayden. Les moyens que nous utilisons sont novateurs, efficaces. Au-delà de la fortune que nous sommes en train de remonter à la surface, il y a la connaissance, la découverte, la théorie. Nous sommes en train de rendre une sorte de vie au *Justine* et à toutes les personnes qui sont mortes à son bord.

— Mais ?

— C'est là que je me perds. La montre de David, où va-t-elle atterrir ? Et les dizaines et les dizaines de trésors personnels que les gens portaient avec eux ? Nous ne contrôlons rien. Quelle que soit l'importance de notre travail, nous ne sommes que des employés, des pions sur un énorme échiquier. SeaSearch dépend de Poseidon, qui dépend de Trident, et ça continue…

Hayden ébaucha un sourire.

— La plupart d'entre nous passent leur vie à n'être que des pions, Tate.

— Et cela te satisfait ?

— Je crois, oui. Je peux faire le travail que j'aime, enseigner, donner des conférences, écrire et être publié. Sans ces énormes trusts qui s'occupent de problèmes pratiques comme le fait de trouver l'argent, je ne pourrais jamais me consacrer à des missions de ce genre et continuer à gagner ma vie correctement.

Il avait raison, bien sûr. Et pourtant…

— Mais est-ce que cela suffit, Hayden ? Est-ce que nous ne passons pas à côté de quelque chose ? Où est la prise de risque qui donne sa valeur aux choses, l'expérience de la chasse ? Nous n'avons pas le moindre contrôle sur ce que nous faisons, encore moins sur ce que nous découvrons. Est-ce que nous ne courons pas le danger de perdre la passion qui nous a poussés à faire ce métier ?

— Pas toi, en tout cas, répondit Hayden.

Il savait que Tate n'était pas pour lui. Elle était une fleur exotique, et il était si terre à terre, si monotone.

— Tu ne perdras jamais ta passion, reprit-il, parce que c'est ce qui te définit.

Et, comme pour dire adieu à son rêve absurde, il prit la main de la jeune femme et la porta à ses lèvres.

— Hayden…

— Ne t'inquiète pas, lui dit-il en lisant la sollicitude, le regret et la sympathie dans le regard de la jeune femme. C'est juste le témoignage d'admiration d'un collègue à un autre. J'ai comme l'impression que nous n'allons pas travailler ensemble beaucoup plus longtemps.

— Je n'ai rien décidé, déclara vivement Tate.

— Je crois que si.

— J'ai des responsabilités à assumer, Hayden. Et je sais ce que je te dois. C'est toi qui m'as recommandée pour cette mission.

— Ton nom était déjà sur la liste, expliqua-t-il. Je n'ai fait que donner mon accord.

Tate fronça les sourcils.

— Je croyais…

— Tu as déjà une certaine réputation, tu sais…

— Mais de quelle liste veux-tu parler ?

— Celle de Trident. Les grandes huiles étaient très impressionnées par ce que tu avais déjà accompli. En fait, j'ai cru comprendre que l'un des financiers exerçait une pression pour qu'on te prenne. Bien sûr, j'ai abondé dans son sens.

— Je vois, murmura Tate qui avait la gorge sèche, tout à coup. Tu sais qui est ce financier ?

Hayden secoua la tête et se leva.

— Comme tu viens de le dire, je ne suis qu'un pion. En tout cas, si jamais tu décides de démissionner avant la fin de l'expédition, je ne t'en voudrai pas.

— Tu vas plus vite que moi, murmura Tate. Mais je te remercie.

Quand elle se retrouva seule, la jeune femme se sentit très mal à l'aise. Quelle était cette liste dont Hayden venait de lui parler ? Pourquoi n'était-elle pas au courant ?

Elle se tourna vers l'écran de son ordinateur et pianota sur les touches. Hayden avait parlé de Trident. Elle allait donc oublier SeaSearch et Poseidon, pour le moment. Quand on cherche ceux qui tirent les ficelles, il faut aller voir du côté où se trouve l'argent.

— Chers amis et voisins, le déjeuner est servi ! déclara Bowers en entrant.

Il grignotait déjà une cuisse de poulet.

— Tu tombes bien, fit Tate. J'ai besoin de tes lumières.

— Tout ce que tu voudras, mon petit.

— Je veux savoir qui tient les cordons de la bourse, chez Trident.

— Tu vas envoyer des lettres de remerciement ? demanda Bowers.

Il posa son assiette en carton, s'essuya les mains sur une serviette en papier, s'assit à côté de Tate et interrogea l'ordinateur.

— Mmm, il y a beaucoup de couches et de sous-couches, murmura-t-il au bout d'un moment. Heureusement que je suis le meilleur.

— Bon, alors dis-moi à qui appartient le *Nomad*.

— Ça, ce n'est pas difficile à trouver. Voyons voir… SeaSearch est le propriétaire, ma poulette. Ho ho ! il s'agit d'un don. Comme j'aime les philanthropes ! Notre généreux bienfaiteur s'appelle VanDyke.

Tate regarda fixement l'écran.

— Silas VanDyke.

— C'est une grosse huile, expliqua Bowers. Tu as dû entendre parler de lui. Il finance des tas d'expéditions. Il faut qu'on le remercie à genoux.

Son sourire se figea lorsqu'il remarqua l'expression furieuse de Tate.

— Qu'est-ce qui t'arrive ?

— Ce salaud m'a eue, répondit-elle entre ses dents serrées. Il m'a manipulée comme un pion. Mais je ne me laisserai pas faire. Je fiche le camp.

— Tu fiches le camp ? répéta Bowers, abasourdi.

— Oui. Et tout de suite, répondit Tate, aveuglée par la colère.

Matthew raccrocha le téléphone et prit sa tasse de café. Il venait de franchir une nouvelle étape. Le lendemain matin, il partait pour Hatteras.

De toute façon, il fallait bien tester les capacités de navigation du *Mermaid*.

Le bateau était terminé, peint, équipé, et même baptisé. Avec l'aide de LaRue, il l'avait mis à l'eau, et ils avaient même effectué quelques virées, au cours des derniers jours. Le *Mermaid* cinglait la mer. Un vrai bijou.

Matthew poussa un soupir de satisfaction. Il avait peut-être enfin réussi à faire quelque chose qui allait durer.

Même le nom avait une signification particulière. *Mermaid*. Sirène. Son rêve était revenu : le rêve avec Tate au fond de l'eau. Il n'avait pas besoin de Freud pour en comprendre la signification. Il avait souvent parlé avec Ray, au cours des dernières semaines, et le nom de Tate était revenu plusieurs fois dans la conversation, ainsi que l'*Isabella* et les souvenirs de ce fameux été.

Evidemment, c'est parce qu'il avait repensé à cette époque que le rêve était revenu.

Et même si Tate ne représentait plus qu'un souvenir nostalgique, le rêve lui avait paru tellement immédiat, tellement intense, qu'il avait éprouvé le besoin de donner ce nom de sirène à son bateau.

Il se demandait s'il allait revoir Tate. Probablement pas. D'ailleurs, cela n'avait aucune importance.

La porte s'ouvrit, et LaRue entra avec des sacs contenant des hamburgers, des frites et des boissons.

— Tu as passé ton coup de fil ? demanda-t-il.

— Oui, répondit Matthew. J'ai dit à Ray que nous partions demain. La météo est bonne. Si on navigue tranquillement, le voyage ne nous prendra pas plus de trois ou quatre jours.

— Je suis curieux de rencontrer les Beaumont. Il ne t'a pas parlé de ce qu'il a découvert ?

— Non. Il veut me le dire de vive voix.

Matthew prit un hamburger. Il mourait de faim, d'un seul coup.

— Il compte partir pour les Antilles vers la mi-avril. Je lui ai dit que cela nous convenait.

LaRue hocha la tête.

— Le plus tôt sera le mieux.

— Tu es fou de repartir là-bas !

Ils se retournèrent tous les deux et découvrirent Buck qui sortait de sa chambre.

— Cet endroit est maudit, reprit-il. L'*Isabella* aussi. Cette foutue épave a tué ton père. Et elle m'a presque tué, moi aussi.

Matthew arrosa ses frites de sel.

— C'est VanDyke qui a tué mon père, déclara-t-il calmement. Et c'est un requin qui a bouffé ta jambe.

— La Malédiction d'Angélique est responsable de tout ça.

— Peut-être, murmura Matthew. Mais, dans ce cas, je me sens certains droits sur elle.

— Elle porte malheur aux Lassiter.

— Eh bien, le moment est venu pour moi de mettre fin à cette malchance.

Buck fit quelques pas en avant.

— Tu penses peut-être que je réagis comme ça à cause de ce qui m'est arrivé. Mais c'est faux. Ton père aurait voulu que je m'occupe de toi, et c'est ce que j'ai fait, autant que j'ai pu.

— Il y a bien longtemps que je n'ai plus besoin qu'on s'occupe de moi.

— Peut être. Et j'ai peut-être déconné, en ce qui te concerne, toutes ces dernières années. Mais tu es tout ce que j'ai, Matthew. Rien d'autre n'a jamais compté pour moi.

La voix de Buck se brisa. Matthew dut fermer les yeux et lutter contre le sentiment de culpabilité qui revenait à l'assaut.

— Je ne vais pas passer le restant de mes jours à payer pour un malheur dont je ne suis pas responsable, Buck, ou encore à te regarder achever le boulot que le requin a commencé.

— Matthew, s'il te plaît, reste. On pourrait monter une petite entreprise. Emmener des touristes en balade… Je t'aiderai, cette fois.

— Je ne peux pas.

Matthew repoussa son hamburger et ses frites. Il n'avait plus faim, tout à coup.

— Je pars à la recherche de l'*Isabella*. Et, même si je ne la retrouve pas, je veux recommencer à vivre ma vie. Il y a des tas d'épaves à découvrir.

Buck secoua la tête.

— Je n'espérais pas te convaincre, de toute façon, murmura-t-il en regardant ses mains tremblantes. Mais il fallait quand même que j'essaye.

Il respira profondément et jeta les épaules en arrière.

— Je pars avec toi.

— Ecoute, Buck…

— Je n'ai rien bu depuis dix jours !

Buck serra les poings et se força à les rouvrir de nouveau.

— Pas une goutte, reprit-il, plus calmement.

Pour la première fois depuis longtemps, Matthew le regarda vraiment. Buck avait des cernes sous les yeux, mais son regard était clair.

— Ça t'est déjà arrivé, Buck.

— Oui. Mais pas tout seul dans mon coin. Je risque gros, Matthew. Je suis mort de peur à l'idée de retourner là-bas. Mais si tu pars, je t'accompagne. Les Lassiter se serrent toujours les coudes, bredouilla-t-il encore, avant que sa voix ne craquât de nouveau. Tu veux que je me mette à genoux et que je te supplie de ne pas me laisser seul ?

— Non ! s'exclama Matthew. Pour l'amour du ciel !

Il prit son visage dans ses mains. Il avait des dizaines de bonnes raisons de refuser. Et une seule d'accepter. Buck était son oncle. Sa seule famille.

— Je ne pourrai pas m'occuper de toi ni me demander sans arrêt si tu ne vas pas trouver le moyen de chiper une bouteille d'alcool. Il faudra que tu travailles, que tu justifies ta place sur le bateau.

— Je sais ce que j'ai à faire.

Matthew se tourna vers LaRue qui mangeait en silence.

— Et toi, tu as ton mot à dire. Qu'en penses-tu ?

LaRue s'essuya la bouche avec une serviette en papier.

— Une paire de mains supplémentaires ne peut pas faire de mal, du moment qu'elles ne tremblent pas.

Il eut un haussement d'épaules.

— Et si elles tremblent, on le mettra dans un coin et il nous servira de lest.

Buck serra les dents sous l'humiliation.

— Je ferai ma part de travail, déclara-t-il. James voulait l'*Isabella*. Je vous aiderai à la retrouver.

— Très bien, dit Matthew. Fais ton paquetage. On part demain à la première heure.

14.

Le petit avion rebondit sur la piste d'atterrissage, tirant Tate de son demi-sommeil. Depuis trente-huit heures, elle n'avait cessé de bouger, passant de bateaux en avions et d'avions en taxis. Elle avait traversé une partie du Pacifique, un continent tout entier et plusieurs fuseaux horaires.

Ses yeux lui disaient qu'il faisait jour, mais son corps ne comprenait plus rien. Elle avait l'impression d'être un objet de verre, si fragile que le moindre bruit, la moindre secousse auraient pu la briser.

Mais elle était à la maison. Ou, du moins, sur l'île d'Hatteras. Un petit trajet en voiture la séparait encore de chez ses parents et, après cela, elle comptait bien passer au moins vingt-quatre heures à se reposer.

Elle était la seule passagère depuis Norfol et, quand le pilote arrêta l'appareil, il se tourna vers elle et lui fit un signe du pouce, pour indiquer que tout allait bien.

Tate lui répondit par un geste vague et un sourire qui ne l'était pas moins.

Elle allait devoir se livrer à une longue et profonde réflexion, mais, pour le moment, son esprit était comme en grève. Depuis qu'elle avait découvert le rôle que jouait VanDyke dans l'expédition, elle n'avait eu de cesse de rentrer chez elle. Le destin avait joué en sa faveur. Elle était en train de fourrer ses affaires dans sa valise quand son père l'avait appelée pour lui demander de les rejoindre dès l'instant qu'elle pourrait se libérer, pour deux ou trois jours de congé.

Eh bien, elle s'était libérée — et en un temps record. Depuis, elle n'avait cessé de voyager. Elle espérait seulement que VanDyke était déjà informé du fait qu'elle se trouvait à des milliers de kilomètres de son poste. Elle lui avait fait un pied de nez.

Son attaché-case dans une main et son sac de voyage accroché sur son épaule, elle descendit les marches étroites de l'avion. Ses jambes n'étaient pas bien solides, et heureusement qu'elle portait des lunettes aux verres fumés car le soleil était aveuglant.

Elle les vit presque immédiatement. Ils agitaient la main avec enthousiasme, tandis que le pilote déchargeait la valise de la jeune femme.

Ils ne changeaient pas. Les cheveux de son père étaient peut-être un peu plus gris, mais ils se tenaient tous les deux très droits, et ils étaient toujours aussi minces et beaux. Tous deux riaient du bonheur de la revoir, et Tate sentit une partie de sa fatigue s'évanouir brusquement.

Mais dans quelle folie s'étaient-ils encore lancés ? songea-t-elle. Des secrets qui ne pouvaient être communiqués au téléphone. Des projets d'aventures. Cette maudite amulette, cette maudite épave ! Et ces maudits Lassiter !

L'enthousiasme de son père et son apparente résolution de renouer son association avec les Lassiter étaient ce qui avait convaincu Tate de venir directement chez ses parents, plutôt que rentrer chez elle, à Charleston. Elle espérait seulement que son père l'avait écoutée et n'avait pas encore contacté Matthew. Comment un seul d'entre eux pouvait-il être assez fou pour vouloir reproduire cet horrible été ?

Enfin, elle était là, maintenant, se dit-elle en faisant rouler sa valise derrière elle. Elle allait pouvoir les raisonner un peu.

— Oh, ma chérie ! s'écria Marla en prenant sa fille dans ses bras et en la serrant contre elle. C'est si bon de te voir ! Il y avait si longtemps ! Presque un an, cette fois.

— Je sais, répondit Tate.

Elle rit et laissa tomber son sac de voyage de son épaule, afin d'attirer son père dans leur étreinte.

— Vous m'avez tellement manqué, tous les deux ! Vous avez une mine formidable.

Elle se dégagea et les considéra un instant.

— Maman, tu as changé de coiffure ! Ils sont presque aussi courts que les miens l'étaient, autrefois.

— Ça te plaît ? demanda Marla d'un air coquet.

— Bien sûr. Ça te va bien. C'est très moderne.

— Je passe tellement de temps à jardiner, maintenant. J'avais toujours les cheveux dans la figure. Mais toi, tu as maigri. Tu travailles trop.

Elle se tourna vers son mari, le front plissé.

— Je t'avais bien dit qu'elle travaillait trop.

— Oui, tu me l'as dit, acquiesça Ray en levant les yeux au ciel. Des centaines et des centaines de fois. Comment était le voyage, chérie ?

— Interminable, répondit Tate en étouffant un bâillement. Mais le principal, c'est que je sois là.

— Et nous en sommes tellement heureux, fit Ray en soulevant sa valise.

Ils se dirigèrent vers la jeep, qui était garée un peu plus loin.

— Nous voulions vraiment que tu nous accompagnes, mais je m'en veux de t'avoir fait abandonner ton expédition. Je sais combien c'était important pour toi.

— Pas autant que je le pensais, répondit la jeune femme tout en grimpant à l'arrière du véhicule.

Elle abandonna sa tête contre la banquette. Elle ne voulait pas parler de VanDyke. Du moins pas encore.

— Je suis heureuse d'en avoir fait partie. J'admire vraiment les gens avec qui j'ai travaillé, et je serais ravie de les retrouver un jour. Mais c'était impersonnel. Quand les artéfacts arrivaient enfin entre mes mains, ils étaient passés entre celles de tant de personnes que c'était presque comme si je les avais sortis d'une vitrine pour les examiner. Tu comprends ?

— Oui, répondit Ray qui résistait au désir de parler de ses propres projets.

Sa femme lui avait demandé de ne rien précipiter, de prendre son temps.

— Tu es à la maison, maintenant, dit Marla. Tu vas commencer par prendre un bon repas et, ensuite, tu iras te reposer.

— D'accord. Une fois que je me sentirai un peu plus d'attaque, il faudra tout me raconter sur ton idée de repartir à la recherche de l'*Isabella*.

— Quand tu auras lu ce que j'ai trouvé, tu comprendras pourquoi je suis aussi impatient, déclara son père. Mais on en reparlera quand tu seras un peu remise de ton voyage, ajouta-t-il en voyant le regard que lui lançait sa femme.

— Oh, les azalées sont en fleur ! s'exclama Tate.

Elle baissa la vitre de sa portière et respira le parfum des pins, des baies et des fleurs, mêlé à l'odeur salée si particulière de la mer.

Marla avait intercalé des buissons fleuris au milieu des arbres, afin de créer un paysage naturel et presque sauvage. La maison de cèdre à un étage était entourée d'une large véranda, et Tate contempla ce spectacle familier, le cœur gonflé de joie.

— Tu as commencé un jardin de pierres, remarqua-t-elle.

— C'est mon nouveau projet, répondit sa mère. Et tu devrais voir mon jardin d'herbes aromatiques, aussi, de l'autre côté, près de la cuisine.

— C'est magnifique, dit Tate en descendant de voiture et en regardant autour d'elle. Tout est si calme. On entend juste la mer, les oiseaux et la brise à travers les pins. Je me demande bien pourquoi vous partez si souvent.

— Nous l'apprécions d'autant plus quand nous revenons de nos petites virées, répondit Ray en sortant sa valise du coffre. Ce sera l'endroit rêvé pour prendre notre retraite, ajouta-t-il en échangeant un clin d'œil avec sa femme. Quand nous serons prêts à grandir.

— Tu parles ! s'exclama Tate en riant. Je sucrerai déjà les fraises que vous serez encore…

Elle s'interrompit brusquement. Le hamac multicolore qu'elle avait offert à son père, de retour d'un voyage à Tahiti, était installé à sa place habituelle, au soleil. Et il était occupé.

— Vous avez de la visite ?

— Pas de la visite, répondit Marla. Ce sont de vieux amis.

Elle ouvrit la porte de la maison.

— Ils sont arrivés juste avant le crépuscule, hier. Nous sommes envahis de voyageurs fatigués, pas vrai, Ray ?

— Oui. La maison est pleine.

Tate voyait juste une crinière de cheveux noirs tombant sur des lunettes de soleil et une silhouette bronzée et musclée. Mais cette vision suffit à lui nouer la gorge et l'estomac.

— Quels vieux amis ? demanda-t-elle d'un ton neutre.

— Buck et Matthew Lassiter.

Marla était déjà dans la cuisine, en train de vérifier la cuisson du plat qu'elle avait prévu de servir au déjeuner.

— Et LaRue, leur compagnon. Un homme intéressant, n'est-ce pas, chéri ?

— En effet, répondit Ray avec un large sourire. Il va te plaire, tu verras. Bon, je monte tes affaires dans ta chambre.

Sur ce, il disparut prestement. Il s'était bien gardé de mentionner à sa femme les objections de Tate au sujet des Lassiter et de leur décision de renouer leur vieille association.

— Où est Buck ? demanda la jeune femme.

— Oh, sûrement quelque part par là, répondit Marla. Il a bien meilleure mine que la dernière fois que nous l'avons vu.

— Il boit toujours ?

— Non. Pas une goutte depuis qu'il est arrivé. Assieds-toi, ma chérie. Je vais te servir.

— Pas encore, dit Tate. Je vais aller renouer connaissance.

— Bonne idée. Profites-en pour dire à Matthew que le déjeuner est prêt.

Le sable et l'herbe étouffèrent les pas de Tate. De toute façon, elle serait arrivée avec un orchestre de fanfare qu'il n'aurait probablement pas bougé d'un cil. Les rayons du soleil le baignaient de leur lumière.

Il était beau, songea-t-elle avec fureur. Ses cheveux étaient emmêlés et paraissaient n'avoir pas été touchés par les ciseaux d'un coiffeur depuis bien longtemps. Dans le sommeil, son visage était détendu. Il était un peu plus mince que huit ans plus tôt, ce qui faisait ressortir la ligne de ses pommettes. Son corps était musclé et paraissait aussi dur que le granit, dans son vieux jean et son T-shirt.

Elle le contempla un long moment, tout en surveillant sa propre réaction comme elle aurait surveillé une expérience de laboratoire. Son pouls s'était accéléré, peut-être. Mais c'était normal. Toute femme réagirait ainsi devant un spécimen aussi superbe. Elle se réjouit, néanmoins, de constater que, passé ce premier sursaut, elle ne ressentait que colère et ressentiment à le trouver ainsi en train de somnoler chez elle, sur son terrain.

— Lassiter ! lança-t-elle à voix haute.

Il ne bougea pas. Sa poitrine continua de se soulever lentement, régulièrement. Alors, avec un sourire mauvais, Tate s'approcha, prit appui sur ses deux pieds et retourna le hamac.

Matthew se réveilla à mi-chemin du sol. Il vit la terre s'approcher à grande vitesse et jeta les mains en avant pour protéger sa chute. Il poussa un grognement, au moment d'atterrir par terre. Puis, tout désorienté, il secoua la tête et s'assit.

Il vit d'abord des pieds étroits enfermés dans des bottines de marche usées. Puis des jambes. Des jambes revêtues d'un caleçon noir et qui n'en finissaient pas. En d'autres circonstances, il aurait volontiers passé un long moment à les admirer. Un peu plus haut, il vit une chemise noire, de coupe masculine, et dont les pans arrondis caressaient des hanches qui, elles, n'avaient rien de masculin. Encore plus haut, des seins haut perchés créaient un arrondi ravissant.

Puis le visage.

Là, Matthew sentit son cœur battre violemment.

Elle avait changé. En mieux. La jeune fille de vingt ans, si fraîche, douce et ravissante, était devenue une femme d'une beauté stupéfiante.

Sa peau était comme l'ivoire, d'une pureté presque transparente. Sa bouche était pleine et magnifique. Mais ses yeux exprimaient une colère qui le fit presque tressaillir. Elle avait laissé pousser ses cheveux, et ils étaient tirés vers l'arrière, en une queue-de-cheval qui dégageait son visage.

Matthew cligna des yeux, plusieurs fois, comme pour se reprendre, et il se leva avec un sourire bref et indifférent.

— Salut, petite. Il y avait longtemps.

— Qu'est-ce que tu fous chez moi ? Comment oses-tu essayer d'embarquer mes parents dans un de tes plans foireux ?

Matthew s'appuya contre un arbre, d'un air nonchalant. Ses genoux étaient comme de la gelée.

— Content de te voir, moi aussi, fit-il. Mais tu présentes les choses à l'envers. C'est Ray qui a un plan. Moi, je ne fais que l'accompagner.

— C'est ça. Pour mieux le rouler plus tard. Notre association a été dissoute il y a huit ans, et il n'est pas question que ça change. Je veux que tu retournes d'où tu viens.

— C'est toi qui décides, maintenant ?

— Je ferai ce qu'il faudra pour protéger mes parents de toi.

— Je n'ai jamais fait le moindre mal à Ray ou à Marla, répliqua Matthew. A toi non plus, d'ailleurs, ajouta-t-il. Pourtant, ce ne sont pas les occasions qui ont manqué.

Tate sentit le sang monter à ses joues. Comme elle le détestait ! Et elle haïssait tout autant ces fichues lunettes de soleil qui lui cachaient les yeux tout en lui renvoyant son propre reflet.

— Je ne suis plus une petite fille pleine de rêves et d'idéaux, Lassiter, rétorqua-t-elle. Je sais exactement ce que tu es. Un opportuniste incapable de loyauté. Un irresponsable. Nous n'avons pas besoin de toi.

— Ray a l'air de penser différemment.

— Mon père a bon cœur, et il est naïf. Moi pas. Tu as peut-être réussi à lui vendre un de tes plans véreux, mais je suis là, maintenant, et j'ai bien l'intention de tout arrêter. Je ne permettrai pas que tu te serves de lui.

— Tu penses que je me sers de lui ?

— C'est ta spécialité, non ? Et quand les choses tournent mal, tu disparais. C'est comme ça que tu as laissé tomber ce pauvre Buck : tu l'as abandonné dans cette roulotte infâme en Floride, et tu es parti je ne sais où. Je sais de quoi je parle. Je suis allée rendre visite à ton oncle, il y a un an. Il était seul, malade ; il avait à peine de quoi manger. Il m'a dit qu'il se rappelait à peine la dernière fois qu'il t'avait vu, que tu étais en train de plonger quelque part.

— Et alors ? répliqua Matthew, qui aurait préféré se couper la langue plutôt que détromper la jeune femme.

— Alors, il avait besoin de toi, mais tu étais bien trop préoccupé de toi-même pour t'en soucier. Tu l'as laissé s'immoler dans l'alcool. Si mes parents savaient à quel point tu es froid et mauvais, ils te jetteraient dehors en un instant.

— Et toi, tu le sais.

— Oui, je le sais depuis huit ans, depuis le jour où tu as eu l'honnêteté de te montrer sous ton vrai jour. C'est la seule chose que je te dois, Matthew. Et je vais te remercier en te donnant une chance de t'en aller d'ici dignement.

— Pas question, répondit Matthew en croisant les bras. Je pars à la recherche de l'*Isabella*, que cela te plaise ou non. J'ai mes dettes à payer.

— Tu ne te serviras pas de mes parents pour les payer.

Sur ces mots, la jeune femme se détourna et s'éloigna à grands pas.

Une fois seul, Matthew s'accorda quelques minutes pour mettre un peu d'ordre dans ses émotions. Lentement, il se rassit sur le hamac, les pieds bien plantés sur le sol pour l'empêcher de se balancer.

Il se s'attendait pas à un accueil chaleureux de la part de Tate, mais de là à essuyer une telle explosion de haine ! Cependant, ce n'était pas ce qui l'inquiétait le plus. Sa propre réaction le perturbait bien davantage. Il était tellement persuadé de s'être remis de cette histoire.

Il avait à peine pensé à elle, durant toutes ces années. Il était d'autant plus stupéfait — et mortifié — de découvrir que non seulement il ne l'avait pas oubliée, mais qu'il était encore, bêtement, follement, amoureux d'elle.

De son côté, Tate avait traversé la maison sans laisser à Marla le temps de lui répéter que le déjeuner était prêt. Elle avait besoin de respirer.

Elle était satisfaite de n'avoir pas totalement succombé à sa colère. C'était déjà ça, se dit-elle en se dirigeant vers le bord de la mer. Et elle avait été très claire. Elle allait faire tout ce qui était en son pouvoir pour s'assurer que Matthew Lassiter pliait bagage avant la tombée de la nuit.

Tate prit une profonde inspiration et déboucha sur le quai étroit. Le *New Adventure* était amarré là. C'était un nouveau yacht de douze mètres que ses parents avaient baptisé, deux ans plus tôt. Une véritable splendeur. La jeune femme n'avait eu l'occasion de le piloter que deux fois, mais c'était suffisant pour savoir que le bateau était rapide et agile.

Elle serait sûrement montée à bord pour passer quelques minutes seule avec sa colère si un autre bateau n'avait été amarré de l'autre côté du quai.

Elle considérait sa construction inhabituelle et sa double coque d'un air curieux et perplexe, lorsque Buck apparut sur le pont.

— Hé, salut, jolie fille !

— Salut, Buck ! s'exclama la jeune femme. Je demande la permission de monter à bord, capitaine.

— Permission accordée, répondit Buck avec un rire, en lui tendant la main.

Tate vit aussitôt qu'il avait minci. Il avait aussi retrouvé son teint rougeaud, et ses yeux étaient clairs. Quand il la serra contre lui, elle ne sentit aucun relent aigre de whisky ou de sueur.

— Je suis contente de te voir, dit-elle. Tu as l'air en forme.

— Ça va, répondit-il en se dandinant d'un air gêné. Tu sais ce qu'on dit : un jour après l'autre.

— Je suis fière de toi. Mais parle-moi de ça, enchaîna-t-elle en désignant le bateau d'un geste ample du bras. Tu l'as depuis combien de temps ?

— Matthew l'a terminé quelques jours avant notre départ de Floride.

Le sourire de Tate disparut.

— Matthew ?

— C'est lui qui l'a construit, déclara Buck avec fierté. Il l'a entièrement conçu, et il travaillait dessus depuis des années. Quand il avait le temps.

— Matthew a conçu et construit ce bateau lui-même ?

— Pratiquement seul. Je vais te faire visiter.

Il la guida tout en lui vantant la stabilité et la rapidité du bateau. A chaque moment, il caressait une rampe ou une pièce d'équipement, avec affection.

— Je lui en ai fait voir de toutes les couleurs, admit-il. Mais il m'a prouvé que j'avais tort. Nous sommes tombés au milieu d'une petite tempête, au large de la Georgie. On est passés au travers comme des princes.

— Mmm.

— Il peut transporter jusqu'à deux cents galons d'eau potable, poursuivit-il avec fierté. Et pour ce qui est du stockage, il y a autant d'espace que sur un dix-huit mètres. Il a deux moteurs, cent cinquante chevaux.

Puis, quand ils entrèrent dans la cabine de pilotage, Tate écarquilla les yeux. Sonar, magnétomètre, instruments de navigation, radio téléphone, tout l'équipement était de première classe.

— Matthew voulait ce qu'il y a de mieux, expliqua Buck.

— Oui, mais…

Elle aurait voulu demander qui avait payé tout cela, mais elle craignait de s'entendre répondre que c'était ses parents. Elle prit une profonde inspiration et décida de leur poser la question à eux, plus tard.

— C'est une belle installation, dit-elle simplement.

La cabine offrait une visibilité totale et un accès par bâbord et par tribord. Il y avait une large table permettant d'étaler des cartes marines, des placards et même un banc dans un coin.

Rien à voir avec le *Sea Devil*.

— Viens voir les cabines, reprit Buck. Je devrais dire les cabines de luxe. Nous en avons deux. Et je ne te parle même pas de la cuisine. Même ta maman en serait fière.

Tate lui emboîta le pas.

— A ton avis, depuis combien de temps Matthew projette-t-il de retourner à la recherche de l'*Isabella* ? demanda-t-elle.

— Je ne saurais pas te le dire, répondit Buck. Sans doute depuis que nous avons quitté le *Santa Margarita*. A mon avis, il n'a jamais cessé d'y penser. Il lui manquait le temps et les moyens.

— Les moyens, répéta Tate. Mais alors, il a gagné beaucoup d'argent, d'un seul coup ?

— LaRue est arrivé.

— LaRue ?

— J'ai entendu mon nom ? fit une voix.

Tate vit une tête au pied des marches qui menaient aux cabines. Elle entra dans le rouf et se trouva nez à nez avec un homme mince qui pouvait avoir entre quarante et cinquante ans. Il lui sourit, dévoilant une dent en or.

— Mademoiselle, la tête me tourne, fit-il en portant la main de la jeune femme à ses lèvres.

— Ne fais pas attention à lui, Tate. Il se prend pour un séducteur.

— Un homme qui sait apprécier les femmes, corrigea LaRue. Je suis enchanté de faire enfin votre connaissance, mademoiselle. Soyez la bienvenue à bord de notre humble demeure.

Tate regarda autour d'elle et se dit que la demeure n'avait rien d'humble. Le comptoir qui servait de table et de bar était conçu dans un bois magnifique et flanqué de plusieurs tabourets de couleur vive, aux sièges rembourrés. Quelqu'un avait accroché des cartes marines anciennes aux murs, et il y avait même un vase avec des jonquilles fraîches, sur une table.

— C'est autre chose que le *Sea Devil*, remarqua Buck.

— Du *Sea Devil* au *Mermaid*, fit LaRue avec un sourire. Puis-je vous offrir du thé, mademoiselle ?

— Non, merci, répondit Tate qui était encore sous le choc. Je vais rentrer à la maison. Je désire m'entretenir de certains sujets avec mes parents.

— Oui, bien sûr. Votre père est tellement heureux que vous nous accompagniez ! Personnellement, je suis enchanté de pouvoir compter sur la compagnie de deux femmes aussi charmantes pour agrémenter notre voyage.

— Tate n'est pas seulement une femme charmante, déclara Buck. C'est aussi une sacrée plongeuse, et elle a un talent inné pour la chasse au trésor. En plus, elle est archéologue.

— Une femme aux multiples talents, murmura LaRue. On se sent tout petit.

Tate le regarda fixement. Elle était totalement déconcertée.

— Vous avez travaillé avec Matthew ?

— Ma foi, oui. Le destin semble m'avoir confié la lourde responsabilité d'essayer d'introduire un minimum de culture dans sa vie.

Buck eut un grognement.

— Arrête un peu tes salades, dit-il. De la merde enrobée de chocolat ne demeure pas moins de la merde.

— Je dois retourner à la maison, dit Tate qui n'en revenait toujours pas. Contente d'avoir fait votre connaissance, monsieur LaRue.

— LaRue tout court, dit-il en lui baisant de nouveau la main. A bientôt.

Buck le bouscula légèrement.

— Je vais faire un bout de chemin avec toi, dit-il à Tate.

— D'accord.

La jeune femme attendit qu'ils eussent quitté le bateau pour reprendre la conversation.

— Buck, tu dis que Matthew a passé plusieurs années à travailler sur ce bateau ?

— Ouais, par intermittence. Chaque fois qu'il avait un peu de temps et un peu d'argent. Je crois bien qu'il a fait des dizaines et des dizaines de croquis avant de s'arrêter sur celui-ci.

— Je vois, murmura Tate.

Elle ne l'aurait jamais cru capable de tant d'ambition et de ténacité. A moins que… Elle glissa son bras sous celui de Buck.

— J'espère que tu ne le prendras pas mal, mais je suis contre toute cette entreprise.

— Tu veux parler de notre association avec Ray et Marla, et de la décision de retourner chercher l'*Isabella* ?

— Oui. La découverte du *Santa Margarita* était déjà un miracle. Il est impensable que nous ayons autant de chance une deuxième fois. Il nous a fallu très longtemps, à tous, pour nous remettre de cette déception. Ce serait terrible, si vous deviez revivre une telle épreuve.

Buck repoussa ses lunettes sur son nez.

— Je ne suis pas emballé non plus, tu sais. Cette expédition ne m'a laissé que de sales souvenirs. Mais Matthew est déterminé. Et je lui dois au moins ça.

— Toi, tu lui dois quelque chose ? Ce ne serait pas plutôt le contraire ? Tu lui as sauvé la vie, que je sache.

— Peut-être. Mais il l'a payé cher. Je n'ai pas su sauver son père. J'aurais peut-être pu, mais je ne l'ai pas fait. Je n'ai jamais rien tenté pour faire tomber VanDyke. Je ne sais pas si j'en aurais été capable, mais la vérité est que je n'ai même pas essayé. Et quand j'ai eu cet accident, je ne me suis pas comporté comme un homme digne de ce nom.

— Ne dis pas ça ! s'exclama Tate. Tu t'en sors merveilleusement bien.

— Maintenant. Depuis deux semaines. Cela n'efface pas les années précédentes. J'ai laissé Matthew tout endosser.

— Il t'a abandonné. Il aurait dû rester avec toi, te soutenir.

— Il n'a fait que cela. Il a accepté un travail qu'il détestait pour pouvoir subvenir à mes besoins. J'ai pris ce qu'il m'offrait et, au lieu de le remercier, je n'ai pas arrêté de me plaindre et de le blâmer. Je ne suis pas fier de moi, tu sais.

— Je ne comprends pas ce que tu racontes. La dernière fois que je t'ai vu…

— Je t'ai menti, avoua Buck, la gorge serrée. Je t'ai fait croire qu'il m'avait laissé tomber, qu'il ne venait jamais, qu'il ne faisait rien pour m'aider. C'est vrai qu'il ne venait pas très souvent, mais je peux difficilement lui en vouloir. J'étais infernal. Et il n'a jamais cessé de m'envoyer de l'argent. Il s'est occupé de tout, du mieux qu'il a pu. Il a payé je ne sais combien de cures de désintoxication.

— Mais, je pensais que…

— J'ai voulu te faire croire qu'il était ignoble et moi une victime. Je voulais qu'il le croie aussi. C'était plus facile. J'étais tellement malheureux que je voulais que tout le monde autour de moi le soit aussi. Crois-moi, Tate, Matthew a fait ce qu'il a pu.

Tate secoua la tête. Elle n'était pas convaincue. Loin de là.

— Il aurait dû rester près de toi.

— Il a fait ce qu'il a pu, répéta Buck.

Tate garda le silence un moment. Puis, finalement, elle reprit :

— Quoi qu'il en soit, je continue à penser que c'est de la folie de retourner là-bas. Et je vais déployer toute mon énergie à essayer de convaincre mes parents de se retirer de l'expédition. J'espère que tu me comprends.

— Je ne peux pas t'en vouloir de réfléchir à deux fois avant de t'associer de nouveau aux Lassiter. Agis comme tu le sens, Tate. Mais je te préviens ; tu vas avoir du mal à dissuader ton père. Il piaffe d'impatience.

— Il va pourtant falloir qu'il retrouve la raison.

15.

Tate toléra la présence de Matthew à la table du dîner, ce soir-là. Elle n'avait pas le cœur de gâcher l'humeur festive de ses parents. Elle conversa avec Buck et LaRue, écouta leurs histoires, et rit même de leurs plaisanteries. Et, pour ne pas alerter sa mère dont elle sentait les regards perplexes, elle se força même à être à peu près polie avec Matthew.

Quand le dîner fut terminé, elle insista pour débarrasser la table avec son père.

— C'est bon de t'avoir de nouveau près de nous, lui dit-il en rangeant les assiettes dans le lave-vaisselle.

— C'est bon d'être là, répondit la jeune femme.

— Ce LaRue est un sacré bonhomme, n'est-ce pas ? enchaîna Ray, sans transition. Il est capable d'échanger des recettes avec ta mère puis de discuter de politique étrangère avant de passer au base-ball puis à l'art du dix-huitième siècle.

— Il est très cultivé, admit la jeune femme qui, cependant, réservait son jugement.

A ses yeux, le fait d'être un ami de Matthew rendait tout homme suspect, même s'il paraissait intéressant et charmant. Surtout s'il était intéressant et charmant !

— Je me demande ce qu'il fabrique avec Matthew, dit la jeune femme.

— Je trouve qu'ils s'accordent bien, répondit Ray en remplissant l'évier d'eau chaude pour laver les casseroles. Matthew a toujours été un garçon bourré de talents. Simplement, il n'a pas eu beaucoup d'occasions de les développer.

— C'est un opportuniste qui n'oublie jamais son intérêt. Et, justement, j'aimerais t'en parler.

— Nous allons y venir, ma chérie, comme nous allons parler de l'*Isabella*. J'ai attendu un peu pour aborder le sujet. Maintenant que nous sommes tous reposés et rassasiés, nous allons pouvoir passer aux choses sérieuses.

— Papa, je sais ce que tu as ressenti quand nous avons découvert cette épave, il y a huit ans. Je le sais, puisque j'ai ressenti la même chose que toi. Je comprends donc que tu sois tenté de renouveler l'expérience. Mais je me demande si tu as bien réfléchi, en prenant en compte tous les détails et toutes les embûches.

— Bien sûr que j'y ai réfléchi. Je n'ai fait pratiquement que ça, surtout depuis neuf mois. La dernière fois, nous avons eu notre lot de chance et de malchance. Mais, cette fois, nous sommes beaucoup mieux armés.

— Papa ! fit Tate en rangeant un plat dans le lave-vaisselle. Si je ne me trompe pas, Buck n'a pas plongé depuis son accident, et LaRue travaillait comme cuisinier. Il n'a jamais plongé avec des bouteilles.

— En effet. Buck n'ira peut-être pas sous l'eau, mais nous saurons bien l'occuper sur le pont. Quant à LaRue, il est d'accord pour apprendre, et j'ai comme l'impression qu'il apprend vite.

— Nous sommes six, poursuivit Tate, et seulement trois d'entre nous savent plonger. Moi-même, je n'ai pas plongé sérieusement depuis près de deux ans.

— C'est comme la bicyclette, ça, répondit Ray. D'ailleurs, nous avons besoin de quelqu'un pour faire marcher les équipements. Nous avons une archéologue sous-marine professionnelle, maintenant : tu n'es plus une étudiante.

Il lui sourit.

— Tu te serviras peut-être de cette expédition pour écrire ta thèse.

— Je ne me soucie pas de ma thèse pour le moment, répondit Tate en essayant de ne pas perdre patience. C'est toi qui m'inquiètes. Toi et maman. Vous avez passé les dernières années à jouer aux chasseurs de trésors ; vous avez exploré des épaves établies, plongé pour le plaisir, ramassé des coquillages. Ce n'est rien comparé aux efforts physiques qu'exige une expédition comme celle que tu projettes.

— Je suis en pleine forme, déclara Ray d'un air vexé. Je fais du sport trois fois par semaine et je plonge régulièrement.

— D'accord, dit Tate, tout en décidant de changer de tactique. Et l'argent ? Ça peut prendre des mois, et je ne parle même pas du coût des équipements. Il ne s'agit pas de vacances, papa. Qui finance cette expédition ?

— Ta mère et moi n'avons aucun souci financier, Tate.

— Eh bien, voilà qui répond à ma question ! s'exclama Tate en attrapant un chiffon et en essuyant le comptoir. C'est vous qui financez l'expédition, ce qui veut dire que vous payez pour les Lassiter.

— Il ne s'agit pas de payer pour qui que ce soit, chérie, répondit Ray qui semblait interloqué. C'est une association, comme la dernière fois. Le moindre déséquilibre sera rétabli au moment de distribuer les profits que nous aurons tirés de l'épave.

— Et s'il n'y a pas d'épave ? explosa la jeune femme. Tu peux bien dépenser jusqu'à ton dernier centime sur un rêve, si c'est ce que tu veux. Mais si tu t'imagines que je vais regarder sans réagir ce salaud d'opportuniste vous voler tout ce qui vous reste !

— Tate !

Ray s'approcha de sa fille et lui tapota l'épaule, comme pour la calmer.

— Je ne savais pas que tu étais tellement opposée à ce projet. Au contraire. Quand tu m'as dit que tu revenais, j'ai pensé que c'était pour te joindre à nous.

— Je suis revenue pour essayer de t'empêcher de commettre une erreur.

— Je ne commets pas une erreur, affirma Ray, le visage figé. L'épave est là. Le père de Matthew le savait, et moi aussi, je le sais. L'*Isabella* et la Malédiction d'Angélique.

— Allons, bon, l'amulette, maintenant !

— Oui, l'amulette. C'est ce que James Lassiter cherchait, ce que Silas VanDyke veut posséder, et c'est ce que nous allons trouver.

— Pourquoi est-ce aussi important ? Je ne comprends pas.

— Nous avons perdu quelque chose, cet été-là, Tate, répondit Ray avec douceur. Bien plus que la fortune que ce pirate nous a volée. Plus encore que la jambe de Buck. Nous avons perdu la joie de ce que nous faisions, de ce que nous sommes capables de faire. Nous avons perdu la magie. Il est temps de la retrouver.

Tate soupira. Comment pouvait-elle lutter contre des rêves ? Après tout, elle avait toujours le sien : elle continuait de penser à son musée, et elle savait qu'un jour, il existerait. De quel droit s'opposait-elle à son père ?

— Très bien, dit-elle. Retournons chercher l'épave. Mais tous les trois.

— Les Lassiter font partie intégrante de l'expédition, Tate, comme il y a huit ans. Et si quelqu'un a des droits sur cette épave et cette amulette, c'est bien Matthew.

— Pourquoi ?

— Elle lui a coûté un père.

Mais Tate ne voulait pas penser à cela. Elle ne voulait pas imaginer le jeune garçon qui avait pleuré sur le corps sans vie de son père.

— L'amulette ne représente rien de plus, pour lui, qu'un objet à vendre au plus offrant.

— C'est lui qui décide.

— Autrement dit, poursuivit Tate, il ne vaut guère mieux que VanDyke.

— Il t'a vraiment fait mal, cet été-là, murmura Ray en prenant le visage de sa fille entre ses mains. Je savais qu'il s'était passé quelque chose entre vous, mais je n'avais pas compris à quel point tu en avais souffert.

— Ça n'a rien à voir, répondit Tate. Il s'agit simplement de savoir qui il est et ce dont il est capable.

— Huit ans ont passé, chérie. C'est long. Tu devrais peut-être prendre un peu de recul et revoir ton opinion. En attendant, j'ai des choses à te montrer, à toi et aux autres. Allons tous dans mon bureau.

A contrecœur, Tate rejoignit le petit groupe dans la pièce tapissée de lambris où son père faisait ses recherches et écrivait ses articles pour des magazines de plongée. Elle s'installa le plus loin possible de Matthew, sur le bras du fauteuil où sa mère était assise.

Ray se pencha sur sa table de travail et s'éclaircit la gorge, comme un conférencier nerveux sur le point de commencer son discours.

— Je sais que vous êtes tous curieux de savoir ce qui me pousse à entreprendre cette nouvelle aventure. Aucun de nous n'a oublié ce qui s'est passé, il y a huit ans, ce que nous avons découvert, et ce que nous avons perdu. Par la suite, chaque fois que je plongeais, j'y repensais.

— Tu ressassais, corrigea Marla avec un sourire.

Ray lui rendit son sourire.

— Je n'arrivais pas à me résigner et à accepter ce qui s'était passé. Parfois, je pensais avoir oublié, mais quelque chose me le rappelait et ça repartait. Un jour, j'ai eu la grippe, et Marla m'a interdit de quitter le lit. Je regardais la télévision pour passer le temps, et je suis tombé sur un documentaire consacré au sauvetage d'épaves. Il était question d'une épave au large de cap Horn. Un vrai trésor. Et l'homme qui finançait l'expédition et recueillait tous les lauriers n'était autre que Silas VanDyke.

— Salopard, grommela Buck. Il avait dû pirater celle-là, aussi.

— C'est bien possible. En tout cas, il avait décidé de filmer toute l'opération. On ne le voyait pas beaucoup mais, lors d'une brève interview, il parlait de ses plongées, des autres épaves qu'il avait découvertes, et cet enfant de salaud a mentionné le *Santa Margarita*. Il se gardait bien de préciser que l'épave avait été découverte et fouillée par d'autres avant lui. A l'entendre, il avait tout fait et, avec la générosité qui le caractérise, il avait fait don de la moitié du trésor au gouvernement de Saint-Kitts-et-Nevis.

— Sous forme de pots-de-vin, précisa Matthew.

— Mon sang n'a fait qu'un tour et, ce jour-là, j'ai décidé de reprendre mes recherches. J'ai passé deux ans à essayer de dénicher les moindres bribes d'informations concernant l'*Isabella*. J'ai décortiqué jusqu'à la plus petite référence au bateau, à l'équipage ou à la tempête. C'est comme ça que j'ai fini par tomber sur deux pièces cruciales du puzzle. Un plan et une référence à la Malédiction d'Angélique.

Il prit un livre sur la table. La couverture était déchirée et recollée avec du Scotch. Les pages étaient jaunies et toutes sèches.

— Il tombe en morceaux, reprit Ray. Je l'ai trouvé dans une librairie d'occasion. Une vie de marin. Il a été écrit en 1846, par l'arrière-petit-fils d'un survivant de l'*Isabella*.

— Il n'y a pas eu de survivant, affirma Tate. C'est l'une des raisons pour lesquelles l'épave est si difficile à trouver.

— Officiellement, il n'y a pas eu de survivant, corrigea Ray. Mais, si j'en crois ce livre, qui contient des histoires et des légendes que l'auteur a transcrits d'après les contes que lui racontait son grand-père, Jose Baltazar échoua sur l'île de Nevis. Il était marin sur l'*Isabella*, et il l'aurait vue sombrer alors qu'il s'accrochait à une planche que la tempête avait dû arracher au *Santa Margarita*. Matthew, je pense que ton père avait retrouvé cet indice.

— Dans ce cas, que faisait-il en Australie ?

— Il suivait la piste de la Malédiction d'Angélique. Ray marqua une pause.

— Mais il avait une génération d'avance. Un aristocrate anglais, Sir Arthur Minnefield, avait acheté l'amulette à un négociant français.

— Minnefield, dit Buck en plissant les yeux. Je me rappelle avoir vu ce nom dans les notes de James. La nuit qui a précédé sa mort, il m'a dit qu'il avait cherché au mauvais endroit. Il m'a dit que VanDyke avait tout faux et que cette fichue amulette était passée de mains en mains. C'est exactement ce qu'il a dit : « Cette fichue amulette. » Il était tout excité. Il a ajouté que, dès qu'on aurait terminé les fouilles sur la Grande Barrière de Corail, on se débarrasserait de VanDyke. Mais il fallait faire attention, se méfier de lui, et ne pas se précipiter. Il avait encore des recherches à faire.

— D'après moi, il avait trouvé une autre référence à l'amulette, ou à Baltazar, dit Ray en reposant le livre sur son bureau. Voyez-vous, l'amulette n'a pas sombré du côté de la Grande Barrière de Corail. Le bateau, oui. Mais la Malédiction d'Angélique a survécu. Je n'ai pas grand-chose en ce qui concerne les trente années qui ont suivi. Elle a peut-être échoué sur une plage, et quelqu'un a pu la trouver en explorant les massifs coralliens. En tout cas, elle disparaît complètement entre 1706 et 1733. Jusqu'à ce que Baltazar la voie au cou d'une Espagnole, à bord de l'*Isabella*. Il l'a décrite de manière très détaillée. Il avait entendu la légende et il l'a rapportée.

Loin d'être convaincue, Tate croisa les bras.

— Si, vraiment, il existe une référence à l'amulette qui la replace sur l'*Isabella*, comment se fait-il que VanDyke ne l'ait pas trouvée ?

— Il était convaincu qu'elle était en Australie, dit Buck. C'était une véritable obsession. Il s'était mis dans la tête que James savait quelque chose ; il n'arrêtait pas de le cuisiner.

— Et il a fini par le tuer, déclara Matthew. VanDyke a fait travailler plusieurs équipes de plongeurs sur cette épave et dans les environs, pendant des années.

— Mais si ton père et le mien ont découvert une information indiquant que le collier se trouvait ailleurs, comment expliquez-vous qu'elle ait échappé à un homme comme VanDyke, avec toutes les ressources dont il dispose — et je ne parle même pas de son obsession au sujet de ce bijou ? demanda Tate, en toute logique.

— L'amulette ne veut peut-être pas qu'il la retrouve, dit LaRue sur un ton neutre, tout en se roulant une cigarette.

— Il s'agit d'un objet, lui rappela Tate.

— Le Diamant Hope aussi est un objet, répliqua LaRue. Et la Pierre Philosophale, et l'Arche de l'Alliance. Pourtant, les légendes qui les entourent sont fondamentales.

— Oui. Et on parle bien de légendes.

— Tous ces diplômes t'ont rendue drôlement cynique, dit Matthew. C'est dommage.

— Ce qui compte, en l'occurrence, intervint Marla qui avait vu briller une lueur guerrière dans le regard de sa fille, c'est que Ray ait découvert quelque chose, et non de savoir si l'amulette a des pouvoirs ou non.

— Bien dit ! s'écria Ray. Où en étais-je ? Ah oui : Baltazar était captivé par l'amulette, même lorsque la rumeur concernant la malédiction se mit à circuler sur le bateau. Il pensait que le galion avait fait naufrage à cause de cette malédiction, et que lui-même n'avait survécu que pour pouvoir raconter l'histoire. Et il la raconte bien, ajouta Ray. J'ai fait des copies des pages dans lesquelles il décrit la tempête. Vous verrez qu'ils ont livré une bataille infernale contre les éléments, une bataille perdue d'avance. Le *Santa Margarita* a sombré le premier. Puis, l'*Isabella* s'est fendu en deux. Les passagers et l'équipage ont été emportés par la mer en furie. Baltazar prétend avoir vu la dame espagnole se noyer avec l'amulette autour du cou. Mais, bien sûr, il a peut-être inventé ça pour rendre son récit plus intéressant.

Ray passa les photocopies à la ronde.

— En tout cas, il a survécu. Le vent et les vagues l'ont emporté loin de Saint-Kitts, ou Saint-Christopher, comme on l'appelait à l'époque, et il avait perdu tout espoir de s'en sortir quand il a aperçu les contours de Nevis. Il était trop faible pour nager, mais le courant l'a porté jusqu'à terre. Un jeune autochtone l'a trouvé. Il a déliré pendant des semaines, mais il a fini par se remettre et, apparemment, il n'avait pas envie de réintégrer l'Armada. Il a donc fait le mort, et il est resté sur l'île. Là, il s'est marié, et il a raconté ses aventures en mer.

Ray prit un autre papier sur une pile.

— Surtout, il a dessiné des cartes. Un plan qui place l'*Isabella* à plusieurs degrés sud sud-est de l'épave du *Santa Margarita*. Elle est là. Elle attend.

Matthew se leva pour regarder la carte. Elle était rudimentaire, mais il reconnut les points de référence : la queue de baleine de la péninsule de Saint-Kitts, le sommet en forme de cône du Mont Nevis.

Et, soudain, un vieil élan presque oublié se réveilla en lui. L'élan de la chasse. Quand il releva la tête, son sourire était celui de sa jeunesse. Audacieux, téméraire et irrésistible.

— Quand est-ce qu'on part ?

Tate n'arrivait pas à dormir. Elle était consciente d'avoir perdu la bataille qu'elle était venue mener. Rien n'arrêterait son père. Aucun argument ne le convaincrait de renoncer à son association avec les Lassiter.

Au moins, le moment était bien choisi pour elle. Elle venait juste de rejeter une formidable chance d'avancement dans sa carrière, par principe. Et, non seulement elle en concevait une réelle satisfaction, mais, en plus, cela lui donnait l'opportunité de participer à l'expédition de son père.

En étant sur place, elle pourrait au moins surveiller ce qui se passait et avoir l'œil sur Matthew.

Elle pensait à lui lorsqu'elle sortit de la maison pour admirer la lune et sentir la caresse du vent qui soufflait à travers les branches des pins.

Elle l'avait aimé, un jour. Au fil des années, elle s'était persuadée qu'il s'agissait juste d'un béguin de jeune fille pour un aventurier au physique avantageux. Mais c'était un mensonge.

Elle l'avait aimé. En tout cas, elle avait aimé l'homme qu'elle croyait voir en lui, à l'époque, et qu'il aurait sans doute pu être. Rien ni personne ne l'avait jamais touchée aussi profondément que lui.

Elle cueillit une feuille de laurier et respira son parfum, tout en se dirigeant vers le bord de l'eau. C'était une nuit idéale pour réfléchir. La lune, presque pleine, brillait dans un ciel constellé d'étoiles, et l'air était chargé de parfums et de promesses.

Autrefois, ce décor aurait suffi à la transporter de joie. C'était avant que ses élans romantiques ne fussent brisés à jamais. En fait, elle se félicitait de pouvoir désormais apprécier la nuit pour ce qu'elle était, au lieu de broder toutes sortes de rêves par-dessus.

Dans un sens, Matthew lui avait ouvert les yeux. Durement, douloureusement, mais grâce à lui, elle comprenait maintenant que les princes et les pirates ne sont là que pour faire rêver les jeunes filles. Elle avait des objectifs et des ambitions autrement plus solides.

Et s'il fallait les mettre de côté momentanément, elle le ferait. Après tout, si elle avait réussi, c'était bien grâce à ses parents, à leur soutien inconditionnel. Il n'y avait aucun sacrifice qu'elle ne fût prête à consentir pour les protéger. Elle pouvait même aller jusqu'à travailler avec Matthew Lassiter.

Elle s'arrêta près de l'eau, en contrebas du quai où les bateaux étaient amarrés. Ses parents avaient construit la berge, à cet endroit, en faisant pousser des lentilles d'eau et des herbes sauvages pour lutter contre l'érosion. L'eau dévorait toujours des lambeaux de terre. Et, toujours, la terre s'adaptait.

C'était une bonne leçon. Elle aussi avait vu dévorer des lambeaux de sa personnalité. Et elle s'était adaptée.

— C'est joli, n'est-ce pas ?

Tate se raidit en reconnaissant la voix de Matthew. Aussitôt, elle se maudit de ne pas l'avoir entendu approcher.

— Je pensais que tu étais couché.

— Nous sommes dans le bateau, et Buck ronfle toujours comme un sonneur. Ça n'a pas l'air de gêner LaRue, mais cet homme-là dort d'un sommeil de plomb.

— Essaie les boules Quies.

— Je vais plutôt accrocher un hamac sur le pont. Comme autrefois.

Il savait que Tate ne voulait pas le sentir près d'elle, alors, exprès, il s'avança jusqu'à ce que leurs épaules se touchent presque.

— Le temps a passé, et les choses ont bougrement changé, dit la jeune femme en croisant les bras et en se tournant vers lui. Alors, autant établir certaines règles tout de suite.

— Tu as toujours été beaucoup plus douée que moi pour ça, répliqua Matthew en s'installant sur l'herbe.

Il lui tendit la main pour qu'elle vînt s'asseoir à côté de lui, mais Tate ignora son geste.

— Je t'écoute, lui dit-il.

— D'après ce que j'ai compris, mes parents endossent la plus grosse partie des frais de cette expédition. J'ai l'intention de surveiller tes dépenses de très près.

— Pas de problème, répondit Matthew, en songeant qu'elle avait toujours cette voix chaude, avec ce léger accent du Sud. Je te cède volontiers les problèmes de comptabilité.

— Tu leur rembourseras ce que tu leur dois, Lassiter. Jusqu'au dernier centime.

— Je paie toujours mes dettes.

— Je veillerai à ce que tu paies celle-là.

Elle marqua une pause, puis reprit :

— J'ai cru comprendre que LaRue apprenait à plonger avec toi.

— En effet. Il se débrouille déjà très bien.

— Et Buck, est-ce qu'il va plonger ?

— C'est lui qui décide. Je n'ai pas l'intention de le pousser.

— Non, il ne faut pas, dit-elle d'une voix qui s'était adoucie. Je suis contente qu'il aille mieux.

— Tu veux dire que tu es contente qu'il ait cessé de boire ?

— Oui.

— Ce n'est pas la première fois. Il a déjà tenu un mois.

— Il fait de son mieux.

— Comme tout le monde, répliqua Matthew en prenant doucement la main de Tate pour la forcer à s'asseoir près de lui. Je suis fatigué de me tordre le cou pour te regarder, lui dit-il. D'ailleurs, je te vois mieux, là, dans le clair de lune. Tu as toujours eu un visage fait pour les clairs de lune.

— Troisième règle, reprit Tate froidement : tu me laisses tranquille.

— Aucun problème. Je n'ai jamais été attiré par les glaçons. Tu t'es drôlement refroidie, avec les années, fillette.

— Disons plutôt que je fais preuve de plus de discernement dans le choix de mes partenaires.

— J'ai toujours pensé que tu finirais avec un universitaire, dit Matthew. Mais je ne vois pas d'alliance à ton doigt. Comment ça se fait ?

— Encore une règle : nos vies privées restent privées.

— Ça ne va pas être facile, vu que nous allons vivre pratiquement les uns sur les autres, pendant un moment.

— On se débrouillera. Quant à l'organisation du travail, un membre de notre équipe plongera avec l'un des vôtres. Je n'ai pas confiance en toi.

— Le moins qu'on puisse dire, c'est que tu ne t'en caches pas, marmonna Matthew. De toute façon, je n'y vois aucun inconvénient, enchaîna-t-il. J'aime plonger avec toi, Tate. Tu portes chance.

Il s'appuya sur les coudes et leva la tête vers les étoiles.

— Il y a longtemps que je n'ai pas plongé en eaux chaudes. L'Atlantique Nord est une vraie saloperie. Ce que j'ai pu détester cet océan !

— Pourquoi y plongeais-tu ?

Il lui jeta un regard en coin.

— Est-ce que cela n'entre pas dans la catégorie « vie privée » ?

Tate détourna les yeux et se maudit.

— Curiosité professionnelle.

— Le sauvetage des épaves en métal rapporte pas mal d'argent. Au cas où tu ne le saurais pas, beaucoup de navires ont sombré pendant la Seconde Guerre mondiale.

— Je croyais que le seul métal qui t'intéressait était l'or.

— N'importe quoi, du moment que ça paie, ma chérie, répliqua-t-il. Et j'ai l'impression que cette expédition va rapporter très gros. Mais tu n'as pas l'air convaincu.

— En effet. En revanche, je suis convaincue que mon père doit réaliser son rêve. L'*Isabella* et le *Santa Margarita* le fascinent depuis des années.

— Sans oublier la Malédiction d'Angélique.

— Oui.

— Mais tu ne crois plus aux malédictions. Ni à la magie. Tu as écrasé tout ça sous le poids de tes connaissances.

Tate pinça les lèvres. Elle était vexée qu'il l'eût si bien percée à jour.

— Je pense que l'amulette existe, déclara-t-elle. Et qu'elle se trouvait effectivement à bord de l'*Isabella*. Mais, pour la retrouver, c'est une autre histoire. En tout cas, ce qui fait sa valeur, c'est son ancienneté, ses pierres et son poids d'or. Rien à voir avec je ne sais quelle superstition.

La sirène qui était en toi est morte, murmura Matthew. Autrefois, tu me faisais penser à un être imaginaire, quelqu'un qui aurait été plus à sa place dans la mer que sur la terre, avec toutes sortes de secrets dans les yeux.

Tate tressaillit. Lorsqu'elle parla de nouveau, sa voix était froide et monocorde.

— Je doute fort que tu aies imaginé quoi que ce soit à mon sujet. Nous savons très bien, tous les deux, ce que tu pensais de moi.

— Je pensais que tu étais belle. Et encore plus inaccessible que tu ne l'es maintenant.

Tate bondit sur ses pieds, furieuse que de tels mensonges eussent encore le pouvoir de la bouleverser.

— Laisse tomber, Lassiter. Ça ne marchera pas, cette fois. Je ne participe pas à cette expédition pour te permettre de t'amuser. Nous sommes associés. Rien d'autre.

— C'est drôle, murmura Matthew.

Il se leva, et ils se trouvèrent nez à nez.

— Je continue à te faire de l'effet, pas vrai ?

— Je vois que ton ego prend toujours autant de place, riposta Tate d'un air de profond dédain. Et il est toujours situé au-dessous de ta ceinture. Je vais te dire un truc, Lassiter : si jamais je m'ennuie au point de ressentir le besoin de briser la monotonie ambiante, je te le ferai savoir. En attendant cette éventualité, fort peu probable, tâche de ne pas te mettre dans des situations trop humiliantes pour toi.

— Je ne me sens pas du tout humilié, affirma Matthew avec un large sourire. Juste curieux.

Il se rassit, la gorge nouée.

— Pas d'autres règles, fillette ?

Tate respira profondément.

— Si, par miracle, nous retrouvons l'*Isabella*, c'est moi, en ma qualité d'archéologue, qui étudierai, cataloguerai et préserverai les artéfacts. Tout sera répertorié, jusqu'au dernier clou.

— Pas de problème. Autant que tous ces diplômes servent à quelque chose.

Tate ignora le ton vaguement dédaigneux sur lequel il avait prononcé ces mots.

— Vingt pour cent de tout ce que nous aurons découvert ira au gouvernement de Saint-Kitts-et-Nevis. Et je choisirai les artéfacts que nous leur donnerons.

— Vingt pour cent, c'est beaucoup.

— Oui, mais tu pourras ajouter la célébrité à ta fortune. Si tout se passe comme mon père l'espère, j'ai l'intention de négocier la création d'un musée avec le gouvernement. Si l'épave est aussi riche qu'on le prétend, tu devrais pouvoir vivre tranquille jusqu'à la fin de tes jours, même en renonçant à dix pour cent de ta part. Tu auras largement de quoi te gaver de crevettes et de bière.

Matthew sourit.

— Ma parole, tu m'en veux toujours pour cette épée !

— Enfin, enchaîna Tate, si nous retrouvons la Malédiction d'Angélique, elle ira au musée.

Cette fois, le sourire de Matthew disparut.

— Alors, là, non ! s'écria-t-il. Tu as posé tes conditions et je les accepte toutes. Sauf celle-ci. L'amulette m'appartient.

— Ah oui ? Et de quel droit ? s'exclama Tate. Nous sommes plusieurs à nous embarquer dans cette aventure, que je sache !

— Tu estimeras sa valeur et tu la déduiras du reste de ma part, mais elle est à moi.

— Et tu en feras quoi ?

— J'ai une dette à payer.

Il la regarda avec une telle intensité qu'elle recula d'un pas.

— J'ai l'intention de l'enrouler autour du cou de VanDyke et de l'étrangler avec.

— C'est ridicule, dit Tate, d'une voix tremblante.

— Peut-être, mais c'est ce qui va arriver. Alors, autant l'accepter tout de suite. Tu as établi tes règles. Je viens de t'annoncer la mienne.

— Si tu crois que nous allons tous nous croiser les bras alors que tu projettes d'assassiner un homme…

— Je ne crois rien du tout. Mais je ne conseille à personne de se placer en travers de mon chemin. Et maintenant, tu ferais bien d'aller dormir. Nous avons beaucoup de travail devant nous.

Il se perdit dans l'ombre des arbres presque immédiatement. En le regardant disparaître, Tate était sceptique.

Il paraissait sincère. Elle ne pouvait pas prétendre le contraire. Mais, une fois lancé dans la chasse au trésor, il pouvait très bien oublier sa soif de vengeance.

D'ailleurs, il était si peu probable qu'ils retrouvent l'*Isabella* ! Et, même s'ils mettaient la main sur l'épave, leurs chances de trouver l'amulette étaient encore plus maigres.

Tate poussa un profond soupir.

Pour la première fois de sa vie, elle s'apprêtait à participer à une expédition dont elle espérait de toutes ses forces qu'elle allait échouer.

16.

Tate trouva merveilleusement facile de se replonger dans l'ancienne routine. Elle rangea simplement le but de leur voyage dans un coin de son esprit et décida de profiter du moment présent.

Ils quittèrent l'île d'Hatteras par un radieux matin de printemps, sur une mer tranquille. Elle portait un léger coupe-vent, et elle avait rassemblé ses cheveux dans une casquette de base-ball des Durham Bulls. Son père avait voulu qu'elle prît le gouvernail, et elle ne s'était pas fait prier.

Ils naviguèrent en direction d'Okra-coke, avec ses fantômes de pirates, et échangèrent des signes avec les passagers d'un ferry. Puis, la terre ne fut plus qu'une ombre, à l'ouest, et la mer immense s'ouvrit devant eux.

— Alors, skipper, quel effet ça fait ? demanda Ray qui était venu rejoindre sa fille dans la cabine de pilotage.

— C'est merveilleux, répondit Tate en offrant son visage au vent qui s'engouffrait par les fenêtres. Il y a trop longtemps que je ne suis plus qu'une passagère.

— Parfois, ta mère et moi nous prenons le bateau et nous partons au hasard, pendant un jour ou deux, juste pour le plaisir.

Il poussa un soupir de bien-être en dirigeant son regard vers l'horizon.

— Mais c'est tellement mieux quand on a un but ! Je rêve de ce moment depuis longtemps.

— Je pensais que tu avais abandonné l'idée de partir à la recherche de l'*Isabella*.

— J'avais presque fini par m'en convaincre, moi aussi. Après ce qui s'était passé cet été-là, et ton départ pour l'université, je me suis laissé aller. Je ne savais pas quoi faire d'autre. J'étais tellement bouleversé pour Buck. Il était à Chicago, avec Matthew, et il refusait mon aide. C'est à peine s'il acceptait de me parler.

— Je sais que ça t'a rendu malheureux, murmura Tate. Vous étiez devenus si proches, durant cet été.

— Il avait perdu une jambe et moi j'avais perdu un ami. Quant à la fortune, elle nous était passée sous le nez. Ni Buck ni moi n'avons très bien réagi.

— Vous avez fait de votre mieux, dit Tate en songeant qu'elle avait perdu son cœur, elle aussi.

— Je ne savais jamais quoi faire ou quoi dire. Finalement, il est devenu plus facile d'envoyer une lettre, de temps en temps. Nous ignorions totalement à quel point ça allait mal. Nous ne l'aurions jamais découvert, si nous n'étions pas allés rendre visite à Buck, en Floride. Matthew aurait dû nous dire dans quelle mouise il se trouvait.

— Matthew ? s'exclama Tate. Il me semble que c'est plutôt Buck qui était dans la mouise. Matthew aurait dû rester et s'occuper de lui.

— S'il était resté, il n'aurait pas pu s'occuper de lui. Il fallait qu'il travaille. L'argent ne tombe pas du ciel, tu sais. Il a dû mettre des années à régler les factures des médecins. Je me demande même s'il les a toutes payées.

— Il existe des programmes, des aides pour les gens qui se trouvent dans la situation de Buck.

— Matthew n'aurait jamais accepté ça. Un prêt, oui. La charité, jamais.

Tate fronça les sourcils.

— C'est de l'orgueil mal placé.

— De l'orgueil, certainement. En tout cas, le fait de revoir Buck dans cet état m'a rendu malade. J'ai recommencé à penser à l'*Isabella*. Et j'ai fini par reprendre mes recherches. Je me disais que si je trouvais un nouvel indice, ce serait une manière de rendre à Buck ce qu'il avait perdu au moment où il était mon partenaire.

— Papa, cet accident n'est la faute de personne.

— Je sais. Mais il y a d'un côté les arguments logiques, et puis de l'autre ce que l'on ressent.

Il tourna la tête et sourit.

— Le *Mermaid*, à bâbord.

Tate suivit son regard et vit le bateau de Matthew. C'était une merveille. Les coques jumelles fendaient l'eau, sous le soleil, comme deux diamants, bleu sur bleu. Matthew était au gouvernail.

Il approcha le bateau du *New Adventure* jusqu'à ce qu'ils ne fussent plus qu'à quelques mètres l'un de l'autre, et regarda dans leur direction avec un large sourire.

— On dirait qu'il veut faire la course, dit Ray.

— Vraiment ? Eh bien, on ne va pas le décevoir.

— A la bonne heure ! Tu es bien ma fille ! s'exclama Ray.

Puis il quitta la cabine en appelant sa femme.

— O.K., Lassiter, murmura Tate. C'est parti.

Elle mit les gaz et, quand elle sentit le bateau s'ébrouer, elle éclata de rire. Très vite, il atteignit une vitesse de douze nœuds.

Tate ne fut guère surprise de voir le *Mermaid* la rejoindre. Matthew voulait une vraie course. Quand les deux proues furent à la même hauteur, elle fit un bond en avant et monta à quinze nœuds.

De nouveau, le *Mermaid* la rattrapa. Alors, Tate poussa encore la vitesse, jusqu'à ce que l'avant du bateau de Matthew se trouvât dans le sillage de leur poupe. Là, elle aurait pu se tourner et lui faire un pied de nez, mais elle se contenta de donner un coup de gouvernail qui fit danser le yacht sur l'eau.

Elle riait intérieurement, ravie de sa victoire, lorsque le *Mermaid* la dépassa en filant à la vitesse de l'éclair.

Elle en demeura bouche bée et, lorsqu'elle se reprit, Matthew était à une bonne vingtaine de mètres devant eux.

Cette fois, elle mit les gaz à fond. Le rire de sa mère lui parvint depuis la poupe, et elle sourit à son tour, tandis qu'elle gagnait du terrain. Mais elle eut beau essayer, elle ne parvint pas à rattraper le *Mermaid*.

« C'est un sacré bateau », se dit-elle.

Et, alors qu'elle aurait pu se sentir insultée, lorsque Matthew décrivit un cercle autour d'eux pour revenir finalement se ranger à côté d'elle, elle dut, au contraire, se retenir de sourire.

Le soir du troisième jour, ils mouillèrent à Freeport, juste à temps pour devancer un orage qui déversa des trombes d'eau sur la mer. Ils se retrouvèrent tous à bord du *Mermaid* pour déguster les crevettes jambalaya concoctées par LaRue.

Très vite, LaRue et Marla se lancèrent dans un interminable échange de recettes, tandis que Buck et Ray reprenaient leur vieille habitude de se disputer sur des questions de base-ball. Comme Tate n'avait rien à dire ni dans un domaine, ni dans l'autre, elle n'eut d'autre choix que de parler avec Matthew. Elle fit donc appel à sa bonne éducation sudiste pour briser le silence inconfortable qui s'était installé entre eux.

— Buck me dit que tu as entièrement conçu le *Mermaid* ?

— Oui. J'ai travaillé sur plusieurs idées, au fil des années. J'ai fini par choisir celle-ci. Je devais savoir, au fond de moi, que je finirais par retourner à la recherche de l'*Isabella*.

— Vraiment ? Pourquoi ?

Il soutint son regard.

— Parce que je n'avais pas terminé ce que j'avais commencé. Tu as bien dû y penser, toi aussi, de temps en temps.

— Non, prétendit Tate. J'étais occupée ailleurs.

— Il faut croire que tu es une bête de concours. Il paraît qu'on pourra bientôt te donner du « Docteur ».

— J'ai encore du travail devant moi.

— Tu t'es fait une petite réputation grâce à cette expédition avec le Smithsonian, il y a deux ans.

Tate lui jeta un regard surpris, et il haussa les épaules.

— Ray et Marla me tenaient au courant de tes activités, dit-il, en se gardant bien d'ajouter qu'il avait acheté le magazine qui avait couvert l'expédition et lu l'article à deux reprises. Ils étaient fous de joie à l'idée que tu allais identifier les artéfacts d'un ancien navire grec.

— Je faisais juste partie de l'équipe. Hayden Deel dirigeait l'opération. C'est l'un de mes anciens professeurs, ajouta-t-elle. Un type brillant. J'étais avec lui sur le *Nomad*, pour ma dernière mission.

— Oui, j'en ai entendu parler aussi. Le bateau à aubes.

— C'est ça. Il a coulé à une trop grande profondeur pour permettre de plonger, alors toutes les recherches étaient effectuées par des robots et des ordinateurs. Nous avons des films incroyables qui montrent la colonisation animale et végétale.

— C'est fascinant, grommela Matthew sur un ton vaguement moqueur.

— Il s'agit d'une expédition scientifique, répliqua Tate avec froideur. L'équipement que nous avons utilisé pour trouver et fouiller le *Justine* s'est révélé d'une efficacité exceptionnelle. Notre équipe était composée des meilleurs scientifiques. Et, en plus, nous avons remonté de l'or. Voilà qui devrait t'intéresser davantage. Une véritable fortune en lingots et en pièces.

— Comme ça, VanDyke devient encore plus riche.

Tate se figea. Il savait.

— Là n'est pas la question, dit-elle. L'intérêt scientifique et historique dépasse...

— Epargne-moi tes foutaises ! lança Matthew, avec colère. Tu as donc tellement changé que tu te fiches de savoir qui signe ton chèque à la fin du mois ?

— SeaSearch...

— VanDyke possède Trident, qui possède Poseidon, qui possède SeaSearch.

Il leva son verre de vin, comme pour porter un toast.

— Je suis sûr que VanDyke est très satisfait de ton travail.

Pendant quelques minutes, Tate demeura immobile, dans l'incapacité de réagir. Etait-ce là l'opinion qu'il avait d'elle ? Elle se revoyait défiant VanDyke sur son yacht, huit ans plus tôt. Elle se rappelait parfaitement la fureur, la peur et le vide terrible qu'elle avait ressentis quand elle avait compris à quel point ils étaient impuissants, face à cette ordure.

Finalement, elle se leva et sortit sous la pluie. Matthew ravala un juron, repoussa son assiette, et la suivit.

— C'est comme ça que tu réagis, quand on te fait prendre conscience de tes faiblesses ? lança-t-il avec colère. Tu tournes le dos et tu t'en vas ?

Tate agrippait le bastingage, en ignorant la pluie qui dégringolait sur elle. Au nord, un éclair zébra le ciel.

— Je ne savais pas.

— C'est ça !

— Je ne savais pas, répéta-t-elle. Pas quand j'ai signé. Je ne l'aurais jamais fait… Je n'aurais jamais accepté de participer à cette expédition, si j'avais su que VanDyke y était mêlé de quelque manière que ce soit. Je voulais continuer à travailler avec Hayden. Je voulais participer à une expédition importante. Je n'ai fait que saisir l'opportunité qu'on m'offrait, sans me poser de question. J'ai eu tort.

— Pourquoi ? On t'a offert une chance et tu l'as prise. Après tout, c'est bien normal. VanDyke n'est pas ton ennemi personnel, de toute façon.

— Ah non ? s'écria Tate en se retournant pour lui faire face. Tu crois peut-être que tu es le seul à lui en vouloir ? Mais il nous a tous dépouillés, tu sais !

— Justement ! En guise de remboursement, tu as saisi l'occasion de te faire un nom sur le *Nomad*. Comme tu le dis si bien : peu importe qui a financé l'expédition !

— Je t'ai dit que je n'en savais rien ! Dès que j'ai compris qu'il me manipulait, j'ai fait mes paquets et je suis partie.

— Tu es partie parce que tu voulais défendre tes parents contre moi. Tu t'imaginais que je voulais les rouler. Ne me prends pas pour un idiot, Tate. Je sais que ton père t'a appelée pour t'annoncer qu'il repartait. Tu es arrivée à Hatteras en un temps record.

— En effet. Et, pour ça, j'ai déjà posé ma démission… Et puis, merde ! Je n'ai pas d'explications à te donner, ajouta-t-elle avec lassitude. Je ne te dois rien.

Elle poussa un soupir et écarta une mèche de cheveux mouillés de son visage.

— Je pensais que c'était Hayden qui m'avait recommandée pour cette mission, reprit-elle quelques secondes plus tard, comme si elle se parlait à elle-même.

Matthew sentit la jalousie lui mordre le cœur.

— Vous êtes ensemble, ou quoi ?

— Hayden est un collègue, répondit-elle simplement. Un ami. Il m'a dit que mon nom était déjà sur la liste des personnes approuvées, quand on la lui a soumise.

— Et alors ?

— Alors, j'ai voulu savoir qui avait mis mon nom sur cette liste, et pourquoi. J'ai découvert qu'il s'agissait de VanDyke. Ce n'est pas le genre de bonhomme qui oublie. A ton avis, il existe combien de Tate Beaumont avec une maîtrise en archéologie sous-marine ?

— A priori, une seule, murmura Matthew qui commençait à comprendre.

— C'est exact.

Elle se tourna de nouveau vers le bastingage.

— Il devait savoir qui j'étais. Et il me voulait à bord du *Nomad*. Que tu me croies ou non, j'étais sur le point de quitter l'expédition quand papa m'a appelée.

Matthew poussa un soupir et frotta ses mains sur son visage mouillé.

— Je te crois. Et j'ai peut-être tiré des conclusions hâtives. Mais j'étais fou de rage à l'idée que tu aies pu accepter de travailler pour lui dans le seul but d'asseoir ta réputation.

Elle lui jeta un regard méprisant.

— O.K., dit-il aussitôt. Je me suis trompé. J'aurais dû t'accorder le bénéfice du doute.

— Oui, tu aurais dû.

Elle soupira à son tour, en songeant qu'après tout, il n'avait aucune raison de lui faire confiance. Ils ne se connaissaient plus vraiment.

— Peu importe, dit-elle. Je suis contente que les choses soient claires. Je n'ai pas arrêté d'y penser, de mon côté. Je n'aime pas l'idée qu'il s'est servi de moi. J'aime encore moins l'idée qu'il me surveille peut-être depuis des années.

— Pourquoi dis-tu ça ? s'exclama Matthew. Il a déjà essayé de te contacter ?

— Non. Je ne l'ai pas revu depuis le jour où il a menacé de nous tuer. Mais il est clair que lui, il ne m'a jamais perdue de vue. Ma première expédition était pour Poseidon, dans la mer Rouge.

Elle secoua la tête.

— A partir de maintenant, je ne vais pas arrêter de me demander s'il n'était pas mêlé à chacun des projets auxquels j'ai participé. Combien de portes a-t-il ouvertes pour moi ? Et pourquoi ?

— C'est simple : il a reconnu tes talents, et il a décidé de les utiliser. Crois-moi, VanDyke n'est pas le genre de type à faire des cadeaux. Si tu as gravi les échelons, c'est parce que tu es intelligente et que tu as travaillé dur.

— Peut-être. Mais ça ne change rien au fait qu'il était là, pendant tout ce temps, dans les coulisses.

— Non, en effet. Mais c'est trop tard pour penser à tout cela. Maintenant, on a un autre problème.

— Lequel ?

— Il doit aussi savoir que tu as donné ta démission. A l'heure qu'il est, il est au courant de nos projets. Il doit même connaître notre destination.

Tate frissonna d'effroi.

— Qu'allons-nous faire ?

— Le battre.

— Comment ? Il a tellement de contacts, et de moyens...

Elle comprit brusquement que VanDyke n'hésiterait pas à se servir d'elle pour atteindre Matthew.

— Ecoute, dit-elle à son compagnon, notre seul espoir est de le lancer sur une autre piste. Si je m'en vais, si je retourne sur le *Nomad*, par exemple, ou n'importe où ailleurs, il suivra peut-être ma piste. Je pourrais même faire circuler une fable selon laquelle tu as entraîné mes parents dans une expédition qui ne donnera rien, du côté d'Anguilla, ou de la Martinique.

— Non, dit Matthew. On reste ensemble. Et on se bat. Il va falloir t'y faire, Tate : nous avons besoin l'un de l'autre.

Il la prit par le bras et l'entraîna vers la cabine de pilotage.

— Qu'est-ce que tu fais ? lui demanda Tate.

— Je veux te montrer quelque chose.

— Il faut que nous parlions de tout cela avec les autres. J'aurais déjà dû le faire. C'est une décision que nous devons prendre tous ensemble.

— La décision est déjà prise.

— Tu n'es pas maître à bord, Lassiter.

Il referma la porte et prit une veste accrochée à un portemanteau.

— Mets ça, lui dit-il. Tu trembles comme une feuille. Et si tu crois qu'un seul d'entre nous va accepter que tu t'en ailles, alors tu n'es pas aussi intelligente que tu en as l'air.

— Je ne vais pas laisser VanDyke te faire du mal, riposta la jeune femme en enfilant le coupe-vent.

Il était en train de verser du cognac dans un verre. Il s'interrompit brusquement.

— Je ne pensais pas que ça te dérangerait.

Elle le regarda dans les yeux, sans rien dire.

Alors, il lui sourit.

— Tu sais, petite, dit-il, je t'ai toujours trouvée magnifique quand tu es mouillée, surtout quand tu affiches cet air indigné.

Il lui apporta un verre dans lequel il avait versé deux doigts de cognac et trinqua avec elle.

— Je sais que tu aimerais bien me couper en morceaux et me jeter en pâture aux poissons.

— Je ne ferais jamais une chose pareille, répliqua Tate. J'ai trop de respect pour les poissons.

Matthew éclata de rire.

— Tu sais ce que tu as, Tate, en plus d'une cervelle bien remplie ? Une grande dignité et une loyauté à toute épreuve.

Tate alla se poster devant le gouvernail et regarda tomber la pluie.

— Tu es intègre, murmura encore Matthew.

Tate ferma les yeux et lutta contre l'émotion qui la submergeait.

— Je te trouve bien flatteur, dit-elle en se retournant. Tu n'essaierais pas de me séduire, par hasard ?

— Je pensais tout haut, c'est tout. Je me demande aussi si tu as réussi à garder les qualités qui te rendaient si attachante. La curiosité et le charme, entre autres.

— Tu ne m'as jamais trouvée attachante.

— Oh, si ! Sinon, tu aurais pu dire adieu à ta virginité !

Tate rougit violemment.

— Décidément, tu es un arrogant.

— Pas du tout. Je ne fais qu'énoncer des faits.

Il posa son verre de cognac et se pencha pour ouvrir un placard, sous une banquette capitonnée.

— Ne t'en va pas, dit-il en voyant Tate se diriger vers la porte. Attends d'avoir vu ce que j'ai à te montrer. Tu ne seras pas déçue.

Il leva les yeux vers elle.

— Et, crois-moi, je n'ai pas l'intention de te séduire. En tout cas pour l'instant.

Tate serra les doigts autour du verre qu'elle tenait toujours dans sa main.

— Tu as autant de chances de me séduire qu'un putois enragé en a de devenir mon domestique préféré, déclara-t-elle. Et ce que tu as à me montrer ne m'intéresse pas.

— Le journal d'Angélique Maunoir.

Tate se figea, une main sur la poignée de la porte.

— VanDyke possède l'original, continua Matthew. Il l'a retrouvé il y a près de vingt ans, et il l'a fait traduire.

Matthew tira une petite boîte métallique du placard, puis il se redressa.

— Je l'ai entendu dire à mon père qu'il avait retrouvé les descendants de la femme de chambre d'Angélique. La plupart d'entre eux étaient en Bretagne. C'est là que la légende a commencé. Le père de VanDyke la lui avait racontée. Des tas de contes et de légendes circulent dans les entreprises d'import-export et le négoce. Et les VanDyke avaient des raisons de s'y intéresser personnellement, puisqu'ils sont, soi-disant, apparentés au beau-père d'Angélique. C'est la raison pour laquelle VanDyke estime que l'amulette lui revient de droit.

Matthew vit que Tate avait les yeux fixés sur la boîte, mais il s'assit et la posa sur ses genoux.

— VanDyke aimait l'idée qu'il était le descendant d'un comte. D'après lui, ce comte avait récupéré l'amulette, et il la possédait encore, un an plus tard, quand il est mort de la syphilis.

Tate luttait pour ne pas succomber à la fascination.

— Si tu savais tout ça, pourquoi ne nous l'as-tu pas raconté ? demanda-t-elle à Matthew.

— Je ne savais pas tout. Mon père avait parlé à Buck, et Buck a pratiquement tout gardé pour lui. Il avait aussi conservé les papiers de mon père. Je suis tombé dessus il y a deux ans, alors que je profitais d'une de ses cures de désintoxication pour nettoyer un peu la caravane. Il a une peur bleue de toute cette histoire.

Matthew marqua une pause, puis reprit :

— En fait, VanDyke en a trop dit à mon père. J'imagine que son arrogance a eu raison de sa prudence. Il devait s'imaginer qu'il était sur le point de trouver l'amulette, et il n'a pas pu s'empêcher de se vanter. Il a raconté à mon père comment il avait suivi la trace du bijou à travers la famille du comte. Plusieurs d'entre eux sont morts jeunes, de façon violente. Ceux qui ont survécu ont connu la pauvreté. L'amulette a été vendue, et c'est à ce moment-là que son histoire a commencé.

— Comment ton père a-t-il copié les pages du journal ?

— D'après ce qu'il a écrit, il se méfiait de VanDyke. Il devait craindre qu'il ne le double, ou pire encore. En tout cas, il a décidé de faire ses propres recherches. Comme l'arrivée de l'hiver les a forcés à interrompre les plongées, il a eu un peu de temps. Je pense que c'est à ce moment-là qu'il a fait le lien avec l'*Isabella*. Après, ses notes deviennent plus vagues. Il craignait peut-être que VanDyke les découvre.

Il poussa un soupir.

— Ce ne sont que des spéculations, tu sais. J'étais gosse, et il ne me disait pas grand-chose. En fait, il ne me disait rien du tout. J'ai l'impression qu'en essayant de réunir ce puzzle, c'est lui que j'essaie de comprendre. Je ne suis même pas sûr de savoir qui il était.

Emue par cet aveu, Tate s'approcha de lui.

— Tu étais si jeune. Tu ne peux pas te reprocher de ne pas y avoir vu plus clair.

— Je me doutais que quelque chose se tramait, mais je ne savais pas quoi exactement. Je ne voulais pas qu'il plonge avec VanDyke, ce jour-là. Je les avais entendus se disputer, la veille. Je lui ai demandé de me laisser plonger à sa place. Il a ri, et il a refusé de m'écouter.

Il secoua la tête, comme pour chasser ce souvenir, et reprit :

— Mais cela ne répond pas à ta question. J'imagine qu'il s'est introduit dans la cabine de VanDyke et qu'il a fouillé dans ses affaires. Il a dû trouver le journal et recopier les pages qui lui paraissaient importantes.

— Pourquoi me racontes-tu tout cela, Matthew ? demanda Tate.

— Parce que je sais que tu ne resteras pas juste parce que je te le demande.

— Et alors ?

— Alors, je te fournis des documents de référence. Tu es une scientifique : il te faut des faits, des théories, des informations solides, pas vrai ? Je sais que tu doutes que nous retrouvions l'*Isabella*. Et aussi l'amulette. D'ailleurs, pour toi, ce n'est rien d'autre qu'un bijou ancien de grande valeur.

— En effet.

Matthew hocha la tête et ouvrit la boîte de fer qui était toujours posée sur ses genoux. Il en tira une liasse de papiers couverts d'une écriture fine et pressée, et la lui tendit.

— Tiens. Lis ça.

« 9 octobre 1553

» A l'aube, ils vont me tuer. Il me reste une nuit à vivre, sur la terre, et je suis seule. Ils ont emmené ma chère Colette. La pauvre est partie en pleurant, mais c'est préférable. Rien ne peut plus m'aider, pas même ses prières, aussi pures soient-elles, et elle aurait souffert pour rien, dans cette cellule, à attendre le jour. Et puis, j'ai appris à me passer de compagnie. Il y a six semaines, maintenant, six longues et interminables semaines que j'ai perdu non seulement mon compagnon, mais mon amour, ma joie de vivre et mon protecteur.

» Ils prétendent que je l'ai empoisonné, que je lui ai fait boire un de mes bouillons de sorcière. Faut-il qu'ils soient sots ! J'aurais donné ma vie pour lui. D'ailleurs, c'est ce que je suis en train de faire. Sa maladie était quelque part au fond de son corps ; aucun de mes pouvoirs n'aurait pu le guérir. La fièvre, la souffrance l'ont emporté si vite, si violemment. Aucune prière, aucune de mes potions n'a eu le pouvoir d'enrayer le mal dont il souffrait. Et parce que je suis sa femme, me voilà condamnée à mourir aussi. Moi qui ai traité tant de maladies et de souffrances, dans ce village, voilà qu'on m'accuse de meurtre. De sorcellerie. Ceux dont j'ai chassé les fièvres, dont j'ai calmé les douleurs, se sont retournés contre moi et réclament ma mort comme des bêtes hurlent à la lune.

» C'est le comte qui a tout manigancé — le père d'Etienne qui me hait et me désire. Sans doute regarde-t-il, à cet instant, depuis les fenêtres de son château, les hommes qui construisent le bûcher qui sera mon lit de mort. Mais si je brûle, demain, sur cette terre, lui brûlera pour l'éternité. Une revanche bien maigre, mais néanmoins utile.

» Si j'avais succombé à ses avances, si j'avais trahi mon amour, même après sa mort, j'aurais peut-être vécu.

» C'est ce qu'il m'avait promis. Mais j'ai préféré affronter les tortures de ce tribunal chrétien. Et si c'était à refaire, je ne ferais pas d'autre choix.

» J'entends rire mes geôliers. Ils s'excitent à la seule pensée de demain. Pourtant, ils ne rient plus lorsqu'ils entrent dans ma cellule. Leurs yeux sont écarquillés par la peur, tandis qu'ils plient leurs doigts pour former le signe censé les protéger de la sorcellerie. Ces pauvres idiots pensent vraiment que ce geste ridicule peut arrêter le vrai pouvoir.

» Ils ont coupé mes cheveux. Etienne les appelait ses anges de feu, et il aimait y enfoncer ses doigts. C'était ma fierté, et même ça, ils me l'ont arraché. Ma chair meurtrie par leurs tortures incessantes semble pourrir sur mes os malades. Il semble que cette nuit, au moins, ils vont me laisser en paix. Ils ont tort. Car plus mon corps faiblit, plus mon cœur devient fort. Bientôt, je rejoindrai Etienne. C'est ma consolation. Je ne pleure plus à la pensée de quitter ce monde devenu cruel et qui, au nom de Dieu, torture, condamne et assassine. Je vais affronter les flammes et je jure, sur l'âme d'Etienne, que je ne ferai pas appel à leur pitié ni à ce Dieu dont ils se servent pour me détruire.

» Colette a pu me passer l'amulette. Ils vont la trouver et la voler, bien sûr, mais cette nuit, au moins, je la porte autour de mon cou. Je sens la lourde chaîne en or contre ma peau. Je vois nos deux noms, à Etienne et à moi, gravés sur le métal précieux, et le rubis, et tous ces diamants. Sang et larmes. Je le serre dans ma main et je sens Etienne tout près de moi, je vois son visage.

» Avec ce collier, je maudis le sort qui nous a tués, le sort qui va tuer l'enfant qui vit en moi. Cet enfant ne connaîtra jamais la vie, il ne connaîtra jamais ses joies et ses peines.

» Pour l'amour d'Etienne et de notre enfant, au nom des pouvoirs qui sont les miens, quels qu'ils soient, je réunis les dernières forces qui me restent et je fais appel aux forces qui m'écoutent. Que ceux qui me condamnent souffrent autant que j'ai souffert. Que ceux qui m'arrachent tout ce à quoi je tiens ne connaissent jamais la joie. Je maudis quiconque m'arrachera cette amulette, seul lien terrestre qui me rattache à mon amour. Je prie toutes les forces du ciel et de l'enfer pour que celui qui me prendra ce bijou, dernier cadeau d'Etienne, souffre mille peines et mille tragédies. Celui qui cherchera à en tirer profit ne fera que perdre ce à quoi il tient le plus, ce qui lui est le plus cher. Je lègue à mes meurtriers et à ceux qui les suivront plusieurs générations de malheur. Demain, ils vont me brûler comme une sorcière. Je prie pour qu'ils aient raison et pour que mes pouvoirs, comme mon amour, durent longtemps.

Angélique Maunoir. »

Tate demeura sans voix, un long moment. Elle rendit les papiers à Matthew, puis elle se leva et alla se poster devant la fenêtre. La pluie avait presque cessé.

— Elle était si seule, murmura-t-elle finalement. Enfermée dans cette cellule, alors qu'elle savait qu'elle allait souffrir une mort aussi horrible, quelques heures plus tard, pleurant la mort de l'homme qu'elle aimait, et la mort prochaine de l'enfant qu'elle portait. Je comprends qu'elle ait voulu se venger.

— Mais cette vengeance, est-ce qu'elle l'a obtenue ?

Tate se retourna et vit que Matthew l'avait rejointe. Elle avait les yeux pleins de larmes. Ces mots jetés sur le papier, des siècles plus tôt, lui déchiraient le cœur. Mais lorsque Matthew leva la main et voulut la poser sur sa joue, elle se dégagea d'un geste brusque.

— Non.

Elle vit son visage changer, se durcir, et reprit :

— J'ai cessé de croire à la magie depuis longtemps. Le collier revêtait manifestement une grande importance pour Angélique : c'était le seul lien matériel qui la rattachait encore à l'homme qu'elle avait aimé. Une malédiction, c'est autre chose.

— C'est drôle. Pour quelqu'un qui passe sa vie à faire des recherches sur des artéfacts, je trouve que tu manques singulièrement d'imagination. Il ne t'est encore jamais arrivé de toucher un objet qui avait été enterré depuis des siècles et de sentir comme une décharge, comme s'il contenait une sorte de pouvoir ?

Elle avait fait cette expérience, bien sûr. Mais, de là à l'admettre…

— La question n'est pas là, répondit-elle. Le fait est que je suis convaincue. Nous allons rester ensemble et, ensemble, nous battrons VanDyke. Il faut tout faire pour que l'amulette ne tombe pas entre ses mains.

Matthew hocha la tête, tout en essayant de contrôler les battements désordonnés de son cœur.

— C'est la réponse que j'espérais, dit-il. J'aurais volontiers échangé une poignée de main avec toi pour sceller notre accord, mais tu ne supportes plus que je te touche.

— Non.

Tate fit mine de s'éloigner, mais il lui bloqua le passage. Elle le regarda froidement.

— Arrête tes conneries, Matthew.

— Quand on va plonger, il y aura forcément des moments où je devrai te toucher.

— Je peux travailler avec toi. Mais n'envahis pas mon espace.

— Tu disais déjà ça, autrefois, remarqua-t-il avec un demi-sourire. Seulement au tout début.

Il recula et eut un geste de la main.

— La place ne manque pas.

Elle en profita pour se diriger vers la porte. Elle ôta le coupe-vent qu'il lui avait passé et le suspendit à son crochet.

— Je te remercie de m'avoir montré ces papiers, Matthew.

— Nous sommes associés.

Elle lui jeta un regard. Il avait l'air si seul, appuyé au gouvernail, avec l'immensité de la mer derrière lui.

— C'est ce qu'on dirait. Bonne nuit.

17.

Silas VanDyke était affreusement déçu. Le rapport qu'il venait de lire avait gâché sa matinée et, pour essayer de retrouver sa bonne humeur, il s'était fait servir son déjeuner sur le patio.

Le spectacle qu'offrait la mer était extraordinaire, avec les vagues qui se brisaient sur les rochers en contrebas. Une Polonaise de Chopin flottait dans l'air, depuis les baffles soigneusement dissimulées au milieu des buissons du jardin tropical. VanDyke sirotait du champagne et dégustait une succulente salade de fruits, en attendant le retour de sa compagne partie faire les magasins.

Il était calme. Il continuait de contrôler la situation. Simplement, il était déçu.

Tate Beaumont l'avait trahi. Et il le vivait très mal. Après tout, il avait suivi l'évolution de la jeune femme comme il surveillait l'éclosion de ses fleurs. Comme un oncle bienveillant, il avait donné des petits coups de pouce à sa carrière — en restant dans l'ombre, bien sûr. En échange, il ne lui demandait pas une immense gratitude. Non. Juste un minimum de loyauté.

Son travail sur le *Nomad* l'aurait catapultée au sommet de sa spécialité. Avec sa beauté, son enthousiasme et sa jeunesse, elle n'aurait eu aucune difficulté à dépasser des scientifiques respectés mais tellement fades, comme Hayden Deel. Alors, il serait sorti de l'ombre et lui aurait offert le monde.

Elle aurait pu diriger ses expéditions. Il aurait tout mis à sa disposition : ses laboratoires, ses ressources, ses équipements. Elle se serait jointe à lui, dans sa quête de la Malédition d'Angélique. Depuis huit ans, depuis ce jour où elle avait fait irruption sur le pont du *Triumphant*, toute dégoulinante d'eau, il avait senti qu'elle était le lien qui lui permettrait de retrouver l'amulette. Au fil des années, il en était venu à la considérer comme un symbole que le destin avait placé sur son chemin. Et il l'avait gardée là, attendant patiemment son heure.

Avec elle, il aurait réussi. Il en était convaincu.

Mais elle l'avait trahi. Elle avait abandonné son poste.

Il serra les dents, et quelques perles de sueur jaillirent de sa peau. La fureur brouilla sa vision, prit possession de lui et, d'un seul coup, il jeta sa coupe de cristal dans la mer. Puis, il souleva la table et renversa la vaisselle de porcelaine qui se brisa sur le patio, au milieu des fruits mûrs.

Elle allait le payer. La désertion représentait une offense majeure, passible de haute punition. Il enfonça ses ongles dans les paumes de ses mains. Elle allait payer pour l'avoir trahi, et aussi pour avoir eu le mauvais goût de retourner s'acoquiner avec ses ennemis.

Ils pensaient être plus malins que lui, se dit-il en faisant les cent pas sur le patio. Comme ils se trompaient !

Il arracha une fleur d'hibiscus d'un buisson, à côté de lui.

Tate lui devait obéissance et loyauté. Silas VanDyke l'exigeait. Un sourire mauvais aux lèvres, il écrasa la fleur délicate entre ses doigts et en arracha une autre, puis une autre, jusqu'à ce que la plante fût en lambeaux.

Haletant, prisonnier de la rage volcanique qui grondait dans son cerveau, il fit un effort surhumain pour revenir dans la réalité. Puis, comme sa vision s'éclaircissait de nouveau, il constata les dégâts qu'il avait provoqués autour de lui. Il souffrait d'une migraine épouvantable, et ses mains lui faisaient mal.

Il n'avait aucun souvenir de ce qu'il venait de faire. Il ne se rappelait que le nuage noir qui, tout d'un coup, avait pris possession de lui.

Pendant combien de temps ? se demanda-t-il, en proie à la panique. Combien de temps avait-il perdu l'esprit ?

Il regarda sa montre, mais il ne savait plus à quel moment la crise avait commencé.

Il essaya de se calmer, en se disant que cela n'avait pas d'importance. Les serviteurs ne parleraient pas. Ils ne pensaient pas, en dehors de ce que leur patron leur demandait de penser.

Et, d'ailleurs, ce n'était pas lui qui avait brisé la vaisselle, mais eux : les Lassiter, les Beaumont. Il n'avait fait que réagir, peut-être un peu trop violemment, à la déception qu'on lui avait causée. La crise était passée, maintenant, et il voyait clair, de nouveau. Il avait retrouvé son calme et il pouvait réfléchir. Il pouvait faire des plans. Il allait leur donner un peu de temps. Puis, il les détruirait. Et, cette fois, il les détruirait pour de bon, afin de les punir, parce que, à cause d'eux, il avait perdu sa dignité.

Il allait reprendre le contrôle de la situation, se dit-il encore en respirant profondément. Son père n'avait pas été capable de contrôler sa mère, et celle-ci n'avait pas été capable de se contrôler elle-même.

Mais lui, il était différent. Il avait appris la force et la volonté.

Hélas, il arrivait que ce contrôle lui échappât. Et il redoutait ces crises comme un enfant craint les monstres cachés dans le placard. « Les monstres existent, se dit-il, en faisant un effort pour ne pas les chercher follement du regard. Les monstres se cachent dans le noir, dans le doute. Dans l'échec. »

Voilà pourquoi il avait tant besoin de la Malédiction d'Angélique. L'amulette était la clé, la réponse à ses problèmes, à ses angoisses. Une fois qu'il la détiendrait, il serait fort. Il n'aurait plus peur de rien ni de personne. Il était convaincu que la sorcière avait enfermé son âme dans le bijou. Oui, il en était sûr. Dire qu'autrefois, il ne le convoitait que parce qu'il s'agissait d'un objet de valeur.

Mais le destin veillait.

Il eut un petit rire et ramassa une serviette qu'il passa sur son visage en sueur.

Le destin n'avait jamais permis qu'il oubliât l'amulette, qu'il renonçât à cette quête. Parce que, sans elle, il risquait de se perdre dans l'univers sombre et effrayant de sa rage.

Il cueillit un autre hibiscus et le caressa tendrement, cette fois, comme pour se prouver qu'il en était capable.

Angélique avait enfermé son âme dans l'or et les pierres précieuses de l'amulette. Angélique le hantait depuis des années. Elle jouait avec lui, le laissant avancer toujours plus près d'elle sans jamais se laisser prendre.

Mais il vaincrait. Il allait la terrasser, comme son ancêtre l'avait fait.

Quant à Tate…

Il écrasa la fleur dans sa main.

Elle avait fait son choix.

Les Antilles. Des îles tropicales chargées de fleurs et de palmiers, avec des plages de sable blanc baignées de soleil et bordées d'eaux bleues. L'image du paradis.

En sortant sur le pont, ce matin-là, Tate regarda autour d'elle et ne pensa à rien d'autre. Le soleil venait tout juste de se lever, et le sommet conique du volcan de Nevis était enveloppé de brume. Les jardins et les cabanes du complexe hôtelier qui avait été construit, depuis sa dernière visite, paraissaient plongés dans le sommeil.

La jeune femme respira profondément et se dit que, plus tard, elle se rendrait à terre. Pour l'instant, elle allait nager un moment, seule.

Elle se glissa dans l'eau qui était parfaite. Puis elle tourna doucement sur elle-même. Soudain, elle sentit qu'on l'attrapait par la jambe, qu'on l'entraînait sous l'eau.

Elle se débattit furieusement, refit surface et se trouva nez à nez avec Matthew. Ses yeux bleus pétillaient derrière son masque.

— Je n'ai pas pu résister, dit-il avec un sourire. J'étais en train de faire un peu d'apnée, et j'ai vu deux jambes apparaître dans l'eau. Tu as des jambes vraiment superbes, tu sais ? Sur toute la longueur.

— La mer est vaste, répliqua Tate d'un air pincé. Va donc jouer ailleurs.

— Si tu allais plutôt chercher un masque et un tuba pour m'accompagner sous l'eau ?

— Non, merci.

— J'ai un sachet de crackers dans ma poche. Tu ne veux pas nourrir les poissons ?

— Non, répéta-t-elle avant de s'éloigner.

Mais il plongea, nagea un peu et refit surface juste devant elle.

— Tu étais plus marrante, il y a quelques années.

— Et toi, tu étais moins ennuyeux.

Il se mit à nager à côté d'elle.

— Je comprends que tu aies un peu perdu la forme, après tout ce temps passé avec des robots et des ordinateurs. C'est pour ça que tu ne veux même pas faire un peu d'apnée avec moi ?

— Je plonge aussi bien qu'avant. Mieux encore.

— A mon avis, tu ferais bien de t'entraîner un peu.

— Je n'ai pas besoin de m'entraîner pour faire de l'apnée, rétorqua Tate.

— Alors, prouve-le !

Tate le maudit, mais elle finit par se hisser à bord du bateau pour aller chercher son masque et son tuba. Il savait, bien sûr, qu'elle était incapable de résister à un défi. Elle allait donc lui montrer ce dont elle était capable.

Elle ajusta l'embout de son détendeur et glissa à la surface de la mer. A ce moment précis, elle se rappela le bonheur qu'elle avait toujours éprouvé à évoluer sous l'eau, en compagnie des poissons. Il y avait si longtemps qu'elle ne l'avait pas fait, comme ça, pour le plaisir.

Elle avançait lentement, presque rêveusement. Elle avait totalement oublié le défi qu'elle était censée relever, lorsque Matthew passa près d'elle. Il lui sourit, et lui fit signe de le suivre.

Alors, elle remplit ses poumons d'air et plongea derrière lui.

Ils passèrent une heure à évoluer au milieu des poissons, dans le silence de la mer, remontant juste pour vider leur tuba et se remplir les poumons d'air.

— Je retire ce que j'ai dit, tout à l'heure, déclara soudain Matthew. Tu n'as pas perdu la forme.

— Je n'ai pas passé tout mon temps dans un laboratoire, répliqua Tate.

Elle avait fermé les yeux et se laissait flotter. Matthew en profita pour glisser les doigts entre ses longs cheveux roux.

— On ne t'a pas vue quand on a mouillé à San Juan, reprit-il.

— J'avais des choses à faire.

— Ta thèse ?

— Oui.

Elle crut sentir quelque chose lui tirer les cheveux et allongea la main vers l'arrière. Ses doigts touchèrent ceux de Matthew.

— Pardon, dit-il vivement.

Puis il enchaîna :

— Cette thèse, elle porte sur quoi ?

Tate s'éloigna légèrement de lui et répondit :

— Oh, ça ne t'intéresserait pas.

Il ne dit rien, pendant un moment, mais il éprouvait un vif ressentiment.

— Tu as sûrement raison, marmonna-t-il finalement. Je n'ai même pas mon bac, alors pour ce qui est de comprendre des doctorats et des thèses !

— Ce n'est pas ce que je voulais dire, affirma Tate, aussitôt. Je t'assure. Je pense simplement que cette somme de détails techniques ne présente pas un grand intérêt pour toi, étant donné que tu as déjà expérimenté tout ce sur quoi je pourrais écrire. D'ailleurs, pour être tout à fait franche, je t'avoue que j'ai hâte d'avoir terminé.

— Je croyais que ça te plaisait.

— Oui, bien sûr. Mais…

Agacée, elle ferma les yeux et se laissa de nouveau flotter sur le dos.

— Ma thèse porte sur la valeur inhérente des artéfacts opposée à leur valeur financière. Ce n'est pas très original, mais je pensais m'attacher à une pièce en particulier et retracer son histoire depuis le début jusqu'à sa découverte. A moins que j'abandonne complètement ce sujet et que je retourne au précédent qui portait sur la manière dont les progrès technologiques ont amélioré l'archéologie sous-marine, en même temps qu'ils la rendaient plus impersonnelle… Ou alors…

Elle ouvrit un œil.

— Tu comprends, maintenant, pourquoi je n'ai pas souhaité répondre à ta question ?

— En fait, tu n'as pas encore choisi ton sujet. Il n'y a pas le feu au lac, si ?

— Il est quand même temps que je m'y mette sérieusement.

Elle ne pouvait pas lui expliquer qu'elle avait l'impression d'avoir sauté du train en marche et de ne pas encore avoir repris son équilibre. En fait, elle n'était même pas sûre de savoir comment reprendre le voyage, le moment venu.

— Tu as toujours un pli, juste là, quand tu réfléchis très fort, remarqua-t-il en posant un doigt entre les sourcils de la jeune femme.

Elle repoussa sa main.

— Laisse-moi tranquille, Lassiter. Je prends un plaisir fou à mijoter au beau milieu d'une crise professionnelle.

— Si tu veux mon avis, il va falloir que tu réapprennes à t'amuser et à te détendre.

Il avança la main vers son visage, et la poussa fermement.

Elle s'enfonça sous l'eau, mais elle eut le temps de l'entraîner avec elle. Elle réussit même à sortir la tête, et sans doute aurait-elle pu avaler un grand bol d'air si elle n'avait pas pouffé de rire. Matthew l'attrapa par la cheville et, au lieu de résister, elle se laissa faire.

Dès qu'il lâcha prise, elle le poussa de toutes ses forces et se mit à nager en direction du bateau.

Il la rattrapa en moins de quatre brasses et, lorsqu'elle émergea, un moment plus tard, elle était à bout de souffle, autant d'avoir ri que de s'être débattue.

— Tu es en train de me noyer ! lui dit-elle.

— Pardon, mais je suis en train de te sauver, corrigea-t-il.

En effet, il la soutenait. Leurs jambes étaient emmêlées, et il avait enroulé un bras autour d'elle, tout en continuant à nager.

— Je ne suis peut-être pas en si bonne forme que je le croyais, dit Tate en écartant une mèche de cheveux de son visage.

— Je ne sais pas ce qu'il en est exactement de ta forme mais, en ce qui concerne tes formes, je ne vois rien à redire, déclara-t-il.

Tate cessa aussitôt de rire. Elle venait de prendre conscience que leurs deux corps étaient pressés l'un contre l'autre. Et, surtout, elle venait de reconnaître la lueur qui brillait dans le regard de Matthew.

— Lâche-moi, dit-elle.

Elle avait pâli et s'était mise à trembler.

— Ton cœur bat la chamade, ma belle. Je peux presque l'entendre.

— Je t'ai dit de me…

Il se pencha et prit la lèvre inférieure de la jeune femme entre ses dents.

— Vas-y, murmura-t-il contre sa bouche. Répète-le.

Et, sans lui laisser le temps de réagir, il s'empara de ses lèvres, les dévora, les écrasa, puis les caressa et, enfin, les écarta pour porter leur baiser plus loin, là où il devient dangereux.

Nom d'un chien, il allait se faire plaisir ! Elle était telle qu'il se l'était toujours rappelée, et mieux encore. Alors même qu'ils s'enfonçaient sous l'eau et donnaient instinctivement des coups de jambes pour remonter à la surface, Matthew se dit que, s'il devait se noyer, ce ne serait pas au fond de la mer, mais plutôt parce qu'il serait emporté par le désir fou, infini, qu'il avait d'elle.

De son côté, Tate essayait désespérément de reprendre le contrôle de son corps, de ses pensées. D'où lui venait ce besoin dévorant qu'elle ressentait d'un seul coup, cette impression de ne plus pouvoir se maîtriser ?

Elle essaya de se dire que c'était uniquement physique. Elle ne voulait pas penser. Juste s'accrocher au corps mouillé de cet homme et fondre sous ses baisers brûlants, oublier qui ils étaient et s'abandonner aux sensations qu'ils éveillaient en elle.

Mais c'était impossible. Elle devait réagir.

— Non, balbutia-t-elle, au prix d'un effort surhumain.

Mais Matthew ne tint aucun compte de cette protestation à peine murmurée. Si bien qu'elle oublia elle-même ses velléités de rébellion. Elle n'avait plus aucune volonté. Elle voulait se laisser porter...

Et puis, une fois encore, la raison vint frapper à la porte de sa conscience, et elle se remit à lutter, autant contre lui que contre elle-même.

— J'ai dit non, fit-elle d'une voix rauque.

— Je t'ai entendue.

Matthew était, lui aussi, la proie d'une douzaine de guerres intérieures. Il la désirait, et il savait, sans aucun doute possible, qu'il aurait pu la prendre, ici, dans l'eau, sans attendre. Mais il n'était pas seulement question de satisfaire un besoin physique. Il devait tenir compte de ce qu'il ressentait pour elle. Il l'aimait, ni plus ni moins.

— Je n'étais pas seul, Tate, déclara-t-il. Mais tu peux prétendre le contraire, si ça te permet de te sentir mieux.

— Je n'ai pas besoin de prétendre quoi que ce soit. Lâche-moi.

— C'est toi qui me tiens, chérie, répondit-il avec l'ombre d'un sourire, en sortant ses mains libres de l'eau.

La jeune femme poussa un juron, et se dégagea vivement.

— Je connais l'histoire, Lassiter. Mais, cette fois, elle ne se répétera pas. Nous allons travailler et plonger ensemble. Et c'est tout. Tu m'entends ?

— C'est toi qui décides, ma jolie. C'est toujours toi qui décides.

— Dans ce cas, nous n'aurons pas de problème.

— Aucun problème, assura-t-il en s'éloignant tranquillement. A moins que tu aies peur de ne pas pouvoir me résister.

— Je crois que j'y arriverai, répliqua-t-elle juste avant de s'enfoncer dans l'eau fraîche.

*
* *

— Tu ne retourneras pas sous l'eau tant que tu n'auras pas passé l'examen écrit, déclara Matthew en déposant une pile de papiers sous le nez de LaRue. C'est comme ça.

— Je ne suis pas un écolier.

— Tu es en train d'apprendre, et ton instructeur, c'est moi. Et je te dis que tu vas passer cet examen écrit. Si tu réussis, tu pourras plonger. Sinon, tu recommences. La première partie concerne l'identification des équipements.

Matthew se pencha en avant.

— Tu te rappelles ce qu'est un détendeur ?

— C'est ce qui fait passer l'air de la bouteille au plongeur, répondit LaRue en repoussant les papiers. Et alors ?

— Alors, de quoi est-il composé ?

LaRue poussa un soupir excédé et sortit son tabac de sa poche.

— Euh, l'embout et le tube. Pourquoi tu me casses les pieds avec ces conneries ?

— Parce qu'on ne plonge pas tant qu'on ne connaît pas parfaitement les pièces de son équipement ainsi que certaines lois de physique. Tu peux prendre tout ton temps. Mais n'oublie pas : tant que tu n'as pas tout intégré, interdit de plonger. Buck, viens me donner un coup de main sur le pont.

— J'arrive.

LaRue regarda de plus près ses feuilles d'examen.

— C'est quoi la loi de Boyles ? chuchota-t-il à l'adresse de Buck.

— Quand la pression…

— On ne triche pas ! cria Matthew. Merde, Buck !

— Désolé, LaRue, murmura Buck.

Puis il alla rejoindre son neveu.

— Je lui donnais juste un petit tuyau, dit-il, tout penaud.

— Qui va lui donner un petit tuyau, s'il oublie les règles de base quand il sera à vingt mètres de profondeur ?

— Tu as raison. Mais il se débrouille bien, non ? Tu m'as dit qu'il était doué.

— C'est un vrai poisson, quand il est sous l'eau, acquiesça Matthew, avec un sourire. Mais il n'échappera pas à la théorie.

Il venait d'enfiler sa combinaison, et il vérifia ses bouteilles et les jauges une dernière fois avant de laisser Buck les accrocher à son gilet stabilisateur.

— On va juste faire un petit tour de reconnaissance, dit-il en ajustant sa ceinture de plombs.

— Ouais.

Buck savait qu'ils étaient sur le site du *Santa Margarita*, mais ils évitaient le sujet.

— Tate veut prendre des photos, dit Matthew qui essayait de meubler le silence.

En vérité, ils voulaient tous vérifier ce que VanDyke avait laissé.

— Oui, bien sûr, répondit Buck. Elle a toujours aimé prendre des tas de photos… Elle est devenue une sacrée belle fille, hein ?

— Ouais. Ne souffle pas ses réponses à LaRue, tu m'entends ?

— Pas même s'il me supplie à genoux ?

Le sourire de Buck disparut quand Matthew enfila son masque, et il sentit la panique le prendre à la gorge.

— Matthew…

Matthew marqua une pause, alors qu'il s'apprêtait à se laisser tomber dans l'eau.

— Quoi ?

Il vit l'anxiété dans le regard de son oncle, mais refusa d'y prêter attention.

— Rien, dit Buck en passant une main sur son visage pour tenter de chasser les visions de requins et de sang qui envahissaient son esprit. Amuse-toi bien.

Matthew hocha brièvement la tête et glissa dans l'eau. Puis, il nagea jusqu'au *New Adventure*.

— Hé, vous êtes prêts ?

— Oui, répondit Ray qui était déjà tout équipé. Tate vérifie son appareil photo.

Il fit un signe de la main à Buck.

— Comme va-t-il ? demanda-t-il à Matthew.
— Ça ira. Allez, ma belle, la matinée est en train de passer.
— J'arrive.

Quelques secondes plus tard, Tate se laissait gracieusement tomber dans l'eau. Ray sauta à son tour, et ils s'enfoncèrent dans la mer, presque côte à côte.

Matthew ne s'attendait pas à voir les souvenirs de cet été lointain remonter brusquement à la surface de sa conscience. Pourtant, tout lui revint d'un seul coup : leur première rencontre avec Tate et Ray, sous l'eau, et le regard soupçonneux de la jeune fille, sa colère et sa rancune quand il avait pris l'épée sous son nez ; l'attirance immédiate qu'il avait ressentie pour elle et qu'il avait essayé de refouler ; l'esprit de compétition qui régnait entre eux, même après que la confiance eut balayé leur méfiance réciproque des débuts ; leur excitation, quand ils avaient trouvé l'épave. Tous ces moments avec elle avaient ouvert son cœur et fait naître en lui des espoirs comme il n'avait jamais osé en caresser, jusqu'alors.

Et la brutalité avec laquelle le rêve s'était transformé en cauchemar.

VanDyke n'avait presque rien laissé, à part la coquille déchiquetée du galion. Un regard suffit à Matthew pour savoir qu'il ne servirait à rien de descendre la suceuse à air. Aucun objet de valeur n'avait pu être oublié. L'épave elle-même avait été détruite, déchirée, sans doute parce qu'ils avaient cherché jusqu'au dernier doublon.

Matthew fut surpris d'éprouver du chagrin. Des fouilles prudentes auraient permis de sauver le *Santa Margarita*. Au lieu de cela, il était en pièces, abandonné aux vers.

Il jeta un coup d'œil vers Tate et s'aperçut que le vague regret qu'il éprouvait n'était rien, comparé à ce qu'elle ressentait.

Elle était dévastée.

Les yeux fixés sur les planches éparpillées, Tate ne cherchait pas à refouler la peine que lui causait la vision de l'épave. Au contraire, elle laissa le chagrin l'envahir, jusqu'à ce qu'elle le sentît jusqu'au plus profond d'elle-même.

VanDyke ne s'était pas contenté de violer le *Santa Margarita* : il l'avait détruit.

Elle aurait presque pu pleurer, mais à quoi ses larmes auraient-elles servi ? Il était trop tard. Alors, elle écarta la main que Matthew avait posée sur son épaule, et souleva son appareil photo. C'était tout ce qu'elle pouvait faire : réunir des témoignages de ce gâchis.

Les deux hommes échangèrent un regard, et Ray secoua la tête. Puis, d'un commun accord, ils s'éloignèrent légèrement.

Autour, le décor était toujours aussi beau. Mais Tate ne le voyait plus. Elle se disait qu'il était peut-être normal, après tout, que ce site qui lui avait apporté tant de joies fût totalement détruit, ruiné, abandonné. Exactement comme l'amour qu'elle avait offert à Matthew.

Ainsi, l'été de ses vingt ans était bel et bien terminé. Il était temps de l'enterrer et de repartir de zéro.

Quand ils refirent surface, ce qu'elle vit en premier fut le visage anxieux de Buck, penché par-dessus la rambarde.

— Ça va ? demanda-t-il.

— Ça va très bien.

Comme elle était plus près du *Mermaid*, elle se hissa à son bord, puis se tourna pour faire un signe à sa mère qui filmait tout, depuis le *New Adventure*.

— Alors, ce salaud a tout saccagé ? demanda Buck, en l'aidant à se débarrasser de ses bouteilles.

— Oui.

Elle se tourna pour regarder Matthew monter à bord.

— Ray veut qu'on se dirige tout de suite vers le sud, déclara-t-il en ôtant son masque. Autant que tu restes là, ajouta-t-il à l'intention de Tate. Ce ne sera pas bien long. Buck ?

Buck hocha la tête et rejoignit la cabine de pilotage.

— On va voir si la chance frappe deux fois, murmura-t-il, comme pour lui-même.

— Tu te sens chanceux, Lassiter ? demanda Tate.

— Pas particulièrement.

Il ferma les yeux, juste au moment où Buck démarrait les moteurs.

— Le *Santa Margarita* signifiait quelque chose pour moi aussi.

— Oui : la fortune, répliqua Tate.

Matthew la fusilla du regard, puis il se dirigea vers le rouf. Aussitôt, la jeune femme bondit à sa suite.

— Pardon, dit-elle en lui attrapant le bras.

— Laisse tomber, grogna-t-il en se dégageant.

— Non, vraiment, je suis désolée. Cette plongée était dure pour nous tous. Le fait de redescendre, comme ça, après toutes ces années, et de voir ce qui reste... Je n'aurais pas dû m'en prendre à toi. C'est trop facile. Et puis, ça ne change rien.

— J'aurais peut-être pu arrêter VanDyke. C'est ce que pense Buck.

— Buck n'était pas là.

Elle lui reprit le bras et le força à se tourner vers elle. Elle était un peu étonnée de découvrir qu'il se culpabilisait. Elle n'aurait jamais imaginé qu'il y eût de la place, dans son cœur, pour ce genre de sentiments.

— Aucun d'entre nous n'aurait pu faire quoi que ce soit, affirma-t-elle. Ça ne sert à rien de ressasser.

— Nous ne sommes pas seulement en train de parler du *Santa Margarita*, n'est-ce pas ?

Elle fut tentée de nier, mais elle y renonça. A quoi bon fuir encore une fois ?

— Non, en effet.

— Je n'étais pas ce que tu voulais que je sois, et je t'ai fait du mal. Ça non plus, je ne peux pas le changer.

— J'étais jeune. Ce genre de béguin passe vite, à cet âge.

Elle lâcha son bras et fit un pas en arrière.

— Tu sais, j'ai compris quelque chose, tout à l'heure, en regardant ce qui restait. Ou plutôt, en constatant qu'il ne restait rien. L'épave de cet été-là, la fortune, la jeune fille que j'étais... tout ça fait partie du passé. Nous devons recommencer avec ce que nous avons.

— Repartir de zéro.

— Je ne sais pas si c'est possible. Disons simplement que la page est tournée.

— D'accord.

Il lui prit la main et la porta à ses lèvres.

— J'ai du travail avec toi, ma jolie, murmura-t-il.

— Pardon ?

— La dernière fois, tu t'es jetée à mon cou.

— Je n'ai jamais fait une chose pareille.

— Bien sûr que si ! A présent, c'est mon tour d'agir. Ça ne me dérange pas. Au contraire, je pense que cela va me plaire.

Tate se dégagea brusquement.

— Je ne sais vraiment pas pourquoi je perds mon temps à essayer de me réconcilier avec toi. Tu es plus arrogant que jamais.

— C'est comme ça que tu m'aimes, ma chérie.

Elle se détourna vivement, mais elle eut quand même le temps de le voir sourire. Et elle dut se faire violence pour ne pas l'imiter.

Il avait raison, le bougre : c'était comme ça qu'elle l'aimait !

18.

Matthew décida de faire une plongée de reconnaissance en compagnie de LaRue qui avait passé son examen écrit. Pendant ce temps, Tate se plongea avec son père dans l'étude de tous les documents qu'il avait réunis. Elle avait déjà mis de l'ordre dans la montagne de notes, les extraits tirés des Archives Nationales, les cartes marines, et tout ce que Ray avait découvert aux Archivos Generales de las Indias, à Séville.

Maintenant, elle était penchée sur les calculs qu'elle avait déjà faits et refaits une bonne douzaine de fois. Si leurs informations étaient correctes, ils devaient se trouver au bon endroit. Mais, bien sûr, cela ne suffisait pas.

Chercher une épave au fond de la mer revenait à chercher un grain de sable sur une plage. Même en comptant sur les progrès de la technologie, les capacités de l'homme étaient limitées.

Ils avaient eu tellement de chance, avec le *Santa Margarita* ! Comment un tel miracle pourrait-il se produire une deuxième fois ? Et pourtant, ils avaient besoin de trouver l'*Isabella*. Tous, pour des raisons différentes.

Le magnétomètre à bord du *Mermaid* était en marche. C'était un instrument très efficace pour aider à localiser une épave. Mais, pour le moment, le détecteur n'avait reconnu aucune présence de fer comme on en trouve dans les canons ou les ancres.

La jeune femme resta dans le rouf, même lorsque son père remonta sur le pont. Soudain, elle entendit quelqu'un monter les marches.

— Tu ne prendras pas de couleurs si tu passes tout ton temps enfermée, dit Matthew en tendant à la jeune femme un verre de limonade.

— Tu es remonté ? Comment se débrouille LaRue ?

— C'est un excellent partenaire de plongée. Combien de fois vas-tu revoir ces documents ?

— Autant de fois que ce sera nécessaire, répondit Tate.

— Tu ne veux pas faire une pause ? On pourrait aller à Nevis, et dîner ensemble.

— Dîner ? répéta Tate, prise au dépourvu.

— Oui. Toi et moi.

— Je n'y tiens pas, merci.

— Je croyais qu'on avait tourné la page ?

— Ça ne signifie pas que…

— En plus, je n'ai pas envie de passer la soirée à les regarder jouer aux cartes. Ils ont prévu de faire une énorme partie, ce soir. Si mes souvenirs sont bons, les cartes ne te passionnent pas, toi non plus. J'ai appelé l'hôtel qui donne sur la plage : ils m'ont dit qu'il y avait un orchestre reggae, ce soir. Un bon dîner, un peu de musique. Ça ne peut pas nous faire de mal. Nous n'aurons plus guère de temps pour nous détendre, une fois que nous aurons trouvé l'*Isabella*.

— Ecoute, la journée a été longue.

— Tu vas finir par me faire croire que tu as peur de passer deux petites heures en tête à tête avec moi.

Il la regarda fixement.

— A moins que tu aies peur de ne pas pouvoir résister à l'envie de te jeter encore à mon cou ?

— Ne sois pas ridicule, grommela Tate.

— Bon, alors c'est entendu, conclut Matthew en remontant les marches. On se retrouve tout à l'heure. N'attache pas tes cheveux, ajouta-t-il, par-dessus son épaule. J'aime quand ils flottent dans ton dos.

Elle se fit un chignon, bien sûr. Pas pour l'embêter. Non. Simplement parce qu'elle en avait envie. Elle avait emprunté une robe à sa mère parce que la jupe longue et ample facilitait le passage du bateau au canot pneumatique.

Lorsqu'elle fut à bord de la fragile embarcation, filant à toute vitesse vers l'île de Nevis, elle se dit que, finalement, elle était bien contente de cette sortie improvisée.

L'air était doux et le soleil brillait encore, alors même qu'il entamait sa course vers l'ouest.

— Ils annoncent du beau temps pour toute la semaine, dit Tate sur le ton de la conversation.

— Je sais, répondit Matthew. Dis-moi, pourquoi tu ne mets pas de rouge à lèvres ?

La jeune femme passa sa langue sur ses lèvres, d'un geste instinctif.

— Tu as raison, poursuivit-il. Il n'y a rien de plus tentant qu'une bouche nue. Surtout quand elle fait la moue.

Tate se força au calme, et répliqua :

— Je me fais une joie à l'idée qu'elle va te rendre fou pendant les deux heures à venir.

Puis, elle se tourna vers l'île de Nevis. Le volcan conique, enveloppé de nuages, formait un contraste frappant avec le bleu intense du ciel. En dessous, la plage déroulait son tapis de sable blanc, au bord de la mer immobile. On apercevait des gens, des parasols de toutes les couleurs et des chaises longues. Un véliplanchiste novice essayait de remonter le mât, mais il perdit l'équilibre et tomba à l'eau.

— Tu as déjà essayé ? demanda Tate à son compagnon.

— Non.

— C'est difficile. Et très frustrant, surtout quand on a l'impression de tenir enfin debout et que, hop, on se retrouve à l'eau. Mais quand on arrive à attraper le vent, c'est formidable.

— Mieux que la plongée ?

— Non, répondit la jeune femme. Rien n'est mieux que la plongée.

Quand ils arrivèrent le long de la jetée, Matthew manœuvra le bateau le long du quai et jeta une corde à l'un des employés de la station balnéaire. Puis, il sauta sur la passerelle de bois et tendit la main à Tate pour qu'elle le rejoignît.

— Ça a drôlement changé, par ici, dit-il en regardant autour de lui.

— Oui. La dernière fois que je suis venue, il n'y avait pratiquement rien. Je ne savais même pas qu'ils avaient l'intention de construire.

— Nevis n'est plus le secret bien gardé qu'il était autrefois, remarqua Matthew sans lâcher le bras de la jeune femme, tandis qu'ils traversaient la plage.

Des pierres plates offraient un passage à travers des jardins luxuriants et des pelouses en pentes où se dressaient de jolies cabanes. Ils passèrent devant le restaurant installé autour de la piscine et se dirigèrent vers l'escalier en marbre qui menait au bâtiment principal.

Tate jeta un coup d'œil par-dessus son épaule.

— On ne dîne pas ici ? demanda-t-elle.

— Il y a un deuxième restaurant sur la terrasse, répondit Matthew en la guidant vers une hôtesse qui portait un uniforme coloré. Lassiter, lui dit-il.

— Oui, monsieur Lassiter. Vous avez demandé une table sur la terrasse.

— C'est cela.

La jeune femme les guida jusqu'à une table, et Matthew tira la chaise pour permettre à Tate de s'asseoir.

— Veux-tu du champagne ? lui proposa-t-il en se penchant vers elle, de sorte que son souffle lui chatouilla la nuque.

Tate était interloquée, mais elle hocha la tête en signe d'acquiescement. Elle ne s'attendait guère à un tel déploiement de charme et de bonnes manières, et elle n'était pas loin de se demander quelle mouche avait piqué Matthew. Mais, bien sûr, elle le savait. Il avait tout simplement décidé de la séduire. Comme elle avait décidé, justement, qu'elle ne se laisserait pas séduire. C'était comme le jeu du chat et de la souris. Et, tandis qu'il commandait une bouteille de champagne, Tate se dit que cette situation, loin d'être désagréable, présentait même l'avantage d'avoir du piquant.

— La vue est jolie, n'est-ce pas ? fit Matthew lorsque leur serveuse se fut éloignée.

— Oui, répondit Tate en laissant son regard errer du côté des jardins, jusque vers la mer.

— Alors, si tu me parlais des huit dernières années ? reprit Matthew après quelques instants.

— Pourquoi ?

— Parce que je suis curieux. Cela me permettrait de combler les espaces vides.

Tate eut un léger haussement d'épaules.

— J'ai passé beaucoup de temps à étudier, dit-elle finalement. Plus que je ne l'aurais réellement souhaité. Au début, j'avais l'impression d'arriver en terrain conquis ; je pensais en savoir plus que la plupart des autres étudiants. En fait, je ne savais pratiquement rien. Les premiers mois ont été difficiles.

Et pour cause ! songea-t-elle. Elle était perdue, malheureuse ; elle ne cessait de penser à lui.

— Et puis, je me suis adaptée, reprit-elle. J'aimais le côté routinier et structuré de la vie universitaire. Et je voulais vraiment apprendre.

Elle leva la tête au moment où la serveuse revenait avec une bouteille de champagne dont elle leur montra l'étiquette.

— C'est Madame qui va goûter, déclara Matthew.

La serveuse déboucha la bouteille et versa un fond de liquide doré dans la coupe de Tate.

— Il est délicieux, murmura la jeune femme après l'avoir goûté.

La serveuse remplit leurs verres et, alors que Tate s'apprêtait à porter le sien à ses lèvres, Matthew lui toucha doucement le poignet. Puis, il leva son verre et trinqua avec elle.

— Buvons à la prochaine page, dit-il en souriant.

— D'accord, répondit Tate.

Après tout, elle était une adulte, maintenant. Elle avait de l'expérience et toutes les défenses nécessaires pour résister à un homme. Même un homme comme Matthew.

— Alors, tu as appris beaucoup de choses à l'Université.

— Oui. Et j'ai également saisi toutes les opportunités qui m'étaient offertes d'appliquer mes nouvelles connaissances.

— L'*Isabella* n'est pas une opportunité, selon toi ?

— Ça reste à voir.

Ils passèrent leur commande et dînèrent tranquillement, tandis que le disque vermillon du soleil plongeait dans la mer. Lorsqu'il fut sur le point de disparaître, la musique monta du patio.

— Tu ne m'as pas parlé de tes huit années à toi, Matthew, dit Tate, tout à coup.

— Oh, ce n'était pas très intéressant.

— Tu as construit le *Mermaid*. C'est intéressant, ça.

— Oui. Et il est magnifique, dit-il avec fierté. Exactement comme je l'imaginais.

— Je ne sais pas comment va tourner cette expédition, mais tu pourrais facilement te lancer dans la construction de bateaux.

— Je ne travaillerai plus jamais comme un forcené, au point d'oublier qui je suis vraiment, déclara Matthew d'un air convaincu.

— C'est ce qui s'est passé ? lui demanda Tate qui avait remarqué une lueur de colère dans les yeux de son compagnon.

Mais il esquiva la question.

— Ce qui compte, c'est que je ne le fasse plus. Tu sais quoi, Tate ?

— Quoi ?

— Tu es belle, répondit-il en lui prenant la main, sur la table.

Elle voulut se dégager, mais il l'en empêcha.

— Non. Je te tiens. En tout cas, pour un moment. Autant t'y habituer.

— Matthew, j'ai choisi de passer la soirée avec toi simplement pour ne pas avoir à jouer aux cartes. Il ne faudrait pas que cela te monte à la tête.

— Et puis, il y a ta voix, aussi, poursuivit-il dans un murmure. Douce, avec ce léger accent du Sud. Elle m'a toujours fait penser à du miel. Du miel qui serait épicé par une touche de bourbon. Un homme peut se soûler rien qu'en t'écoutant.

— Je crois que tu as pris de l'avance avec le champagne. Je vais manœuvrer le bateau pour rentrer.

— D'accord. Mais, d'abord, allons danser. Une danse, insista-t-il, comme elle faisait mine de refuser.

Tate eut un haussement d'épaules. Après tout, une petite danse, ça ne pouvait pas avoir trop de conséquences. Au contraire : elle profiterait de ce contact physique pour prouver à Matthew, une fois de plus, qu'elle n'était pas prête à lui céder.

Elle pouvait s'amuser un peu sans se perdre pour autant. Et, s'il en souffrait, eh bien, elle en éprouverait une certaine satisfaction.

Matthew demanda l'addition, puis il paya, et ils quittèrent la terrasse du restaurant pour se rendre sur le patio. La musique était lente, et une chanteuse à la voix grave et mélodieuse ondulait sur la petite scène. Un couple était assis, dans l'ombre, mais il n'y avait personne sur la piste. Matthew attira Tate dans ses bras, et il la serra contre lui, de sorte que la jeune femme n'eut d'autre choix que de poser sa joue contre la sienne. Sans réfléchir, elle ferma les yeux.

Elle aurait dû se douter qu'il savait ce qu'il faisait. En revanche, elle ne s'attendait pas à ce que leurs pas s'accordent aussi parfaitement.

— J'ignorais que tu savais danser, dit-elle.

— Il y a tant de choses que nous ignorons l'un de l'autre. Mais je connais ton odeur, ajouta-t-il en lui caressant doucement la joue.

— Peut-être, mais j'ai changé, affirma Tate qui devait lutter contre elle-même pour ne pas se laisser aller à la douceur du moment et à la chaleur qu'elle sentait monter dans tout son corps.

— Quand je te tiens dans mes bras, c'est exactement comme avant, dit-il en ôtant les épingles qui retenaient son chignon.

— Arrête.

— J'aimais beaucoup tes cheveux quand ils étaient courts, continua-t-il sur le même ton doux et séducteur. Mais je les aime encore plus maintenant.

De ses lèvres, il frôla la tempe de la jeune femme.

— Nous sommes différents, aujourd'hui, dit Tate en essayant de contrôler les frissons qui la parcouraient tout entière.

Elle voulait continuer de le croire. C'était nécessaire, si elle tenait à garder ses distances. Et pourtant, comment expliquer qu'elle pût se glisser ainsi dans ses bras comme s'ils ne s'étaient jamais quittés ?

— Beaucoup de choses sont demeurées intactes.

Il frôla ses lèvres.

— Tu as le même goût.

— Je ne suis pas la même !

Tate se dégagea brusquement.

— Rien n'est plus comme avant.

Elle se mit à courir en direction de la plage. Le souffle lui manquait. La brise, si douce, un moment plus tôt, la faisait frissonner. Les larmes lui brûlaient les yeux, et elle voulut les attribuer à la colère. Mais elle savait bien, au fond, que cette colère était dirigée contre elle-même, contre sa faiblesse, contre les sensations stupéfiantes que Matthew continuait d'éveiller dans son corps.

Quand il la rattrapa, elle se tourna, prête à le frapper, à se jeter contre lui pour lui griffer le visage. Au lieu de cela, elle se retrouva dans ses bras, les lèvres contre les siennes.

— Je te hais, déclara-t-elle avec passion.

— Je m'en fous.

— Je sais bien que tu t'en fous, répliqua Tate en le repoussant avec violence. Mais moi, je ne m'en fous pas.

Elle fit un pas en arrière et enroula ses bras autour de son corps.

— Tu voulais me prouver que tu étais encore capable de faire naître le désir entre nous, n'est-ce pas ? reprit-elle en essayant de contrôler les tremblements qui la secouaient des pieds à la tête. Eh bien, te voilà satisfait ! Mais cela ne change rien. C'est encore moi qui décide si nous allons plus loin ou non. Et je ne suis pas prête à décider quoi que ce soit.

— J'ai envie de toi, Tate. Tu veux m'entendre te le dire ? Tu veux m'entendre dire que je ne dors plus la nuit, à force d'avoir envie de toi ?

— Peut-être, répondit la jeune femme. Mais tout cela est vain, désormais. Il fut un temps où j'aurais fait n'importe quoi pour toi, Matthew. Je t'aurais suivie jusqu'au bout du monde. A présent, si je fais quelque chose, c'est d'abord pour moi.

Matthew enfonça les mains dans ses poches.

— Cela me paraît juste. Et, aujourd'hui, au moins, tu sais à qui tu as affaire.

— Non, justement, répondit-elle avec lassitude. Tu ne cesses de te transformer. J'ignore ce qui est réel et ce qui ne l'est pas.

Il s'approcha, glissa une main dans le cou de la jeune femme et l'embrassa doucement.

— Ça, c'est réel.

— Oui, répondit-elle dans un soupir.

Puis elle se dégagea et déclara d'un air las :

— Je veux rentrer, maintenant. On se lève tôt, demain.

Comme huit ans auparavant, ils constituèrent deux équipes de plongée. Tate descendait avec Matthew, et Ray avec LaRue. La jeune femme n'y voyait aucun inconvénient. Elle travaillait bien avec Matthew. Et, même après tout ce temps, ils continuaient de communiquer facilement, sous l'eau. L'équipement électronique leur offrait la méthode la plus efficace qui fût pour localiser l'*Isabella*, mais Tate se félicitait de pouvoir plonger, de mener ses propres recherches, avec ses yeux et ses mains.

Elle voulait bien passer des heures à éventer le sable ou à transporter des morceaux de conglomérat à la surface. Là-haut, Marla et Buck prenaient le relais et se chargeaient de les faire éclater.

De nouveau, Tate évoluait dans son univers, au milieu des poissons. La moindre sculpture de corail attirait son regard. Même la déception, à la fin d'une journée de vaines recherches, lui était douce. Et tant pis si une chaîne rouillée ou une canette de soda lui faisait battre le cœur pour rien. C'était ça, la chasse au trésor.

Et puis, il y avait Matthew, avec qui elle pouvait partager les merveilles du monde sous-marin. Un jardin de plantes aquatiques, un mérou maussade dont on interrompait le repas, un banc de poissons argentés. Il avait bien tendance à la toucher un peu trop souvent, mais Tate avait fini par prendre le parti de s'en réjouir.

Après tout, elle avait prouvé qu'elle était assez forte pour résister à ses tentatives de séduction.

Les journées passèrent et devinrent des semaines. Mais la jeune femme ne se décourageait pas pour autant. Au contraire. Cette expédition comblait un besoin dont elle n'avait même pas conscience, avant d'arriver ici : elle lui permettait de revisiter la mer qu'elle aimait tant, non pas en tant que scientifique, en tant qu'observatrice objective formée pour recueillir des informations, mais en tant que femme jouissant de sa liberté et de la compagnie d'un homme qui l'intriguait.

Elle examina une formation de corail, en écartant le sable avec ses mains. Puis, elle jeta un coup d'œil par-dessus son épaule et vit Matthew qui fourrait un morceau de conglomérat dans son sac. Elle sourit intérieurement, comme elle le faisait si souvent, quand elle savait qu'il ne la regardait pas. Soudain, elle ressentit une violente douleur sur le dos de la main.

Elle la jeta en arrière et aperçut la tête d'une murène qui se réfugiait prestement dans sa cachette de corail.

Avant même qu'elle eût compris ce qui venait de lui arriver, Matthew fut près d'elle. Il lui prit la main, alors qu'une traînée de sang serpentait dans l'eau. Elle lut une telle inquiétude dans son regard qu'elle voulut le rassurer, lui faire signe que tout allait bien. Mais, déjà, il avait enroulé un bras autour de sa taille et donnait des coups de palmes pour les faire remonter à la surface.

— Détends-toi, lui ordonna-t-il dès qu'ils eurent émergé. Je vais t'aider à rentrer.

— Ça va, affirma Tate. C'est juste une égratignure.

Mais la douleur lui faisait monter les larmes aux yeux.

— Détends-toi, répéta Matthew.

Ils étaient aussi pâles l'un que l'autre lorsqu'ils arrivèrent à l'échelle. Matthew appela Ray et se mit à détacher les bouteilles de Tate.

— Matthew, pour l'amour du ciel, je te dis que c'est une égratignure !

— Ferme-la. Ray, merde, à la fin !

— Quoi ? Qu'est-ce qui se passe ?

— Elle s'est fait mordre par une murène, répondit Matthew en lui passant les bouteilles de la jeune femme. Aidez-la à monter.

— Ça va, protesta Tate, tandis que sa mère accourait vers elle.

— Fais voir. Oh, ma chérie ! Ray, va chercher la trousse de premiers secours.

— Elle m'a à peine touchée, dit Tate à sa mère qui la forçait à s'asseoir. C'est ma faute.

Elle respira profondément et regarda son compagnon se hisser à bord.

— Pas la peine d'alerter la cavalerie, Lassiter !

— Fais voir ! grommela Matthew en prenant le doigt blessé de Tate et en écartant le sang avec son pouce. Ce n'est pas profond. Tu n'auras pas besoin de points de suture.

— Bien sûr que non ! Je me tue à te dire…

Elle s'interrompit en le voyant arracher la trousse de soins des mains de Ray. Il versa de l'antiseptique sur sa main et elle poussa un cri.

— Hé, tu me fais mal !

Maintenant qu'il avait vu la blessure et jugé qu'elle n'était pas grave, Matthew commençait à retrouver son calme.

— Tu auras sûrement une cicatrice, marmonna-t-il en secouant la tête. Idiote !

— Ça peut arriver à n'importe qui ! protesta la jeune femme.

— On ne t'a jamais dit qu'il fallait faire attention, sous l'eau ?

— Je faisais attention.

— Tu étais encore en train de rêvasser.

Ray et Marla échangèrent un regard.

— Tu vas peut-être me dire que tu n'as jamais été mordu ? Tes mains sont couvertes de cicatrices.

— On est en train de parler de toi, riposta-t-il, furieux à l'idée que ces jolies mains allaient être marquées à jamais.

Elle renifla et plia les doigts. Le pansement qu'il lui avait fait était petit, propre et efficace. Mais, bien sûr, elle aurait préféré avaler sa langue plutôt que l'admettre.

— Tu ne lui fais pas un bisou pour qu'il aille mieux ? demanda-t-elle avec insolence.

— Bien sûr que si. Lève-toi, ma chérie.

Et, devant Ray et Marla qui les regardaient d'un air stupéfait, il plaqua ses lèvres sur celles de la jeune femme et l'embrassa longuement.

Quand Tate put parler de nouveau, elle déclara en lui désignant sa main :

— Tu t'es trompé de cible, Lassiter.

— Pas du tout : c'est ta bouche qui a besoin qu'on s'occupe d'elle.

— Ah oui ? Mes besoins sont devenus l'un de tes domaines d'expertise, d'un seul coup ?

— J'ai toujours su ce dont tu avais besoin, ma jolie. Le jour où tu seras prête…

Il se rappela brusquement qu'ils n'étaient pas seuls, et laissa sa phrase en suspens.

— Tu devrais prendre de l'aspirine, conclut-il.

Tate leva le menton.

— Ça ne me fait pas mal.

Puis elle se détourna et souleva ses bouteilles.

— Qu'est-ce que tu fais ?

— Je retourne sous l'eau.

— C'est hors de question.

— Essaie donc de m'arrêter !

Ray ouvrit la bouche pour intervenir, mais Marla lui prit le bras.

— Laisse-les se disputer, chéri, murmura-t-elle. J'ai l'impression que l'orage gronde depuis un moment.

— Tu veux que je t'arrête ? riposta Matthew. Très bien.

Il lui arracha les bouteilles des mains et les jeta par-dessus bord.

— Voilà qui est fait.

L'espace d'un instant, Tate demeura bouche bée.

— Espèce de… espèce de crétin ! s'écria-t-elle enfin. Tu as intérêt à aller me les chercher. Tout de suite !

— Vas-y toi-même, puisque tu es si pressée de retourner plonger.

Sur ce, il commit l'erreur de lui tourner le dos. Il la paya aussitôt, car Tate se jeta sur lui. Lorsqu'il comprit son intention, il essaya d'esquiver le coup, mais il perdit l'équilibre, et ils tombèrent tous les deux par-dessus bord.

— Tu es sûre qu'il ne faut pas intervenir, Marla ? demanda Ray, vaguement inquiet, en se penchant par-dessus le bastingage.

— Absolument, lui répondit sa femme. Regarde, je crois qu'elle l'a touché, cette fois. Et avec sa main blessée.

En effet, en évitant un coup au visage, Matthew donna à la jeune femme l'opportunité de lui en envoyer un autre en plein plexus. L'eau en affaiblit la portée, mais il poussa tout de même un grognement de douleur.

— Arrête tes conneries ! ordonna-t-il en lui prenant le poignet. Tu vas te faire mal.

— On verra bien qui se fera le plus mal. Va chercher mes bouteilles.

— Tu ne plongeras pas tant que nous ne serons pas sûrs que tu ne fais pas une réaction à cette morsure.

— Je vais te faire voir ma réaction, riposta-t-elle en le frappant au menton, de sa main libre.

— Cette fois, ça suffit.

Il lui plongea la tête sous l'eau, puis la fit ressortir et enroula son bras autour de son cou, en position de sauvetage. Chaque fois qu'elle essayait de se dégager, ou qu'elle poussait des jurons, il lui remettait la tête sous l'eau. Quand ils arrivèrent au niveau de l'échelle du *New Adventure*, elle haletait.

— Ça y est ? Tu es calmée ?

— Espèce de salaud !

— Encore un petit coup, alors !

— Ohé, l'*Adventure* !

Matthew tourna la tête et vit Buck en train de leur faire des grands signes, à bord du *Mermaid*. Le bateau avançait vers eux à bonne allure, en direction du sud sud-ouest, où Buck et LaRue étaient partis sonder les fonds, avec le détecteur.

— Ohé ! cria le premier, de nouveau. On a trouvé quelque chose !

LaRue s'était accoudé au bastingage ; il avait l'air content.

— Grimpe ! dit Matthew à sa compagne.

Buck s'arrêta près du *New Adventure* et coupa les moteurs.

— Le magnétomètre a détecté une pile de métal, par là-bas. On a marqué l'endroit. Trente degrés sud-est. Merde, je crois bien qu'on l'a trouvée !

Tate respira profondément.

— Je veux mes bouteilles, Matthew.

Elle se tourna vers lui, les yeux brillants.

— Et je ne te conseille pas d'essayer de m'empêcher de redescendre.

19.

Pour déterminer la position de l'épave, Buck avait temporairement déposé une balise flottante. Matthew nota soigneusement les relèvements au compas. Il choisit le Mont Nevis comme point de repère, puis il demanda à Buck de déplacer la balise pour la poser bien loin de la position éventuelle de l'épave.

— Nous allons garder la balise dans la ligne de mire de ce groupe d'arbres, sur l'île, dit-il à Ray en lui passant les jumelles.

Ils se tenaient sur le pont du *New Adventure*, Matthew en tenue de plongée, Ray en short et en T-shirt.

— Nous n'allons pas jeter l'ancre ici, poursuivit Matthew en regardant la mer autour d'eux.

Un joli catamaran transportait des touristes de l'île de Nevis vers Saint-Kitts.

— La balise nous servira de point de repère, et nous allons nous déplacer vers la terre, en direction du Mont Nevis.

Ray hocha la tête et prit des notes.

— Tate pourra faire des croquis de ce qu'elle voit sous l'eau, et nous les étudierons au fur et à mesure.

— Tu penses à VanDyke, n'est-ce pas ? demanda Ray en reposant les jumelles.

— En effet. Si jamais il apprend ce que nous faisons, il ne pourra pas repérer immédiatement l'épave, comme la dernière fois. Il ne connaîtra pas les distances et les points de repère que nous avons choisis ; il ne saura pas si nous plongeons côté terre ou côté mer de la balise. Il lui faudra du temps pour déterminer tout ça.

— Bien vu, dit Ray. Et si cette épave n'est pas l'*Isabella*…

— Nous allons le savoir très vite, assura Matthew.

Il n'avait pas envie de se perdre en conjectures. Il voulait savoir.

— Quoi qu'il en soit, cette fois-ci, nous allons prendre toutes les précautions possibles et imaginables, conclut-il en enfilant ses palmes. Allez, ma jolie, au boulot !

— J'arrive. Je voulais mettre une pellicule dans mon appareil photo.

— Oublie ton appareil. Nous ne ferons développer aucune photo.

— Mais…

— Il suffit qu'un type du laboratoire ouvre la bouche. Tu peux prendre toutes les photos que tu veux, mais tu ne feras rien développer tant que nous n'aurons pas terminé. Tu as des écritoires et des crayons à mines de plomb ?

— Oui, répondit la jeune femme en désignant son sac.

— Alors, allons-y.

Tate n'avait pas fini d'ajuster son masque qu'il était déjà dans l'eau.

— Il est drôlement pressé, hein ? dit-elle à l'adresse de ses parents. A tout à l'heure. Croisez les doigts !

Elle suivit la piste de bulles qu'avait laissée Matthew, et s'enfonça à dix mètres, puis douze. Elle commença à prendre des notes et à dessiner ce qu'elle voyait. Elle reproduisait méticuleusement le paysage sous-marin, en respectant les échelles, en marquant les distances en degrés, et en résistant à l'envie d'ajouter des touches artistiques. La science aimait l'exactitude : elle se le rappela en regardant passer un couple de poissons-anges.

Elle vit Matthew lui faire signe et répondit d'un geste vague de la main. C'est lui qui avait voulu des croquis plutôt que des photos. Or, les croquis exigent du temps et un maximum d'attention. Il pouvait bien attendre un peu, maintenant.

L'instant d'après, elle entendit le son métallique du couteau de Matthew contre l'une des bouteilles d'oxygène, et elle jura intérieurement, tout en rangeant son écritoire et son crayon.

« Ah, c'est bien un homme ! se dit-elle. Toujours en train de donner des ordres. Et impatient, avec ça ! » Elle allait lui dire sa façon de penser, une fois qu'ils seraient remontés à la surface…

Mais, soudain, elle se figea.

A quelques mètres d'elle, Matthew était penché sur un canon — un canon qui avait pris la jolie couleur vert pâle que donne la corrosion, et qui était couvert de colonies vivantes.

Tate attrapa son appareil photo amphibie et prit plusieurs clichés. Puis, elle s'approcha et toucha la pièce de métal. Mais, déjà, Matthew l'entraînait un peu plus loin, vers d'autres canons.

C'était donc ça que le magnétomètre avait enregistré. Tate en compta quatre, six, huit, étalés sur le fond sablonneux, en une sorte de demi-cercle. Elle sentit son cœur battre plus fort et plus vite. Elle savait que, bien souvent, les canons sont pointés dans la direction d'une épave.

Et, en effet, ils la trouvèrent, à une quinzaine de mètres au sud, brisée, détruite, et presque entièrement étouffée par le sable. Tate ne douta pas un seul instant qu'il s'agît de l'*Isabella*. Ses restes étaient étalés sur une trentaine de mètres, enterrés, incrustés de vie marine. Comme attendant leur arrivée.

Elle sortit une écritoire en PVC et se mit à dessiner. Matthew avait déjà commencé à fouiller, et elle alterna les croquis et les prises de vue pendant qu'il fourrait ses petites trouvailles dans son sac.

Bientôt, elle n'eut plus aucune écritoire, et elle arriva au bout de la pellicule de photos. Son cœur battait à tout rompre dans sa poitrine. Ainsi, le miracle venait de se reproduire.

Matthew s'approcha d'elle et lui fit signe de tendre la main et de fermer les yeux. Elle obéit, ravie qu'il eût pensé à lui rapporter quelque chose, et rouvrit les yeux en sentant un objet circulaire dans sa paume ouverte.

Une pièce d'or, de la taille d'un biscuit, brillait contre sa peau.

Elle écarquilla les yeux et leva la tête vers Matthew, qui lui sourit et fit un signe du pouce en direction de la surface. Elle allait protester, mais elle se rappela soudain que les autres attendaient. Elle les avait oubliés. Elle avait tout oublié, en dehors de ce qu'elle avait sous les yeux.

Matthew lui prit la main, au moment où ils refaisaient surface.

— Tu es censée te jeter à mon cou, maintenant, déclara-t-il, les yeux brillants. C'est ce que tu as fait, il y a huit ans.

Et c'est ce qu'elle fit, une fois encore.

— C'est l'*Isabella*, Matthew ! cria-t-elle dans un rire. J'en suis sûre.

— Oui, moi aussi. Elle est à nous, maintenant. Mais allons annoncer la bonne nouvelle aux autres. Tu n'as pas oublié comment on fait marcher une suceuse à air, j'espère ?

— Je n'ai rien oublié du tout.

Ils retrouvèrent avec bonheur les gestes et les rythmes qui leur étaient si familiers. Ils plongeaient, cherchaient, fouillaient, et ramassaient ce qu'ils trouvaient. A bord du *Mermaid*, Buck et Marla donnaient des coups de marteaux sur les morceaux de conglomérat, dévoilant des pièces de trésor que Tate examinait ensuite, avant de les cataloguer. Chaque objet, du plus petit bouton nacré jusqu'au lingot d'or, était soigneusement étiqueté, dessiné, photographié et enregistré sur l'ordinateur portable de la jeune femme.

Tate fit appel à ses connaissances et à son expérience pour préserver leurs trouvailles. Elle savait que, dans les eaux relativement peu profondes des Antilles, une épave pourrit, qu'elle est abîmée par les tempêtes, les mouvements de vagues. Et l'état dans lequel se trouvait celle-ci en disait long sur son histoire.

Cette fois, Tate allait faire en sorte que le moindre objet remonté à la surface se trouvât protégé. C'était sa responsabilité vis-à-vis du passé comme du futur.

Les petits articles fragiles étaient entreposés dans des bocaux de verre remplis d'eau, afin qu'ils ne sèchent pas. Les pièces plus grandes étaient photographiées et croquées sous l'eau, puis stockées. Elle avait des boîtes matelassées pour les objets fragiles. Les spécimens de bois étaient déposés dans un bain qu'elle avait préparé, sur le pont.

Marla se vit promue au rang d'apprentie chimiste, et la mère et la fille travaillèrent ensemble. Tous les artéfacts étaient plongés dans de l'eau fraîche, puis séchés — même ceux qui résistaient aux changements chimiques. Marla scellait tout avec une couche de cire. Seuls l'or et l'argent n'exigeaient aucun traitement spécial.

C'était un travail qui prenait un temps fou mais que Tate ne trouvait jamais ennuyeux. Au contraire : c'était ce qui lui avait tellement manqué, à bord du *Nomad*. Après tout, chaque objet, même le plus insignifiant, offrait un indice, représentait un vestige, un cadeau du passé.

Les inscriptions gravées sur les boules de canon confirmèrent qu'ils avaient bien trouvé l'*Isabella*. Tate vérifia toutes les notes que son père avait réunies sur le bateau : son parcours, ce qu'il transportait, ainsi que les manifestes, et elle effectua tous les rapprochements possibles avec ce qu'ils découvraient.

Pendant ce temps, la suceuse à air aspirait suffisamment de sédiments pour dévoiler la coque déchirée.

Ils creusèrent, et Tate continua de faire des croquis. Ils remontèrent des seaux et des seaux de conglomérats. Bientôt, le sonar de Matthew localisa les barres de lest. Pendant que Tate travaillait sur le *New Adventure*, son père et LaRue continuaient de chercher des artéfacts.

— Chérie, tu ne veux pas faire une pause ? demanda Marla à sa fille, en passant la tête par la porte. J'ai fini avec la cire.

— Non, non, répondit la jeune femme qui était en train d'ajouter des détails au croquis d'un chapelet de perles. Tout va si vite, ajouta-t-elle. Ça fait à peine deux semaines qu'on a commencé et, chaque jour, on fait de nouvelles découvertes. Regarde, maman. Regarde les détails sur ce crucifix.

— Tu l'as nettoyé, dit Marla. Je l'aurais fait.

— Je sais. Mais je n'avais pas la patience d'attendre.

Fascinée, Marla se pencha sur l'épaule de sa fille et toucha la minuscule reproduction en argent du Christ sur la croix.

— Elle est magnifique, dit-elle. On distingue même les muscles des bras et des jambes.

— Elle est trop précieuse pour avoir appartenu à un serviteur. Et trop masculine pour une femme. Un officier, peut-être. Ou un riche prêtre de retour de Cuba. Je me demande s'il la tenait entre ses doigts quand le bateau a coulé.

— Que se passe-t-il, Tate ? demanda Marla. Tu n'as pas l'air heureux.

— Hein ?

Tate se rendit compte qu'elle rêvassait encore. Ou, plutôt, elle ruminait.

— Oh ! je pensais au *Santa Margarita*. On aurait pu la sauver. Je veux parler de l'épave à proprement parler. Elle était pratiquement intacte, et avec suffisamment de temps et d'efforts, nous aurions pu la préserver. J'espérais que celle de l'*Isabella* serait dans le même état.

— Mais nous sommes en train de sauver tant et tant de merveilles ! C'est déjà miraculeux, non ?

— Je sais. Je deviens trop gourmande.

Tate repoussa son dessin.

— J'avais imaginé qu'on la remonterait à la surface, de la même façon que nous avons remonté ce bateau phénicien, il y a quelques années. Mais je vais devoir me contenter des morceaux que la tempête et le temps nous ont laissés.

Elle jouait avec son crayon, en s'efforçant de ne pas penser à l'amulette.

Personne n'en parlait plus. Par superstition, sans doute. Mais la Malédiction d'Angélique était dans tous les esprits. Ainsi que VanDyke.

— Bon, je te laisse, chérie, reprit Marla. Je vais sur le *Mermaid* pour travailler avec Buck.

— Je vous rejoindrai plus tard, dit Tate.

Elle se tourna vers son ordinateur pour enregistrer le chapelet. Vingt minutes après, elle était perdue dans la contemplation d'un collier en or avec un pendentif en forme d'oiseau en plein vol. Le bijou avait résisté au passage des siècles, aux vagues et à l'abrasion du sable, et elle jugea sa valeur à cinq mille dollars, environ. Elle tourna une page sur son carnet de croquis et entreprit de le dessiner.

Depuis le seuil de la porte, Matthew l'observa un long moment. Il aurait voulu poser ses lèvres à la base de son cou, enrouler ses bras autour d'elle et la sentir s'appuyer contre lui, confiante et détendue.

Il s'était montré prudent, ces dernières semaines. Il espérait qu'elle viendrait vers lui, de son plein gré, et sa patience était en train de lui coûter bien des nuits de sommeil. Les seuls moments d'harmonie étaient ceux qu'ils passaient sous l'eau.

— Ils ont remonté deux pichets de vin. L'un d'eux est intact.

Tate avait sursauté au son de sa voix.

— Je ne t'ai pas entendu arriver ! s'exclama-t-elle en se retournant. Je te croyais sur le *Mermaid*.

— J'y étais. On dirait que tu ne perds pas de temps, dit-il en s'asseyant près d'elle.

Aussitôt, Tate se déplaça légèrement.

— Je préfère ne pas prendre de retard. Je travaille plusieurs heures, le soir, quand tout le monde est couché.

Matthew le savait. Il voyait briller la lumière dans le rouf, les soirs où il faisait les cent pas sur le pont du *Mermaid*, parce qu'il était trop agité pour dormir.

— C'est pour ça que tu ne viens jamais nous voir ? demanda-t-il.

Tate haussa les épaules.

— C'est plus facile de travailler à un seul endroit. Tu sais, je voulais te parler de quelque chose, ajouta-t-elle en se déplaçant pour le regarder en face.

— Si on dînait ensemble ? proposa Matthew. Il y a plus de deux semaines que nous n'avons pas fait une pause. On pourrait aller sur Nevis, et tu me dirais ce que tu as à me dire.

— Ne mélangeons pas le travail et ta libido, Lassiter.

— Je peux gérer les deux de front, répliqua-t-il en lui prenant la main et la portant à ses lèvres. Et toi ?

— Il me semble que c'est ce que je fais.

Elle retira sa main, puis enchaîna :

— J'ai beaucoup réfléchi. Nous n'avons pas eu la chance de pouvoir préserver le *Santa Margarita*. Et l'*Isabella* est en mauvais état. Pourtant, nous devrions pouvoir en sauver une partie.

— Ce n'est pas ce qu'on est en train de faire ?

— Je ne parle pas seulement de son chargement, mais du bâtiment à proprement parler. Il existe des traitements pour préserver le bois des bateaux et empêcher qu'il rétrécisse à l'air libre. On pourrait même la reconstruire en partie. J'ai besoin de polyéthylène glycol.

— Je n'en ai pas sous la main.

— Ne fais pas le malin, Matthew. Quand on trempe les planches dans cette solution, elles s'en imprègnent. Même du bois transpercé par des insectes aquatiques térébrants peut être préservé. Je veux appeler Hayden, et lui demander de venir nous aider à sauver le bateau.

— Pas question !

— Comment ça, pas question ? L'*Isabella* est une découverte importante, Matthew.

— C'est notre découverte. Je n'ai pas du tout l'intention de la partager avec un professeur.

— Hayden n'est pas seulement un professeur. C'est un brillant spécialiste d'archéologie sous-marine qui s'est consacré à l'étude et à la préservation des épaves.

— Je me fous de savoir à quoi il s'est consacré. Il n'a rien à faire dans notre arrangement.

Tate se leva et fit le tour de la table.

— C'est tout ce qui t'intéresse, hein ? L'arrangement ? Il ne va pas te piquer ta part du butin, tu sais. Cela ne lui viendrait même pas à l'idée. Certains d'entre nous ne mesurent pas tout en dollars.

— C'est facile à dire, quand on n'a jamais eu à se battre pour joindre les deux bouts, quand on a toujours eu papa-maman pour amortir les chocs.

Tate pâlit.

— J'ai travaillé pour arriver où je suis, Lassiter. Et j'ai fait mon chemin toute seule. Si tu avais regardé plus loin que le bout de ton nez, tu aurais peut-être quelque chose, aujourd'hui. Mais tu ne penses jamais qu'à encaisser les profits et mener la belle vie. Cette expédition ne se résume pas à la vente aux enchères de quelques artéfacts.

— Très bien. Quand cette vente aux enchères aura eu lieu, tu n'auras qu'à faire ce que tu voudras, et avec qui tu voudras. D'ici là, tu n'appelles personne.

Tate secoua la tête.

— En dehors de l'argent, rien ne compte pour toi.

— Tu ne sais pas ce qui compte pour moi, répliqua Matthew en se levant à son tour. Tu ne l'as jamais su. Tu prétends toujours que je ne pense qu'à moi. Et toi, Tate ? Tu es tellement obsédée par ce que tu veux et la manière dont cela doit arriver que tu finis par nier totalement ce que tu ressens.

Il s'approcha d'elle et la prit par les bras.

— Qu'est-ce que tu ressens, merde à la fin ? s'écria-t-il en plaquant ses lèvres sur celles de la jeune femme.

Tate parvint à se dégager et à contrôler le tremblement qui s'était emparé d'elle.

— Arrête de tout mélanger, murmura-t-elle d'une voix rauque.

— Je ne peux pas. Et, d'ailleurs, tout est lié, que tu le veuilles ou non. Alors, réponds-moi. Oublie un peu l'*Isabella*, l'amulette et ton satané professeur, et réponds à ma question. Qu'est-ce que tu ressens ?

— J'ai mal ! hurla-t-elle brusquement, tandis que ses yeux se remplissaient de larmes. Je me sens perdue. Bien sûr que j'ai des sentiments ! Tu les mets en ébullition chaque fois que tu me touches. C'est ça que tu veux entendre ?

— Ça ira. Fais ton sac.

— Quoi ?

— Fais ton sac. Tu viens avec moi.

— Je… quoi ? Où ça ?

— Bon, oublie le sac.

Elle lui avait dit ce qu'il espérait entendre, et il n'avait pas l'intention de lui laisser le temps de revenir sur ses paroles. Il la prit par la main et l'entraîna sur le pont. Avant qu'elle eût compris ce qui lui arrivait, il la souleva dans ses bras et la déposa dans le canot pneumatique.

— Tu es devenu fou ?

— C'est ce que j'aurais dû faire depuis des semaines. Je l'emmène à Nevis ! cria-t-il en direction du *Mermaid*. On reviendra demain matin.

— Demain matin ? répéta Marla en posant sa main en visière sur son front. Tate ?

— Il a perdu la tête ! cria la jeune femme.

Elle dut s'asseoir lorsque Matthew sauta dans le canoë.

— Je ne vais pas avec toi, déclara-t-elle vivement.

Mais sa voix fut noyée par le grondement du moteur.

— Arrête ce bateau immédiatement ou je saute par-dessus bord !

— Je te repêcherai, répondit-il. Tu n'auras réussi qu'à te mouiller.

— Si tu crois que je vais passer la nuit avec toi sur Nevis, tu...

Il tourna la tête vers elle, et elle s'interrompit brusquement. Jamais encore elle ne lui avait vu une expression aussi furieuse et aussi déterminée.

— Matthew, reprit-elle, plus calmement, reprends-toi, s'il te plaît. Nous ne sommes pas d'accord sur un point, mais ce n'est pas comme ça que nous allons le régler.

Il coupa le moteur, et elle retint son souffle. L'espace d'un instant, elle se demanda s'il allait la jeter par-dessus bord. Finalement, il parla :

— Il est plus que temps de terminer ce que nous avons commencé, il y a huit ans. J'ai envie de toi, et tu viens d'admettre que toi aussi, tu avais envie de moi. Tu as eu largement le temps d'y réfléchir. Il est temps d'agir, maintenant. On ne peut pas continuer comme ça.

Il marqua une pause, et reprit :

— Regarde-moi dans les yeux et dis-moi que tu reviens sur ce que tu m'as dit, il y a quelques minutes. Dis-moi que tout ce qui s'est passé, et encore plus tout ce qui ne s'est pas passé, n'a aucune influence sur nos rapports. Dis-le-moi et je te promets de faire demi-tour. Il n'en sera plus jamais question.

Tate passa une main dans ses cheveux. Il venait pratiquement de la kidnapper ; il l'avait jetée dans un canoë comme un vulgaire sac de linge, et voilà qu'il lui redonnait le choix.

— Tu penses que je vais rester là à discuter des effets de l'attirance sexuelle que nous éprouvons l'un pour l'autre ?

— Non. Je veux simplement que tu me dises oui ou non.

Elle tourna la tête du côté du *Mermaid*, et vit sa mère qui se tenait toujours près du bastingage. Puis elle regarda le mont enbrumé de Nevis.

— Matthew, nous n'avons pas de vêtements, pas de bagages, pas de chambre…

— C'est un oui, ça ?

Elle ouvrit la bouche et bredouilla :

— C'est de la folie.

— C'est un oui, décida-t-il.

Puis il redémarra le moteur et ne dit plus un mot.

Ils arrivèrent au débarcadère, amarrèrent l'embarcation et marchèrent vers la plage. Là, Matthew désigna à Tate une chaise longue.

— Assieds-toi, lui ordonna-t-il. Je reviens.

Trop interloquée pour discuter, elle obéit et regarda fixement ses pieds nus. Puis, elle leva la tête du côté de la mer. Mais le *Mermaid* et le *New Adventure* étaient invisibles, à cette distance. Elle était bel et bien seule avec Matthew.

Quand il revint, elle prit la main qu'il lui tendait et se laissa guider à travers les jardins et la vaste pelouse.

Il s'arrêta devant une cabane, ouvrit la porte, puis la referma sur eux.

La chambre était claire, spacieuse, décorée dans des teintes pastel. Le lit était fait, avec de gros oreillers, et Tate le regarda longuement d'un air effaré.

Elle sursauta lorsque Matthew tira les stores, plongeant la pièce dans l'obscurité.

— Matthew…

— On parlera plus tard.

Il commença par libérer les cheveux de la jeune femme. Il voulait les sentir glisser entre ses doigts.

Tate ferma les yeux. Elle aurait pu jurer que le sol bougeait sous ses pieds.

— Et si c'est une erreur ? murmura-t-elle d'une voix rauque.

— Tu n'en as jamais fait ?

Il lui sourit, et elle se détendit un peu.

— Une ou deux, répondit-elle. Mais…

— Tu m'expliqueras ça plus tard, dit-il en se penchant sur ses lèvres.

Il avait cru que son besoin de plonger en elle — comme il avait parfois besoin de plonger dans la mer, pour ne pas perdre la raison — serait plus fort que tout. Il avait rêvé de lui arracher ses vêtements et de posséder enfin ce à quoi il avait renoncé, huit ans plus tôt.

Mais le désir brûlant qui l'avait poussé à entraîner la jeune femme jusqu'ici se calma à la seconde même où il goûta ses lèvres. A la place, un formidable sentiment d'amour le submergea.

— Laisse-moi te voir, murmura-t-il. Il y a si longtemps que j'attends de te voir.

Doucement, avec une tendresse infinie, il défit les boutons de son petit chemisier, et écarta les pans du tissu, découvrant sa peau d'ivoire satiné.

— Je veux te voir tout entière, dit-il en la débarrassant de son short.

« Ma sirène, se disait-il, émerveillé. Ma belle sirène. »

— Matthew, murmura Tate en lui ôtant son T-shirt, touche-moi ! J'ai besoin que tu me touches.

Alors, il la coucha sur le lit et, en prenant tout son temps, il explora son corps.

Un tel déploiement de tendresse acheva de séduire et de bouleverser la jeune femme. Elle avait senti, autrefois, que, sous ses dehors un peu brusques, Matthew dissimulait des trésors de douceur. Mais le fait de les découvrir maintenant, après toutes ces années, représentait un don plus précieux encore.

Il la caressa longuement, et savoura ses soupirs, achevant de mettre le feu à ses sens.

De son côté, Tate faisait voyager ses doigts sur la peau brûlante de son compagnon, s'attardant sur la courbe d'un muscle, les contours d'une cicatrice, en même temps qu'elle goûtait sa peau où se mêlaient l'odeur de son désir d'homme et celle du sel de la mer.

Elle n'était plus qu'un océan de sensations, ondulant sous les caresses habiles de Matthew, murmurant sous l'assaut combiné et répété de ses mains et de ses lèvres. Elle se cambra pour aller à sa rencontre et frissonna de plaisir lorsqu'il referma la bouche sur un de ses seins.

Et, toujours, il la portait plus haut, plus loin. Jusqu'à ce qu'il sentît son corps se tendre et tressaillir longuement. Alors, il s'empara de ses lèvres et plongea en elle, le plus lentement qu'il put. Il tremblait autant qu'elle, maintenant.

— Tate, murmura-t-il, emporté par la vague d'émotions qui venait d'exploser en lui. Il n'y a que toi. Rien que toi.

Il entrelaça leurs doigts et imprima un mouvement de flux et de reflux à leurs deux corps, essayant de savourer le moment, de le faire durer aussi longtemps que possible. Il sentait leurs deux cœurs battre follement.

Soudain, elle enfonça ses ongles dans sa chair et se cambra de nouveau. Un sanglot s'échappa de sa gorge, et Matthew reconnut son nom.

Alors, seulement, il s'abandonna à la jouissance et se perdit en elle.

Alors que le soleil entamait sa descente dans le ciel des Antilles, à des milliers de kilomètres de là, Silas VanDyke sirotait un cognac. Il venait de recevoir le dernier rapport concernant le déroulement de l'expédition des Beaumont-Lassiter, et il n'était guère satisfait. D'après les apparences, ils étaient encore en train d'explorer les restes du *Santa Margarita*.

VanDyke avait également appelé ses contacts sur les îles de Saint-Kitts et de Nevis, mais personne n'avait rien remarqué.

Cependant, il n'était pas convaincu. En fait, son instinct lui soufflait d'agir.

Un petit voyage s'imposait peut-être. Cela lui donnerait au moins l'occasion d'exprimer son mécontentement à Tate Beaumont.

Et si les Lassiter ne le menaient pas à la Malédiction d'Angélique, après toutes ces années, alors, le moment était venu de se débarrasser d'eux.

TROISIÈME PARTIE

Le Futur

« C'est le présent qui achète le futur. »

SAMUEL JOHNSON

20.

Tate se demandait s'il y aurait un malaise entre eux. Dans son expérience, les lendemains matin étaient souvent source de gêne. Heureusement, Matthew n'était pas dans la chambre quand elle s'était réveillée. Elle eut ainsi l'opportunité de se doucher et de réfléchir.

Ils n'avaient pas beaucoup parlé, au cours de la nuit. Pas eu le temps, songea-t-elle en enfilant le peignoir de l'hôtel.

Pour ce qui était du sexe, Matthew Lassiter venait de révéler à la jeune femme des horizons insoupçonnés. Un tel amant ne serait pas facile à égaler.

Elle prit le sèche-cheveux et surprit son reflet dans le miroir. Elle souriait d'un air béat, sans même s'en rendre compte.

Bien sûr, c'était normal. Elle venait de passer une nuit formidable, et les effets de cette merveilleuse partie de plaisir se reflétaient sur son visage.

Mais le soleil était levé, maintenant, et le moment était venu de reprendre contact avec la réalité. Ils avaient un travail à accomplir et, même s'ils avaient réussi à apaiser une grande partie de la tension qui régnait entre eux grâce à cette folle nuit d'extase, il était plus que probable qu'ils se heurteraient de nouveau.

La jeune femme secoua la tête en se demandant comment deux personnes pouvaient se fondre aussi merveilleusement, en certaines circonstances, et se révéler tout à fait incapables de s'entendre, le reste du temps.

Ils devaient absolument trouver un compromis. C'était la seule solution.

Lorsqu'elle se fut séché les cheveux, elle chercha une brosse à dents. Comme elle n'en trouvait pas, elle quitta à regret la salle de bains.

Au même moment, Matthew entrait dans la chambre.

— Bonjour, dit-elle.

— Bonjour, répondit-il en lui lançant un petit sachet en papier. Tiens.

Elle jeta un coup d'œil à l'intérieur et sourit.

— Tu lis dans mes pensées, dit-elle en sortant une brosse à dents du paquet.

— Tant mieux. A ton tour de lire dans les miennes, répondit-il en la prenant dans ses bras et en l'emportant vers le lit.

— Matthew, vraiment !…

— Oui, dit-il avec un large sourire. Vraiment.

Il se passa encore une bonne heure avant qu'elle eût le loisir d'utiliser sa brosse à dents.

— Euh, je me demandais…, commença Tate tandis qu'ils traversaient la plage pour aller récupérer le canot pneumatique.

— Oui ?

— Eh bien, je me demandais comment nous allions gérer ça.

— Ça ? répéta Matthew en lui prenant la main. Tu veux parler du fait que nous sommes amants ? Ça dépend si tu as envie de compliquer les choses ou pas.

— Je ne veux rien compliquer, mais il faut bien…

— Etablir des règles ?

Il se mit à rire, puis l'embrassa.

— Promets-moi de ne jamais changer, ma chérie.

Quand elle fut installée dans la petite embarcation, il détacha la corde qui les amarrait au quai, adressa un signe de la main aux curieux qui les regardaient d'un air surpris, et démarra le moteur. Il se sentait merveilleusement bien.

— Qu'est-ce qui te gêne dans le fait d'établir des règles ? demanda Tate.

Il lui sourit.

— Je suis dingue de toi.

Tate fronça les sourcils.

— Première règle, Matthew : ne confondons pas attirance physique et compatibilité.

— J'ai toujours été raide dingue de toi.

— Je suis sérieuse, Matthew.

— C'est ce que je vois, dit-il, un peu blessé.

Mais il ne voulait pas gâcher sa bonne humeur, et encore moins détruire l'espoir qu'il avait commencé de nourrir pendant qu'elle dormait près de lui.

— Très bien, reprit-il. Je vais présenter les choses différemment. Voilà : je veux faire l'amour avec toi chaque fois que ce sera possible. Tu préfères ça ?

Tate sentit son corps se liquéfier, mais elle se garda bien de le montrer.

— C'est peut-être plus honnête, mais pas très réaliste. Nous sommes six personnes à vivre sur deux bateaux.

— Il va falloir se montrer inventifs. Tu te sens d'attaque pour plonger, ce matin ?

— Evidemment !

Matthew considéra la jeune femme un instant. Elle était pieds nus, et le vent ébouriffait ses cheveux.

— J'aimerais bien te voir entièrement nue sous l'eau, dit-il brusquement. C'est juste une idée, ajouta-t-il en levant la main. Du moins, pour l'instant.

Tate hocha la tête et s'efforça de dissimuler les sensations qu'un tel fantasme provoquait en elle. Pour mieux garder la tête froide, elle décida d'aborder un sujet moins dangereux.

— Ecoute, dit-elle, il nous reste encore un point à discuter.

Matthew ralentit l'allure de la petite embarcation. Décidément, elle allait tout faire pour gâcher sa belle humeur.

— Tu veux encore discuter de la possibilité d'appeler ton bonhomme ?

— La contribution de Hayden, dans un projet comme celui-ci, serait d'une valeur inestimable. En admettant qu'il soit prêt à participer.

— Et ma réponse est la même que celle que je t'ai donnée hier. Ecoute-moi, s'il te plaît, avant que je ne m'énerve. Nous ne pouvons pas prendre un tel risque.

— Quel risque ? Celui de nous adjoindre l'expérience et les connaissances de l'un des meilleurs scientifiques dans ce domaine ?

— Le risque que cela revienne aux oreilles de VanDyke.

— Tu es complètement parano ! s'exclama Tate avec une pointe d'impatience. Hayden est tout à fait capable de se montrer discret.

— Hayden a travaillé pour Trident.

— Moi aussi, rétorqua Tate. Et je suis certaine que Hayden ignore totalement ce que ça signifie. Il fait de la science, rien d'autre. Et même s'il a été associé à VanDyke, je sais qu'il se tairait, si je le lui demandais.

— Tu veux prendre le risque de tout perdre encore une fois ?

Tate ouvrit la bouche pour répondre, mais elle hésita en comprenant que Matthew ne parlait pas seulement du trésor.

— Non, murmura-t-elle. D'accord : nous allons attendre avant de l'appeler. Mais je reviendrai sur le sujet.

— Une fois que nous aurons remonté tout le contenu de l'épave à la surface, tu pourras appeler tous les scientifiques de ta connaissance. Je t'aiderai même à remonter l'épave pièce par pièce, si c'est ce que tu veux.

Tate le regarda fixement, d'un air stupéfait.

— Vraiment ?

Il coupa brusquement le moteur, comme ils approchaient du *New Adventure*.

— Tu continues à ne rien comprendre, hein ?

Elle tendit la main vers lui, mais il eut un bref signe de tête en direction de l'échelle.

— Il y a des moments où je me demande vraiment si tu n'es pas complètement bouchée, dit-il avec humeur. En tout cas, sois prête à plonger dans dix minutes.

Les femmes ! songea-t-il en se dirigeant vers le *Mermaid*. Elles étaient censées être les plus sensibles, les plus émotives. La bonne blague ! Il était là, tout dégoulinant d'amour, et elle n'était capable de parler que de règles et de science.

LaRue l'accueillit avec un large sourire.

— Alors, l'ami, on se sent un peu plus léger, ce matin ?

— Ta gueule ! rétorqua Matthew en lui jetant la corde pour qu'il amarrât le canoë au bateau.

Il bondit sur le pont et ôta sa chemise.

— Garde tes commentaires pour toi et sers-moi un café.

LaRue se dirigea vers la cuisine en déclarant d'un air hilare :

— Quand je passe la nuit avec une femme, on est deux à sourire, le lendemain matin !

— Continue, et tu vas prendre mon poing dans la figure, marmonna Matthew.

Il vérifia son équipement de plongée, puis entra dans le rouf pour aller se changer.

Elle avait couché avec lui, songeait-il avec amertume. Elle s'était offerte à lui sans la moindre retenue. Et, malgré cela, elle continuait à le prendre pour un moins-que-rien. Quel genre de femme était-elle donc ?

Quand il ressortit du rouf, Buck l'attendait. Il avait passé la nuit à réfléchir et à s'inquiéter, et il était tout remonté.

— Attends une petite minute, mon garçon, commença-t-il. Il me semble que tu nous dois quelques explications.

— Arrête tes conneries, Buck. J'ai du boulot. Prépare la suceuse à air.

— Ecoute, je ne me suis jamais mêlé de cette partie de ta vie, reprit Buck. Je te jugeais assez grand pour savoir ce que tu avais à faire. Mais si tu te mets à abuser de cette gentille gosse…

— Gentille gosse ? s'exclama Matthew. Tu parles !

Il prit sa combinaison et s'assit pour l'enfiler.

— Ce qui se passe entre Tate et moi ne te regarde pas.

— Bien sûr que si ! Nous faisons partie d'une équipe. Et son père est le meilleur ami que j'aie jamais eu.

Buck frotta sa main sur sa bouche. Il regrettait amèrement de ne pas pouvoir avaler un bon verre de whisky. Le sermon qu'il s'apprêtait à faire à son neveu lui serait venu plus facilement.

— Je comprends qu'un homme ait des besoins, et je sais aussi qu'il n'est pas facile de se retrouver comme ça, pendant des semaines, sans pouvoir les satisfaire.

Matthew plissa les yeux.

— Tu fais fausse route, dit-il à Buck. Il ne s'agit pas de cela.

— Alors, pourquoi tu t'es servi de Tate ? Je te l'ai déjà dit il y a huit ans, et je te le répète aujourd'hui : ce n'est pas une fille de rien. Et je ne permettrai pas que…

— Je ne me suis pas servi d'elle, merde à la fin ! s'écria Matthew. Je suis amoureux d'elle.

— Je ne te permets pas de…

Buck s'interrompit et cligna des yeux, plusieurs fois, avant de s'asseoir lourdement. Il s'efforça de se calmer, tandis que Matthew prenait le café que LaRue lui tendait.

— C'est vrai ? bredouilla-t-il finalement.

— Fous-moi la paix.

Buck coula un regard du côté de LaRue, qui s'était plongé dans l'étude du compresseur.

— Ecoute, Matthew, je n'y connais pas grand-chose, mais… c'est arrivé quand ?

— Il y a huit ans environ. Ecoute, Buck, ne me casse pas les pieds avec cette histoire, d'accord ? Tu as vérifié la météo ?

— Oui, oui. Pas de problème.

Buck, qui se sentait totalement dépassé par le tour que prenaient les événements, se leva et fixa les bouteilles de Matthew à son gilet stabilisateur.

— Ray et LaRue ont remonté des pièces en porcelaine, après ton départ, hier. Marla devait les nettoyer.

— Très bien. LaRue, préviens l'*Adventure*. Je suis prêt à plonger.

— Mais oui, je vais bien, maman, dit Tate en attachant son couteau de plongée à son mollet. Je suis désolée que vous vous soyez inquiétés.

— Ce n'était pas tellement de l'inquiétude. On se faisait juste un peu de souci. Je suis certaine que Matthew ne te fera jamais de mal.

— Vraiment ? marmonna la jeune femme.

— Oh, ma chérie, dit Marla en l'attirant dans ses bras, je sais que tu es une femme adulte, maintenant. Et je sais aussi que tu es intelligente, raisonnable, prudente. Mais es-tu heureuse ?

— Je n'en sais rien, répondit Tate en soulevant ses bouteilles. Matthew est un garçon difficile à comprendre.

Elle poussa un soupir et accrocha sa ceinture de plombs.

— Mais je crois pouvoir me débrouiller.

Elle enfila ses palmes.

— J'espère que papa ne va pas faire toute une histoire.

Marla pouffa de rire et lui tendit son masque.

— Ne t'inquiète pas pour ton père. Je m'en charge.

Elle tourna les yeux vers le *Mermaid*.

— Matthew Lassiter est un homme séduisant et passionnant, dit-elle. Si tu veux mon avis, la femme qui saura s'y prendre découvrira des trésors cachés en lui.

— Je n'ai pas envie de découvrir les trésors cachés de Matthew Lassiter, répliqua Tate en ajustant son masque.

Puis, elle sourit.

— En revanche, je trouve très agréable de l'avoir pour petit ami.

Dès qu'ils arrivèrent près de l'épave, Matthew fit marcher la suceuse à air. Il travaillait dur et vite. Par moments, le sable, les coquillages et les débris qui jaillissaient du tuyau retombaient sur le dos et les épaules de Tate. Elle devait redoubler d'efforts pour arriver à le suivre, faisant le tri, remplissant des seaux et tirant sur la corde pour signaler à Buck qu'il pouvait les remonter. A ce rythme-là, elle n'avait même pas le temps de se réjouir de ce qu'elle trouvait.

Un morceau de conglomérat lui frappa durement l'épaule. Elle poussa un juron et saisit la masse calcifiée. Il s'agissait de pièces d'argent noircies et fondues en une sorte d'étrange sculpture. Aussitôt, elle retrouva le sourire, et nagea vers Matthew, tout en donnant un coup sec sur l'une de ses bouteilles.

Il se tourna vers elle, et elle brandit le morceau de conglomérat devant son visage. Mais il le regarda à peine et, avec un haussement d'épaule, il se remit au travail.

« Qu'est-ce qui lui prend ? » se demanda Tate en déposant sa trouvaille dans un seau. Il aurait dû éclater de rire, lui toucher les cheveux ou le visage… Au lieu de ça, il travaillait comme un forcené.

De son côté, Matthew fulminait. Elle pensait vraiment qu'il ne s'intéressait qu'au fric. Elle croyait peut-être qu'il suffisait de quelques pièces d'argent pour le rendre heureux ? Eh bien, elle pouvait bien garder toutes les foutues pièces qu'ils allaient trouver et les donner, jusqu'à la dernière, à son satané musée de rêve ou à son cher Hayden Deel !

Il l'avait désirée si ardemment. Et, depuis qu'il l'avait tenue dans ses bras, il comprenait que le sexe sans amour, sans le respect qu'il aurait voulu lui inspirer, ne suffisait pas. Il se sentait vide.

Au moins, il était fixé. Il ne lui restait plus qu'un seul but, désormais : retrouver la Malédiction d'Angélique. Il allait fouiller chaque centimètre de sable, chaque crevasse, chaque massif de corail. Et, quand il l'aurait retrouvée, il se vengerait enfin de l'homme qui avait tué son père.

Oui. La vengeance était un objectif bien plus gratifiant que l'amour d'une femme, se dit-il.

Il travailla jusqu'à ce que les muscles de ses bras protestent. Puis, le tuyau balaya le sable, et son regard accrocha l'éclat de l'or.

Il dévia la trajectoire du tuyau et jeta un coup d'œil du côté de Tate. Elle était en train de faire le tri, dans l'eau trouble, le regard vif en dépit de la fatigue qui alourdissait ses mouvements.

Il l'avait fait travailler trop dur, et il le savait. Pourtant, pas une seule fois elle n'avait manifesté le désir de faire une pause ou de ralentir l'allure. Il se demanda brusquement si leur problème, à tous les deux, n'était pas un excès d'orgueil.

Il regarda de nouveau les pièces d'or sur leur lit de sable et, doucement, il dirigea le tuyau vers elles, afin de les aspirer. Elles volèrent vers la jeune femme, puis dégringolèrent contre ses bouteilles et le long de son dos. Matthew l'observait au moment où elle aperçut la première pièce d'or. Il la vit tendre les mains, paumes jointes et ouvertes, et attraper cette pluie scintillante.

Aussitôt, elle se tourna vers lui.

Matthew sourit lorsqu'elle nagea vers lui et tira sur la fermeture Eclair de sa combinaison pour y glisser les pièces d'or. Ensemble, ils se mirent à tourner et à s'étreindre.

Puis, Matthew fit un signe du pouce vers la surface. Mais Tate secoua la tête et lui désigna la suceuse à air. Il acquiesça et entreprit d'aspirer des poignées de pièces d'or que la jeune femme transférait ensuite dans un seau.

Elle en avait rempli deux et se sentait délicieusement épuisée, lorsqu'elle aperçut une petite bourse. Elle avait dû être en velours, mais à l'instant où ses doigts la touchèrent, les coins se désagrégèrent dans sa main, et des étoiles tombèrent du trou.

Tate cessa de respirer. Toute tremblante, elle souleva le cordon qui fermait la bourse et, brusquement, l'éclat d'une rivière de diamants et de saphirs explosa à travers le nuage de sable.

C'était un collier, avec trois rangs de pierres précieuses, ridiculement lourd et travaillé.

La jeune femme était stupéfaite. Elle tendit le bijou à Matthew.

Une fraction de seconde, il crut qu'elle avait trouvé l'amulette. Mais, lorsqu'il toucha à son tour le collier, il sut aussitôt qu'il ne recelait aucune magie. Il le passa autour du cou de sa compagne, et les pierres brillèrent contre la combinaison noire.

Cette fois, lorsqu'il lui fit signe de remonter à la surface, elle hocha la tête. Puis elle tira sur la corde et, ensemble, ils suivirent l'ascension des seaux.

— On a trouvé le trésor ! s'exclama Tate, dès qu'ils eurent la tête hors de l'eau.

— Cela ne fait aucun doute.

— Tu te rends compte ? souffla-t-elle en touchant le collier autour de son cou. Il est réel.

— Ça te va bien, déclara Matthew en lui prenant la main. Tu continues de me porter chance.

— Sacré nom de Dieu ! fit la voix de Buck, depuis le *Mermaid.* On a de l'or ! Ray ! On a des seaux d'or !

Tate sourit et serra la main de Matthew dans la sienne.

— Allons recevoir les compliments que nous avons bien mérités, dit-elle.

— Bonne idée. Au fait, ajouta Matthew, tandis qu'ils se dirigeaient tranquillement vers le *Mermaid.* Si je nageais jusque chez vous, ce soir, disons vers minuit, on pourrait peut-être se retrouver dans la cabine de pilotage ? Il y a un verrou sur la porte.

Tate posa la main sur l'échelle du *Mermaid.*

— D'accord, répondit-elle, le cœur battant.

En l'espace de deux jours, ils remontèrent plus d'un million de dollars en or. Il y avait des joyaux que Tate s'efforçait d'évaluer et de cataloguer. Et plus la chance leur souriait, plus ils prenaient de précautions.

Ils amarraient les bateaux à plus de trente mètres du site et, chaque fois que des touristes passaient près d'eux, Buck faisait semblant de pêcher à la ligne. Tate prit des dizaines et des dizaines de photos et les rangea soigneusement. Tout comme ses croquis.

Le musée de ses rêves se profilait enfin à l'horizon. Bientôt, elle écrirait des articles, elle serait publiée, elle donnerait des interviews. Avec son père, elle échangeait des idées et faisait des plans. En revanche, elle n'en parlait pas à Matthew. Elle savait que leurs rêves étaient différents.

Ils travaillaient ensemble et, chaque nuit, ils se retrouvaient pour faire l'amour sur une couverture, à même le sol de la cabine de pilotage.

Parfois, elle le trouvait irritable, ou elle le surprenait en train de la regarder d'un air indéchiffrable. Mais elle essayait de ne pas y prêter attention. Elle préférait se dire qu'ils avaient atteint une sorte de statu quo, un compromis.

L'expédition était un véritable succès et, lentement, le printemps fit place à l'été.

LaRue sortit du rouf en sifflotant. Buck et Marla étaient en train de marteler des morceaux de conglomérat. Il admirait beaucoup la très jolie Mme Beaumont. Pas seulement pour sa beauté, mais pour sa classe innée. Il avait connu beaucoup de femmes, toutes plus intéressantes les unes que les autres, mais aucune n'avait l'élégance naturelle de Mme Beaumont.

Même les mains sales, le front couvert de sueur, elle gardait ses airs de Belle du Sud. Dommage qu'elle fût mariée, songeait LaRue. Car il avait pour règle de ne jamais courtiser la femme d'un autre.

— Je vais prendre le petit bateau, déclara-t-il. J'ai besoin de faire quelques courses.

— Oh !

Marla se redressa.

— Vous allez à Saint-Kitts ? J'espérais m'y rendre, moi aussi. Il me faut des œufs et des fruits.

— Je peux très bien vous rapporter tout ce dont vous avez besoin.

— Eh bien, à vrai dire…

Elle lui offrit son sourire le plus charmant.

— J'aimerais bien aller sur terre, pendant un petit moment. Si ma compagnie ne vous dérange pas.

— Ma chère Marla, rien ne saurait me faire plus plaisir ! affirma LaRue.

— Vous pouvez attendre quelques minutes, le temps que je me rafraîchisse un peu ?

— Je suis à votre entière disposition.

Quand elle se fut éclipsée, Buck grommela :

— Tu perds ton temps avec elle, l'ami.

— Mais non ! répliqua LaRue. J'aime sa compagnie, voilà tout. Tu veux que je te rapporte quelque chose ?

Une bouteille de Black Jack, pensa Buck qui pouvait presque sentir le goût du whisky dans sa bouche.

— Je n'ai besoin de rien, répondit-il.

— Comme tu voudras.

Il se roula une cigarette et alla se planter près du bastingage.

— Ah, voilà ma compagne de shopping qui revient ! A plus tard.

LaRue descendit dans le canoë et exécuta un demi-cercle pour permettre à Marla d'agiter la main en direction de Ray. Puis, ils foncèrent vers Saint-Kitts.

— Merci encore, LaRue. Ray est tellement occupé avec ses inventaires que je n'osais pas lui demander de m'emmener à terre. Et tout le monde est tellement occupé !

— Vous travaillez dur, vous aussi.

— Oh, ce n'est pas vraiment du travail. Alors que la plongée… On dirait que vous y avez pris goût.

— Matthew est un excellent professeur. Mais vous avez raison : je trouve très agréable d'explorer les fonds sous-marins, après toutes ces années passées à bord de toutes sortes de bateaux. Et puis, Ray est un partenaire de plongée idéal.

— Il a toujours adoré ça. Il lui arrive encore de m'inciter à essayer. Mais il n'y a rien à faire, ajouta-t-elle avec un petit rire. Je préfère m'en tenir au bateau.

— Dommage que vous ne puissiez pas voir l'*Isabella*.

— Tate a fait tellement de croquis qu'il m'arrive d'oublier que je ne l'ai pas vue en vrai. Qu'allez-vous faire avec votre part, LaRue ? Retourner au Canada ?

— Seigneur, surtout pas ! Il y fait bien trop froid. Je préfère les climats tropicaux. Je me ferai peut-être construire une villa ici, au bord de l'eau. Ou alors, je ferai le tour du monde à la voile.

Il sourit.

— En tout cas, je vais aimer être riche.

Une fois qu'il eut amarré le bateau, il accompagna Marla en ville, et insista pour payer le taxi. Puis, il fit le marché avec elle, et prit beaucoup de plaisir à admirer les stands de fruits et de légumes.

— Voyez-vous un inconvénient à ce que j'entre dans quelques boutiques, LaRue ? demanda Marla, un peu plus tard. J'ai honte de l'admettre, mais cela me manque. Et puis, il faut que j'achète des cassettes pour ma caméra vidéo.

— Non, bien sûr que non, répondit LaRue. J'aimerais beaucoup vous accompagner, mais j'ai moi-même quelques courses à faire. Que diriez-vous de nous retrouver ici, disons, dans quarante minutes ?

— C'est parfait.

— Alors, à tout à l'heure. Il prit la main de Marla, la porta à ses lèvres et s'éloigna tranquillement.

Dès qu'il fut sûr qu'elle ne pouvait plus le voir, il entra dans une cabine téléphonique et composa un numéro qu'il connaissait par cœur. En attendant que l'on décrochât, il alluma tranquillement une cigarette.

— VanDyke, à l'appareil, répondit une voix très lointaine.

— Bonjour, monsieur VanDyke. J'espère que vous allez bien.

— D'où m'appelez-vous ?

— De Saint-Kitts. Le temps est magnifique.

— Où sont les autres ?

— La ravissante Mme Beaumont est en train de faire du shopping. Les autres sont en mer.

— Qu'est-ce qu'ils cherchent ? Il ne reste plus rien du *Santa Margarita*. J'y ai veillé.

— En effet. Vous n'avez pratiquement rien laissé, même pour les vers. Tate était bouleversée.

— Vraiment ? fit VanDyke avec un plaisir mauvais. Elle aurait dû rester là où je l'avais mise. Mais c'est un autre problème. Je veux un rapport complet, LaRue. Je vous paye très cher pour surveiller les Lassiter.

— Et j'en suis ravi. Vous serez peut-être intéressé d'apprendre que Buck s'est racheté une conduite. Il souffre, mais il n'a pas bu une seule goutte d'alcool depuis que nous avons quitté la Floride.

— Ça viendra.

— Peut-être. Il ne plonge pas. Quand les autres sont sous l'eau, il se ronge les ongles et il transpire à grosses gouttes. Vous serez peut-être également intéressé de savoir que Matthew et Tate sont amants. Ils se retrouvent chaque nuit.

— Décidément, elle me déçoit de plus en plus. Ecoutez, les ragots, c'est très bien, mais je ne vous paie pas pour ça. Combien de temps encore pensent-ils fouiller les restes du *Santa Margarita* ?

— Nous avons quitté le *Santa Margarita* depuis des semaines.

Il y eut une pause, à l'autre bout du fil.

— Et vous n'avez pas pris la peine de m'avertir ?

— J'ai suivi mon instinct, comme toujours. J'aime les coups de théâtre. Et j'en ai un pour vous : nous avons trouvé l'épave de l'*Isabella*. Et elle est riche.

Il tira une longue bouffée de cigarette.

— Ray Beaumont, mon partenaire de plongée, est convaincu qu'elle contient quelque chose d'encore plus précieux, reprit-il.

— Quoi donc ?

— La Malédiction d'Angélique.

LaRue sourit intérieurement.

— Je pense qu'il serait sage de votre part de faire virer un bonus de cent mille dollars sur mon compte en Suisse. J'appellerai ma banque dans vingt minutes pour m'assurer que la transaction a bien eu lieu.

— Cent mille dollars pour un fantasme ? s'exclama VanDyke, sans pouvoir dissimuler tout à fait son excitation.

— Quand je serai certain que l'argent est sur mon compte, je vous faxerai des copies de certains documents réunis par Ray. Je suis sûr que vous ne me trouverez plus si cher, après ça. Je vous rappellerai bientôt pour vous tenir au courant de nos progrès. Au revoir.

LaRue raccrocha sans laisser à son interlocuteur le temps de répondre.

Il était très content de lui, et ne doutait pas un instant que l'argent serait rapidement versé sur son compte. VanDyke était un homme d'affaires trop avisé pour refuser un tel investissement.

LaRue se frotta les mains et sortit de la cabine téléphonique. Décidément, toute cette histoire l'amusait beaucoup.

21.

Elle était en retard.

Matthew faisait les cent pas dans la cabine de pilotage. Il essayait de museler la déception qu'il avait ressentie en ne la trouvant pas là, en train de l'attendre. Il avait vu la lumière dans le rouf. Sans doute était-elle occupée à cataloguer quelque objet précieux. Tôt ou tard, elle allait lever les yeux vers la pendule et s'apercevoir qu'il était plus de minuit.

Tôt ou tard…

Il alla se poster devant la baie vitrée et se perdit dans la contemplation de la mer et des étoiles.

Comme tous les marins, il était capable de tracer la carte du monde à partir du ciel. Grâce aux étoiles, il pouvait trouver son chemin n'importe où sur la terre ou sur la mer. Mais il n'avait pas de carte, pas de compas, pour lui montrer la route menant à ce qu'il convoitait plus que tout.

Toute sa vie, il avait éprouvé un profond sentiment de honte devant son impuissance à empêcher certaines tragédies et changer le cours du destin. Il n'avait pu empêcher la désertion de sa mère, le meurtre de son père ou la mutilation de Buck. Et aujourd'hui, il faisait preuve de la même impuissance à se défendre contre ses propres sentiments et la femme qui les rejetait.

Si seulement il avait pu se dire que c'était juste une pulsion sexuelle. Mais il savait bien, maintenant, que c'était beaucoup plus fort que ça.

Comment expliquer, sinon, le fait qu'il se sentait tellement différent, avec elle ? Si seulement elle avait éprouvé, ne fût-ce qu'une fraction des sentiments qu'il éprouvait pour elle, il aurait été un homme heureux.

Oh, il pouvait vivre sans elle. Il l'avait déjà fait — et il le referait. Mais il lui manquerait toujours quelque chose ; jamais il ne serait l'homme qu'il aurait aimé être.

Malheureusement, il ne pouvait que prendre ce qu'elle lui offrait, tout en sachant que, tôt ou tard, il devrait la laisser partir.

Vivre au jour le jour n'était pas une nouveauté pour lui. Ce qui était nouveau, c'était l'envie, le besoin qu'elle avait fait naître en lui. Ainsi, l'homme qu'elle jugeait frivole, aventurier, incapable d'endosser la moindre responsabilité n'aspirait plus justement qu'à se montrer sérieux et responsable. Il rêvait d'un avenir à deux, d'une famille, d'une vie structurée.

Mais il ne pourrait jamais la convaincre. Parce qu'ils savaient très bien, l'un comme l'autre, que s'il trouvait ce qu'il cherchait, non seulement il le prendrait, mais il s'en servirait pour tuer VanDick. Une fois en possession de la Malédiction d'Angélique, Matthew devrait se résoudre à perdre Tate. Il ne pourrait pas avoir les deux. Et, malheureusement, il lui serait absolument impossible de vivre avec lui-même s'il ignorait sa dette envers son père.

A cause de cela, il en arrivait presque à espérer que l'amulette allait demeurer ensevelie quelque part dans la mer.

— Je suis désolée, dit Tate en entrant en trombe, puis en verrouillant la porte. J'étais en train de faire un croquis de l'éventail en ivoire, et j'ai oublié l'heure. J'ai encore du mal à croire qu'un objet aussi délicat ait pu survivre, intact, à toutes ces années dans l'eau — sans oublier la tempête.

Elle se tut brusquement. Il la regardait fixement, comme il le faisait parfois, avec cet air qui donnait à la jeune femme l'impression qu'elle était entièrement transparente. A quoi pensait-il ? Comment pouvait-il dissimuler ainsi ses émotions ? C'était comme de regarder un volcan en sachant que, quelque part sous la surface, un océan de lave est en pleine ébullition.

— Tu es fâché ? demanda-t-elle. Je n'ai qu'un quart d'heure de retard.

— Non, je ne suis pas fâché, répondit Matthew. Tu veux un verre de vin ?

— Tu as apporté du vin ? s'exclama Tate, un peu nerveuse, d'un seul coup. C'est gentil.

— Je l'ai piqué à LaRue. Il a acheté plusieurs bouteilles de bon vin français quand il est allé faire des courses avec ta mère, l'autre jour. Celle-ci est déjà ouverte.

Il remplit deux verres.

— Merci, dit Tate, tout en se demandant ce qu'elle allait faire, maintenant.

D'habitude, ils se jetaient l'un sur l'autre et s'arrachaient leurs vêtements, comme deux enfants pressés de déballer leurs cadeaux.

— Une tempête se prépare à l'ouest, dit-elle.

— Je sais. Buck surveille la météo. Mais ce n'est pas encore la saison des ouragans. Parle-moi de l'éventail que LaRue a remonté, cet après-midi.

— Il doit valoir deux ou trois mille dollars. Sûrement davantage pour un collectionneur.

Matthew tendit la main et lui toucha les cheveux.

— Tate, parle-moi de l'éventail.

— Oh. Eh bien…

Elle se dirigea vers la baie vitrée.

— Il est en ivoire, sculpté en spirale de sorte à former une rose éclose, quand on l'ouvre. Je dirais qu'il date de la moitié du dix-septième siècle. C'était déjà une pièce d'héritage, quand l'*Isabella* a sombré.

— A qui appartenait-il ? demanda Matthew en venant se coller contre elle.

— Je ne sais pas.

Tate poussa un petit soupir et appuya sa tête contre l'épaule de son compagnon.

— Je l'imagine bien entre les mains d'une jeune mariée. Elle l'aurait hérité de sa mère, ou de sa grand-mère, et l'aurait porté le jour de son mariage. Je ne pense pas qu'elle s'en servait, justement parce qu'il était si précieux à ses yeux. Mais, de temps en temps, elle aurait pu le sortir de l'étui dans lequel elle le rangeait, et qu'elle gardait sur sa coiffeuse. Elle l'aurait touché, et se serait rappelé combien elle était heureuse, au moment où elle le tenait dans sa main, en marchant vers l'autel.

— Les femmes font encore ce genre de choses ? demanda Matthew, ému par l'expression de sa compagne.

Il prit le verre de vin qu'elle n'avait pas touché et le posa sur la table.

— Le mariage de l'ancien et du neuf ?

— J'imagine. Si elles veulent un mariage traditionnel. La robe blanche qu'on ne porte qu'une fois, la musique, les fleurs…

— C'est ce que tu veux, toi ?

— Je… Je n'y ai jamais réfléchi. Le mariage n'est pas l'une de mes priorités.

Elle se tourna vers lui et glissa les mains sous son T-shirt.

— Dieu, que j'aime ton corps. Fais-moi l'amour, Matthew. Là. Tout de suite.

Il serra les dents. Si c'était tout ce qu'il pouvait obtenir d'elle, il le prendrait. Mais elle ne l'oublierait pas. Par Dieu, elle n'oublierait jamais !

D'un geste brusque, il attrapa les cheveux de la jeune femme si violemment qu'il lui fit mal. Puis il s'empara de sa bouche comme un sauvage.

Un murmure étouffé s'échappa des lèvres de Tate, exprimant à la fois le désir et la protestation. Elle le prit aux épaules pour essayer de se dégager, mais il glissa ses doigts à l'intérieur de son short, entre ses cuisses, et les enfonça en elle, lui arrachant un orgasme aussi violent qu'il fut choquant.

Cette fois, il ne s'embarrassa pas de couverture, mais la poussa durement sur le sol. Et, alors même qu'elle essayait de reprendre son souffle, il était déjà sur elle, ses mains et sa bouche courant partout sur son corps.

Tate songea que le volcan était enfin entré en éruption. Et puis, après cela, elle n'eut plus le loisir de réfléchir. La langue et les doigts de Matthew étaient partout.

Elle se cambra contre lui, chercha à le débarrasser de ses vêtements. Elle voulait le sentir en elle.

— Maintenant, gémit-elle, en se retenant de hurler. Maintenant.

Mais il lui cloua les mains au-dessus de la tête.

— Regarde-moi, ordonna-t-il. Je veux que tu me regardes. Elle ouvrit les yeux, mais sans pouvoir les fixer sur lui.

— Matthew, prends-moi, le supplia-t-elle. Je t'en prie. Je n'en peux plus.

— Mais je peux, moi.

Il encercla ses poignets avec les doigts d'une main et appuya l'autre contre le sexe de la jeune femme, qui se rua de nouveau, secouée par un deuxième orgasme encore plus violent que le premier.

Alors, il la dévora de baisers, couvrant son corps tout entier, jusqu'à ce qu'il la sentît renaître sous ses lèvres. A ce moment-là seulement, il entra en elle.

Tate était épuisée. Son corps était comme battu et, pourtant, elle ne s'était jamais sentie aussi bien. Matthew pesait lourd sur son corps, et elle songea vaguement qu'elle allait souffrir de terribles courbatures, le lendemain. En même temps, elle se sentit désolée pour toutes les femmes qui n'avaient pas Matthew Lassiter pour amant.

— Je boirais bien un peu de ce vin, maintenant, murmura-t-elle, au bout d'un moment. Tu peux m'attraper le verre ?

Il se leva, et se demanda comment il pouvait se sentir à la fois fatigué, vidé, satisfait et honteux. Il alla chercher leurs deux verres et se rassit à côté d'elle, à même le sol.

Non sans effort, Tate se dressa sur un coude, prit le verre et but une longue gorgée. Aussitôt, elle se sentit un peu plus ragaillardie.

— Qu'est-ce que… qu'est-ce que c'était, là ? demanda-t-elle avec lenteur. Matthew eut un haussement d'épaule.

— Du sexe.

Elle respira profondément, puis sourit.

— Ce n'est pas que je m'en plaigne, mais cela ressemblait plutôt à une guerre.

— Du moment que nous gagnons tous les deux.

Et, comme il avait déjà vidé son verre, il se leva de nouveau pour aller chercher la bouteille.

Tate fronça les sourcils. Après ce qu'ils venaient de vivre, elle ne s'attendait pas à une telle froideur.

— Quelque chose ne va pas ? demanda-t-elle en posant la main sur le genou de son compagnon.

— Non. Tout va très bien.

Il finit son deuxième verre.

— Désolé si j'ai été un peu brutal.

— Non…

Tout à coup, Tate sentit monter en elle un énorme élan de tendresse.

— Matthew…

Elle hésita, cherchant, parmi les mots qui se bousculaient dans son esprit et dans son cœur, ceux qui correspondaient le mieux à leur situation.

— Faire l'amour avec toi est tellement merveilleux, chaque fois. Je ne m'étais encore jamais sentie aussi libre avec qui que ce soit.

Elle sourit et, comme si elle cherchait à atténuer la portée de ce qu'elle venait de dire, elle ajouta :

— C'est sûrement dû au fait que nous savons, tous les deux, à quoi nous en tenir.

— Oui. Nous savons à quoi nous en tenir.

Il bondit sur ses pieds.

— Il vaut mieux que je rentre.

— Non ! s'exclama Tate.

Elle lui prit la main et se redressa à son tour.

— S'il te plaît, ne t'en va pas tout de suite. La nuit est si belle. Tu ne veux pas venir nager avec moi ? Elle hésita, puis ajouta :

— Je n'ai pas envie d'être sans toi.

Matthew porta sa main à ses lèvres.

— Moi non plus, je n'ai pas envie d'être sans toi.

VanDyke fulminait. Durant toutes ces années, les Lassiter s'étaient moqués de lui. C'était clair, maintenant.

Il avait lu et relu les papiers que LaRue lui avait faxés, jusqu'à en connaître le contenu par cœur. Il les avait sous-estimés. Et il s'en voulait terriblement d'avoir commis une telle erreur.

Trop d'erreurs, se disait-il en essuyant la sueur qui perlait sur sa lèvre. Tout ça parce que l'amulette demeurait hors de portée.

James Lassiter savait où trouver la Malédiction d'Angélique, et il avait dû mourir en se moquant de son meurtrier. Or, VanDyke n'était pas un homme dont on se moquait impunément.

Il saisit un coupe-papier incrusté de pierres précieuses et se mit à frapper violemment le tissu de soie crème qui recouvrait un fauteuil de l'époque de la Reine Anne. Le brocart se fendit comme une chair d'homme, produisant de petits bruits qui ressemblaient à des cris. Sur le mur, en face de lui, un miroir oval lui renvoyait son visage livide, ravagé, tandis qu'il frappait encore et encore. Finalement, il lâcha le coupe-papier. Le fauteuil était en lambeaux, mais qu'importait ? Ce n'était qu'un objet, facile à remplacer.

Afin de calmer la nausée qui lui soulevait le cœur, il alla se verser un verre de cognac.

Là, il allait mieux. Après tout, il était bien normal qu'un homme s'abandonnât parfois à la colère — surtout un homme fort, comme lui. Il ne servait à rien de la refouler, sinon à se créer des ulcères et des maux de tête.

C'était ce que son père avait fait… VanDyke se dit alors qu'il pensait de plus en plus souvent à ses parents, ces temps-ci. Ce n'était pas une mauvaise chose. Au contraire. Il se rappelait leurs faiblesses et se sentait tellement soulagé d'avoir su y échapper. Ou plutôt non : il avait triomphé des faiblesses du corps et de l'esprit.

Sa mère avait été trahie par son cerveau et son père par son cœur, qui avait lâché. Mais leur fils avait appris à renforcer l'un et l'autre.

Oui, il était préférable de soulager sa colère, se répéta VanDyke. Il sirota son cognac et fit le tour de son bureau, à bord du *Triumphant*. Un petit accès de temps en temps permettait de purger le sang.

Pour autant, il fallait savoir garder la tête froide. C'était impératif. Et il était bien rare qu'il l'oubliât. Ç'avait été le cas quand il avait tué James Lassiter. Il lui fallait bien admettre qu'il s'était montré un peu trop impulsif, cette fois-là. Mais il était beaucoup plus jeune, à l'époque, et tellement moins mûr. Sans compter qu'il ne pouvait pas supporter ce scélérat.

Et dire que, même dans la mort, James Lassiter avait réussi à le bluffer. Cette seule pensée faisait renaître la fureur de VanDyke. Il la sentait dans tout son corps.

L'élan fut même si violent qu'il dut fermer les yeux et se forcer à respirer profondément, plusieurs fois, pour ne pas jeter le verre de baccarat à travers la pièce.

Mais les Lassiter ne lui coûteraient plus rien. Pas même le prix d'un verre à cognac.

Quand il eut retrouvé son calme, il sortit sur le pont pour sentir la caresse de l'air doux et parfumé sur sa peau.

Le yacht filait rapidement à travers les eaux du Pacifique, laissant les côtes du Costa Rica à l'est.

Il avait été sur le point de prendre son avion personnel pour se rendre dans les Antilles mais, finalement, il avait décidé de museler son impatience. Il comptait utiliser plus intelligemment le temps du voyage. Un plan commençait à prendre forme dans son esprit. Et puis, il avait un espion au sein même de l'équipe de Lassiter.

Evidemment, LaRue commençait à l'agacer, avec ses exigences continuelles.

VanDyke sourit et fit tourner son cognac dans le verre. Là encore, il n'y avait aucune raison de s'énerver. Le moment venu, il s'occuperait de ce Canadien : dès qu'il aurait cessé de lui être utile. L'homme n'avait aucun lien, aucune famille. C'est ainsi que VanDyke les préférait. Personne ne regretterait un cuistot canadien sur le retour.

Mais ça, c'était pour plus tard. D'abord, il allait s'occuper du sort des Lassiter et de leurs associés. Pour le moment, il se servait d'eux : il les laissait plonger, fouiller et faire tout le travail. Plus leurs efforts étaient grands, plus ils devaient se réjouir et se féliciter d'avoir été plus malins que lui. Oui, ils pensaient l'avoir berné, l'avoir roulé dans la farine. Après tout, ils avaient attendu tout ce temps, alors qu'ils avaient toujours su où se trouvait l'épave.

Matthew avait travaillé huit ans dans des eaux glacées, à effectuer le genre de sauvetage que les vrais chasseurs de trésor méprisent. Pourquoi ce sacrifice ? Il devait penser que son ennemi finirait par l'oublier, ou par se désintéresser de l'objet qu'ils convoitaient tous.

VanDyke devait reconnaître que de tels efforts et un investissement à si long terme forçaient l'admiration.

Mais le prix de la victoire lui revenait de droit, à lui, Silas VanDyke. C'était son héritage, sa propriété, son triomphe. La possession de l'amulette effacerait toutes les autres victoires. Le destin en avait décidé ainsi.

Il allait donc attendre que ces mécréants eussent retrouvé le fabuleux joyau et, une fois qu'ils le tiendraient entre leurs mains tremblantes, lorsque leurs cœurs seraient tout gonflés de l'ivresse du succès, alors Silas VanDyke frapperait. Et leur destruction lui serait infiniment douce.

VanDyke avala son cognac en riant intérieurement. Puis, d'un geste sec, il brisa le verre de cristal contre le bastingage, et regarda les morceaux se perdre dans la mer.

Son geste n'était pas le geste d'un homme en colère, ou celui d'un homme violent, se dit-il. C'était simplement le geste d'un homme qui peut se permettre de faire tout ce qu'il veut.

*
* *

La tempête éclata brusquement, apportant son lot de vent et de pluies torrentielles. Des vagues hautes de plusieurs mètres secouèrent les bateaux, rendant toute plongée impossible. Après un débat et un vote, il fut décidé qu'on attendrait le retour au calme pour reprendre les fouilles. Comme d'habitude, lorsque le temps faisait des siennes, Tate s'installa devant son ordinateur avec une Thermos de thé.

Il n'y aurait pas de rendez-vous de minuit, ce soir-là, se dit-elle.

Elle était surprise d'éprouver un sentiment de déception. Cette tempête n'était peut-être pas une mauvaise chose, tout compte fait. Sans s'en apercevoir, elle avait pris l'habitude d'être auprès de Matthew de jour comme de nuit. Or, rien n'était moins sage que de s'habituer à Matthew Lassiter.

Une longue et profonde réflexion lui avait permis de conclure qu'elle avait bien le droit de tenir à lui. Après tout, elle pouvait parfaitement éprouver une affection sincère et une forte attirance physique pour un homme sans que cette combinaison se révélât dangereuse. Elle devait reconnaître qu'en dépit de leurs disputes, et de la fâcheuse tendance qu'il avait à l'irriter, elle l'aimait bien. Ils avaient trop de choses en commun pour pouvoir se brouiller vraiment.

Simplement, cette fois, elle avait eu la sagesse de se protéger. Oui, elle éprouvait de l'affection pour Matthew, et oui, elle le désirait sauvagement. Mais elle n'était pas amoureuse de lui. D'un point de vue logique, pratique, le sexe était beaucoup plus satisfaisant quand une femme éprouvait de l'affection, ou même de l'amitié, pour son amant. Mais, tout aussi logiquement, seule une idiote se laisserait aller à aimer, alors qu'elle connaissait déjà la fin de l'histoire. Et c'était bel et bien le cas. Matthew allait prendre sa part de l'*Isabella*, et chacun reprendrait son chemin.

Dans un sens, il était triste et même navrant qu'ils nourrissent des attentes et des espoirs aussi différents, au sujet de ce navire coulé tant d'années auparavant. Mais, après tout, du moment que les objectifs de l'un n'empiétaient pas sur ceux de l'autre…

Les sourcils froncés, Tate pianota sur son ordinateur et ouvrit le fichier contenant l'article qu'elle était en train d'écrire sur la Malédiction d'Angélique.

« Des légendes comme celle qui entoure l'amulette Maunoir, également connue sous le nom de Malédiction d'Angélique, ont souvent leurs racines dans la réalité. Et, bien qu'il soit totalement illogique de donner des pouvoirs mystiques à un objet, la légende elle-même a une vie propre. Angélique Maunoir a vécu en Bretagne et elle avait, dans son village, la réputation d'être une guérisseuse. Le fait est qu'elle possédait un collier de pierres précieuses comme celui qui est décrit ci-dessus — un cadeau de son époux, Etienne, le fils cadet du comte DuTashe. Les documents dont nous disposons indiquent qu'elle fut arrêtée, accusée de sorcellerie et brûlée sur la place publique, en octobre de l'année 1553.

» Des extraits de son journal intime racontent son histoire et son état d'esprit, quelques heures avant son exécution, le 10 octobre. Il semblerait qu'elle avait seize ans. Rien n'indique qu'elle fût étranglée — comme on le faisait souvent, par pitié — avant d'être brûlée vive.

» La lecture de ses dernières pensées permet de comprendre comment la légende de la Malédiction d'Angélique est née et s'est étendue.

» Note : transcrire la dernière partie du journal.

» Cette malédiction a été lancée par une femme innocente et désespérée, une femme qui pleurait la perte de son mari bien-aimé, qui avait été trahie par son beau-père et condamnée à une mort atroce. Non seulement la sienne, mais aussi celle de l'enfant qu'elle portait. De tels faits ne peuvent que conduire à la création d'un mythe. »

Tate secoua la tête et relut ce qu'elle avait écrit. Ce n'était pas bon. Soudain, comme elle tendait la main pour attraper la Thermos de thé, elle vit Buck, dans un ciré jaune dégoulinant d'eau, qui se tenait dans l'encadrement de la porte.

— Salut ! lui dit-elle. Je pensais que tu étais sur le *Mermaid*, avec Matthew et LaRue.

— Je ne supporte pas ce foutu Canadien, marmonna Buck. J'ai décidé de venir passer un moment avec Ray.

— Il est dans la cabine de pilotage, avec maman. Je crois qu'ils écoutent la météo.

Tate versa du thé dans le couvercle de sa bouteille Thermos et le tendit à Buck.

— Aux dernières nouvelles, la tempête commençait à s'éloigner. Le ciel devrait être dégagé, demain après-midi.

— Peut-être, répondit Buck, qui prit le thé et le reposa sans l'avoir goûté.

Tate s'écarta légèrement de son ordinateur car elle sentait que son visiteur n'avait pas seulement fui la présence de LaRue.

— Débarrasse-toi de ce ciré, Buck, et assieds-toi, lui dit-elle gentiment. En fait, je suis bien contente de pouvoir faire une pause.

— Je ne veux pas te déranger pendant que tu travailles.

— Tu plaisantes ? s'exclama la jeune femme avec un rire. Au contraire, je t'en prie, dérange-moi au moins quelques minutes.

Rassuré, Buck ôta son ciré pendant qu'elle allait chercher une tasse dans la cuisine.

— Je venais voir si Ray ne voulait pas faire une partie de cartes. J'ai l'impression de tourner en rond.

— Tu es énervé ? lui demanda Tate.

— Je sais bien que je laisse tomber le gosse, dit Buck, d'un seul coup, en rougissant.

— Ce n'est pas vrai, protesta la jeune femme.

Elle hésita un instant à aborder le sujet que tout le monde évitait résolument, depuis le début de l'expédition. Puis, elle se dit qu'il était plus que temps de détruire ce tabou.

— Nous n'y arriverions pas, sans toi. Le fait que tu ne plonges pas ne signifie pas que tu n'es pas un membre essentiel de notre équipe.

— Qu'est-ce que je fais d'essentiel ? Je vérifie les équipements, je remplis les bouteilles, je donne des coups de marteau et je fais de la vidéo !

— Absolument. C'est aussi important que d'aller sous l'eau.

— Je ne peux pas y aller, Tate. Je ne peux pas.

Il secoua la tête d'un air misérable.

— Et quand je vois le gosse qui descend, j'ai la gorge sèche. J'ai une envie de boire qui me tue. Juste un verre.

— Mais tu ne le fais pas ?

— Non. Je sais bien qu'un seul verre en entraînerait un autre, et que ce serait la fin. Mais l'envie est toujours là.

Il poussa un soupir.

— Je pensais en parler à Ray. Je ne voulais pas t'embêter avec mes histoires.

— Je suis contente que tu sois venu me voir. Ça me donne l'occasion de te dire à quel point je suis fière de toi, Buck, et de la manière dont tu t'es repris. Je sais bien que tu le fais plus pour Matthew que pour toi-même.

— Pendant longtemps, j'étais tout ce qu'il avait, et réciproquement. Tu ne le croiras peut-être pas, mais c'était une bonne époque. Et puis, je l'ai repoussé. En tout cas, j'ai essayé. Mais il ne m'a pas laissé tomber. Il est d'une loyauté à toute épreuve — exactement comme son père. Il est têtu, aussi. Et puis, il garde tout à l'intérieur. Ça, c'est l'orgueil. Comme James, aussi. Il croyait pouvoir régler tous les problèmes seul. Ça a fini par le tuer.

Buck marqua une pause, puis il regarda Tate et ajouta :

— J'ai l'impression que Matthew prend le même chemin.

— Que veux-tu dire ?

— Il a planté ses dents là-dedans, et rien ne le fera lâcher prise. Il est content de remonter tous ces trucs, jour après jour, mais il n'y a qu'une seule chose qui l'intéresse.

— L'amulette.

— Elle a pris possession de lui, Tate. Exactement comme elle avait pris possession de James. Ça me fait peur. Plus on approche du but, et plus j'ai peur.

— Parce que, s'il la trouve, il s'en servira contre VanDyke.

— VanDyke peut bien aller se faire foutre ! Ce salaud n'a qu'à crever, je m'en fous comme de l'an quarante. Matthew saura bien gérer ça. C'est la malédiction, le problème.

— Oh, Buck !

— Je te dis que je le sens ! Le moment approche.

Il regarda la mer.

— Si ça se trouve, la tempête n'est là que pour nous avertir.

Tate se garda bien de rire. Elle croisa les mains sur ses genoux.

— Ecoute, Buck, je comprends certaines superstitions de marins, mais la réalité, en l'occurrence, c'est que nous sommes en train de fouiller et de sauver une épave. Cette amulette est sûrement l'un des nombreux artéfacts de l'épave, et avec de la chance et beaucoup de travail, nous allons finir par la trouver. J'en ferai un croquis, je lui mettrai une étiquette et je la cataloguerai, comme toutes les autres pièces que nous avons remontées à la surface. C'est du métal et de la pierre, Buck, aussi précieuse soit-elle, et aussi fascinante que soit l'histoire qui s'y rattache. Un morceau de métal et de pierre. Rien d'autre.

— Toutes les personnes qui l'ont possédée ont connu une fin tragique et prématurée.

— Il n'était pas rare que les gens meurent jeunes et de manière violente ou tragique, aux seizième, dix-septième et dix-huitième siècles, Buck.

Elle lui serra la main et essaya une autre tactique.

— Admettons que cette amulette soit investie d'une sorte de pouvoir. Pourquoi ce pouvoir se manifesterait-il en faveur du mal ? Tu as lu le journal d'Angélique ? La partie que ton frère avait recopiée.

— Ouais. C'était une sorcière et elle a jeté un sort sur le collier.

— C'était une femme triste et en colère. Elle savait qu'elle allait devoir affronter une mort horrible ; elle avait été accusée de sorcellerie, accusée d'avoir assassiné son mari, l'homme qu'elle aimait. C'était une femme innocente, Buck, impuissante à changer le cours de son destin.

Devant l'air sceptique de son interlocuteur, Tate poussa un soupir.

— Dis-moi un peu, reprit-elle : si, vraiment, c'était une sorcière, pourquoi n'a-t-elle pas disparu en fumée, tout simplement, ou transformé ses geoliers en crapauds ?

— C'est pas comme ça que ça se passe, marmonna Buck.

— Soit. Alors, elle a jeté un sort sur le collier. Si je lis correctement, elle a maudit tous ceux qui l'avaient condamnée, et tous ceux qui s'empareraient du collier — ce collier qui était un cadeau de son mari, la dernière chose qui lui restait de lui — pour satisfaire leur avidité. Mais Matthew, lui, il ne l'a pas condamnée à mourir sur le bûcher, et il n'a pas pris le collier. Il va peut-être le retrouver, voilà tout.

— Et quand il le retrouvera, qu'est-ce que le collier va lui faire ? C'est cette question qui me rend fou, Tate. Qu'est-ce qu'il va lui faire ?

La jeune femme se sentit parcourue d'un long frisson.

— Je n'en sais rien, répondit-elle, brusquement mal à l'aise. Mais, quoi qu'il arrive, ce sera le fait de Matthew. Ce sera son choix. Pas les conséquences d'une malédiction vieille de plusieurs siècles.

22.

Longtemps après le départ de Buck, Tate continua de penser à ce qu'il lui avait dit, à ses angoisses. Elle ne pouvait pas les écarter de son esprit, encore moins les juger ridicules ou absurdes. Après tout, les légendes ne naissent-elles pas de telles croyances ?

Elle avait elle-même réuni des informations sur l'amulette, au fil des années. Des bribes d'histoire qu'elle avait sauvegardées sur une disquette, plus par souci d'organisation que par curiosité. C'était, du moins, ce qu'elle se racontait.

La Malédiction d'Angélique n'était pas aussi célèbre que le Diamant Hope ou la cachette de la Pierre Philosophale, mais son histoire et ses voyages n'en étaient pas moins passionnants.

Ainsi, le joyau était passé des mains d'Angélique Maunoir à celles du comte, son beau-père, responsable de sa condamnation. Après sa mort, sa fille aînée en avait hérité : elle s'était brisé le cou en tombant de cheval, alors qu'elle allait rejoindre son amant.

Un siècle passa avant qu'on retrouvât la trace de l'amulette. C'était en Italie, se rappela Tate : elle avait été découverte au milieu des débris de l'incendie qui avait détruit la villa de son propriétaire, le laissant veuf. L'amulette avait fini par être vendue, et on la voyait réapparaître en Angleterre. Le marchand qui l'avait achetée se suicida et le bijou atterrit entre les mains d'une jeune duchesse qui le porta à son cou pendant trente ans. Mais lorsque son fils en hérita, il gaspilla la fortune de sa mère au jeu, et mourut fou.

C'est ainsi que l'amulette avait été achetée par Minnefield, mort sur la Grande Barrière de Corail, en Australie. On avait cru le collier perdu, enfoui quelque part dans le sable et les coraux.

Jusqu'à ce que Ray Beaumont tombât sur un vieux livre relatant les aventures d'un marin qui affirmait avoir vu la Malédiction au cou d'une lady espagnole, à bord du galion *Isabella*, juste avant le naufrage du navire au cours d'une tempête dont il était le seul rescapé.

Ça, c'était les faits, se dit Tate. La mort est toujours cruelle, mais rarement mystérieuse. Les accidents, les incendies, les maladies, et même la malchance font partie du cycle de la vie. Un bijou ne pouvait ni les causer ni les empêcher.

Et pourtant, Buck avait réussi à lui transmettre sa peur.

Tout à coup, la tempête qui grondait dehors lui paraissait porteuse de mauvais augure, comme un avertissement.

Tate songeait sérieusement à contacter Hayden. Elle avait besoin de l'aide d'un confrère, d'un autre scientifique, pour continuer d'appréhender l'*Isabella* et ses trésors avec la distance et la lucidité nécessaires. Elle avait besoin de s'entendre dire qu'il s'agissait juste d'une découverte archéologique, et non d'une malédiction de sorcière dont les pouvoirs auraient continué de se manifester, au travers des siècles.

— Tate.

La jeune femme fit un bond sur sa chaise et renversa sa tasse de thé sur ses genoux. Matthew éclata de rire.

— Tu es drôlement nerveuse.

— Qu'est-ce qui vous prend, tous, à venir me rendre visite, alors que chacun devrait resté calfeutré ?

Elle se leva pour aller chercher un torchon et essuyer les dégâts.

— Buck était là, tout à l'heure. Il a dû monter voir mes parents. Qu'est-ce que tu…

Elle le regarda enfin, et s'aperçut qu'il était trempé de la tête aux pieds.

— Tu as nagé jusqu'ici ? s'exclama-t-elle. Tu es complètement fou !

Déjà, elle saisissait d'autres torchons.

— Ma parole, Lassiter, tu aurais pu te noyer.

— Je suis là, non ?

Il demeura immobile, pendant qu'elle lui frottait la tête avec un torchon.

— J'ai été pris du désir irrésistible de te voir.

— Tu es assez grand pour contrôler certains désirs. Va voir mon père et demande-lui de te passer des vêtements secs, avant d'attraper la mort.

— Je vais très bien, répondit-il en lui prenant le torchon des mains. Tu ne pensais quand même pas qu'un petit orage allait m'empêcher de respecter notre rendez-vous ? enchaîna-t-il en l'attirant contre lui.

— Eh bien si, figure-toi.

— Tu avais tort.

Il posa ses lèvres sur celles de la jeune femme et sourit.

— Mais je boirais bien un verre. Tu n'as pas du whisky ?

— Il y a du cognac.

— D'accord.

— Mets un torchon sur le banc, avant de t'asseoir, lui conseilla-t-elle.

Puis elle se rendit dans la cuisine pour y prendre une bouteille et un verre.

— Tu as laissé LaRue seul à bord du *Mermaid* ?

— C'est un grand garçon. Et puis, le vent est en train de tomber.

Il prit le verre qu'elle lui tendait.

— Tu viens t'asseoir sur mes genoux ?

— Non, merci bien, répondit Tate. Tu es tout mouillé.

Il réussit à l'attirer contre lui et enfouit son visage dans son cou.

— Maintenant, nous sommes deux à être mouillés.

Elle rit en songeant à quel point il était facile de lui céder.

— Mmm, je devrais sans doute tenir compte du fait que tu as risqué ta vie. Tiens. Elle prit son visage entre ses mains et l'embrassa.

— Tu te réchauffes ?

— Oui.

Il nicha la tête de la jeune femme au creux de son épaule et poussa un soupir de bien-être.

— Je voyais la lumière, depuis le *Mermaid*, et je n'arrêtais pas de penser que tu étais là, en train de travailler. Je n'arriverais jamais à dormir.

— Je doute fort que l'un d'entre nous réussisse à dormir, cette nuit. Je suis contente que tu sois là.

— Ah oui ?

Il glissa la main sous son T-shirt et la posa sur son sein.

— Non, pas à cause de ça, dit-elle avec un soupir langoureux. Comment fais-tu pour trouver toujours l'endroit exact où j'ai envie que tu me touches ?

— J'ai étudié la question. Si tu coupais ton ordinateur, ma belle ? On pourrait s'enfermer dans ta cabine. Je connais un moyen merveilleux de s'occuper pendant une tempête en mer.

— Je n'en doute pas une minute, répondit Tate. Mais, d'abord, il faut que je te parle.

Elle fit un effort pour se lever et s'éloigner un peu de lui. Puis, pour se donner une contenance et aussi le temps de réfléchir à ce qu'elle allait dire, elle alla prendre un autre verre, dans la cuisine, et se versa un cognac. Elle but une gorgée, et commença :

— C'est au sujet de Buck. Il m'inquiète.

— Il est en train de se relever petit à petit, répondit Matthew.

— Tu veux dire qu'il a arrêté de boire. En effet, c'est une bonne chose. Même s'il le fait pour toi plutôt que pour lui.

— Qu'est-ce que tu racontes ?

— Ote tes œillères, Matthew. Il est ici, et il a cessé de boire, uniquement à cause de toi. Il a l'impression qu'il te le doit.

— Il ne me doit rien du tout, mais si ça l'aide à ne pas picoler, alors c'est très bien.

— Je suis d'accord, jusqu'à un certain point. Tôt ou tard, il faudra qu'il reste sobre pour lui-même. Et cela n'arrivera pas tant qu'il continuera à se faire un sang d'encre pour toi.

— Pour moi ? s'esclaffa Matthew. Et pourquoi ?

— Il a peur que tu trouves la Malédiction d'Angélique et que tu en payes le prix.

Matthew poussa un soupir agacé et passa une main dans ses cheveux mouillés.

— Ecoute, il a toujours voulu ce collier. Ça l'inquiétait, bien sûr, mais il le voulait. Parce que mon père le voulait.

— Et maintenant, c'est ton tour.

— Absolument.

— Et pour quelle raison, Matthew ? Je crois que c'est ça qui ronge Buck, au-delà de toutes ces histoires farfelues de sorcière et de malédiction.

— Oh ! Ce sont des histoires farfelues, maintenant ? demanda-t-il avec un sourire. Tu n'as pas toujours dit ça.

— Il fut un temps où je croyais au Père Noël, aussi. Ecoute-moi, Buck va continuer à se ronger les sangs tant que l'amulette sera au centre de tout.

— Elle n'est pas au centre de tout. Mais ne me demande pas de l'oublier, Tate. Ne me demande pas de faire un choix pareil.

Tate secoua la tête et poussa un soupir.

— Même si je pouvais te convaincre, il faudrait aussi convaincre mon père, et LaRue. Et moi-même.

Elle eut un regard du côté de son ordinateur.

— Je ne suis pas insensible à la fascination qu'exerce cette légende sur tous ceux qui l'approchent, tu sais. Moi aussi, je veux retrouver cette amulette. Je veux la voir, l'examiner. Ce serait la découverte de toute une carrière. En fait, j'y pense tellement que j'ai décidé de reconstruire toute ma thèse autour de ce thème.

Elle eut un petit sourire.

— Le mythe contre la science.

— Qu'essaies-tu de me dire, Tate ?

— Je voudrais que tu rassures Buck, et que tu me rassures aussi, par la même occasion. Je voudrais que tu me dises que le fait de trouver l'amulette te suffira. Tu n'as rien à prouver, Matthew. Je ne pense pas que ton père voudrait te voir gâcher ta vie pour une vendetta inutile.

Elle prit le visage de son compagnon entre ses mains.

— Ça ne le fera pas revenir. Ça ne te rendra pas les années que tu aurais pu passer avec lui ; elles sont irrémédiablement perdues. VanDyke est sorti de ta vie. Tu peux le battre en retrouvant l'amulette. Ça suffit.

Matthew resta silencieux pendant un moment. Finalement, il se dégagea.

— Non, ça ne suffit pas.

— Tu crois vraiment que tu peux le tuer ? Même en admettant que tu arrives à t'approcher suffisamment de lui, te crois-tu capable de prendre la vie d'un homme ?

Matthew la regarda droit dans les yeux.

— Tu sais très bien que j'en suis capable.

Tate frissonna.

— Tu gâcherais toute ta vie ? Et pourquoi ?

— Pour que justice soit faite, répondit-il avec un haussement d'épaules. De toute façon, ce ne serait pas la première fois que je gâcherais ma vie.

— C'est tellement stupide ! s'exclama Tate en bondissant sur ses pieds. Si vraiment il existe une malédiction, la voilà. Elle aveugle les gens et fait appel à ce qu'il y a de pire en eux. Je vais contacter Hayden.

— Qu'est-ce qu'il vient foutre là-dedans, celui-là ?

— Je veux la présence d'un autre scientifique à mes côtés. Ou, du moins, je veux pouvoir en consulter un. Si tu refuses de trouver un moyen de rassurer Buck, je vais le faire, moi. Je vais lui prouver que l'amulette est juste un bijou comme les autres et que, lorsqu'on l'aura retrouvée, on la traitera comme une relique. Avec l'appui de la communauté scientifique, elle ira dans un musée.

— Tu pourras bien la rejeter à la mer, une fois que j'aurai fait ce que j'ai à faire, déclara Matthew sur un ton froid et sans appel. Et tu peux appeler tous les scientifiques que tu veux. Ça ne m'empêchera pas de m'occuper de VanDyke.

— Il faut toujours que les choses se passent comme tu l'as décidé, hein ?

— Cette fois, oui. J'ai attendu ce moment la moitié de ma vie.

— Comme ça, tu pourras gâcher l'autre moitié.

— C'est ma vie, non ?

— Pas seulement. Il y a des gens pour qui tu comptes, sur cette terre. Tu ne veux pas essayer de penser à eux, pour une fois ? Que leur arrivera-t-il ? Qu'arrivera-t-il à Buck, si tu te fais tuer ou que tu dois passer le restant de tes jours dans une prison ? Et moi, que crois-tu que cela me fera ?

— Je n'en sais rien, Tate. Si tu me le disais ? Ça m'intéresse. Tu es toujours tellement prudente, quand il s'agit de dire ce que tu ressens.

— Ne retourne pas le problème. On est en train de parler de toi.

— J'ai plutôt l'impression qu'on parle de nous. Tu n'as pas arrêté d'établir des règles, depuis qu'on s'est retrouvés. Pas d'émotions. On s'envoie en l'air, un point c'est tout. Tu ne voulais pas que je me mêle de ta vie et de tes ambitions. Pourquoi devrais-je accepter que tu te mêles des miennes ?

— Tu sais très bien que les choses ne sont pas aussi simples.

— Ah, non ?

Il leva les sourcils d'un air faussement surpris.

— C'est pourtant l'impression que ça donne, vu de mon côté. Et, d'ailleurs, tu n'as jamais prétendu le contraire.

— Tu sais très bien que j'ai des sentiments pour toi, murmura Tate qui était devenue très pâle. Je ne coucherais pas avec toi, sinon.

— Alors, ça, c'est un scoop ! Autant que je sache, tu as juste trouvé une manière agréable de passer le temps.

— Espèce de salaud ! s'exclama Tate en le giflant de toutes ses forces.

Matthew plissa les yeux, mais sa voix était très calme quand il parla de nouveau.

— Ça va mieux ? Ou était-ce ta façon de répondre à ma question ?

— N'essaie pas de me faire porter le chapeau, rétorqua-t-elle, furieuse. Tu crois peut-être que je vais t'offrir mon cœur et mon âme une deuxième fois ? Et puis quoi, encore ? Personne ne me fera plus souffrir, et surtout pas toi.

— Tu crois être la seule à avoir souffert ?

— Je ne le crois pas, je le sais. Et je ne te donnerai pas une deuxième chance. Je ne te laisserai jamais me rejeter comme tu l'as fait. Je t'aimais, Matthew, d'un amour total, innocent et inconditionnel, un amour comme on n'en ressent qu'un seul dans sa vie. Et tu me l'as renvoyé en plein visage. Aujourd'hui, tu es vexé parce que je refuse de te donner l'occasion de recommencer, le jour où tu décideras d'aller voir ce qui se passe ailleurs. Eh bien, tant pis pour toi !

— Je ne réclame pas une deuxième chance. Mais tu n'as pas le droit de me demander de me contenter du sexe, tout en exigeant que je renonce à la seule chose qui m'a permis de tenir le coup pendant toutes ces années. J'ai renoncé à toi et, maintenant, je prends ce qui reste.

— Tu n'as pas renoncé à moi. Tu ne voulais pas de moi.

— Je n'ai jamais rien voulu aussi fort. Je t'aimais, Tate. Je t'ai toujours aimée. J'ai brisé mon propre cœur, le jour où je t'ai repoussée.

Tate avait cessé de respirer.

— Que veux-tu dire ? demanda-t-elle d'une voix étranglée.

— Je…

Il s'interrompit brusquement et recula d'un pas.

— Rien. Peu importe. Ressasser le passé ne change pas le présent. Je ne te donnerai pas ce que tu veux. Il n'y a rien d'autre à ajouter.

Elle le regarda fixement, fascinée par la capacité qu'il avait de se refermer brusquement. Mais, cette fois, elle ne le laisserait pas faire.

— C'est toi qui as commencé à ressasser le passé, Lassiter. Alors, va jusqu'au bout.

Elle serra les poings.

— Il y a huit ans, tu m'as ri au nez. Tu étais là, sur cette plage, et tu m'as dit que tu t'étais servi de moi. Que j'étais juste une distraction, une façon de passer l'été. C'était un mensonge ?

Matthew soutint son regard sans ciller. Pas un muscle de son visage ne bougea. Ses yeux ne révélaient pas la moindre émotion.

— Je t'ai dit que cela n'avait pas d'importance. Le passé est passé.

— Si tu le pensais vraiment, tu ne serais pas aussi déterminé à te venger de VanDyke. Réponds-moi. C'était un mensonge ?

— Qu'est-ce que je pouvais faire ? s'écria-t-il brusquement. Te laisser tout jeter par-dessus les moulins pour te permettre de suivre un rêve idiot ? Je n'avais rien à t'offrir. Je détruisais tout ce que je touchais. Merde, l'un comme l'autre, nous savions que je n'étais pas assez bien pour toi. Mais tu étais trop stupide pour l'admettre. Tu allais tout abandonner pour moi. Et tu aurais fini par me haïr.

Tate s'appuya contre la table pour ne pas tomber.

— Tu m'as brisé le cœur.

— Je t'ai sauvé la vie ! Regarde la réalité en face, Tate : j'avais vingt-quatre ans, et aucun avenir. Tout ce que j'avais, c'était un oncle qui allait avoir besoin du moindre dollar que j'arriverais à gagner, et cela peut-être jusqu'à la fin de mes jours. Alors que toi, tu avais toutes les chances de ton côté. L'intelligence, l'ambition. Et, d'un seul coup, tu t'es mise à parler d'abandonner l'université pour me suivre, comme dans un conte de fées.

— Je voulais t'aider. Je voulais être avec toi.

— Et, un jour, tu te serais réveillée en pleurant sur ta vie gâchée.

— Alors, tu as décidé pour moi.

Tate avait retrouvé son souffle. Et elle fulminait.

— Espèce d'arrogant personnage ! J'ai passé des mois à pleurer à cause de toi.

— Tu t'en es remise.

— Et comment ! Et si tu crois qu'aujourd'hui, je vais sangloter sur ton épaule sous prétexte que tu te considères comme un héros altruiste, tu te fourres le doigt dans le nez, Lassiter.

— Arrête de me prêter des intentions, comme ça. Tu m'as déjà pris pour ce que je n'étais pas. Ça suffit, maintenant, répliqua-t-il d'un ton las.

— Tu n'avais pas le droit de décider à ma place. Et ne t'attends surtout pas à ce que je te remercie pour ça.

— Je n'attends rien du tout.

— Tu t'attends à ce que je te croie quand tu prétends que tu es amoureux de moi.

— Je suis amoureux de toi, Tate. C'est pitoyable, n'est-ce pas ? Je ne t'ai jamais oubliée. Et, quand je t'ai revue, huit ans plus tard, je me suis senti tellement démuni que j'étais prêt à accepter toutes les miettes que tu voudrais bien me jeter.

— Tu n'avais qu'à prendre ta chance quand je te l'ai offerte.

— Ne dis pas n'importe quoi, Tate. Nous n'avons jamais eu une chance. La première fois, il était trop tôt. Et, cette fois, il est trop tard.

— Si tu avais été honnête avec moi…

— Tu m'aimais, murmura-t-il. Tu ne m'aurais jamais laissé partir.

— Non, en effet, répondit Tate qui avait les larmes aux yeux. Et nous ne saurons jamais ce que nous aurions pu vivre tous les deux.

Elle recula d'un pas.

— Qu'est-ce qu'on va faire ?

— Ça dépend de toi.

— Ah ! ça dépend de moi, cette fois-ci, dit-elle avec un rire amer. Mais, après tout, c'est la moindre des choses.

Elle le considéra un instant, sans pouvoir s'empêcher de se dire qu'elle devait se protéger. Rien d'autre ne devait compter. Finalement, elle reprit :

— Le mieux est de garder la tête froide et de faire preuve de sens pratique. On ne peut pas revenir en arrière, alors on continue à aller de l'avant.

Elle respira profondément.

— Evidemment, il est hors de question que j'abandonne l'expédition. De la même façon, nous ne devons pas permettre que ce qui s'est passé il y a huit ans vienne compromettre le bon déroulement de notre travail. Mais, compte tenu des circonstances, je pense préférable de renoncer à l'aspect intime de notre relation.

— Très bien, murmura Matthew qui n'était absolument pas surpris.

— Ça fait mal, chuchota Tate.

Il ferma les yeux, une fraction de seconde, pour résister au désir de la prendre dans ses bras.

— Veux-tu qu'on change les équipes ? Je peux plonger avec ton père ou avec LaRue, si tu préfères.

— Non, répondit-elle. Moins on fera de vagues, mieux ça vaudra. Pas la peine de bouleverser les habitudes des autres à cause de nos histoires.

Elle hésita un instant.

— A moins que tu préfères inventer une excuse quelconque pour changer les équipes, si tu te sens mal à l'aise…

Il s'esclaffa. « Mal à l'aise ! » C'était une expression tellement absurde comparé à ce qu'il ressentait.

— Tu es vraiment unique, Tate, lui dit-il. On ne change rien.

— J'essaie juste de simplifier les choses au maximum.

— Ouais, tu as raison, dit-il en se frottant les yeux comme on le fait lorsqu'on se sent très fatigué. Simplifions au maximum. On continue comme avant, le sexe en moins. Ça te paraît assez simple ?

— Je veux contacter Hayden.

— Non.

Il leva la main pour arrêter d'avance ses protestations, et enchaîna :

— Ecoute, voilà ce que je te propose. Nous n'avons pas encore trouvé l'amulette, et rien ne dit que nous la trouverons un jour. Si cela arrive, nous reparlerons de l'éventuelle participation de ton pote.

— Tu me donnes ta parole ? Dès que nous l'aurons trouvée, je pourrai appeler un autre archéologue ?

— Tu pourras même mettre une petite annonce dans le Science Digest, si tu veux. D'ici là, pas un mot à qui que ce soit.

— D'accord. Et, en ce qui concerne VanDyke, veux-tu me promettre de reconsidérer ta décision ?

— Non, Tate. J'ai perdu tout ce qui comptait pour moi, dans la vie, et, chaque fois, VanDyke a joué un rôle dans mon malheur. Laisse tomber, ajouta-t-il, comme elle s'apprêtait à parler. Les dés sont jetés depuis seize ans, et ce n'est pas toi qui changeras quelque chose. Ecoute, je suis fatigué. Je vais me coucher.

— Matthew, dit Tate quand il fut sur le seuil.

Il se retourna.

— Tu aurais pu te dire qu'au lieu de gâcher ma vie, j'allais transformer la tienne.

— C'est ce que tu as fait, murmura-t-il.

Puis il sortit dans la tempête qui se mourait.

23.

Le lendemain matin, la tempête avait cessé, mais le clapotement des vagues les empêcha de plonger. Tate, qui n'était pas mécontente de ce répit, s'enferma dans sa cabine avec son ordinateur.

Mais elle n'avait pas la tête à travailler et demeura allongée sur sa couchette, les yeux fixés au plafond. Après tout, elle avait de bonnes raisons de broyer du noir : on lui avait volé huit années de sa vie.

Car, après que Matthew lui avait brisé le cœur, soi-disant pour son bien, elle avait été incapable d'établir une relation durable avec un garçon. Sa vie amoureuse s'était, en quelque sorte, arrêtée sur cette plage, l'été de ses vingt ans.

Et maintenant, il venait lui dire qu'il l'avait aimée… De toute évidence, il l'avait prise pour une écervelée incapable de faire ses propres choix. Bien sûr, elle était jeune. Mais elle n'était pas idiote.

Ces huit années l'avaient rendue plus forte. Elle avait décroché des diplômes qui étaient soigneusement rangés dans un coffre de sa chambre, chez ses parents ; elle avait un joli petit appartement à Charleston ; elle s'était construit une réputation…

Professionnellement, sa réussite était complète.

Mais elle était seule la nuit, et elle n'avait pas d'enfant à aimer.

Elle soupira, roula sur le ventre et se dit qu'il ne servait à rien de ruminer ainsi ce qui aurait pu être et ne serait jamais. En tant qu'archéologue, elle savait mieux que quiconque que le passé peut être examiné, analysé, catalogué, mais en aucun cas transformé. Aujourd'hui, elle devait affronter le présent.

Dans un sens, elle espérait que Matthew l'aimait vraiment. Car, si c'était le cas, il allait souffrir. Il allait savoir à quel point il peut être douloureux de donner son cœur à quelqu'un et de se voir rejeté. Il avait eu sa chance, avec elle. Maintenant, il était trop tard.

Mais elle ne ferait pas preuve de cruauté, décida-t-elle en se levant et en examinant son reflet dans le miroir oval de sa coiffeuse. A quoi bon ? Après tout, elle n'était pas amoureuse, cette fois. Elle pouvait se permettre d'être généreuse et de pardonner.

Ils allaient donc continuer à plonger ensemble, comme deux partenaires.

Après être parvenue à cette solution qui lui semblait raisonnable, la jeune femme hocha la tête et quitta sa cabine. Elle trouva son père sur le pont, en train de vérifier les jauges des bouteilles.

— Sacrée nuit, hein, chérie ?

— Comme tu dis, répondit Tate en regardant autour d'elle.

Le ciel était redevenu bleu, avec juste quelques nuages, ici et là.

— Le vent souffle du sud, déclara Ray. Il apporte de l'air sec. Et la mer est en train de se calmer.

Il se redressa et respira profondément.

— J'ai un bon pressentiment, Tate. Je me suis réveillé plein d'énergie, avec l'impression qu'aujourd'hui, il allait se passer quelque chose. Ta mère dit que ce sont les restes d'électricité de la tempête.

— Tu penses à l'amulette, je le sais bien, murmura Tate. Décidément, vous êtes tous pareils. La nuit dernière, Buck était terrifié à l'idée qu'on la retrouve. Quant à Matthew, il n'a qu'une obsession : s'en servir pour se venger de VanDyke. Quand je pense que nous venons de réaliser un rêve extraordinaire en découvrant l'*Isabella*, que nous avons déjà remonté une fortune, et que mon propre père continue à faire une fixation sur un collier !

— Ça te paraît insensé, je sais, dit Ray en glissant un bras autour des épaules de sa fille. Ecoute, je vais te raconter une histoire. Quand j'étais enfant, j'avais la chance d'habiter une belle maison, avec un jardin. J'avais un portique, un toboggan, des copains. Tout ce qu'un enfant peut désirer. Mais, au-delà de la palissade, derrière la colline, il y avait des marécages avec des kudzu, des arbres étranges et sombres, et une rivière d'eau stagnante dans laquelle vivaient des serpents. Bien entendu, on m'avait interdit de jouer de ce côté-là.

— Alors, tu voulais y aller.

— Evidemment, répondit Ray avec un rire. La légende prétendait que ces marécages étaient hantés. Cela ne faisait qu'ajouter à leur mystère. On m'avait dit que des enfants s'y étaient aventurés et qu'ils n'étaient jamais revenus. Je me revois, debout derrière la palissade, reniflant les chèvrefeuilles et me demandant ce qui se passerait, si je passais outre l'interdiction de mes parents.

— Tu l'as fait ?

— J'ai marché jusqu'à l'orée, une fois. Je pouvais sentir la rivière et voir les lianes qui obstruaient le passage. Mais je me suis dégonflé.

— C'est aussi bien. Tu aurais sûrement été mordu par un serpent.

— Peut-être. Peut-être pas. Je ne saurai jamais ce qui se serait passé si j'étais allé jusqu'au bout de mon envie. J'ai toujours conservé cette curiosité.

— Tu sais bien que ces marécages n'étaient pas hantés. Ta mère t'a raconté ces histoires pour t'empêcher d'y aller, mais ce n'était pas les fantômes qui l'inquiétaient.

— Je n'en suis pas si sûr, répondit Ray.

Il marqua une pause, puis reprit :

— Je trouverais dommage que nous perdions le sens du merveilleux. Je refuse de croire que la magie n'existe pas. Dans un sens, on peut dire que la Malédiction d'Angélique est devenue mon marécage hanté. Cette fois, je veux y entrer et voir ce qui se passe, de mes propres yeux.

— Et que se passera-t-il exactement si tu la trouves ?

— Je serai peut-être plus serein.

Il eut un rire.

— Buck cessera peut-être de penser qu'il n'est plus l'homme qu'il était. Matthew cessera peut-être de se culpabiliser de la mort de son père. Et toi…

Il croisa son regard.

— Tu permettras peut-être à la magie d'entrer de nouveau dans ta vie.

— C'est beaucoup demander à un simple collier.

— Oui, mais imagine…

Il serra sa fille contre lui.

— Je voudrais que tu sois heureuse, ma chérie.

— Je suis heureuse.

— Vraiment heureuse. Je sais que tu as renoncé à une partie de toi-même, il y a huit ans. Je me suis souvent demandé si, à force de vouloir ce qu'il y avait de mieux pour toi, je n'ai pas gâché certaines choses, à l'époque.

— Tu n'as jamais rien gâché de toute ta vie. En tout cas, en ce qui me concerne.

— Je savais ce que Matthew ressentait pour toi. Et ce que tu ressentais pour lui. Cela m'inquiétait.

— Tu n'avais aucune raison de t'inquiéter.

— Tu étais si jeune.

Il poussa un soupir.

— Je vois bien ce qu'il ressent encore pour toi, aujourd'hui.

— Je ne suis plus aussi jeune, papa. Et tu as encore moins de raisons de t'inquiéter.

— Je vois ce qu'il ressent pour toi, répéta Ray en regardant sa fille au fond des yeux, comme s'il cherchait à pénétrer les secrets de son âme. Et ce qui me surprend, c'est que je n'arrive pas à deviner ce que toi, tu ressens pour lui.

— Je ne le sais peut-être pas encore moi-même.

Elle secoua la tête et se força à sourire.

— Vraiment, papa, arrête de t'inquiéter. Je maîtrise parfaitement la situation.

— Justement ! Ça aussi, ça m'inquiète.

— Décidément, je ne peux pas gagner, avec toi.

Elle se dressa sur la pointe des pieds et l'embrassa sur le bout du nez.

— Je vais voir si Matthew est prêt à plonger.

Elle s'éloigna, mais, après quelques pas, elle se retourna. Ray se tenait debout, la main sur la bastingage, le regard perdu du côté de la mer.

— Papa, dit-elle, je suis contente que tu ne te sois pas enfoncé dans cette zone de marécage. Si tu l'avais fait, tu n'aurais peut-être pas eu tellement envie de plonger, par la suite, et nous ne serions pas là, tous les deux.

Pour toute réponse, il lui adressa un sourire plein de tendresse.

Elle se dirigea vers l'avant du bateau et aperçut Matthew sur le *Mermaid*. Il était accoudé au bastingage, une chope de café à la main.

Tate aurait voulu maîtriser l'émotion qui l'assaillit lorsqu'elle le vit, si beau et si triste, mais c'était impossible.

Au même instant, il tourna la tête, et leurs regards se croisèrent. Celui de Matthew était paisible. Comme la tempête qui avait fait rage, la veille, le tumulte de son cœur semblait s'être calmé.

— J'aimerais bien plonger, dit Tate.

— L'eau sera encore plus tranquille si nous attendons une heure ou deux.

— Je voudrais descendre, insista la jeune femme, la gorge serrée. Si ça bouge trop, on remontera.

— D'accord. Va te mettre en tenue.

Tate se tourna et s'éloigna en le maudissant, en maudissant l'*Isabella*, Angélique et son satané collier. Sa vie était tellement simple, avant eux ! Mais elle ne pouvait pas revenir en arrière, et elle ne trompait personne en prétendant pouvoir contrôler ses sentiments. La vérité, c'est qu'elle était toujours follement, désespérément amoureuse de Matthew.

La tempête avait déplacé le sable, sur le site des fouilles, et plusieurs des tranchées étaient bouchées. Mais Matthew accueillit ce surplus de travail avec joie. Ainsi, il n'avait pas trop de temps pour penser.

Soudain, alors qu'il aspirait le sable, il aperçut la garde d'une épée. Il se tourna vers Tate, presque amusé, et frappa sa bouteille afin d'attirer son attention. Aussitôt, elle leva la tête, et il lui fit signe d'approcher. Quand elle l'eut rejoint, il lui désigna la garde.

« Prends-la, semblait-il dire. Celle-ci est à toi. »

Il la vit hésiter, et sut qu'elle repensait à leur première rencontre. Finalement, elle referma les doigts autour de la garde et libéra la lame qui avait été brisée net en son milieu.

Matthew éprouva une vive déception en songeant que, décidément, c'était l'histoire de leur vie. Puis, il se remit au travail, et Tate retourna trier les débris qui retombaient du tuyau de la suceuse à air.

Un moment plus tard, et bien qu'aucun mouvement ne l'eût alertée, la jeune femme leva la tête et scruta l'eau trouble, autour d'elle. Le regard torve et le large sourire d'un barracuda la firent sursauter.

Elle sourit intérieurement et se concentra de nouveau sur son travail, tout en jetant de temps en temps un coup d'œil du côté du poisson. Il restait immobile, patiemment, et semblait l'observer.

L'espace d'un instant, Tate se demanda si ce n'était pas le même barracuda qui les avait accompagnés quotidiennement, lorsqu'ils effectuaient les fouilles sur le *Santa Margarita*, huit ans plus tôt. Mais c'était fort peu probable.

Elle s'apprêtait à alerter Matthew de la présence de leur nouveau compagnon, lorsqu'un objet brillant jaillit du tuyau et atterrit à un centimètre de sa main.

Tout d'abord, Tate n'aperçut qu'un mélange d'or, de glace et de feu qui paraissait générer de la chaleur. Puis, elle vit l'objet plus clairement.

Le rubis était comme une grosse tache de sang entourée de diamants. L'or était poli et formait des torsades, dans le style très orné des bijoux anciens. Puis, la jeune femme vit les noms gravés autour de la pierre.

Angélique. Etienne.

Le sang se mit à battre à ses tempes, noyant tous les autres bruits : le ronronnement de la suceuse à air et le fracas des pierres et des coquillages qui pleuvaient sur ses bouteilles. Puis, aussi clairement que si elle les avait prononcés à haute voix, elle entendit ces mots tout au fond d'elle-même :

« La Malédiction d'Angélique. Enfin, nous l'avons trouvée ! Enfin, nous l'avons libérée ! »

Les doigts gourds, elle se pencha pour ramasser l'amulette et, de nouveau, elle eut la sensation que les pierres irradiaient une sorte de chaleur, comme si elles étaient animées d'une vie propre. Mais, bien sûr, c'était son imagination qui lui jouait des tours.

En même temps, elle se sentit envahie par un mélange d'émotions contradictoires : le chagrin, la colère et la peur, et aussi un amour déchirant, désespéré.

Elle serra le bijou dans sa main, tout en essayant de contrôler cette explosion intérieure. Elle imaginait la cellule d'Angélique, avec son ouverture unique pratiquée dans la pierre de taille ; elle pouvait presque respirer la puanteur de la prison et entendre les cris et les supplications des damnés.

Elle vit la femme assise à une petite table, qui frissonnait dans sa robe en lambeaux, avec ses cheveux roux coupés à la base du cou. La pauvre sanglotait, tout en écrivant, et l'amulette scintillait sur sa gorge si blanche.

Puis, elle la vit étouffée et consumée par les flammes.

Elle resta là longtemps, immobile, sans rien faire d'autre que serrer l'amulette entre ses doigts, alors que les débris continuaient de tomber autour d'elle.

Matthew travaillait sans relâche, et elle le regarda un instant, tout en songeant qu'elle tenait dans sa main l'objet qu'il cherchait depuis si longtemps. Comment avait-il pu le laisser passer sans le voir ? se demanda-t-elle avec un frisson.

Elle aurait dû lui faire signe, le prévenir. La Malédiction était là, entre ses mains.

Mais après ? L'idée de ce qui pouvait arriver à cause du bijou la paralysait. Et, soudain, sans s'interroger davantage, elle fourra l'amulette dans une pochette de son sac qu'elle referma soigneusement.

Puis, tout en luttant pour retrouver son calme, elle regarda du côté du barracuda. Mais il était parti. A croire qu'il n'était jamais venu.

Quelque huit cents kilomètres plus loin, VanDyke se leva brusquement du lit dans lequel il s'ébattait avec sa partenaire du moment et, ignorant les protestations de la jeune femme, il enfila un peignoir de soie et quitta la cabine. La bouche sèche, le cœur battant à tout rompre, il passa devant un steward vêtu d'un uniforme blanc, gravit les marches de l'escalier menant au pont, et se rendit dans la cabine de pilotage.

— Accélérez ! ordonna-t-il.

Le capitaine leva les yeux de la carte marine qu'il était en train d'étudier.

— Pardon, monsieur, mais il y a une tempête, à l'est. Je m'apprêtais à changer de cap pour l'éviter.

— Je vous ai dit d'accélérer, répéta VanDyke en envoyant valser toutes les cartes qui se trouvaient sur la table. Maintenez le cap et prenez de la vitesse. Je veux être à Nevis demain matin. Sinon, je vous vire, et vous ne serez pas près de remonter à bord d'un bateau, croyez-moi.

Il ressortit comme il était entré, sans attendre de réponse. Personne ne discutait les ordres de Silas VanDyke.

Mais cet accès de colère et d'autorité ne le calma pas. Ses mains tremblaient, et il sentait poindre une de ses crises de rage. Une telle faiblesse le rendait furieux, en même temps qu'elle l'emplissait d'une peur farouche. Alors, pour prouver sa force, il fit irruption dans le salon, insulta le barman sans aucune raison, et attrapa une bouteille de Chivas.

Il venait de voir l'amulette. Il aurait pu le jurer. Il l'avait vue briller ; il avait senti son poids contre son cou alors qu'il se couchait sur le corps de sa maîtresse. Et cette femme, tout à coup, n'était plus la compagne de plus en plus ennuyeuse de ces deux derniers mois, mais Angélique elle-même.

VanDyke ordonna au barman de décamper, et il se remplit un verre qu'il avala d'un trait.

La vision était trop forte, trop réelle, pour être un simple fantasme. C'était une prémonition. Il en était sûr.

Angélique le provoquait de nouveau : elle lui riait au nez, au-delà des siècles. Mais, cette fois, elle ne gagnerait pas. Bientôt, l'amulette serait à lui. Et, avec elle, grâce à elle, il jouirait enfin du pouvoir sans limite qu'elle possédait. Bientôt. Très bientôt.

— Tate a l'air soucieux, remarqua LaRue en remontant la fermeture Eclair de sa combinaison étanche.

— Nous avons travaillé dur, répondit Matthew. Elle doit être fatiguée.

— Et toi ?

— Ça va. Le mieux serait que toi et Ray, vous poursuiviez les fouilles le long de la tranchée sud-est.

— Très bien.

LaRue fixa tranquillement ses bouteilles à son gilet stabilisateur, puis il s'assit pour l'enfiler.

— Tu as remarqué qu'elle ne s'était pas attardée sur le pont, comme elle a l'habitude de le faire ? Dès qu'elle est sortie de l'eau, elle est entrée.

— Et alors ? Tu as l'intention d'écrire un article sur le comportement de Tate ?

— J'aime étudier la nature humaine, jeune Matthew. Et mon petit doigt me dit que notre jolie demoiselle a quelque chose à cacher : une chose qui la rend soucieuse.

— Soucie-toi de ta propre nature humaine, riposta Matthew.

— Mais les autres sont tellement plus intéressants ! dit LaRue avec un sourire, tout en enfilant ses palmes.

— Peut-être, répliqua Matthew. En tout cas, Ray t'attend, ajouta-t-il avec un geste en direction du *New Adventure.*

— Ah, mon cher partenaire de plongée. Voilà bien une relation qui exige une confiance totale.

Il mit son masque, et conclut :

— Mais tu sais que tu peux compter sur moi.

— Oui, c'est ça.

LaRue le salua de la main et se laissa tomber dans l'eau. Quelque chose lui disait qu'il allait bientôt devoir passer un autre coup de téléphone.

Tate ne savait quelle décision prendre. Elle était assise sur sa couchette, et regardait fixement l'amulette. Elle se disait qu'elle n'aurait jamais dû dissimuler sa découverte.

Seulement, si Matthew avait vu la Malédiction d'Angélique, il s'en serait emparé, et il aurait aussitôt prévenu VanDyke. Et Tate savait, avec une certitude absolue, que si les deux hommes entraient en conflit ouvert, un seul d'entre eux en sortirait vivant.

Elle caressa l'amulette du bout du doigt. En fait, elle n'avait jamais cru qu'ils la retrouveraient. Pire que cela : elle avait vraiment espéré qu'ils ne la retrouveraient jamais. Elle dut lutter contre l'envie brusque et un peu folle d'ouvrir le hublot et de la rejeter à la mer.

Il n'était pas nécessaire d'être un expert en bijoux pour savoir que le rubis, à lui seul, valait une véritable fortune. Et il suffisait de déterminer son poids en or pour connaître sa valeur sur le marché. Si on ajoutait les diamants, l'ancienneté du bijou, la légende, à combien pouvait-on le chiffrer ? Quatre millions de dollars ? Peut-être cinq ?

Assez, en tout cas, pour justifier l'intérêt que tant de gens lui portaient.

C'était une pièce vraiment splendide, se dit Tate en l'admirant.

Grâce à elle, Tate pourrait réaliser ses ambitions professionnelles bien au-delà de ce qu'elle avait jamais rêvé. Sa renommée deviendrait mondiale, et les offres de financement pour d'éventuelles expéditions afflueraient sans même qu'elle eût à faire le moindre effort.

Pour cela, il lui suffisait de cacher l'amulette, de se rendre à Nevis et de passer un coup de téléphone. En l'espace de quelques heures, elle serait à bord d'un avion à destination de New York ou de Washington, et se préparerait à stupéfier le monde de l'exploration océane.

La jeune femme sursauta brusquement et jeta l'amulette sur sa couchette, en la regardant fixement.

A quoi pensait-elle ? Comment avait-elle pu se laisser aller à de telles divagations ? Depuis quand la célébrité et la fortune comptaient-elles davantage, à ses yeux, que la loyauté, l'honnêteté ? Et même l'amour.

Elle frissonna et enfouit son visage dans ses mains. Ce satané collier était peut-être vraiment maudit.

Elle se leva, alla ouvrir le hublot, et respira l'air marin à pleins poumons.

Ce qui comptait pour elle, en vérité, ce n'était pas la fortune et la gloire, mais le fait de détourner Matthew de son obsession vengeresse. Elle aurait donné l'amulette à VanDyke, si seulement cette trahison avait pu sauver l'homme qu'elle aimait.

Et pourquoi pas ?

Elle se retourna, et considéra le joyau étalé sur la couchette. Puis, poussée par un instinct auquel elle ne chercha pas à résister, elle le prit et alla le glisser sous une pile de linge, dans un tiroir de sa commode.

Elle devait agir vite.

Elle gravit les marches qui menaient au pont. Sa mère était en train de donner des coups de marteau. Buck était allé à Nevis pour remplir leurs bouteilles d'oxygène, et Ray et LaRue étaient sous l'eau.

Matthew, en revanche, était invisible. Elle décida qu'elle n'avait pas une minute à perdre.

Le cœur battant, elle se glissa jusqu'à la cabine de pilotage. Pourvu que l'opérateur, à Nevis, pût la mettre en contact avec les Industries Trident ! Sinon, elle essaierait de contacter Hayden.

Elle put établir la communication avec l'île de Nevis et, au bout d'un interminable quart d'heure et d'innombrables transferts, elle fut mise en contact avec le standard des Industries Trident, à Miami.

Mais tous ses efforts se révélèrent inutiles car on refusa de lui passer Silas VanDyke.

En désespoir de cause, elle appela Hayden. Hélas, elle tomba sur sa messagerie.

— J'ai besoin de transmettre un message au Dr Deel, dit-elle. C'est urgent.

— Le Dr Deel est dans le Pacifique.

— Ecoutez, c'est de la part de Tate Beaumont. Nous avons travaillé ensemble. Je dois impérativement le joindre le plus vite possible.

— Le Dr Deel vérifie ses messages régulièrement. Nous ne manquerons pas de lui signaler votre appel, quand il nous contactera.

— Dites-lui que Tate Beaumont a besoin de lui parler de toute urgence, répéta Tate. Je suis en mer, dans les Antilles, à bord du *New Adventure.* HTR-56390. Il peut appeler l'opérateur à Nevis pour obtenir un transfert. Vous avez tout noté ?

La jeune femme, à l'autre bout du fil, lui répéta le numéro.

— C'est ça. Dites au Dr Deel que je dois lui parler, que j'ai besoin de son aide. Dites-lui que j'ai trouvé quelque chose, une chose d'une importance vitale, et que je dois entrer en contact avec Silas VanDyke. Si je n'ai aucune nouvelle du Dr Deel d'ici à une semaine, ou plutôt non, d'ici à trois jours, je ferai le nécessaire pour me rendre à bord du *Nomad.* Dites-lui que j'ai vraiment besoin de son aide.

— Votre message lui sera transmis dès qu'il nous appellera, madame Beaumont.

— Merci.

Tate raccrocha, se retourna, et se figea brusquement.

Matthew se tenait sur le seuil de la cabine de pilotage.

— Je croyais que nous avions conclu un accord, déclara-t-il froidement.

24.

Tate aurait pu trouver toutes sortes d'excuses, mais elle doutait fort que Matthew les acceptât. Pourtant, la manière tranquille, presque nonchalante, dont il s'appuyait au chambranle de la porte la poussa à tenter sa chance.

— J'ai besoin de vérifier certaines données auprès de Hayden.

— Vraiment ? Tu as fait ça combien de fois, depuis que nous avons trouvé l'*Isabella* ?

— C'est la première fois, répondit Tate.

Matthew se redressa, et elle fit un pas en arrière, instinctivement. Ce n'était pas le mouvement qui lui avait fait peur, mais la lueur meurtrière qui avait brillé dans ses yeux, tout à coup.

— Ne raconte pas de conneries, Tate, dit-il sur un ton menaçant.

La jeune femme se plaqua contre le mur. Pour la première fois de sa vie, elle éprouvait une peur véritablement physique.

— Matthew, non, murmura-t-elle.

— Non, quoi, espèce de sale menteuse ?

Il avança d'un pas.

— Quand est-ce qu'il t'a eue ?

— Je ne comprends pas ce que tu veux dire, répondit-elle, la gorge sèche. Je voulais juste demander à Hayden…

Ses paroles moururent dans sa gorge lorsqu'il avança la main et prit sa mâchoire entre l'étau de ses doigts.

— Ne mens pas, ordonna-t-il, presque à voix basse. Je t'ai entendue. Si je ne t'avais pas entendue moi-même, jamais personne n'aurait pu me convaincre que tu avais viré de bord à ce point. Pourquoi, Tate ? Pour l'argent ? Le prestige ? Une promotion ? Une saloperie de musée qui portera ton nom ?

— Non, Matthew, je t'en prie…

Il la lâcha et elle ferma les yeux, s'attendant à recevoir une gifle ou un coup de poing.

— Quel message étais-tu si pressée de transmettre à VanDyke ? Où est-il ? Il attend tranquillement dans les parages que nous ayons terminé nos fouilles pour venir tout piquer sous notre nez ? C'est ça ?

— Je ne sais pas où il est, affirma Tate, au bord des larmes. Je te le jure. Je ne cherche pas à l'aider, Matthew. Je ne vais pas lui donner l'*Isabella*.

— Alors quoi ? Que vas-tu lui donner ?

Terrifiée par l'expression de violence qui s'était peinte sur le visage de Matthew, la jeune femme se recroquevilla.

— Ne me fais pas mal, Matthew, gémit-elle, humiliée comme elle ne l'avait jamais été de toute sa vie.

— Tu peux affronter un requin, mais tu n'es même pas capable d'affronter ce que tu es, déclara-t-il sur un ton de profond mépris.

Puis il secoua la tête et recula.

— Je sais que tu m'en veux, et je comprends pourquoi, mais je n'aurais jamais cru que tu trahirais tout le monde, que tu sacrifierais toute cette expédition, juste pour te venger de moi.

— Mais c'est faux !

— Qu'allais-tu lui dire ? hurla-t-il.

Tate ne répondit pas.

— Très bien. Transmets-lui donc un message de ma part. Si jamais il s'approche de mon bateau ou de mon épave à moins de dix mètres, je le tue. Tu as compris ?

— Matthew, je t'en prie, écoute-moi…

— Non, toi, écoute-moi. J'ai beaucoup de respect pour Ray et Marla. Je sais qu'à leurs yeux, tu es la huitième merveille du monde. Et, pour eux, je vais me taire. Je ne veux pas être celui qui leur fera découvrir ce que tu es vraiment. Alors, tu vas inventer une bonne raison de nous quitter. Dis-leur que tu dois retourner à l'université, ou sur le *Nomad*, ou ailleurs, peu importe. Je veux que tu sois partie dans vingt-quatre heures. Est-ce que c'est clair ?

— D'accord, je partirai, dit Tate en essuyant ses larmes. Ecoute-moi seulement, et je m'en irai aujourd'hui même.

— Rien de ce que tu pourras me dire ne m'intéresse. Et tu peux t'estimer heureuse, Tate, ajouta-t-il sur un ton glacial. Tu m'auras vraiment rendu la monnaie de ma pièce.

Il se détourna et fit mine de sortir.

— Je t'aime, Matthew, lança la jeune femme dans un dernier effort désespéré.

Il se figea sur le seuil.

— Ça, c'est une ruse qui aurait marché il y a seulement une heure. Mais c'est trop tard.

— Je savais bien que tu ne me croirais pas. Mais j'avais besoin de le dire. Je ne sais plus ce qui est bien ni ce qui est juste, ajouta-t-elle d'une voix rauque. Je pensais agir pour le mieux. J'avais peur.

Elle avala sa salive avec difficulté. Elle sentait une boule douloureuse qui était venue se loger dans sa gorge.

— J'avais tort. Mais, avant de t'en aller, avant de me repousser une deuxième fois, attends un instant : je dois te donner quelque chose.

— Je ne veux rien de toi.

— Oh, si !

Elle respira profondément, dans l'espoir de calmer le tremblement qui la secouait tout entière.

— J'ai l'amulette. Si tu me suis dans ma cabine, je te la donnerai.

Il se tourna vers elle et la regarda d'un air soupçonneux.

— Qu'est-ce que c'est que ces conneries ?

— La Malédiction d'Angélique est dans ma cabine, reprit Tate avec un rire étranglé. On dirait qu'elle fonctionne.

Matthew se pencha en avant et prit brusquement la jeune femme par le bras.

— Fais voir.

Elle ne gémit pas, cette fois, ne se plaignit pas, lorsque les doigts de son compagnon s'enfoncèrent dans sa chair. Simplement, elle le précéda dans sa cabine. Là, elle ouvrit le tiroir de sa commode et en tira l'amulette.

— Je l'ai trouvée tout à l'heure, quand nous étions sous l'eau. D'un seul coup, elle était là, sur le sable. Je ne l'ai pas nettoyée. Ce n'était pas nécessaire ; elle est intacte. Elle aurait aussi bien pu se trouver sur un coussin de velours, dans une vitrine. C'est drôle, d'ailleurs : quand je l'ai prise, j'ai eu l'impression que…

Tate s'interrompit, poussa un soupir et ajouta :

— Mais peu importe tout ça. Tiens, tu as ce que tu voulais.

Matthew prit l'amulette qui brillait de mille feux. Elle était aussi belle qu'il l'avait imaginé. Et elle semblait dégager de la chaleur. Peut-être ses mains étaient-elles froides. Mais cela n'expliquait pas le serrement de cœur qu'il éprouva brusquement ni la vision de flammes qui surgit dans son esprit.

Ah, il était nerveux. Après tout, il y avait de quoi. Il venait enfin de trouver le trésor qu'il cherchait pratiquement depuis toujours.

— Mon père est mort pour ça, murmura-t-il, sans avoir vraiment conscience qu'il s'exprimait à voix haute.

— Je sais, dit Tate. Et j'ai très peur qu'il t'arrive la même chose.

Il leva les yeux vers elle d'un air égaré. Avait-elle parlé ?

— Tu n'avais pas l'intention de me dire que tu l'avais trouvée ?

— Non, répondit Tate qui se sentait désormais prête à affronter la fureur et le mépris de Matthew. Je ne suis pas sûre de comprendre les raisons qui m'ont poussée à la cacher. J'ai commencé à te faire signe, et puis je me suis ravisée. Je ne pouvais pas. Alors, je l'ai fourrée dans mon sac et je suis venue m'enfermer ici, dès que nous sommes remontés à la surface. J'avais besoin de réfléchir.

— A quoi ? Au prix que VanDyke te donnerait pour la récupérer ?

Tate le regarda droit dans les yeux. Son visage exprimait une profonde tristesse.

— Je sais que je t'ai déçu, Matthew, mais franchement, me crois-tu capable d'une chose pareille ?

— Je te sais ambitieuse. Et VanDyke est puissant. Il peut te donner tout ce dont tu rêves.

— Sans doute. Et je dois t'avouer que, pendant quelques minutes, j'ai imaginé tout ce que cette amulette pourrait m'apporter. Et alors ? Est-ce que je dois être parfaite pour trouver grâce à tes yeux ? Je n'ai pas le droit d'être un peu égoïste ?

— Tu n'as pas le droit de trahir ta famille et tes amis.

— Comme si j'en étais capable ! Mais tu as raison : j'ai essayé de joindre VanDyke. Je voulais lui dire que j'avais trouvé l'amulette. J'espérais le rencontrer quelque part et la lui donner.

— Tu couches avec lui ?

La question était tellement absurde, tellement inattendue que Tate faillit éclater de rire.

— Je n'ai pas revu Silas VanDyke depuis huit ans. Je ne lui ai pas parlé, et j'ai encore moins couché avec lui.

— Et pourtant, ta première réaction, après avoir trouvé l'amulette, a été de chercher à le joindre, fit Matthew qui ne comprenait strictement rien.

— Non, ma première réaction a été de m'inquiéter à ton sujet ; j'ai eu peur de ce que tu lui ferais, si jamais je te donnais l'amulette.

Elle ferma les yeux.

— Ou pire, de ce qu'il te ferait. J'ai été prise de panique. J'ai même été tentée de la rejeter à la mer. Mais ça n'aurait rien résolu. Alors, je me suis dit que si je la donnais à VanDyke, je pourrais exiger en retour qu'il te laisse tranquille. Une sorte d'échange. Comme ça, tout était résolu.

Elle lui tourna le dos et alla se poster devant le hublot. Puis elle reprit :

— Je n'avais pas compris que je t'aimais encore. Quand j'ai finalement accepté d'en prendre conscience, j'ai paniqué. Je ne veux pas éprouver de tels sentiments pour toi. Et, en même temps, je sais que je n'éprouverai jamais rien d'aussi fort pour personne d'autre.

Elle se retourna et le regarda. Ses yeux étaient redevenus secs.

— En fait, je voulais te sauver la vie et décider à ta place ce qui était le mieux pour toi. Cela devrait te rappeler des souvenirs. Tu as fait la même chose avec moi, il y a huit ans : tu as voulu décider à ma place.

Elle leva les mains et les laissa retomber le long de son corps.

— Tu as ton amulette, maintenant. A toi de faire ce que bon te semble. Personnellement, je ne tiens pas à assister à la suite des événements.

Elle ouvrit la porte de son placard et en sortit sa valise.

— Qu'est-ce que tu fais ?

— Mes bagages.

Matthew se leva, lui prit la valise des mains et la jeta à travers la cabine.

— Tu crois que tu peux me lâcher une bombe pareille et disparaître ?

— Absolument, répondit Tate qui se sentait très calme, maintenant. Et je pense aussi que, l'un comme l'autre, nous avons besoin de temps pour y voir un peu clair dans tout le gâchis que nous avons provoqué.

Elle voulut passer devant lui, mais il lui bloqua la route. Tate leva le menton.

— Je te préviens : tu ne vas pas me terroriser une deuxième fois.

— S'il le faut, je le ferai, riposta Matthew en faisant claquer le loquet de la porte de la cabine, comme pour donner plus de poids à ses paroles. Pour commencer, mettons les choses au clair en ce qui concerne l'amulette, enchaîna-t-il en lui montrant le joyau. Nous avons misé gros pour la trouver, mais j'estime avoir la priorité ; je suis sur sa piste depuis plus longtemps que tout le monde. Quand j'aurai fait ce que j'ai à faire, je te la donnerai.

— Si tu es toujours vivant.

— Ça, c'est mon problème.

Il fourra le collier dans sa poche et poursuivit :

— Je te dois des excuses pour ce que je t'ai dit, tout à l'heure, dans la cabine de pilotage.

— Je n'en veux pas.

— Je te les présente quand même. J'aurais dû te faire confiance. Je ne suis pas très doué, dans ce domaine, mais j'aurais dû faire une exception en ce qui te concerne. Je t'ai fait peur.

— En effet. Mais je le méritais peut-être. Disons simplement que nous sommes quittes.

— Nous n'avons pas terminé, murmura Matthew en lui prenant le bras, mais avec douceur, cette fois. Assieds-toi.

Quand elle leva les yeux vers lui, elle était encore sur la défensive.

— Je ne vais pas te faire mal, reprit Matthew. Je te demande pardon si j'ai été brutal, tout à l'heure. S'il te plaît, assieds-toi.

— Je ne vois vraiment pas ce qu'il y a à ajouter, dit la jeune femme en lui obéissant néanmoins. Je comprends que tu aies réagi comme tu l'as fait, compte tenu de ce que je t'ai dit.

— Tu as dit que tu m'aimais.

— Et j'ai mal choisi mon moment, répondit-elle avec une pointe d'agacement. Inutile de retourner le couteau dans la plaie. Si tu crois que ça me fait plaisir...

Il s'assit à côté d'elle, mais sans la toucher.

— Il y a huit ans, j'ai fait ce que je jugeais être mon devoir. Et je pense que j'ai eu raison. J'ai fait suffisamment de conneries, dans ma vie, pour savoir quand je me suis trompé ou pas. Je ne pouvais pas t'entraîner dans mes errances. Et, quand je te regarde, maintenant, quand je vois ce que tu as accompli, ce que tu es devenue, je suis encore plus convaincu d'avoir pris la bonne décision.

— A quoi bon... ?

— Laisse-moi terminer. Je ne t'ai pas tout dit, hier soir. Je ne voulais peut-être pas admettre certaines choses. Sache pourtant que, quand j'ai commencé à travailler dans l'Atlantique Nord, je pensais à toi jour et nuit. En fait, ma vie se limitait à travailler, payer des factures et penser à toi. Je me réveillais au milieu de la nuit et tu me manquais tellement que j'en avais mal, physiquement.

Il marqua une pause, les yeux fixés sur ses mains.

— Et puis, peu à peu, j'ai perdu jusqu'à l'énergie de souffrir. J'ai commencé à me dire que ce n'était pas si grave et, au fur et à mesure que le temps passait, j'ai cessé de penser à toi. Parfois, cela me reprenait brusquement, mais j'arrivais toujours à me reprendre. Il le fallait. Avec Buck, la situation était dramatique, et j'avais horreur de ce que je faisais. Ça a duré huit ans. Et puis, je t'ai revue, et j'ai eu l'impression que mon cœur s'ouvrait de nouveau. Je voulais retrouver tout le temps perdu, mais il était trop tard. Même quand j'ai pu faire l'amour avec toi, je continuais de ressentir ce vide au fond de moi. Parce que tout ce que je désirais, c'était que tu m'aimes en retour.

Il respira profondément, releva la tête et se força à la regarder.

— Je veux une deuxième chance, Tate. Va savoir, j'arriverai peut-être à te faire supporter l'idée que tu es amoureuse de moi.

La jeune femme eut un sourire tremblant.

— Ça ne devrait pas être trop difficile. Je penche déjà dans cette direction.

— Je dois commencer par te dire que ce que j'éprouvais pour toi, il y a huit ans, était la chose la plus forte et la plus incroyable qui me soit arrivée de toute ma vie. Et pourtant, ce n'était encore rien par rapport à ce que je ressens aujourd'hui.

Tate était au bord des larmes, et elle se sentait plus amoureuse que jamais.

— Tu en as mis du temps, pour me dire tout ça.

— Je pensais que tu me rirais au nez. Essaie de me comprendre : je n'étais pas assez bien pour toi, à l'époque, et je ne le suis pas davantage aujourd'hui.

— Pas assez bien ? répéta Tate, interloquée. Dans quel sens ?

— Tous les sens ! Tu es intelligente, tu as des diplômes, une bonne éducation, une famille…

Il passa une main dans ses cheveux.

— Tu as de la classe.

Tate garda le silence pendant un instant — le temps de bien assimiler les paroles de Matthew. Finalement, elle secoua la tête.

— Je crois que je suis trop épuisée, émotionnellement, pour avoir encore la force de me mettre en colère contre toi, mais c'est sûrement la chose la plus sotte que tu m'aies jamais servie. Je n'aurais pas pu imaginer que tu étais le genre de personne à avoir des complexes.

— Ce ne sont pas des complexes, protesta Matthew qui se sentait tout bête. Ce sont les faits. Je suis un chasseur de trésor, fauché la plupart du temps. Je n'ai rien, à part un bateau. Et encore : LaRue en possède une partie. Je vais faire fortune avec cette épave et je suis tout aussi capable de tout gaspiller en quelques mois.

— Et moi, je suis une scientifique avec un CV long comme le bras, dit Tate qui commençait à comprendre. Je n'ai pas de bateau, mais un appartement dans lequel je ne suis pratiquement jamais. La découverte de cette épave va me rendre célèbre, et j'ai l'intention d'utiliser cette célébrité et une partie de la fortune que nous allons gagner pour marquer mon passage sur cette terre. Compte tenu de ces données, nous n'avons pas grand-chose en commun et aucune raison logique d'entretenir une relation à long terme.

Elle sourit brusquement.

— Tu veux essayer quand même ?

Matthew réfléchit un instant, puis répondit :

— Tu sais quoi ? Après tout, tu es assez grande pour prendre tes décisions toute seule et assumer les conséquences de tes erreurs. Oui, je veux bien essayer.

— Moi aussi. Je t'ai aimé aveuglément, autrefois. Et, maintenant que je te vois de manière plus réaliste, je t'aime encore plus fort. Nous devons être cinglés, Lassiter. Mais qu'est-ce que c'est bon !

Il l'attira dans ses bras et enfouit son visage dans son cou.

— J'avais presque réussi à t'oublier, murmura-t-il.

— Presque ?

— Mais je n'ai jamais pu oublier ton odeur.

Elle pouffa de rire.

— Mon odeur ?

— Fraîche. Pure. Une odeur de sirène. C'est pour ça que j'ai appelé mon bateau le *Mermaid*. En souvenir de toi.

Son bateau, songea la jeune femme. Le bateau qu'il avait construit de ses propres mains.

— Matthew, tu me mets la tête à l'envers.

Elle poussa un soupir de bien-être. Cette fois, plus rien ne les séparerait.

— On devrait remonter sur le pont, avant que les autres viennent nous chercher. D'autant que nous avons quelque chose à leur annoncer.

— Ah, voilà ton esprit pratique qui se réveille ! Moi qui pensais déjà à te faire l'amour sur la couchette.

— Mmm, voilà une perspective drôlement attrayante… mais il va falloir la remettre à plus tard, déclara la jeune femme en se levant et en l'entraînant vers la porte. J'ai bien aimé la manière dont tu nous as enfermés, ajouta-t-elle en tirant le loquet. Très macho.

— Tu aimes ça, hein ?

— A petites doses, oui.

Dehors, Marla continuait de faire éclater des morceaux de conglomérat à bord du *Mermaid*, et la suceuse à air ronflait sous l'eau.

— Ils vont recevoir le choc de leur vie quand tu vas leur montrer l'amulette, dit Tate.

— Quand nous allons la leur montrer, corrigea Matthew. C'est toi qui l'as trouvée.

— C'est peut-être le destin qui l'a voulu, pour que je puisse te la donner.

— Le destin ? C'est une scientifique qui dit ça ?

— Eh oui. Et puisque nous en sommes aux scoops, j'espère que tu es prêt pour le prochain : tu n'as rien contre le mariage, dis ?

Matthew eut un mouvement instinctif de recul, mais, loin de s'en offusquer, Tate lui sourit.

— Le mariage ? répéta-t-il.

— Oui. Nous devrions pouvoir régler les formalités administratives assez vite. Ne t'inquiète pas : je ne veux pas de tralala. Nous pourrions organiser une petite cérémonie toute simple, ici, sur le bateau.

Matthew sentit son cœur battre très fort, puis le calme revint.

— Tu as pensé à tout, on dirait.

Tate, qui était très contente d'elle, enroula ses bras autour du cou de son compagnon.

— En effet. Maintenant que je te tiens, je n'ai pas l'intention de te laisser disparaître une deuxième fois.

— Je vois qu'il est inutile de discuter.

— Absolument inutile. Autant céder tout de suite.

— Ma chérie, j'ai cédé à la minute où tu m'as éjecté de ce hamac quand nous nous sommes retrouvés, chez tes parents.

Son visage redevint sérieux.

— Tu es ma chance, murmura-t-il. Il n'y a rien que je ne me sente capable de faire, si tu es avec moi.

Tate se blottit contre lui, ferma les yeux, et essaya de ne pas penser à la malédiction qui pesait lourd dans la poche de Matthew.

Tout le monde se retrouva sur le pont du *Mermaid*, au crépuscule. Les fouilles de la journée avaient été fructueuses. Ray avait remonté, notamment, deux statuettes en porcelaine de Chine.

— Elles datent de la dynastie Ching, dit Tate en les examinant. On les appelle des Immortelles. Elles représentent des figures humaines de sainteté de la théologie chinoise. Il en existe huit, en tout, et ces deux-là sont en excellent état. Qui sait, nous allons peut-être retrouver les six autres, en admettant qu'un des passagers ait transporté la collection complète. En tout cas, elles ne figurent pas sur le manifeste.

— Elles ont beaucoup de valeur ? demanda LaRue.

— Inestimable, répondit la jeune femme. En fait, je crois qu'il est temps que nous envisagions le transfert des objets les plus précieux et les plus fragiles vers un endroit où ils seront plus à l'abri qu'ici. Je voudrais aussi appeler un autre archéologue. J'ai besoin de l'appui d'un partenaire pour corroborer mon étude. Et il faut également penser à préserver l'*Isabella*.

— Si on fait ça, VanDyke va nous tomber dessus, objecta Buck.

— Pas si nous prenons la précaution d'alerter certaines institutions comme la Société Cousteau, le Committee for Nautical Archeology, en Angleterre, et son équivalent aux Etats-Unis. En fait, il devient chaque jour plus dangereux de garder le secret. Une fois que notre découverte sera connue officiellement, personne ne pourra plus saboter notre opération.

— Tu ne connais pas les pirates, dit Buck, l'air sombre. Et le gouvernement est le pire de tous.

— J'ai tendance à penser comme Buck, dit Ray en considérant les statuettes chinoises d'un air soucieux. Je sais qu'il va falloir partager notre découverte, mais nous n'avons pas encore terminé. Nous sommes même loin d'avoir totalement exploré l'épave : il nous reste encore des semaines de fouilles, peut-être même des mois. Et nous n'avons toujours pas trouvé ce que nous sommes venus chercher.

— La Malédiction d'Angélique, murmura Buck entre ses dents. Elle ne veut peut-être pas qu'on la trouve.

— Si elle est là, on la trouvera, affirma LaRue.

— Je crois que vous êtes tous à côté de la question, intervint Marla, de sa voix douce.

Il était si rare qu'elle donnât son opinion dans ce domaine que tout le monde se tourna pour la regarder.

— Je sais que je ne plonge pas, mais je crois comprendre ce qui se passe. Regardez ce que nous avons accompli, déjà : tout ce que nous avons trouvé. Nous formons une toute petite équipe, et non seulement nous avons travaillé comme des fous, mais nous avons même réussi à garder notre découverte et nos fouilles secrètes. C'est pratiquement un miracle. Et ce miracle, nous l'avons confié à Tate, qui s'est chargée d'évaluer le moindre artéfact, de tout répertorier, tout cataloguer. Or, maintenant, elle demande de l'aide. Et quelle est notre réaction ? Attention : on risque de nous dérober notre bien ! Mais c'est impossible, ajouta-t-elle avec conviction. Et qu'importe que nous n'ayons pas trouvé la Malédiction d'Angélique, alors que c'est elle que nous sommes venus chercher ? Le fait est que nous avons accompli un miracle.

Ray poussa un soupir et glissa un bras autour des épaules de sa femme.

— Tu as raison, bien sûr. Il serait idiot de penser que nous avons échoué simplement parce que nous n'avons pas encore trouvé l'amulette. Malgré tout, je ne peux pas m'empêcher d'éprouver une sensation d'échec, chaque fois que je remonte sans elle. En dépit de tout le reste.

Tate regarda Matthew, puis son père.

— Tu n'as pas échoué, déclara-t-elle. Aucun d'entre nous n'a échoué. Sans rien dire, Matthew se leva et prit le bijou dans sa poche. Puis il le laissa pendre au bout de sa main.

Ray se leva à son tour. Son regard se voila, tandis qu'il tendait la main pour toucher le rubis.

— Tu l'as trouvé, dit-il d'une voix rauque.

— C'est Tate qui l'a trouvé, corrigea Matthew. Ce matin.

— C'est l'instrument du diable, murmura Buck avec un geste de recul. Ce collier va nous créer des tas de problèmes.

— C'est peut-être un instrument, concéda Matthew en jetant un bref regard à LaRue. Et j'ai bien l'intention de m'en servir. Je me range du côté de Tate. Nous allons faire le nécessaire pour transporter le butin dans un endroit plus sûr. Tu peux contacter les institutions, ajouta-t-il à l'adresse de la jeune femme.

— Comme ça, tu es sûr d'attirer VanDyke, murmura-t-elle.

— VanDyke est mon problème. Il veut l'amulette et il va comprendre qu'il devra passer par moi pour la récupérer. Je pense qu'il est préférable de suspendre l'opération pendant un moment. Vous devriez peut-être vous rendre sur l'île, conclut-il à l'adresse des Beaumont.

— Et te laisser seul pour l'affronter ? s'exclama Tate. C'est comme ça que tu envisages le mariage, Lassiter ?

— Vous vous mariez ? s'écria Marla en pressant ses mains contre son cœur. Oh, ma chérie !

Tate demeura interdite.

— Euh, je pensais vous l'annoncer un peu différemment.

Matthew la prit par la taille et l'attira contre lui.

— Elle m'a demandé ma main, tout à l'heure, expliqua-t-il à Marla. J'ai décidé d'accepter, parce que je ne pense pas pouvoir trouver une meilleure belle-mère que vous.

— Oh, je suis tellement heureuse que vous soyez enfin devenus raisonnables !

Marla jeta ses bras autour du cou de son mari.

— Ray, tu te rends compte ? Notre petite fille se marie.

Celui-ci tapota le dos de sa femme d'un air gêné.

— Euh, je devrais dire quelque chose, hein ?

Il était la proie d'une multitude d'émotions contradictoires : la joie, le regret de perdre celle qu'il considérait toujours comme « sa petite fille »…

— Pardonnez-moi : je suis trop ému, conclut-il piteusement.

— Si vous permettez, intervint LaRue, je pense qu'il faut sabler le champagne.

Il se rendit dans la cuisine et revint avec une bouteille qu'il avait soigneusement gardée au réfrigérateur.

Un peu plus tard, après les toasts, les étreintes et les paroles émues, Tate rejoignit Buck qui s'était isolé, à l'avant du bateau.

— Quelle soirée, n'est-ce pas ? murmura-t-elle.

— Ouais.

Il leva son verre de jus d'orange.

— Je… je pensais que tu serais heureux pour nous, reprit Tate. Je l'aime vraiment, tu sais.

Il se dandina d'un pied sur l'autre.

— Je sais. Je me suis trop habitué à considérer qu'il m'appartenait, depuis quinze ans. On ne peut pas dire que j'étais le substitut de père idéal…

— Tu as été merveilleux, affirma la jeune femme.

— J'ai fait des tas de conneries, oui, corrigea Buck. Mais j'ai fait ce que j'ai pu. J'ai toujours su que Matthew avait quelque chose en lui, quelque chose qui le rendait meilleur que moi, et meilleur que James, aussi. Mais je n'ai jamais su comment faire jaillir ce quelque chose. Toi, tu y arrives, ajouta-t-il en se tournant vers la jeune femme.

Avec toi, il devient meilleur, et je le crois capable de renverser enfin la malchance qui poursuit les Lassiter, depuis des années. Tu dois le convaincre de se débarrasser de ce foutu collier, Tate. Il le faut, ou bien nous serons tous maudits. VanDyke n'hésitera pas à tuer Matthew pour le récupérer.

— Je ne peux pas faire une chose pareille, Buck. S'il cède pour me faire plaisir, que lui restera-t-il de lui-même ?

— Je n'aurais jamais dû lui parler de la Malédiction d'Angélique. Je lui ai mis dans la tête que, si nous la retrouvions, au moins, la mort de James aurait servi à quelque chose. C'était stupide. James est mort, et rien ne pourra jamais compenser sa perte.

— Il faut cesser de te torturer, Buck. Matthew a pris une décision. Il ne doit pas agir pour moi, ou pour toi, ou n'importe qui d'autre. Si nous l'aimons, nous devons accepter cela.

25.

Tate s'efforça de mettre ses belles paroles à exécution, tandis que Matthew dormait à côté d'elle, dans sa cabine, sur le *Mermaid.*

Il était temps qu'ils apprissent à se faire confiance. Elle savait que la confiance est un bouclier aussi fort que l'amour, et elle comptait bien rendre le sien suffisamment solide pour les protéger tous les deux.

Quoi qu'il pût arriver, ils affronteraient le destin ensemble.

— Arrête de te faire du mouron, murmura Matthew en l'attirant contre lui.

— Qui t'a dit que je me faisais du mouron ? répliqua la jeune femme.

— Je le sens. Tu n'arrêtes pas d'envoyer des petits signaux bourrés d'inquiétude. Ça m'empêche de dormir.

Il fit glisser sa main le long du corps de Tate, et roula sur elle.

— Et puisque je suis réveillé…

Il l'embrassa.

— La prochaine fois que je construirai un bateau, je ferai la cabine principale plus grande.

— La prochaine fois ? répéta Tate, tandis qu'il déposait une multitude de petits baisers le long de son cou.

— Mmm. Et je l'insonoriserai.

Elle pouffa de rire. Les ronflements de Buck, dans la cabine voisine, faisaient trembler les murs.

— Alors, là, je te donnerai un coup de main.

Il lui caressa les seins longuement.

— J'étais loin d'imaginer que je partagerais cette cabine avec ma femme.

— Eh bien, ne l'oublie pas, la prochaine fois. Mais je la trouve très bien, moi, la cabine du capitaine.

— Tu sais, si j'avais su que le mariage nous permettrait de dormir ensemble, je l'aurais envisagé plus tôt. C'est drôlement mieux que le sol de la cabine de pilotage.

— Mmm, murmura Tate. J'aimais bien nos rendez-vous nocturnes, moi. Tu sais ce qu'on va faire, demain ? ajouta-t-elle en le serrant contre elle.

— Non.

— On va se lever tôt et filer à Nevis pour s'occuper des formalités.

— Ah oui ?

— Oui. Je te tiens, Lassiter. Cette fois, c'est pour de bon.

Et rien ne l'arracherait à elle, se dit-elle avec ferveur.

— Retrouve-moi à la boutique dès que vous aurez terminé, dit Marla à sa fille.

Elle secoua ses sandales pour ôter le sable qui s'y était glissé pendant qu'elle traversait la plage. Que le mariage fût somptueux ou intime, elle comptait bien remplir ses devoirs de mère.

Tate poussa un soupir.

— Tu es sûre que j'ai besoin d'une nouvelle robe ?

— Absolument.

Marla lui offrit un sourire radieux.

— Je vais t'acheter une robe de mariée, Tate Beaumont. Et si nous ne trouvons rien de bien ici, nous irons à Saint-Kitts. Quant à toi, Matthew, tu aurais besoin d'une coupe de cheveux et d'un costume.

— D'accord, répondit-il.

— Espèce de fayot, va, marmonna Tate.

— Et maintenant, poursuivit Marla, allez vite trouver le concierge de l'hôtel. Il fait la pluie et le beau temps, ici. Je suis sûre qu'il pourra vous aider à accélérer la paperasserie. Matthew, on te cherchera un costume cet après-midi.

Puis elle s'éloigna avec un petit geste joyeux de la main.

— Et la voilà partie, murmura Tate. Heureusement que nous nous marions ici, tout de suite. Tu imagines si elle avait eu le temps de faire des plans ! On aurait eu droit à tout le tintouin : les fleurs, les traiteurs, les gâteaux…

— Pourquoi pas ?

— Lassiter, tu ne vas pas me dire que tu aurais aimé ça ? Tu sais qu'elle t'aurait fait porter un smoking, peut-être même un habit ? Remarque, tu aurais sûrement été superbe, ajouta-t-elle en lui donnant une tape sur les fesses.

— Je croyais que les femmes rêvaient toutes d'avoir un grand mariage.

— Pas les femmes sensées.

Elle le considéra un instant, vaguement amusée.

— C'est ça que tu veux ? Un mariage en grande pompe ?

— Ecoute, ma belle, je suis prêt à te prendre de toutes les manières possibles et imaginables. Mais, bon, je ne vois pas ce qu'il y a de mal à vouloir marquer l'occasion. Une robe neuve, une coupe de cheveux, ça ne me dérange pas, moi.

— Elle va te faire porter une cravate, je te préviens ! lança Tate d'un air malicieux.

Cette fois, il ne put refouler un frisson.

— Ce n'est pas si grave.

— Tu as raison, admit la jeune femme.

Elle eut un petit rire et avoua :

— Je crois que j'ai un peu peur.

— A la bonne heure, dit Matthew. Nous sommes deux.

Sur ces mots, ils entrèrent dans le hall de réception de l'hôtel. Un quart d'heure plus tard, ils ressortaient, un peu étourdis.

— Je n'aurais jamais cru que ce serait aussi facile. Un passeport, quelques papiers à signer, et hop ! On peut faire ça dans deux ou trois jours, si on veut.

— Tu as le trac ?

— C'est le moins qu'on puisse dire. Pas toi ?

— Quand une décision est prise, elle est prise.

Et, pour prouver qu'il était sérieux, il la souleva dans ses bras.

— Tu seras docteur Lassiter ou docteur Beaumont ?

— Je serai docteur Beaumont et madame Lassiter. Ça te va ?

— Ça me va. Bon, allons retrouver ta mère, maintenant.

— Je crois que je peux te libérer, pour ça. Si nous trouvons une robe qui me convient dans cette boutique, tu n'auras pas le droit de la voir. Maman va avoir une attaque, si nous ne respectons pas au moins cette tradition.

Le visage de Matthew s'éclaira.

— Alors, je peux sauter l'épisode shopping ?

— Pour l'instant, oui. Tu n'as qu'à revenir dans une demi-heure. Euh, non, disons plutôt une heure. Avec maman, on ne sait jamais. Et, comme je me sens particulièrement bien disposée à ton égard, si jamais elle décide de me traîner jusqu'à Saint-Kitts, nous ferons un détour pour te déposer sur le bateau.

— Je te dois une fière chandelle, chérie.

— Je te le rappellerai. Pose-moi par terre, maintenant.

Il l'embrassa et fit ce qu'elle lui demandait.

— Je parie qu'ils ont de la lingerie, là-dedans.

— Sans doute.

Elle pouffa de rire et le poussa gentiment.

— C'est bon, j'ai compris le message. Va te promener, maintenant.

Tout en souriant, elle le regarda s'éloigner. Tout à coup, la perspective d'acheter une nouvelle robe — un modèle fluide, romantique — ne lui paraissait plus si frivole.

« Lassiter, je vais te faire tomber à la renverse », décida-t-elle. Le visage rose de plaisir, elle traversa le patio. Mais, soudain, quelqu'un lui attrapa le bras. Elle s'écria :

— Matthew, vraiment…

Mais, lorsqu'elle se fut retournée, son rire mourut sur ses lèvres. Ce n'était pas Matthew… C'était Silas VanDyke.

Il n'avait pas changé du tout. Les années semblaient avoir glissé sur lui, sans marquer son beau visage lisse. Sa main était douce, sur le bras de Tate, et elle respira une odeur d'eau de Cologne, subtile, distinguée.

— Mademoiselle Beaumont, quel plaisir de vous rencontrer ! s'exclama-t-il. Je dois vous dire que les années se sont montrées merveilleusement généreuses, avec vous.

Le son de sa voix, avec cet accent légèrement européen et ce ton doucereux la firent cligner des yeux.

— Lâchez-moi, dit-elle.

— Allons, vous avez bien un moment à consacrer à un vieil ami ?

Tate s'efforça de ne pas céder à la panique. Il y avait des dizaines de personnes autour d'eux : il lui suffisait de pousser un cri…

— Si vous ne me lâchez pas immédiatement, je hurle, dit-elle entre ses dents serrées.

— Je ne vous le conseille pas, répondit VanDyke sans se départir de son sourire. Vous êtes trop intelligente pour commettre une telle erreur.

— Continuez à me tripoter et je vais vous prouver comme je suis intelligente, riposta la jeune femme en se dégageant d'un geste brusque. Je sais très bien que vous ne pouvez rien me faire. Nous sommes dans un lieu public.

— Ma chère, quelle animosité, vraiment ! Je n'ai pas du tout l'intention de vous faire du mal, voyons. Je vous invite simplement à venir passer une heure ou deux sur mon yacht.

— Vous êtes fou à lier.

VanDyke lui reprit le bras et enfonça ses ongles dans sa chair, avec une telle violence qu'elle en eut le souffle coupé.

— Faites attention : je n'aime pas les mauvaises manières.

Puis il sourit de nouveau.

— Nous allons tout reprendre depuis le début, d'accord ? J'aimerais beaucoup que vous m'accompagniez pour une brève visite amicale. Si vous refusez, ou si vous vous faites remarquer, votre fiancé paiera le prix de votre imprudence.

— Mon fiancé va vous réduire en bouillie, VanDyke, si toutefois je ne le fais pas avant lui.

— Quel dommage que la bonne éducation de votre mère n'ait pas déteint sur vous !

Il poussa un soupir et se pencha vers elle, les dents serrées pour mieux contrôler sa fureur.

— Deux de mes hommes ont les yeux braqués sur votre cher Matthew, à cet instant précis. Ils ne lui feront rien tant que je ne leur aurai pas donné le signal d'agir. Ils sont très habiles et plus discrets encore.

Tate crut qu'elle allait s'évanouir.

— Ils ne peuvent pas le tuer au beau milieu d'un complexe hôtelier.

— A vous de juger si le risque vaut la peine d'être pris. Oh, et puis, j'ai aperçu votre ravissante maman, dans la boutique. Elle a choisi plusieurs articles pour vous.

Tate était paralysée de terreur. Elle leva la tête et vit les portes de verre du magasin qui réfléchissaient la lumière du soleil et, à deux pas, un homme bien habillé, aux épaules larges, qui paraissait flâner. Il inclina légèrement la tête.

— Ne lui faites pas de mal, dit-elle d'une voix blanche. Vous n'avez aucune raison de lui faire du mal.

— Si vous faites ce que je vous dis, je n'ai aucune raison de faire du mal à qui que ce soit, ma chère enfant. Acceptez-vous de me suivre, maintenant ? Je vous invite à déjeuner à mon bord. Vous verrez, j'ai un chef de tout premier ordre.

Il glissa son bras sous celui de la jeune femme et l'entraîna doucement vers la plage.

— Le trajet ne prendra pas très longtemps. Je suis ancré assez près de vous, à l'ouest.

— Comment savez-vous où nous sommes ancrés ?

— Voyons, ma chère, je vous trouve bien naïve d'avoir pu imaginer que je ne le saurais pas.

Dans la boutique, Marla consulta une nouvelle fois sa montre et poussa un soupir d'impatience. Puis elle demanda à la vendeuse de mettre de côté les articles qu'elle avait sélectionnés, et sortit à la recherche de sa fille. Elle fit le tour des restaurants, des salons de l'hôtel, de la plage et de la piscine. Puis, comme elle commençait à être sérieusement inquiète, elle décida d'aller trouver le concierge pour lui demander de lancer un appel.

Au même instant, elle vit Matthew qui descendait d'un taxi.

— Matthew, pour l'amour du ciel, où étais-tu ?

— J'avais une affaire à régler, répondit-il. Mais je n'ai que quelques minutes de retard.

— De retard ? Comment ça ?

— Nous étions convenus de nous retrouver dans une heure, avec Tate. Alors, vous avez acheté une robe ?

— Je n'ai pas vu Tate. Je croyais qu'elle était avec toi.

— Non. Quand je l'ai quittée, elle se dirigeait vers la boutique pour vous rejoindre.

— Ah bon ? dit Marla en fronçant les sourcils.

Et puis, soudain, son visage s'éclaira.

— Je sais où elle est ! s'exclama-t-elle. Chez le coiffeur !

— Tate ?

— Mais oui, Tate ! s'exclama Marla. Toutes les futures mariées vont chez le coiffeur ! Comme n'y ai-je pas pensé plus tôt ? Tout de même, elle aurait pu me prévenir. Je commençais à m'inquiéter.

— Allons la chercher, dit Matthew.

*
* *

— Champagne ? proposa VanDyke en prenant une flûte sur le plateau que son steward venait d'apporter.

— Non.

— J'ai toujours pensé que ce breuvage pétillant préparait parfaitement le palais pour le homard. Vous n'avez rien contre le homard, j'espère ?

— Je me moque de votre champagne, de votre homard et de votre politesse hypocrite, répliqua Tate malgré la peur qui lui mordait le ventre.

Ils devaient être à un mile, environ, à l'ouest du *Mermaid.* S'il le fallait, elle pouvait franchir cette distance à la nage.

— En revanche, j'aimerais savoir pourquoi vous m'avez kidnappée, reprit-elle.

— Kidnappée. Quel vilain mot !

VanDyke goûta son champagne et le trouva parfait.

— Je vous en prie, asseyez-vous.

Comme elle restait appuyée contre le bastingage, son visage se durcit.

— Asseyez-vous, répéta-t-il. Nous avons à parler.

Tate hésita, puis se dit que la provocation n'était peut-être pas la meilleure attitude à adopter, dans une telle situation. Surtout, elle se rendait compte qu'elle s'était trompée en croyant que son ravisseur n'avait pas changé. L'homme qu'elle avait affronté, huit ans plus tôt, paraissait sain d'esprit. Celui-ci, en revanche…

Elle obéit et se força à accepter la flûte qu'il lui tendait.

— Buvons au destin, dit-il.

— Le destin ? D'accord.

Apparemment satisfait de la réponse de la jeune femme, VanDyke se détendit et s'appuya contre le dossier de son fauteuil.

— Je suis charmé de vous revoir, après toutes ces années. Vous savez, ma chère Tate, que vous m'aviez fait une excellente impression, lors de notre dernière entrevue. Et j'ai pris beaucoup de plaisir à surveiller votre ascension professionnelle, au fil des années.

— Si j'avais su que vous étiez associé à la dernière expédition du *Nomad*, je n'y aurais jamais participé.

— Quelle sottise ! Vous devez savoir que j'ai financé bon nombre d'expéditions et de laboratoires. C'est grâce à mon soutien que des dizaines de projets ont vu le jour. Et je ne vous parle même pas des organismes de charité qui bénéficient de ma générosité. Ils défendent tous des causes extrêmement méritantes.

Il marqua une pause.

— Rejetteriez-vous ces causes, charitables ou scientifiques, simplement parce que vous avez des griefs contre l'homme qui les finance ?

— Quand l'homme en question est un meurtrier et un voleur sans foi ni loi, oui, absolument.

— Fort heureusement, rares sont les gens qui me jugent comme vous. Et permettez-moi de vous dire que vos principes me semblent plutôt naïfs. Vous me décevez, ajouta-t-il d'une voix chargée de menace. Vous m'avez trahi. Et vous m'avez coûté de l'argent.

Il jeta un coup d'œil absent du côté du steward qui venait de réapparaître sur le pont.

— Le déjeuner est servi, reprit-il en arborant de nouveau le masque affable de l'hôte. Il se leva et tendit la main à Tate. Elle l'ignora.

— Je vous déconseille de trop éprouver ma patience, Tate. Les actes de rébellion ne servent qu'à m'irriter.

Il ponctua ses mots en attrapant brutalement le poignet de la jeune femme.

— Vous m'avez déjà suffisamment déçu, ainsi que je vous l'ai dit, poursuivit-il, comme elle essayait de lui résister. Et je compte sur vous pour saisir la dernière chance que je vais vous offrir de racheter votre conduite.

— Lâchez-moi !

La dernière syllabe mourut dans un cri étranglé. VanDyke tirait à présent sur sa natte avec une brutalité inouïe, tout en l'attirant vers lui. Sous les vêtements élégants de son agresseur, la jeune femme sentit un corps dur et musclé.

— Si vous pensez que j'hésiterai un seul instant à frapper une femme, vous vous trompez lourdement, déclara VanDyke en la poussant durement sur une chaise.

Puis il se pencha sur elle, et la considéra d'un regard dénué de toute expression.

— Si je n'étais pas un homme raisonnable et civilisé, si je me laissais aller à l'oublier, je serais capable de vous briser les os, un par un.

Puis, aussi brusquement qu'on allume la lumière, son regard changea, et l'expression de colère qui l'habitait jusque-là se transforma en un mince sourire.

— Il y a ceux qui pensent que les sévices corporels sont une erreur, voire une barbarie, continua-t-il en lissant les pans de son pantalon. Personnellement, je suis convaincu que la douleur et les punitions sont des moyens extrêmement efficaces d'inculquer aux plus rebelles le sens de la discipline. Et le respect. J'exige le respect. Je l'ai mérité. Goûtez donc une de ces olives, ma chère.

Il lui tendit un petit plat en cristal.

— Elles viennent de l'une de mes oliveraies, en Grèce.

Tate sentait ses mains trembler si fort qu'elle les garda serrées l'une contre l'autre, sous la table. Comment cet homme pouvait-il la menacer des pires sévices et, l'instant d'après, lui offrir des olives avec un air mondain ? Aucun doute : il était fou.

— Que voulez-vous ? lui demanda-t-elle.

— Tout d'abord, partager un repas agréable, dans un cadre superbe, avec une très jolie femme.

Comme il la voyait pâlir, il s'empressa de la rassurer :

— N'ayez crainte, ma chère. Mes sentiments pour vous sont trop paternels pour contenir la moindre connotation sexuelle. Votre honneur est tout à fait sauf.

— Le viol ne fait donc pas partie de vos tactiques ?

— Ah, encore un mot affreux !

Il dégusta une olive, puis entama tranquillement son homard.

— A mon sens, un homme qui s'abaisse à forcer une femme sexuellement est indigne. L'un de mes directeurs, à New York, a intimidé et harcelé son assistante pour qu'elle couche avec lui. La pauvre a dû être hospitalisée. Vous savez ce que j'ai fait ? Je l'ai renvoyé, bien sûr. Mais, avant, je l'ai fait castrer.

Il sourit.

— Mais je bavarde, je bavarde, et vous ne mangez rien. Vous n'aimez pas le homard ? Je vous assure qu'il est délicieux.

— Je n'ai pas très faim, répondit Tate en repoussant son assiette. Ecoutez, VanDyke, vous m'avez fait venir ici et il est clair que vous pouvez m'y garder, en tout cas jusqu'à ce que Matthew et ma famille se mettent à ma recherche.

Elle leva le menton et le regarda droit dans les yeux.

— Si vous me disiez ce que vous voulez ?

— Nous allons parler de Matthew, murmura-t-il. Mais cela peut attendre. Je veux tout simplement ce qui m'appartient. La Malédiction d'Angélique.

Marla faisait les cent pas dans le hall de l'hôtel. Elle avait beau se dire que Tate ne pouvait pas avoir disparu en fumée, elle était terrifiée. Elle regardait les gens aller et venir, le personnel de l'hôtel vaquer à ses occupations, les clients se promener de la piscine aux jardins et des jardins aux salons aménagés à l'intérieur et à l'extérieur du complexe, mais Tate demeurait invisible.

Matthew était allé enquêter du côté de la plage et du débarcadère, tandis qu'elle-même posait des questions à la réceptionniste, aux portiers, aux chauffeurs de taxi et à toute personne susceptible d'avoir vu la jeune femme.

Soudain, elle aperçut Matthew qui revenait, seul, la mine sombre. Elle se précipita vers lui.

— Plusieurs personnes l'ont vue, déclara-t-il en réponse au regard interrogateur de Marla. Elle a rencontré un homme et elle est partie avec lui à bord de son bateau.

— Un homme ? Qui donc ? Tu es sûr que c'était elle ?

— Oui. La description de l'homme correspond à VanDyke.

— Oh non ! fit Marla, dans un souffle. Elle ne serait jamais partie avec lui.

— A moins qu'il l'y ait forcée.

— Il faut appeler la police, dit Marla d'une voix blanche.

— Et leur expliquer qu'elle est partie avec l'homme qui a financé la dernière expédition à laquelle elle a participé ? Et cela sans lui opposer la moindre résistance ?

Il secoua la tête.

— Sans compter que nous ignorons s'il ne graisse pas la patte de plusieurs flics, par ici. Mieux vaut faire les choses à ma façon.

— Matthew, s'il lui fait du mal…

— Il ne lui fera rien, assura-t-il, plus pour s'entendre prononcer ces mots que par conviction profonde. Retournons aux bateaux. A mon avis, il a dû jeter l'ancre dans les environs.

« Il ne sait pas que nous avons trouvé l'amulette », se dit Tate, qui réfléchissait à toute vitesse. Pour gagner du temps, elle prit sa flûte de champagne.

— Si je l'avais, vous vous imaginez que je vous la donnerais ?

— Je pense que, le moment venu, vous me la donnerez pour sauver Matthew et les autres. Il est temps que nous travaillions ensemble, Tate, ainsi que je le prévois depuis longtemps.

— Ainsi que vous le prévoyez ?

— Mais oui. Evidemment, je dois admettre que les choses ne se sont pas passées exactement comme je l'avais imaginé.

Il rumina cette pensée pendant un moment, puis l'écarta de son esprit.

— Enfin, je suis disposé à fermer les yeux sur vos erreurs et à vous laisser, vous et votre équipe, recueillir le butin de l'*Isabella*. Tout ce que je veux, en échange, c'est l'amulette.

— Vous la prendriez et vous partiriez ? Comment puis-je en être sûre ?

— Je vous en donne ma parole.

— Votre parole ne vaut rien du tout, rétorqua Tate.

Alors, il lui prit la main et la broya dans la sienne. Tate poussa un hurlement de douleur, et il la lâcha.

— Je ne tolère pas les insultes, déclara-t-il. Mais revenons à l'essentiel, si vous le voulez bien… La parole d'un homme est sacrée. Et ma proposition tient toujours. Tout ce que je vous demande, c'est l'amulette. En échange, vous aurez la célébrité et la fortune liées à la découverte de l'*Isabella*. Votre réputation est faite. Je suis même disposé à vous faire bénéficier de mon influence.

— Je n'en veux pas.

— Vous en avez pourtant profité à de nombreuses reprises, au cours des huit dernières années. Je le faisais pour mon plaisir, mais je suis tout de même blessé de vous voir répondre à ma générosité avec tant d'ingratitude.

Son regard s'assombrit.

— C'est le fait de Lassiter, bien sûr. Je le comprends. Vous vous rendez compte, j'espère, qu'en vous associant à cet individu, vous abaissez considérablement le niveau de ce que vous étiez en droit d'attendre de la vie, socialement et professionnellement. Un homme comme lui ne sera jamais un atout dans votre jeu.

— A côté d'un homme comme Matthew Lassiter, vous avez l'air d'un enfant, riposta Tate. Un enfant gâté et mal intentionné.

La gifle claqua sur la joue de la jeune femme avec une telle force qu'elle vit trente-six chandelles.

— Je vous avais prévenue, dit VanDyke.

Il repoussa violemment son assiette qui alla se briser sur le pont.

— Je ne tolérerai pas que vous me manquiez de respect. J'ai fait preuve d'indulgence à votre égard parce que j'admire votre courage et votre intelligence, mais vous allez tenir votre langue.

— Je vous méprise, déclara Tate, tout en se préparant à recevoir une autre gifle. Si je retrouvais l'amulette, je la détruirais, plutôt que de vous la donner.

VanDyke se leva. Ses mains tremblaient et une lueur meurtrière brillait dans ses yeux. « Il n'hésiterait pas à me tuer, se dit la jeune femme. Non seulement il n'hésiterait pas, mais il y prendrait du plaisir. »

Un instinct de survie plus fort que la peur l'incita à se lever et à courir vers le bastingage. La mer allait la sauver. Mais, alors même qu'elle se préparait à plonger, deux mains se refermèrent sur sa taille. Elle sentit qu'on la soulevait et qu'on la reposait durement sur le pont.

Elle cria, donna des coups de pied, et tenta vainement de trouver un morceau de chair dans lequel planter ses dents. Mais le steward se contenta de lui prendre les bras et de les tirer brutalement en arrière.

— Laissez-la-moi, dit VanDyke au moment où la jeune femme retombait sur le pont.

Il se baissa, la prit par le bras et la força à se relever. Tate étouffa un sanglot de douleur.

— Vous n'êtes pas aussi intelligente et aussi raisonnable que je l'avais espéré. Votre loyauté est mal placée. Je vais devoir vous apprendre…

Le bruit d'un moteur l'interrompit, et il leva la tête. En entendant arriver le bateau, Tate chancela. Matthew ! Elle se mit à sangloter sans retenue, tandis que VanDyke la laissait retomber sur le pont.

Matthew était là. Il arrivait. Il allait la tirer des griffes de ce fou. Il l'emmènerait très loin et elle n'aurait plus mal. Elle n'aurait plus peur.

— Vous êtes en retard, déclara VanDyke.

— J'ai eu du mal à partir sans éveiller les soupçons.

LaRue bondit sur le pont et jeta un bref coup d'œil du côté de Tate. Puis il tira son tabac de sa poche.

— Vous avez une passagère, on dirait.

— La fortune m'a souri, répondit VanDyke qui avait retrouvé son calme.

Il retourna s'asseoir, prit sa serviette en lin bleu pâle et essuya son visage couvert de sueur. Un serviteur avait déjà remplacé son assiette brisée.

— Je réglais quelques détails sur l'île lorsque j'ai croisé le chemin de cette charmante Mlle Beaumont.

LaRue fit claquer sa langue et but une gorgée de champagne dans la flûte de Tate.

— Elle a le visage tuméfié. Je n'aime pas qu'on maltraite les femmes.

VanDyke le fusilla du regard.

— Je ne vous paie pas pour m'aimer.

— Peut-être, mais quand Lassiter découvrira que vous l'avez enlevée, il viendra la chercher.

— Evidemment, répondit VanDyke d'un air satisfait. Etes-vous venu uniquement pour me dire ce que je sais déjà ?

— LaRue, fit Tate en se redressant péniblement. Où est Matthew ?

— A mon avis, il est déjà en train de vous chercher.

— Mais...

Elle secoua la tête. Elle ne comprenait pas. Ou plutôt, elle avait trop peur de comprendre.

LaRue s'était installé à sa place ; il mangeait dans son assiette. Il sourit en voyant que la jeune femme commençait à comprendre le rôle qu'il jouait.

— Ah, la lumière a jailli ! fit-il d'un ton railleur.

— Vous travaillez pour lui, bien sûr ! dit-elle. Matthew vous a fait confiance. Nous vous avons tous fait confiance.

— C'était le but de l'opération, répliqua LaRue. Sinon, je n'aurais pas rempli mon contrat.

Elle essuya les larmes qui coulaient sur son visage.

— Vous avez fait ça pour de l'argent ? Vous avez trahi Matthew pour de l'argent ?

— Que voulez-vous, j'ai un goût immodéré pour l'argent.

Il se tourna de nouveau vers VanDyke.

— Et, puisqu'on parle de ça, j'exige un bonus supplémentaire.

— LaRue, je commence à être fatigué de vos exigences, déclara VanDyke en levant l'index.

Aussitôt, le steward s'avança, ouvrit sa veste blanche amidonnée et en tira un revolver.

— Je vais peut-être me racheter aux yeux de Mlle Beaumont en vous faisant percer de balles et en vous jetant à l'eau, ajouta-t-il sur un ton menaçant. Je suis sûr que les requins seront ravis de ce festin.

— Si vous me tuez, vous abandonnez en même temps tout espoir d'entrer en possession de la Malédiction d'Angélique, répondit LaRue, tout en dégustant une bouchée de homard.

VanDyke serra les poings et se força au calme. Il adressa un deuxième signal à son steward qui, aussitôt, fit disparaître le revolver sous sa veste blanche.

— Je commence également à me fatiguer de vous voir agiter l'amulette sous mon nez comme une vulgaire carotte.

— Deux cent cinquante mille dollars américains, dit LaRue en se léchant les doigts d'un air gourmand. Et l'amulette est à vous.

— Salaud ! chuchota Tate. J'espère qu'il va vous tuer.

— Les affaires sont les affaires, répliqua LaRue avec un haussement d'épaules. J'imagine qu'elle ne vous a pas encore annoncé la bonne nouvelle ? reprit-il à l'adresse de VanDyke. Nous avons la Malédiction d'Angélique. Versez-moi un quart de million de dollars, et je ferai en sorte qu'elle soit entre vos mains d'ici à demain soir.

26.

La Malédiction d'Angélique brillait entre les mains de Matthew. Il se tenait debout dans la cabine de pilotage du *Mermaid*, et les rayons du soleil pleuvaient sur le rubis, faisant scintiller l'or et les diamants. Il tenait là le trésor de toute une vie. Une véritable fortune.

Un objet de malheur.

Toutes les personnes qu'il avait aimées avaient souffert à cause de cette amulette. Son père, dont il revoyait le visage, avec son masque de cendre. Buck, entre les mâchoires du requin, dans un tourbillon de sang. Et enfin Tate, qui lui avait offert le joyau, des larmes plein les yeux.

Où était-elle, maintenant ? Où était son amour ?

Il se tourna vers la porte quand Buck entra dans la cabine.

— Toujours aucun signe de LaRue, dit Buck.

En voyant l'amulette, il recula instinctivement. Matthew poussa un juron et posa le bijou sur la table.

— Alors, on y va sans lui. On ne peut plus attendre.

— On va où ? Qu'est-ce que tu vas faire ? Ecoute, je suis de l'avis de Ray et de Marla. Il faut alerter la police.

— Est-ce que la police nous a aidés, la dernière fois ?

— Il ne s'agit pas d'un acte de piraterie, cette fois, mais de kidnapping.

— La première fois, c'était un meurtre, répliqua Matthew. Il la tient, Buck. Il l'a embarquée devant des dizaines de témoins.

— Il l'échangerait contre ça, rétorqua Buck en désignant l'amulette. Ce serait comme une rançon.

— Je ne peux pas me permettre de compter là-dessus, répondit Matthew. Nous avons déjà trop attendu. Il prit les jumelles et les passa à son oncle.

— Regarde à l'ouest.

Buck obéit, balaya la mer, et s'arrêta sur une tache blanche et brillante, au loin.

— A un mile environ, murmura-t-il. C'est peut-être lui.

— C'est lui.

— Dans ce cas, il doit t'attendre.

— Eh bien, ne le décevons pas.

— Il va te tuer, dit Buck en reposant les jumelles d'un air presque résigné. Même si tu lui apportes ce foutu collier dans un paquet cadeau, il te tuera. Comme il a tué ton père.

— Je n'ai pas l'intention de le lui apporter. Et il ne tuera personne.

Il prit les jumelles et fouilla l'horizon, espérant apercevoir LaRue. Le moment était venu d'agir.

— J'ai besoin de toi, Buck.

Il reposa les jumelles.

— Il va falloir que tu plonges.

Tate regardait LaRue manger de bon appétit et, d'un seul coup, elle oublia sa peur et son envie de fuir pour se jeter sur le traître.

L'agression était tellement inattendue, sa proie tellement confiante et tranquille qu'elle réussit à le faire tomber de sa chaise. Elle enfonça les ongles dans la joue de LaRue, et le sang jaillit avant qu'il réussît à lui prendre les poignets.

— Vous êtes encore pire que VanDyke ! cria-t-elle en gigotant comme une anguille. Lui, il est seulement fou. Vous, vous êtes révoltant. Si VanDyke ne vous tue pas, Matthew le fera. J'espère que je serai là pour assister au spectacle.

Amusé et passablement excité par cette scène, VanDyke sirotait son champagne. Il les regarda lutter un moment, puis, en poussant un soupir, il fit signe au steward d'intervenir.

— Emmenez Mlle Beaumont dans sa cabine, ordonna-t-il. Et veillez à ce qu'on ne la dérange pas.

Il sourit lorsque le steward força Tate à le suivre. Elle se débattit comme un beau diable, mais elle n'était pas de taille contre un tel paquet de muscles.

— Tâchez de vous reposer, ma chère. Pendant ce temps, LaRue et moi allons régler nos affaires. J'espère que vous trouverez votre cabine confortable.

— Vous brûlerez en enfer ! hurla Tate, tandis qu'on l'entraînait vers l'intérieur du yacht. Tous les deux.

VanDyke secoua la tête.

— Une femme vraiment admirable. Elle ne tremble devant personne. Quel dommage que sa loyauté aille à une telle racaille ! J'aurais pu l'aider à accomplir de grandes choses. Maintenant, c'est trop tard.

LaRue essuya d'un revers de main le sang qui coulait sur sa joue. Sans se soucier du regard irrité de VanDyke, il prit une serviette en lin et la pressa contre la blessure.

— L'amour est la motivation la plus puissante, après l'argent, déclara-t-il.

Il se versa du champagne et vida le contenu de la flûte d'un trait.

— Vous me parliez de la Malédiction d'Angélique, avant que nous soyons interrompus, lui rappela VanDyke.

— Oui. Et de deux cent cinquante mille dollars.

— Vous pouvez me prouver que vous avez l'amulette ?

LaRue eut un sourire supérieur.

— Voyons, mon ami, me croyez-vous assez bête pour vous mentir ? Tate l'a trouvée, hier, et elle l'a donnée à Matthew. L'amour, que voulez-vous !

Il entreprit de se rouler une cigarette, pour se calmer.

— C'est une pièce magnifique, plus belle encore que je l'imaginais. La pierre, au centre…

LaRue décrivit un cercle avec le pouce et l'index, pour indiquer la taille du rubis.

— Rouge sang. Avec des diamants tout autour. La chaîne en or est lourde, mais admirablement travaillée. Et, bien sûr, il y a la dédicace, gravée autour du rubis.

Il fit craquer une allumette et tira une bouffée de sa cigarette.

— Quand on la prend dans ses doigts, on sent battre la pierre, comme un cœur.

VanDyke ouvrit de grands yeux.

— Vous l'avez touchée ?

— Evidemment ! On me fait confiance.

Il souffla un nuage de fumée.

— Matthew la garde précieusement, mais il ne se méfie pas de moi. Nous sommes des compagnons de galère, des amis. Je vous l'apporterai. Dès que l'argent aura été versé sur mon compte.

— Vous aurez votre argent, dit VanDyke. Et je vous promets également ceci, LaRue : si jamais vous essayez de me duper, si vous essayez de m'extirper encore de l'argent, ou si vous échouez, il n'y aura pas d'endroit au monde où vous pourrez vous cacher sans que je vous trouve. Et quand je vous aurai retrouvé, vous me supplierez de vous donner la mort.

LaRue tira sur sa cigarette.

— Un homme riche ne se laisse pas effrayer aussi facilement. Et je vais être riche. Vous aurez votre malédiction, mon ami, et moi, j'aurai mon argent.

Il allait se lever, mais VanDyke l'arrêta d'un geste.

— Attendez un instant. Un quart de million de dollars, c'est une grosse somme.

— Une fraction de la valeur du joyau. Vous voulez négocier, alors que vous êtes sur le point de le posséder enfin ?

— Je double la somme.

LaRue écarquilla les yeux.

— En échange, je veux l'amulette et Matthew Lassiter.

— Vous voulez que je le fasse venir ? s'exclama LaRue avec un rire. Mais votre précieuse amulette ne pourra même pas vous protéger contre lui. Il a l'intention de vous tuer.

Il eut un geste de la main en direction de l'escalier par lequel Tate avait disparu.

— Et puis, vous disposez déjà de l'arme idéale pour l'attirer jusqu'à vous.

— Je ne veux pas l'attirer jusqu'à moi, répondit VanDyke, qui venait de prendre une brusque décision.

Il allait se priver d'un grand plaisir, mais le fait qu'il fût capable de faire un choix aussi raisonnable lui paraissait une preuve supplémentaire et irréfutable de sa maîtrise de la situation.

« Les affaires sont les affaires », se disait-il.

— Tuez-le. Cette nuit même.

— Un meurtre, murmura LaRue. Intéressant.

— Un accident en mer me paraît une bonne idée.

— Vous croyez qu'il part en plongée alors que Tate a disparu ? Vous sous-estimez la profondeur de ses sentiments pour elle.

— Pas du tout. Mais les sentiments font commettre des erreurs. Il serait tellement dommage qu'il arrive un malheur à son bateau, alors qu'il est à bord, en compagnie de son oncle l'ivrogne, bien sûr ! Un incendie, peut-être. Une explosion, tragique et fatale. Pour un quart de million supplémentaire, je suis sûr que vous ferez preuve d'imagination.

— J'ai la réputation de comprendre très vite. Le premier quart devra être déposé sur mon compte en Suisse, cet après-midi même. Je ne lèverai pas le petit doigt tant que je n'aurai pas reçu la confirmation.

— Très bien. Quand j'aurai vu le *Mermaid* voler en éclats, je verserai le deuxième quart. Débrouillez-vous pour que cela arrive ce soir, LaRue. A minuit, précisément. Ensuite, vous m'apporterez l'amulette.

*
* *

Les heures passaient, et Tate luttait contre le désir ardent de taper des poings sur la porte en hurlant pour qu'on la libérât. Sa cabine disposait d'un large hublot avec une vue spectaculaire sur la mer, et le fauteuil qu'elle avait jeté contre la paroi de glace avait rebondi sans même l'égratigner. Elle avait tiré, poussé, jusqu'à l'épuisement, mais la fenêtre n'avait pas bougé d'un pouce.

Après cela, elle avait fouillé chaque centimètre carré de la cabine. C'était un très bel espace, avec des murs de couleur pastel et un plafond doré. Une épaisse moquette ivoire couvrait le sol. Le placard contenait une chemise de nuit de soie, une veste en lin, une robe de cocktail noire, toute simple, et un assortiment de vêtements qui semblaient tout spécialement conçus pour les croisières.

Tate avait poussé les cintres et inspecté le mur, derrière, mais il était aussi solide que le reste de la cabine.

VanDyke n'avait pas lésiné sur les détails. Le lit était énorme, avec des oreillers en satin. La table basse, dans le coin salon, était couverte de magazines de mode, et il y avait un poste de télévision, un magnétoscope et des cassettes vidéo de films récents. Un petit réfrigérateur contenait des sodas, du vin, du champagne, des chocolats fins et toutes sortes de biscuits.

La salle de bains attenante était positivement luxueuse, avec sa baignoire Jacuzzi en forme de coquille Saint-Jacques et son miroir gigantesque généreusement éclairé.

Sur la tablette de marbre, entre les deux lavabos, il y avait des pots de crème, des lotions et des huiles de bain. Mais rien dont elle pût se servir comme d'une arme.

Elle retourna dans la cabine et fouilla le petit secrétaire. Elle y trouva du papier à lettres, des enveloppes et même des timbres. Décidément, VanDyke était un hôte parfait. Soudain, ses doigts se refermèrent sur un fin stylo en or.

Quel mal pouvait-elle faire avec un stylo à bille ? Suffisamment, si elle frappait un œil, songea-t-elle avec un frisson. Elle le glissa dans la poche de son pantalon.

Puis, elle se laissa tomber dans un fauteuil.

Le soleil s'était couché depuis un moment, déjà.

Elle avait une folle envie de pleurer. Où était Matthew ? Elle devait absolument trouver un moyen de le mettre en garde contre LaRue. Le salaud ! Quand elle pensait à toutes les précautions qu'ils avaient prises, depuis des mois ! Tout ça pour rien. LaRue avait rapporté à VanDyke chacun de leurs mouvements, chacun de leurs triomphes.

Le traître avait partagé leurs repas, il avait travaillé et ri avec eux. Il leur avait raconté des anecdotes de sa vie en mer, avec Matthew et, dans sa voix, on croyait entendre vibrer l'affection d'un ami. Mais, pendant tout ce temps, il se moquait d'eux.

Maintenant, il allait voler l'amulette.

Matthew devait être fou d'inquiétude. Ses parents aussi. Et LaRue allait sans doute feindre l'anxiété, voire la colère. Puis, à la moindre occasion, il prendrait l'amulette et l'apporterait à VanDyke.

Alors, ce serait la fin. Car elle n'était pas sotte. Elle savait très bien que VanDyke n'aurait plus besoin d'elle, après ça. Par conséquent, il se débarrasserait d'elle. Quelque part en mer. Un coup sur la tête suffirait. Il n'aurait plus qu'à la jeter par-dessus bord ; les poissons termineraient le travail. Dans un tel espace, une telle immensité, on ne retrouverait aucune trace de son corps.

Il avait tout prévu, sans doute. Il devait penser que c'était un jeu d'enfant.

Tate ferma les yeux.

Mais il se trompait. Il la tuerait peut-être mais, avant cela, elle allait lui donner du fil à retordre.

Elle leva brusquement la tête, en entendant tourner la clé dans la serrure. Le steward apparut sur le seuil.

— Il vous demande.

C'était la première fois que Tate l'entendait parler, et elle reconnut les tonalités musicales des accents slaves, dans sa voix un peu brusque. Elle se leva, mais sans avancer.

— Vous êtes russe ? lui demanda-t-elle.

— Venez.

— J'ai travaillé avec une biologiste qui venait de Saint-Pétersbourg, il y a quelques années. Natalia Minonova. Elle parlait toujours de la Russie avec affection.

Le visage du steward demeura impassible.

— Il vous demande, répéta-t-il.

Tate haussa les épaules et glissa la main dans sa poche pour sentir la présence du stylo.

— Je n'ai jamais pu comprendre les gens qui obéissent aveuglément à des ordres. On ne peut pas dire que vous soyez épris de liberté, hein, Igor ?

Sans rien répondre, il marcha vers elle et la prit par le bras.

— Ça vous est égal de savoir qu'il va me tuer ? reprit-elle en sentant renaître sa terreur. Vous le ferez pour lui ? Vous allez me tordre le cou ou me fendre le crâne ? Je vous en prie, aidez-moi, ajouta-t-elle en trébuchant et en se tournant vers lui.

Dans le même temps, elle sortit le stylo de sa poche et frappa à l'aveuglette. Il ne se passa qu'une fraction de seconde avant qu'il la jetât brutalement contre le mur.

Elle eut un haut-le-cœur, tandis qu'il arrachait stoïquement le stylo qui s'était fiché dans sa joue. La blessure n'était pas large, mais elle était profonde. Malheureusement, elle n'avait pas réussi à le frapper dans l'œil.

Toujours sans un mot, il la reprit par le bras et la traîna sur le pont.

VanDyke attendait. Il sirotait un cognac, cette fois. Des bougies abritées par des parois de verre brillaient doucement sur une table, à côté d'un bol de fruits et d'un plat couvert de petits-fours sucrés.

Il s'était changé et avait enfilé un smoking pour l'occasion. Les accents de la Symphonie Pathétique résonnaient, tout autour d'eux.

— J'espérais que vous trouveriez des vêtements à votre goût, dans votre cabine, dit-il en dévisageant sa prisonnière. Ma dernière invitée est partie assez précipitamment, ce matin. Elle a négligé de faire ses bagages.

Il leva les sourcils d'un air surpris en remarquant la joue ensanglantée de son steward.

— Allez vous faire soigner et revenez ensuite, lui ordonna-t-il avec impatience. Décidément, ma chère, vous ne cessez de me surprendre. Qu'avez-vous utilisé ?

— Un Mont Blanc. J'aurais préféré m'attaquer à vous.

VanDyke pouffa de rire.

— Je vais vous offrir une alternative raisonnable. Soit nous vous attachons et nous vous droguons, ce que je déplorerais vivement, soit vous vous tenez tranquille et vous coopérez.

Il la vit jeter un coup d'œil instinctif vers le bastingage et secoua la tête.

— Je ne vous conseille pas de sauter par-dessus bord. Mes hommes auraient vite fait de vous ramener. Vous ne feriez même pas cinquante mètres. Mais asseyez-vous, je vous en prie.

Tate obtempéra. Après tout, elle n'avait pas intérêt à le défier. S'il la droguait, elle était perdue.

— Où avez-vous trouvé LaRue ? demanda-t-elle à brûle-pourpoint.

— Oh, si vous saviez comme il est facile de trouver des instruments, quand on est prêt à payer le prix ! Une petite enquête auprès des camarades de bord de Matthew m'a appris que LaRue était un candidat possible. Il aime l'argent et les plaisirs qu'il permet d'acheter. Pour l'instant, c'est un bon investissement, même s'il lui arrive d'être un peu gourmand.

Il fit tourner le cognac dans son verre.

— Il a surveillé Matthew de près, quand ils étaient dans l'Atlantique Nord. Grâce à ses rapports, j'ai pu savoir que notre ami avait gardé le contact avec vos parents, et aussi qu'il n'avait jamais totalement abandonné l'idée de retrouver la Malédiction d'Angélique. Il savait où elle était, bien sûr, mais il a toujours gardé le secret. L'amitié a ses limites.

VanDyke marqua une pause et choisit un grain de raisin, dans le bol de fruits.

— J'avoue que j'admire votre amant, pour ça. Pour sa ténacité et pour sa prudence. Je ne l'aurais jamais cru capable de se taire, pendant toutes ces années, encore moins de travailler comme un forçat, alors qu'il aurait pu vivre comme un prince. Mais il a failli, le jour où il a renoué avec vos parents, et aussi avec vous. Les femmes entraînent souvent les hommes à commettre de terribles erreurs.

— Vous parlez d'expérience ?

— Du tout. J'adore les femmes, de la même manière que j'adore le bon vin ou une belle symphonie. Quand la bouteille est terminée et que la musique s'est tue, il suffit d'en trouver une autre.

Il sourit en voyant Tate se crisper. Le bateau s'était mis à bouger.

— Où allons-nous ?

— Pas très loin. Quelques degrés à l'est. Nous allons assister à un spectacle, et je veux me trouver aux premières loges. Voulez-vous un cognac, ma chère ? Vous pourriez bien en avoir besoin.

— Non, merci.

— Comme vous voudrez. Si jamais vous changez d'avis, n'hésitez pas à vous servir.

Il se leva, marcha vers un banc et revint avec les jumelles.

— J'en ai une autre paire, si ça vous intéresse.

Elle les lui arracha des mains et courut jusqu'au bastingage pour voir ce qui se passait, à l'est. Son cœur bondit quand elle aperçut les deux bateaux. Les lumières brillaient sur le *New Adventure,* ainsi qu'une lampe, dans la cabine de pilotage du *Mermaid.*

— Vous devez bien vous douter que, si nous pouvons les voir, la réciproque est vraie, fit remarquer Tate.

— Il faudrait qu'ils sachent où regarder, répliqua VanDyke, en la rejoignant. Je suppose qu'ils finiront par nous apercevoir. Mais ils vont être très occupés, dans un moment.

— Vous trouvez malin de vous servir de moi pour les attirer jusqu'à vous, n'est-ce pas ? s'exclama-t-elle d'une voix qui se brisait.

— Oui. Ce n'était pas prévu, mais la chance m'a souri et j'ai su la saisir. Cependant, mes plans ont changé.

— Changé ?

Elle gardait les yeux fixés à l'est et crut apercevoir un mouvement, dans la nuit. Une embarcation ? Se rendait-elle à terre ? C'était peut-être LaRue qui s'échappait avec l'amulette…

Bien qu'ils fussent à un mile de distance, elle entendit l'explosion. Les lentilles de ses jumelles éclatèrent de lumière, l'aveuglant momentanément. Mais elle ne détourna pas les yeux. Elle ne pouvait pas.

Le *Mermaid* était englouti par les flammes.

— Non, dit-elle. Non ! Non, mon Dieu, Matthew !

VanDyke l'attrapa, alors qu'elle bondissait déjà par-dessus bord.

— LaRue est aussi efficace qu'il est gourmand, dit-il en enroulant un bras de fer autour du cou de la jeune femme, pour mieux l'immobiliser. Avec le passé d'ivrogne de Buck, les autorités ne tarderont pas à conclure à un tragique accident. Et, comme il ne restera rien, ni de lui ni de son neveu, ils n'auront pas les moyens de contester les résultats de l'enquête.

— Mais vous alliez enfin posséder l'amulette ! LaRue allait la voler pour vous. Pourquoi les avoir tués ?

— Lassiter ne m'aurait jamais laissé tranquille, répondit VanDyke. J'ai vu son regard, quand on a remonté le cadavre de son père. Il avait compris et il me haïssait. Il a juré de se venger, ce jour-là. Et j'ai su que, tôt ou tard, je devrais me débarrasser de lui.

Il contemplait les flammes qui dansaient vers le ciel. Il semblait fasciné. Puis, il lâcha Tate, et la jeune femme tomba à genoux.

— Mes parents ! dit-elle dans un sanglot.

— Oh, s'ils ne se trouvaient pas à bord du *Mermaid*, ils sont sûrement sains et saufs. Je n'ai aucune raison de m'en prendre à eux. Mais vous êtes affreusement pâle, ma chère Tate. Laissez-moi vous servir un cognac.

La jeune femme fit un effort pour se redresser sur ses jambes tremblantes.

— Angélique a maudit ses geôliers, murmura-t-elle d'une voix rauque. Elle a maudit tous ceux qui lui avaient volé ses biens et qui l'avaient persécutée.

Elle regarda VanDyke droit dans les yeux.

— Vous aussi, elle vous aurait maudit, ajouta-t-elle. S'il existe une justice sur cette terre, et si l'amulette est encore investie d'un quelconque pouvoir, elle vous détruira.

VanDyke fut pris d'un frisson — mélange de peur et de fascination. Avec les flammes qui dansaient, au loin derrière elle, et le chagrin, la souffrance qui brillaient dans ses yeux, Tate offrait un spectacle impressionnant.

Soudain, la jeune femme eut l'impression de vivre à son tour le martyre d'Angélique.

— Je pourrais vous tuer, dit VanDyke, comme dans un songe.

Puis elle eut un rire qui se brisa dans un sanglot.

— Vous croyez que cela a de l'importance, maintenant ? Vous avez tué l'homme que j'aime, détruit la vie que nous aurions pu avoir ensemble. Rien de ce que vous ferez désormais n'a la moindre importance pour moi.

Elle fit un pas en avant.

— Je comprends, maintenant, ce qu'elle ressentait, assise dans sa cellule, à attendre le petit matin, à attendre la mort. Dans le fond, sa vie avait cessé avec celle d'Etienne. Vous pouvez bien me tuer. Je mourrai en vous maudissant.

— Il est temps que vous retourniez dans votre cabine, dit VanDyke en levant la main.

Aussitôt, le steward sortit de l'ombre.

— Ramenez-la, ordonna VanDyke. Et fermez bien la cabine.

— Vous mourrez lentement ! cria Tate, tandis que le steward l'entraînait. Suffisamment lentement pour comprendre ce qu'est l'enfer.

Elle entra dans sa cabine et s'effondra sur le lit en sanglotant. Puis, quand elle n'eut plus de larmes, elle alla s'asseoir dans un fauteuil pour regarder la mer et attendre la mort.

27.

Tate finit par sombrer dans un sommeil peuplé de rêves.

Elle se vit dans une cellule qui puait la maladie et la peur. Le jour filtrait à travers les barreaux des fenêtres, annonçant sa mort prochaine. L'amulette était glacée, sous ses doigts gourds.

Quand ils vinrent la chercher, elle se leva d'un air majestueux. Elle ne déshonorerait pas la mémoire de son mari en versant des larmes ou en priant pour une grâce qu'on ne lui accorderait pas.

Le comte était là, bien sûr. L'homme qui l'avait condamnée. Le vice et la méchanceté brillaient dans ses yeux. Il tendit les mains et prit l'amulette, puis il la fit passer par-dessus la tête de la jeune femme pour la glisser à son propre cou.

Alors, elle sourit. Car elle savait qu'elle venait de le tuer.

Ils l'attachèrent au bûcher. A ses pieds, une foule s'était réunie pour assister au supplice de la sorcière. Les adultes installaient les enfants sur leurs épaules, pour leur permettre de mieux voir.

Puis, les flammes se mirent à crépiter, faisant jaillir un nuage de fumée étouffant. Pendant tout ce temps, elle ne dit rien. Toutes ses pensées étaient pour un seul homme.

Etienne.

Puis, soudain, elle se retrouva dans l'eau fraîche et bleue, en train de nager avec les poissons. Elle était libre, de nouveau. Elle en éprouva un bonheur si violent que des larmes s'échappèrent de ses yeux fermés, dans le sommeil, et glissèrent sur ses joues. Elle était saine et sauve, et son amant l'attendait.

Elle le regarda nager vers elle, et son cœur explosa de joie. Elle rit, et ils firent surface, à un mètre l'un de l'autre. L'air de la nuit était parfumé, et la lune brillait au-dessus d'eux.

Il gravit les marches de l'échelle du *Mermaid* et se tourna pour lui tendre la main. L'amulette, accrochée à son cou, formait comme une tache de sang sur sa poitrine. Comme une blessure.

Leurs doigts se joignirent, un instant, et le monde explosa. Des flammes se mirent à pleuvoir du ciel et plongèrent dans la mer.

Matthew !

Son nom hantait le sommeil de la jeune femme. Elle était tellement plongée dans son rêve qu'elle ne vit pas l'ombre qui se glissait doucement jusqu'à elle, pas plus que le poignard.

Une main la bâillonna, et elle se réveilla brusquement.

Elle se débattit, instinctivement. Elle avait vu briller la lame du poignard.

— Tiens-toi tranquille ! chuchota une voix impérieuse à son oreille. Merde, Tate, j'essaie de te sauver.

Elle sursauta et se figea. Matthew ! Un tel espoir était trop douloureux pour qu'elle se permît de le contempler. Et pourtant, elle distinguait la silhouette dans la combinaison de plongée ; elle sentait l'odeur de mer dans les cheveux noirs de l'homme.

— Tais-toi, dit-il en l'entendant sangloter. Ne pose pas de question. Suis-moi et fais-moi confiance.

Elle hocha la tête. Peut-être était-elle encore en train de rêver ? Elle s'accrocha à sa main, tandis qu'il la guidait vers l'escalier. Elle tremblait de tout son corps, mais lorsqu'il lui fit signe de se hisser par-dessus bord, elle obéit sans hésiter.

Buck se tenait à la base de l'échelle. Il était livide. Sans rien dire, il l'aida à enfiler un gilet stabilisateur auquel était accrochée une bouteille. Puis, il lui tendit un masque. Derrière eux, Matthew enfilait son équipement.

Toujours sans un mot, ils descendirent sous l'eau. Mais pas trop profond. La lumière de la lune leur permettait de se diriger. Une lampe de poche aurait pu les dénoncer ; ils ne pouvaient pas prendre un tel risque.

Matthew avait eu très peur que Tate fût traumatisée, et incapable de nager assez longtemps. Ils avaient déplacé le *New Adventure* et jeté l'ancre à plus de quatre miles. Mais elle ne faillit pas, et il se dit que, s'il l'avait rencontrée cette nuit-là, il serait tombé follement amoureux, ne fût-ce que pour la manière dont elle nageait, avec entêtement, ses cheveux et ses vêtements flottant autour d'elle, le regard déterminé derrière son masque.

De temps en temps, il vérifiait son compas, et corrigeait leur cap. Il leur fallut plus de trente minutes pour arriver.

Dès que Tate émergea à la surface, elle dit à Matthew :

— Je te croyais mort ! J'ai vu le *Mermaid* exploser. Je croyais que tu étais à bord.

— Heureusement que non ! répliqua-t-il sur un ton enjoué, en la serrant contre lui. Allons, grimpons à bord, ma jolie. Tu trembles comme une feuille. Et tes parents sont fous d'inquiétude.

— Je te croyais mort, répéta la jeune femme en sanglotant et en s'accrochant à lui.

— Je sais, ma chérie. Je suis désolé. Buck, donne-moi un coup de main.

Mais Ray se penchait déjà. Les yeux brouillés de larmes, il prit les bouteilles sur le dos de sa fille.

— Ça va ? lui demanda-t-il. Tu n'es pas blessée ?

— Non, je vais bien, répondit la jeune femme, comme Marla se penchait à son tour pour prendre sa main. Ne pleure pas, maman.

Mais elle aussi redoubla de larmes quand sa mère la serra contre elle.

— Nous avons eu si peur ! Laisse-moi te regarder.

Aussitôt, Marla vit l'hématome.

— Il t'a fait mal. Je vais chercher de la glace, du thé chaud. Assieds-toi, ma chérie. Laisse-moi m'occuper de toi.

— Ça va bien, maintenant, dit Tate en se laissant tomber sur une chaise. Le *Mermaid*…

— N'existe plus, dit Ray avec douceur. Ne te préoccupe pas de ça, pour le moment. Je veux m'assurer que tu vas bien, que tu n'es pas en état de choc.

— Mais non, assura la jeune femme en souriant à Buck qui venait de poser une couverture sur ses épaules. Ecoutez, il faut que je vous dise pour LaRue…

— A votre service, mademoiselle, fit ce dernier en sortant du rouf avec une bouteille de cognac.

— Espèce d'ordure ! s'écria Tate, oubliant sa fatigue et bondissant sur ses pieds.

Matthew l'attrapa de justesse avant qu'elle plantât ses ongles dans le visage de LaRue.

— Je vous l'avais bien dit, répliqua ce dernier avec un frisson. Elle m'aurait arraché les yeux, si elle avait pu.

Sur ce, il but une longue gorgée de cognac à même la bouteille, puis toucha doucement le pansement sur sa joue.

— Un centimètre de plus, et je serais en train de porter un cache.

— Il travaille pour VanDyke, dit Tate.

— Assieds-toi et bois un coup, intervint Matthew. LaRue ne travaille pas pour VanDyke.

— Il se contente de me payer, renchérit LaRue.

— C'est un traître, un espion ! affirma Tate. Il a fait sauter ton bateau, Matthew.

— C'est moi qui ai fait sauter mon bateau, corrigea Matthew. Bois.

Il versa pratiquement le liquide doré dans sa bouche, et elle se mit à tousser, l'estomac en feu.

— Qu'est-ce que tu racontes ?

— Je vais t'expliquer, mais d'abord, assieds-toi et calme-toi.

— Il y a des mois que tu aurais dû lui expliquer, à elle et à nous tous, dit Marla avec humeur, en revenant avec un bol fumant. Tiens, voilà un peu de soupe, ma chérie. Tu as mangé ?

Tate la regarda et éclata brusquement de rire — un rire qui frisait l'hystérie. Elle ne paraissait plus pouvoir le contrôler.

— Je n'avais pas très faim, répondit-elle, finalement, entre deux hoquets.

— Qu'est-ce qui t'a pris de le suivre ? explosa Matthew. Une demi-douzaine de personnes t'ont vue monter dans son bateau sans un murmure.

— Il m'a dit qu'il te ferait descendre par un de ses gorilles ! répliqua la jeune femme. Il en avait un autre posté devant la boutique où maman se trouvait.

— Oh, Tate, dit Marla en s'asseyant près d'elle.

— Je n'avais pas le choix, reprit Tate, entre deux gorgées de soupe.

Puis, elle leur raconta tout ce qui s'était passé, depuis le moment où VanDyke l'avait kidnappée.

— Il voulait que je voie l'explosion du bateau, conclut-elle. Il m'a même donné des jumelles. Et moi, je ne pouvais rien faire. Je croyais que tu étais mort, fit-elle en levant les yeux vers Matthew.

— Je suis désolé que tu te sois inquiétée, dit-il en lui prenant la main. Mais nous n'avions aucun moyen de t'avertir de ce qui se passait.

— Inquiétée ? répéta-t-elle d'un air railleur. C'est un euphémisme, Matthew. J'étais folle d'angoisse, en réalité. Mais pourquoi as-tu fait exploser ton bateau ?

— Justement pour que VanDyke me croie mort. Il a payé LaRue un quart de million de dollars supplémentaires pour me supprimer.

— Et que je vais me faire un plaisir d'encaisser, enchaîna ce dernier. Je vous demande pardon de ne pas l'avoir étranglé, quand je vous ai vue sur le yacht, ma chère Tate. Je ne m'attendais pas à ce que les événements tournent de cette façon. Je ne savais pas encore que vous aviez disparu. Quand je suis rentré pour l'annoncer à Matthew, il s'apprêtait déjà à partir pour aller vous chercher.

— Pardon si je suis un peu lente à comprendre, mais avez-vous passé, oui ou non, à VanDyke des informations concernant Matthew, durant cette expédition ? demanda Tate, avec froideur.

— Disons plutôt que j'ai filtré certaines informations. Il n'apprenait que ce que Matthew et moi choisissions de lui dire. Mais je vais vous expliquer, fit LaRue, en s'accroupissant sur le pont. VanDyke m'a contacté, un jour, pour m'offrir de l'argent si j'acceptais de surveiller Matthew. Il voulait que je devienne son compagnon. J'aime l'argent. Et j'aime bien Matthew. Il m'a paru que je pouvais accepter l'offre et en même temps venir en aide à mon ami.

— LaRue m'a parlé de cet arrangement il y a plusieurs mois, poursuivit Matthew. Evidemment, ça faisait déjà un moment qu'il encaissait de l'argent de la part de VanDyke.

— Le moment venu, j'ai accepté de le partager avec toi, dit LaRue.

— Ouais. Nous avons décidé de jouer le jeu de VanDyke et de partager les profits.

— Soixante-quinze pour cent pour moi, vingt-cinq pour cent pour lui, précisa LaRue.

— Ouais, répéta Matthew en lui jetant un regard noir. Enfin, j'étais bien content de pouvoir compter sur cette rentrée d'argent, et encore plus de savoir qu'il provenait de ce salopard. Quand nous avons décidé de repartir à la recherche de l'*Isabella*, nous avons augmenté nos prix. On se disait que, si on jouait bien, on pouvait harponner VanDyke, par la même occasion.

— Tu savais qu'il nous espionnait ?

— C'était LaRue, l'espion, corrigea Matthew. VanDyke n'apprenait que ce que nous voulions qu'il sache. Quand tu as trouvé l'amulette, nous avons décidé qu'il était temps de le prendre dans nos filets. Seulement, les choses se sont compliquées quand il t'a enlevée.

— Tu savais tout ça et tu ne m'as jamais rien dit ? Tu n'as jamais rien dit à aucun d'entre nous ?

— Je ne savais pas comment tu réagirais ni même si tu voulais connaître mes intentions. Et puis, moins il y avait de personnes au courant, moins nous prenions de risques.

Tate se leva.

— C'est toujours la même histoire, avec toi. Tu crois que tu peux prendre toutes les décisions pour les autres. Je vais me changer, conclut-elle entre ses dents, avant de se diriger vers sa cabine.

A peine avait-elle claqué la porte, qu'il la rouvrait derrière elle. Il n'eut qu'à voir l'expression de son visage pour faire claquer le loquet.

— Tu m'as fait traverser un enfer ! cria-t-elle en tirant un peignoir de son placard. Tout ça parce que tu refuses de me faire confiance.

— J'agissais à l'intuition. Je n'avais même pas confiance en moi-même. Ecoute, ce n'est pas la première erreur que j'ai commise en ce qui te concerne.

— C'est le moins qu'on puisse dire, marmonna la jeune femme en défaisant les boutons de son chemisier.

Lorsqu'il vit les hématomes qui couvraient ses bras et ses épaules, Matthew écarquilla les yeux.

— C'est lui qui t'a fait ça ? demanda-t-il.

— Lui et son gorille, répondit-elle en ôtant son pantalon. J'ai fait un trou à la joue de ce Slave de malheur avec un stylo qui valait au moins cent dollars.

— Quoi ?

— Je visais l'œil, mais j'ai dû me dégonfler. Ça lui a fait un joli trou, tout de même. Et je devrais peut-être être désolée d'avoir égratigné LaRue, mais je ne le suis pas. Si seulement tu m'avais dit…

Elle n'eut pas le loisir de terminer sa phrase. Matthew venait de l'attirer dans ses bras et la serrait à l'étouffer.

— Quand je pense qu'il a levé la main sur toi, murmura-t-il.

Il la regarda dans les yeux.

— Je te jure que cela n'arrivera plus jamais.

Tate abandonna sa tête sur son épaule.

— J'ai eu si peur. Je n'arrêtais pas de me dire que j'allais m'échapper. Ou que tu allais venir me chercher. Et puis, j'ai cru que tu étais mort. A partir de ce moment-là, plus rien n'a eu d'importance.

— C'est fini, maintenant.

Il l'entraîna vers la couchette et la prit sur ses genoux.

— Quand LaRue m'a raconté ce qui se passait, sur le yacht, j'ai cru devenir fou. On s'apprêtait à aller te chercher, au moment où il est revenu. Buck et moi devions nager jusque là-bas et Buck devait rester dans l'eau avec nos équipements, pendant que j'essayais de te trouver. LaRue nous a facilité les choses.

— Comment ?

— Eh bien, pour commencer, il a découvert dans quelle cabine on t'avait enfermée. Et, avant de partir, il s'est débrouillé pour subtiliser un double de la clé. Je dois dire, pour sa défense, qu'il était malade à l'idée de te laisser seule avec ce salopard.

— J'essaierai de m'en souvenir, murmura Tate.

Elle poussa un soupir.

— Et moi qui t'imaginais en train de sauter par-dessus bord, comme un corsaire, renversant des portes avec ton couteau entre les dents.

— La prochaine fois, peut-être.

— Ah non ! J'ai eu assez d'aventures pour le restant de mes jours.

— Tant mieux.

Il respira profondément.

— Bref, j'ai tout expliqué à Buck, puis à Ray et à Marla. Il m'a semblé que le mieux serait d'utiliser le plan de VanDyke à notre avantage. Il voulait voir sauter mon bateau, alors on le faisait exploser et il aurait l'impression que les choses se déroulaient comme il l'avait décidé. Autrement, il risquait de lever l'ancre avec toi, ou de te faire du mal. Alors, on a attendu minuit pour lui offrir son feu d'artifice, ainsi qu'il l'avait demandé, et il ne restait plus qu'à espérer qu'il serait suffisamment content de lui pour baisser sa garde. Pendant ce temps, on allait te chercher.

Tate leva brusquement la tête.

— Buck ! Il a plongé ?

— Oui. Je n'étais pas sûr qu'il y arriverait. J'ai même hésité à partir avec LaRue, mais j'avais peur que tu te mettes à hurler en le voyant. Quant à Ray, il valait mieux qu'il reste avec ta mère. Cela ne laissait plus que Buck. Il l'a fait pour toi.

— Je suis entourée de héros.

Elle l'embrassa doucement.

— Merci d'être venu me libérer, Matthew.

Puis, reposant sa tête sur son épaule, elle poussa un soupir.

— Il n'est pas sain d'esprit, tu sais. Ce n'est pas juste une obsession, ou de l'avidité. Il passe de la lucidité à la folie sans aucune transition. C'est effrayant à voir.

— Tu n'auras plus à le voir.

— Oh, il ne va pas s'arrêter là. Quand il apprendra que tu n'as pas explosé avec le bateau, il se lancera à ta poursuite.

— J'y compte bien. Tout sera terminé, demain à cette heure.

— Tu as toujours l'intention de le tuer ?

Elle se dégagea et s'appuya contre le mur.

— Je comprends mieux ce que tu ressens, maintenant. Je crois que, si j'en avais eu la possibilité, je l'aurais tué de mes propres mains, quand je t'ai cru mort. J'étais tellement folle de douleur que j'aurais pu le tuer.

Elle respira profondément.

— Maintenant que je me suis calmée, c'est différent. Mais je comprends que tu en ressentes le besoin.

Il la regarda un long moment. Ses yeux étaient gonflés d'avoir tant pleuré, même dans son sommeil. Et sa peau, plus pâle que jamais, faisait ressortir les hématomes qui marquaient son visage.

— Je ne vais pas le tuer, Tate. Je le pourrais, poursuivit-il, comme elle le dévisageait avec stupeur. En souvenir de mon père, pour le gosse qui a vu remonter son cadavre sans pouvoir rien faire, et parce qu'il a osé porter la main sur toi. Je pourrais lui arracher le cœur sans l'ombre d'une hésitation. Tu comprends ?

— Je…

— Non.

Il se leva.

— Tu ne comprends pas que je puisse tuer un homme froidement, comme je l'ai prémédité pendant des années. Si tu savais les heures que j'ai passées, assis sur ma couchette, dans ce bateau de malheur, à m'accrocher à cette idée : à l'idée qu'un jour, j'aurais sa peau. C'est ce qui m'a permis de tenir le coup, pendant tout ce temps. Et, pour y arriver, je savais que je devais trouver l'amulette.

— C'est là que mon père entre en scène ?

— Il a accéléré le processus, répondit Matthew en posant la main sur la joue de la jeune femme. Et puis, tu es arrivée. Tu ne peux pas imaginer à quel point j'étais choqué de m'apercevoir que j'étais toujours amoureux de toi.

— Oh, si, j'imagine très bien.

— Oui, peut-être.

Il prit sa main et la porta à ses lèvres.

— Mais il n'était pas question que cela m'arrête. Même quand tu m'as donné l'amulette. Je me disais que, si tu m'aimais, tu comprendrais et tu finirais par accepter ce que je devais faire.

Il secoua la tête.

— Je ne me rendais pas compte qu'en le tuant, je lui permettais de rester toujours entre nous. J'ai fini par comprendre que le plus important, pour moi, c'était de faire ma vie avec toi.

— Je t'aime, murmura Tate, profondément émue.

— Je sais. Et je veux que tu continues à m'aimer. Alors, tu peux appeler le Smithsonian, ou n'importe lequel des comités dont tu parlais l'autre jour.

— Tu es sûr ?

— Je suis sûr que c'est la meilleure solution pour nous. Nous allons déposer l'amulette dans un coffre-fort jusqu'à ce qu'on arrive à ouvrir ton fameux musée. Et veille bien à ce que la personne que tu contacteras ait un maximum de relations ; il faut que la nouvelle se propage comme un feu de poudre. Il nous faut une couverture médiatique à l'échelle mondiale.

— Pour nous servir de filet.

— Oui, comme ça, il aura plus de mal à agir. Pendant ce temps, je vais le rencontrer.

Tate sentit sa gorge se serrer.

— Seigneur, Matthew, tu veux vraiment qu'il te tue ?

— Il faut que je le voie. Cette fois, c'est VanDyke qui va devoir capituler. Une fois que le monde scientifique aura été alerté, il comprendra qu'il a perdu l'amulette et qu'il ne peut plus rien faire.

— Tout ça est très raisonnable, Matthew, mais VanDyke est tout, sauf raisonnable. Je n'exagérais pas, tout à l'heure : il n'a pas toute sa tête.

— Il ne risquerait pas sa réputation, sa position.

— Ecoute, il m'a kidnappée. Nous pouvons porter plainte et le faire arrêter.

— Comment le prouveras-tu ? Trop de gens t'ont vue le suivre sans opposer la moindre résistance. Non, la seule manière de mettre un terme à cette histoire est de le forcer à comprendre qu'il a perdu.

— Et s'il refuse d'accepter sa défaite ?

— Je saurai bien le convaincre, répondit Matthew avec un petit sourire. Ma chérie, quand vas-tu enfin commencer à me faire confiance ?

— Je te fais confiance. Mais promets-moi de ne pas le rencontrer seul.

— Tu me prends pour un idiot ? J'ai dit que je voulais faire ma vie avec toi. Nous allons nous retrouver dans le hall de l'hôtel, avec deux de mes amis. Nous boirons un verre et nous aurons une petite discussion.

Tate frissonna.

— C'est tout à fait son style.

— Justement.

Il déposa un baiser sur le nez de sa compagne.

— Après-demain, on aura terminé avec lui.

— Et ensuite ?

— Ensuite, on aura de quoi s'occuper, si on veut monter ce musée. J'ai trouvé un morceau de terrain qui devrait faire l'affaire, du côté de Cades Bay.

— Un morceau de terrain ? répéta Tate, abasourdie.

— Je suis allé le voir, à midi, expliqua Matthew.

Son visage s'assombrit.

— C'est pendant que j'étais avec cet agent immobilier que ce salaud t'a approchée.

— Attends une minute. Tu as cherché un agent immobilier et tu es allé visiter un bout de terrain sans m'en parler ?

Sentant poindre un nouveau problème, Matthew essaya de faire marche arrière.

— Je ne me suis pas engagé de manière définitive. J'ai juste versé une caution pour le réserver pendant trente jours. Je pensais te l'offrir en cadeau de mariage.

— Tu pensais acheter le morceau de terrain en cadeau de mariage ?

Irrité, Matthew enfonça ses poings dans ses poches.

— Tu n'es pas obligée de l'accepter. C'était juste un geste impulsif et…

Tate se jeta sur lui avec un tel élan qu'il n'eut même pas le temps d'ôter ses mains de ses poches et tomba à la renverse sur la couchette.

— Je t'aime, déclara-t-elle en s'asseyant à califourchon sur lui. Non, je t'adore.

— C'est bien, dit-il, heureux, mais un peu interloqué.

Il dégagea ses mains et les posa sur les hanches de la jeune femme.

— J'ai cru que tu étais fâchée.

— Non, je suis folle de toi, Lassiter.

Elle se pencha sur lui et l'embrassa longuement.

— Tu as fait ça pour moi, murmura-t-elle. Alors que tu te moques complètement de ce musée.

— Je n'ai rien contre, protesta-t-il. En fait, je commence à bien aimer l'idée.

— Je vais te rendre tellement heureux !

— Tu ne te débrouilles déjà pas trop mal, répliqua-t-il avec un soupir, comme elle le débarrassait de son T-shirt.

— Oh, mais je peux faire encore beaucoup mieux, murmura-t-elle sur un ton langoureux. Tu vas voir.

Elle dénoua la ceinture de son peignoir et se fit un plaisir de lui prouver le bien-fondé de sa promesse.

28.

Le lendemain matin, Tate se leva tôt. Elle laissa Matthew dormir et se glissa hors de la cabine. Elle avait besoin de réfléchir et envie d'une bonne tasse de café. Faire confiance à Matthew était une chose ; le laisser gérer la situation avec VanDyke en était une autre, toute différente.

Quand elle entra dans la cuisine, elle trouva sa mère en train de s'affairer aux fourneaux.

— Je pensais être la première debout, dit-elle en allant se servir du café.

— J'ai été prise d'une brusque envie de pétrir de la pâte à pain, dit Marla en massant vigoureusement une boule blanche sur le plan de travail. Ça m'aide à réfléchir. Et puis, je veux préparer un vrai petit déjeuner pour tout le monde. Des œufs, du bacon, des saucisses et des biscuits. Au diable le cholestérol !

— Tu cuisines comme ça quand tu es bouleversée, dit Tate en sirotant son café. Je vais bien, maman.

— Je sais, répondit Marla en se mordant la lèvre pour refouler un nouvel assaut de larmes.

Comme la plupart des mères qui affrontent une crise, elle n'avait pas craqué jusqu'à ce qu'elle fût sûre que Tate était saine et sauve. Puis, elle s'était écroulée.

— Je sais, répéta-t-elle, mais quand je pense aux heures de souffrance que cette ordure…

Plutôt que de céder aux larmes, elle ponctua chacune de ses paroles en frappant de toutes ses forces sur la pâte à pain.

— Quand je pense à ce que ce chacal, ce meurtrier t'a fait subir, j'ai envie de l'écorcher vif avec un couteau à éplucher.

— Ouah, quelle image ! s'exclama Tate en massant les épaules de sa mère. Tu es une femme effrayante, Marla Beaumont. C'est pour ça que je t'aime.

— Personne ne touche à mon bébé.

Elle respira profondément ; elle était déjà un peu plus calme.

— Ton père voulait l'écarteler.

— Papa ? s'esclaffa Tate en reprenant sa tasse de café.

— Je n'étais pas sûre que Matthew arriverait à le convaincre de rester à bord, quand ils sont partis te chercher. Ils se sont disputés.

— Papa et Matthew ?

— Oui. Ils étaient à deux doigts d'en venir aux mains.

— Tu plaisantes ? demanda Tate, stupéfaite.

— Non. Buck est intervenu. J'avais peur que Ray lui envoie un coup de poing dans la figure.

— Allons, papa n'a jamais frappé personne de sa vie. Si ?

— Pas depuis quelques décennies, en tout cas. Mais nous étions tous à cran.

Marla leva les yeux vers sa fille et sourit.

— Tu as là deux hommes qui t'aiment comme des fous. Et Matthew qui n'arrêtait pas de culpabiliser.

— Il fait toujours ça, murmura Tate.

— Il pense qu'il doit protéger sa femme. Ne te moque pas, ajouta Marla, comme Tate pouffait de rire. Une femme a beau être forte et indépendante, elle a quand même bien de la chance, si un homme l'aime au point de vouloir donner sa vie pour elle.

— Oui, dit la jeune femme en songeant que, tout compte fait, son amant était bien un preux chevalier.

— S'il m'appartenait de choisir l'homme avec lequel tu vas passer ta vie, je choisirais Matthew sans hésiter, poursuivit Marla. Il y a huit ans, déjà, alors que vous étiez si jeunes, je savais que tu serais bien, avec lui.

— Vraiment ? J'avais cru que son genre aventureux te ferait peur.

— Il est peut-être aventureux, mais il a les pieds fermement plantés sur la terre.

Marla posa la boule de pâte dans un bol et la couvrit d'un linge, pour la laisser monter. Puis, elle regarda autour d'elle.

— Bon, je vais commencer à préparer le petit déjeuner.

— Je vais t'aider, dit Tate en sortant un paquet de saucisses du réfrigérateur. Comme ça, les hommes devront débarrasser.

— Bonne idée.

— Je n'aurai pas le temps, de toute façon. Après le déjeuner, il faut que j'appelle l'université, la société Cousteau, le *National Geographic*, et au moins une douzaine d'autres institutions. Tu sais que Matthew veut rendre la découverte de l'épave publique, avant de rencontrer VanDyke ?

— Oui.

— Si seulement cela suffisait ! murmura Tate.

— Ce monstre mérite d'être jeté en prison.

— C'est aussi ce que je pense. Mais il ne suffit pas de savoir ce qu'il a fait ; encore faut-il le prouver.

Tate sortit une poêle et la posa sur la cuisinière.

— Je crois que nous allons devoir accepter le fait qu'il ne paiera jamais pour ce qu'il a fait, à Matthew, et à nous tous. Nous aurons au moins le plaisir de veiller à ce que l'amulette n'atterrisse jamais entre ses mains.

— Oui, mais de quoi est-il capable pour vous faire payer un tel affront ? murmura Marla, tout en choisissant des pommes de terre pour les faire sauter. Tu sais, enchaîna-t-elle, je crois que j'ai une idée. Elle est sûrement boiteuse, mais…

— A quel sujet ?

— VanDyke, répondit Marla.

— Il n'y est pas question de couteau à éplucher, j'espère ?

— Mais non ! répliqua Marla avec un haussement d'épaules. C'est sûrement une idée idiote…

— Dis toujours. On ne sait jamais.

Marla s'expliqua, et Tate l'écouta attentivement, tout en faisant cuire les saucisses dans la poêle. Finalement, elle secoua la tête.

— C'est si simple.

Marla poussa un soupir.

— C'est idiot, je sais…

Tate prit brusquement sa mère par les épaules et s'écria :

— Au contraire, c'est une idée fantastique !

Prise au dépourvu, Marla battit des paupières.

— Tu crois ?

— Evidemment ! Une idée simple et brillante. Occupe-toi du petit déjeuner, ajouta-t-elle en plaquant un baiser sonore sur la joue de sa mère. Je vais réunir le conseil de guerre.

Marla, qui était très contente d'elle, retourna à ses pommes de terre.

— Simple et brillante, dit-elle pour elle-même, avec un petit hochement de tête.

— Ça peut marcher, fit LaRue en embrassant du regard le hall spacieux de l'hôtel. Mais tu es sûr de vouloir renoncer à ton idée initiale de découper VanDyke en petits morceaux et de les offrir aux poissons ?

— Il ne s'agit pas de ce que je veux, répondit Matthew qui était installé derrière lui, hors de vue, dans la petite bibliothèque réservée aux clients de l'hôtel. D'ailleurs, il ferait sûrement crever les poissons.

— Probable, en effet, acquiesça LaRue.

Il poussa un soupir.

— C'est ton premier sacrifice d'homme marié, mon ami. Le début du renoncement à tout ce qu'on aime : un échantillon interminable de femmes, les virées où l'on boit, les repas avalés à la va-vite, les horaires délirants… Tout ça, c'est fini, mon vieux.

— Je crois que j'arriverai à survivre.

LaRue porta sa main à sa joue blessée et sourit.

— Je dois admettre qu'elle vaut tous ces sacrifices.

— Tout est prêt, de ton côté ? demanda Matthew.

— Oui.

LaRue examina le hall, avec ses groupes de fauteuils, ses plantes luxuriantes et ses larges baies vitrées.

— Il fait si beau que tout le monde est à la plage. Il est trop tard pour déjeuner, et trop tôt pour l'heure des cocktails. Notre homme a la passion de l'exactitude. Il sera là dans dix minutes.

— Alors, assieds-toi et commande à boire. Il ne faut pas qu'il choisisse la table à laquelle vous serez assis.

LaRue jeta ses épaules en arrière et passa une main dans ses cheveux.

— A vos ordres, mon capitaine.

Il alla s'installer près de la vitre donnant sur le patio, à quelques mètres d'un canapé bien rembourré. Puis, il tira son paquet de tabac de sa poche.

Il terminait sa cigarette tout en sirotant un cocktail et en lisant un roman d'Hemingway, lorsque VanDyke entra, immédiatement suivi de son steward.

— Ah, vous êtes toujours aussi ponctuel ! dit LaRue en levant son verre.

Puis, il regarda le garde du corps d'un air méprisant, et ajouta :

— Je vois que vous éprouvez le besoin de vous protéger, même d'un partenaire loyal.

— Simple précaution, répondit VanDyke, tout en faisant signe à son homme de s'asseoir sur le canapé. Et vous, vous éprouvez le besoin de me rencontrer dans un lieu public !

— Simple précaution, repartit LaRue, en marquant la page de son livre, pour le poser à côté de lui. Comment se porte votre invitée ? Ses parents sont morts d'inquiétude.

VanDyke croisa les mains. Toute la matinée, il avait lutté contre un nouvel accès de rage, après avoir découvert la disparition de Tate. Ainsi, elle n'était pas retournée auprès de ses parents. Sans doute s'était-elle noyée.

Il leva les yeux vers la serveuse qui venait d'approcher.

— Une coupe de champagne, s'il vous plaît, lui dit-il. Puis il reporta son attention sur LaRue.

— La santé et l'humeur de mon invitée ne vous regardent pas. Venons-en au fait.

— Oh, je ne suis pas pressé, déclara LaRue en se renversant dans son fauteuil. Est-ce que vous avez pu voir mon petit feu d'artifice, hier soir ?

— Oui. J'espère qu'il n'y a pas de survivant.

— Vous ne m'avez pas payé pour qu'il y en ait, n'est-ce pas ?

— Non, en effet.

VanDyke poussa un soupir d'aise.

— Matthew Lassiter est enfin mort. Vous avez bien mérité votre argent, LaRue.

Il s'interrompit et offrit son plus charmant sourire à la serveuse qui revenait avec sa commande. Puis, quand elle se fut éloignée de nouveau, il reprit :

— Deux cent cinquante mille dollars pour faire exploser le bateau et les deux Lassiter. La somme sera sur votre compte avant la fin de la journée. Vous croyez qu'il est mort sur le coup, ou bien a-t-il senti l'explosion ? ajouta-t-il, l'air presque rêveur.

LaRue contempla son verre.

— Si vous vouliez qu'il souffre, il fallait me le dire. Pour une somme un peu plus importante, j'aurais pu m'arranger.

— Peu importe. Et les Beaumont ?

— Ils sont dévastés, bien sûr. Matthew était comme un fils, pour eux. Et Buck était leur ami. Ils sont très affectés. Quant à moi, je joue mon rôle à merveille. Si seulement je n'avais pas décidé d'aller passer la soirée à Saint-Kitts… Bien sûr, ils me consolent comme ils peuvent, m'assurent que je ne pouvais pas deviner.

— C'est un couple charmant, murmura VanDyke. Surtout la femme.

— Ah, une véritable fleur du Sud !

— Tout de même, je me demande s'il ne serait pas préférable qu'ils périssent, eux aussi, dans un accident quelconque.

LaRue fut tellement surpris par cette nouvelle lubie qu'il faillit renverser le contenu de son verre.

— Vous voulez éliminer les Beaumont ?

— Autant faire table rase.

Ils avaient touché le collier, se disait VanDyke. Son collier. Pour cette seule raison, ils méritaient la mort.

— Je vous paierai cent mille dollars pour les deux, reprit-il.

— Cent mille dollars pour un double meurtre, fit LaRue. Je vous trouve bien avare.

— Je peux régler l'affaire moi-même pour rien, lui fit remarquer VanDyke. Je vous paye cent mille dollars pour m'éviter l'effort de prendre d'autres dispositions. Je pense préférable que vous attendiez une semaine, peut-être deux. Et, maintenant que c'est entendu, où est l'amulette ?

— Oh, elle est en sécurité.

VanDyke cessa brusquement de sourire.

— Vous deviez l'apporter.

— Mais non. Mon argent d'abord.

— J'ai fait transférer la première partie de la somme, ainsi que vous l'aviez demandé.

— Mais il me faut la totalité.

VanDyke se mordit la lèvre. C'était la dernière fois que ce petit morveux de Canadien le saignait ainsi. Il imagina son meurtre — un meurtre qui n'aurait rien de propre, rien de bien ficelé, car il le commettrait lui-même.

— Je vous ai dit que vous auriez l'argent avant la fin de la journée.

— Et, à ce moment-là, vous aurez votre trésor.

— LaRue, vous commencez à m'excéder, déclara VanDyke en se levant si brusquement qu'il faillit faire basculer son fauteuil.

Il prit une profonde inspiration pour se calmer, tout en se répétant, encore et encore, que c'était juste une transaction d'affaires.

— Je vais régler ce problème immédiatement.

LaRue hocha la tête.

— Merveilleux. Vous trouverez un téléphone public, dans cette alcôve, ajouta-t-il avec un geste de la main.

Un autre quart de million de dollars, se dit-il en riant intérieurement, tandis que l'autre s'éloignait en direction du téléphone. Pris d'un élan de générosité, il décida d'augmenter la part de Matthew et de lui donner la moitié de la somme : ce serait son cadeau de mariage. C'était la moindre des choses.

— C'est fait, déclara VanDyke, lorsqu'il revint, quelques minutes plus tard.

— Décidément, faire des affaires avec vous est un véritable plaisir, affirma LaRue. Dès que j'aurai terminé mon verre, j'irai appeler ma banque pour vérifier.

— Je veux l'amulette, dit VanDyke entre ses dents serrées. Je veux ce qui m'appartient.

— Encore quelques minutes, répliqua LaRue. En attendant, j'ai quelque chose qui devrait vous intéresser.

Il tira un papier de sa poche, le déplia et le posa sur la table.

C'était un superbe croquis de la Malédiction d'Angélique : chaque pierre, chaque maillon de la chaîne en or et même les petites lettres gravées de la dédicace étaient reproduits minutieusement.

VanDyke écarquilla les yeux.

— Il est magnifique, murmura-t-il.

— Tate a beaucoup de talent. Elle a su rendre l'élégance du joyau, n'est-ce pas ?

— Et son pouvoir, chuchota VanDyke en caressant la surface du papier.

Il pouvait presque sentir la structure des pierres.

— Vingt ans que je la cherche, murmura-t-il encore.

— Et que vous tuez pour l'obtenir, ajouta LaRue.

— Les vies humaines ne sont rien comparées à ceci. Aucune des personnes qui la convoitaient n'a jamais mesuré ce qu'elle représentait vraiment, le pouvoir dont elle est investie. Moi-même, j'ai mis des années à le comprendre tout à fait.

LaRue sauta sur l'opportunité qui lui était offerte.

— Même James Lassiter ?

— James Lassiter était un idiot. Il ne pensait qu'à l'argent. Il a cru qu'il pouvait me doubler.

— Alors, vous l'avez tué.

— C'était tellement facile. Il avait confié la vérification de son équipement à son fils. Le gosse se montrait très scrupuleux, je dois l'admettre ; il se méfiait déjà de moi. Mais je n'ai eu aucun mal à saboter les bouteilles.

LaRue dut se faire violence pour résister à l'envie de regarder du côté de la bibliothèque, et continuer de fixer son attention sur son interlocuteur.

— Lassiter était un plongeur expérimenté, dit-il. Il a dû comprendre ce qui lui arrivait. Comment se fait-il qu'il n'ait pas essayé de remonter à la surface, quand il a commencé à sentir les effets de l'excès de gaz d'azote ?

— Oh, il a essayé. Mais je l'en ai empêché. La lutte a duré à peine quelques instants. Aucune violence. Je ne suis pas un homme violent. Il était confus, heureux, même. L'ivresse des profondeurs. Quand je lui ai retiré l'embout de son détendeur, il a souri. Il est mort en nageant dans le bonheur, littéralement.

VanDyke secoua la tête et tourna de nouveau son regard vers le croquis.

— Je ne savais pas, à ce moment-là, qu'il mourait en emportant son secret.

VanDyke parut s'arracher à l'enchantement que produisait sur lui la vision du croquis de la Malédiction d'Angélique, et il tendit la main pour reprendre sa coupe de champagne.

— Depuis des années, les Lassiter m'empêchaient de récupérer mon bien. Maintenant, ils sont tous morts, et l'amulette me revient enfin.

— Je crois qu'il y a une petite méprise, déclara LaRue en levant la tête. Mon cher Matthew, veux-tu te joindre à nous ?

VanDyke regarda Matthew prendre place à leur table, et demeura bouche bée, muet de stupeur.

— Je boirais bien une bière, dit Matthew. C'est une belle pièce, n'est-ce pas ? enchaîna-t-il en prenant le croquis sur la table.

VanDyke bondit sur ses pieds.

— J'ai vu votre bateau partir en flammes ! s'exclama-t-il d'une voix blanche.

— Je sais, répondit Matthew. J'ai moi-même planté la charge de dynamite qui l'a fait exploser.

Puis, jetant un coup d'œil du côté du steward qui paraissait prêt à intervenir, il ajouta :

— Je vous conseille de retenir votre gorille, VanDyke. Nous sommes dans un hôtel de luxe, et vous savez qu'ils n'aiment pas beaucoup le scandale.

— Je vous tuerai de mes propres mains, murmura VanDyke qui faisait un effort surhumain pour ne pas lui sauter à la gorge. Quant à vous, LaRue, vous êtes un homme mort.

— Pas du tout, répliqua celui-ci. Je suis un homme riche. Mademoiselle, ajouta-t-il avec un sourire à l'adresse de la serveuse, pardonnez mon compagnon. Il est un peu surmené. Soyez assez gentille pour nous apporter une autre tournée, et aussi une bière bien fraîche pour mon ami. Une Corona. Avec un quartier de citron vert.

— Vous croyez peut-être que vous allez vous en sortir comme ça ? dit VanDyke qui tremblait de rage.

Il fusilla son garde du corps du regard, et l'homme se rassit.

— Vous croyez que vous pouvez me doubler, vous moquer de moi et voler ce qui me revient de droit ? Je vous écraserai.

Matthew le regardait d'un air calme et assuré. Le même regard que celui de James Lassiter.

— Je peux m'emparer de tout ce qui vous appartient en l'espace de quelques jours. Il me suffit de chuchoter quelques mots aux bonnes oreilles. Ensuite, je vous ferai chasser et je vous ferai tuer comme des animaux. J'aurais dû vous éliminer en même temps que votre père.

— En effet. Vous avez commis une grave erreur, ce jour-là. Maintenant, écoutez-moi, VanDyke : je vais vous faire une proposition.

— Une proposition ? répéta VanDyke qui sentait sa tête sur le point d'exploser. Vous croyez vraiment que je vais traiter avec vous ?

— Ma foi, oui. Quand vous aurez toutes les données en main… Buck, tu peux sortir, maintenant.

Buck, qui avait passé tout ce temps accroupi derrière un épais bosquet de palmiers, apparut alors, le visage congestionné.

— Décidément, ces Japonais sont des génies, déclara-t-il en considérant la petite caméra vidéo qu'il tenait à la main.

Il en tira une cassette.

— L'image est parfaite. Et le son aussi. J'entendais presque fondre les glaçons dans le verre de LaRue.

— La mienne est tout aussi extraordinaire, ajouta Marla en les rejoignant à son tour. Le zoom est tellement puissant que je pouvais compter les pores de la peau de M. VanDyke, depuis l'autre extrémité du hall.

Elle aussi tira une cassette de sa caméra et la tendit à Matthew.

— Et voilà ! dit-il. Nous avons donc deux cassettes vous montrant sous deux angles différents en train de confesser vos nombreux crimes ; ceux que vous avez fait commettre par d'autres, en les payant, et celui que vous avez accompli de vos propres mains.

Il tendit la cassette de Marla à LaRue. Buck tenait toujours la sienne dans sa main.

— Vous savez quoi faire de ces preuves, dit-il aux deux hommes.

Buck et LaRue se levèrent d'un même mouvement, mais, avant de s'éloigner, Buck hésita, et se tourna vers VanDyke.

— Je pensais que le collier portait malheur, que James était mort par sa faute, et que son ombre hantait nos vies, à Matthew et à moi. Mais c'était vous le responsable. Et, maintenant que vous êtes fait à votre tour, je ne peux pas m'empêcher de penser que James doit bien rigoler, là-haut.

— Si vous croyez qu'on va prendre vos ridicules cassettes vidéo au sérieux ! fit VanDyke en tamponnant ses lèvres avec un mouchoir, et en profitant de ce geste pour envoyer un signal subtil à son garde du corps.

Matthew tourna la tête juste à temps pour voir LaRue se baisser, comme s'il attachait ses lacets. Il se redressa aussitôt, directement entre les jambes du gorille de VanDyke qui s'écrasa sur le sol carrelé, avec à peine un gémissement, avant de se recroqueviller comme une crevette bouillie.

— Ça, c'était pour Tate, lui dit LaRue.

Plusieurs employés de l'hôtel accoururent aussitôt.

— Il vient de s'effondrer brusquement ! s'exclama-t-il. Une crise cardiaque, peut-être. Appelez vite une ambulance.

Matthew avait suivi la scène avec un petit sourire en coin.

— Vous avez toujours sous-estimé mon camarade, dit-il à l'intention de VanDyke.

Puis, comme la serveuse revenait avec leurs boissons, il commanda un cocktail pour Marla.

— Excellente idée ! dit-elle en s'asseyant à son tour à la table et en lissant les plis de sa robe. Toutes ces émotions m'ont donné soif.

Elle enveloppa VanDyke d'un long regard glacial.

— Je tiens à ce que vous sachiez que cette petite mise en scène était mon idée. Bien sûr, elle a été quelque peu peaufinée. Je vous trouve bien pâle, monsieur VanDyke. Vous devriez manger un peu de fromage : vous avez besoin de protéines.

— N'est-elle pas merveilleuse ? dit Matthew en prenant la main de Marla et la portant à ses lèvres. Mais revenons à nos affaires. Plusieurs copies des deux cassettes que vous venez de voir vont être déposées dans des coffres-forts et des cabinets d'avocat, partout dans le monde. Avec les instructions habituelles : s'il m'arrive quoi que ce soit, etc. Et, quand je dis moi, je veux aussi parler de ma future belle-mère, de Ray, LaRue, Buck et Tate. Et puisqu'on parle de Tate…

Matthew tendit brusquement la main et saisit la cravate de soie de VanDyke sur laquelle il tira légèrement.

— Si jamais vous vous approchez encore d'elle, si jamais un de vos zombies porte encore la main sur elle, je vous tue, après avoir brisé chaque os de votre corps et vous avoir écorché vif avec l'un des couteaux à éplucher de Marla.

— Tate n'aurait pas dû te dire ça, fit Marla en sirotant son cocktail.

— Je crois qu'on se comprend, conclut Matthew en lâchant la cravate de VanDyke et en s'enfonçant de nouveau dans son fauteuil.

A cet instant, Tate fit son apparition.

— Quelle chance ! vous êtes encore là !

Elle se pencha pour embrasser Matthew et enchaîna :

— L'avion avait du retard.

Puis elle se tourna vers le couple qui la suivait, et ajouta :

— Voici mes amis et collègues : le Dr Hayden Deel et le Dr Lorraine Ross.

Tate posa une main sur le bras de son père, quand elle le vit considérer VanDyke d'un air meurtrier.

— Papa, tiens-toi tranquille.

— Enchanté, dit Matthew en se levant et en serrant la main des nouveaux venus. Vous avez fait un bon voyage ?

— Excellent, répondit Lorraine.

— Ils se sont mariés à bord du *Nomad*, il y a trois jours, expliqua Tate. N'est-ce pas merveilleux ?

— Quand on m'a transmis le message urgent de Tate, je me suis dit que nous pourrions faire d'une pierre deux coups, expliqua Hayden. Nevis n'est pas un endroit désagréable pour une lune de miel, et nous étions anxieux de connaître les raisons de son appel.

— Maintenant qu'on les connaît, on est drôlement contents d'avoir agi si vite, conclut Lorraine. Cela nous donne une longueur d'avance sur les autres. Nevis va être envahi par les scientifiques et les reporters, d'ici à deux jours.

— Je ne pense pas que vous avez eu l'occasion de rencontrer personnellement mes collègues, mais je sais que vous les connaissez de réputation, dit Tate à l'intention de VanDyke. Mais, dites-moi, ce n'est pas votre gorille que j'ai vu embarquer dans une ambulance ? Il était affreusement pâle.

VanDyke se leva en étouffant sa rage.

— Je n'ai pas dit mon dernier mot. Nous nous reverrons. Cette histoire ne fait que commencer.

— Je suis d'accord avec vous sur ce point, acquiesça Tate. Ce n'est que le début. Mais pas dans le sens où vous l'imaginez. Plusieurs institutions vont envoyer des représentants pour assister au reste de notre opération et examiner les artéfacts que nous avons déjà remontés à la surface. Bien sûr, ils sont particulièrement intéressés par une certaine amulette connue sous le nom de Malédiction d'Angélique. Le Smithsonian Magazine va écrire un article sur le sujet, et le *National Geographic* parle déjà d'un documentaire.

Elle sourit.

— Il est désormais de notoriété publique que nous avons trouvé l'amulette. Echec et Mat, VanDyke.

— Je crois que nous avons fait le tour de la question, déclara Matthew. Si jamais vous souhaitez entrer en contact avec nous, adressez-vous à nos avocats. Quel est leur nom, déjà, Tate ?

— Winston, Terrance and Blythe, Washington D.C., répondit la jeune femme. Vous avez sûrement entendu parler d'eux. Leur cabinet est l'un des plus réputés de la côte Est. Et j'ai également appelé le consul américain. Il est très enthousiaste et souhaite visiter le site personnellement.

— Ce sera avec plaisir, répondit Matthew en dévorant la jeune femme des yeux. Et maintenant, si vous voulez bien nous excuser, conclut-il à l'adresse de VanDyke. Nous avons du pain sur la planche.

VanDyke considéra les visages qui l'entouraient. Il y vit le triomphe, et aussi le défi. Et que pouvait-il faire ? Il était seul, désarmé, et une amère sensation d'échec lui brûlait la gorge. Finalement, il décida de partir.

Il allait leur prouver, à tous, à quel point ils se trompaient. Il maîtrisait encore la situation.

Tate le regarda s'éloigner et se pencha vers Matthew.

— Embrasse-moi.

Hayden les regarda faire, puis il s'éclaircit la gorge.

— Vous ne voudriez pas m'expliquer ce qui se passe ?

— J'ai l'impression que nous arrivons à la fin du dernier acte, ajouta Lorraine. Cet homme était-il Silas VanDyke, chef d'entreprise, bienfaiteur et ami du monde de l'archéologie sous-marine ?

— Lui-même, répondit Tate. Commandons quelque chose à boire : nous allons tout vous expliquer.

29.

— Quelle histoire ! murmura Lorraine, pour la énième fois.

Il était minuit passé, et elle se trouvait sur le pont du *New Adventure*, en compagnie de Tate. Après un copieux dîner abondamment arrosé de champagne, les deux amies avaient laissé les autres dans le rouf, ou en train d'examiner les artéfacts, et elles étaient sorties dans la nuit étoilée.

— Tous les ingrédients sont réunis : meurtre, avidité, sacrifice, passion, kidnapping, amour, sorcellerie…

La jeune femme secoua la tête.

— Tu crois qu'Angélique Maunoir était vraiment une sorcière ?

— Quand je pense que c'est une scientifique qui pose une telle question ! répliqua Tate en riant. A mon avis, c'était une jeune femme avec une personnalité très forte, et je crois que l'amour a toutes sortes de pouvoirs.

— Tu n'as pas peur de cette amulette, compte tenu de son histoire ?

— Je me plais à croire qu'Angélique aurait approuvé, d'abord le fait que nous l'ayons trouvée, et ensuite ce que nous avons l'intention d'en faire. Nous allons faire connaître son histoire. Mais, puisqu'on parle d'histoire, raconte-moi un peu la tienne et celle d'Hayden.

— Oh, elle n'a rien de légendaire, mais elle me plaît.

Lorraine leva la main et considéra son alliance.

— Je l'ai attrapé alors qu'il était encore sous le coup de sa déception avec toi.

— Ne dis pas n'importe quoi !

— Bon, ce n'est peut-être pas tout à fait ça. Tu sais, je ne te comprenais vraiment pas, quand on était sur le *Nomad*. Hayden était là à te dévorer des yeux, et c'est à peine si tu semblais le remarquer. Evidemment, maintenant que j'ai rencontré Matthew, tout devient clair.

Elle sourit.

— J'espère que tu ne le prendras pas mal, mais j'étais plutôt contente, quand tu as décidé de quitter l'expédition. Je me suis dit : « Ma vieille, la voie est libre. Au boulot, maintenant. »

Elle eut un geste pour trinquer et faillit renverser le contenu de sa coupe de champagne.

— Tu as été rapide, remarqua Tate.

— Je l'aime, que veux-tu. Je te jure, quand je le voyais, j'avais l'impression d'être un petit chien en train de mendier des restes. J'ai toujours maîtrisé la situation, avec tous les hommes que j'ai connus. Avec Hayden, c'était le contraire. Finalement, j'ai mis mon orgueil dans ma poche, mon mouchoir par-dessus, et je l'ai coincé dans le labo, un soir que nous travaillions tard. Je l'ai séduit, quoi.

— Au labo ?

— Ouais. J'avais déjà essayé de faire le premier pas, plusieurs fois. Mais, ce soir-là, je lui ai carrément dit que je l'aimais et que j'étais déterminée à le suivre où qu'il aille. Il m'a regardée très sérieusement, pendant un moment, et il a fini par répondre que, dans ces conditions, il valait mieux nous marier.

— Il t'a dit ça ?

— Mot pour mot, répondit Lorraine avec un petit soupir. J'ai pleuré comme une madeleine.

Elle renifla et but une gorgée de champagne.

— Si je ne fais pas attention, je vais me remettre à pleurer.

— Ah, non ! On va être deux, sinon.

— J'ai attendu ce moment pratiquement toute ma vie, continua Lorraine, le nez dans son verre. Je suis assez soûle pour l'admettre : je suis une biologiste quadragénaire qui aime vraiment un homme pour la première fois de sa vie. Merde, ça y est, je pleure.

— Nous voilà bien, fit Tate qui se mit à renifler, elle aussi. Tu veux être ma demoiselle d'honneur, dans deux jours ?

— Oui, bien sûr, bredouilla Lorraine.

Elle leva ses yeux brouillés de larmes et les posa sur Hayden et Matthew qui les rejoignaient sur le pont.

— Que se passe-t-il ? demanda Hayden.

— Nous sommes soûles et heureuses, répondit Lorraine. Et amoureuses.

— C'est bien, dit Hayden en la prenant par le cou. Tu as quand même intérêt à avaler deux cachets d'aspirine avant de te coucher, si tu ne veux pas avoir une formidable gueule de bois, demain matin. Nous allons avoir du travail.

Lorraine se leva et se jeta dans les bras de son mari.

— Il est tellement organisé ! Ça me met la tête à l'envers.

— Lorraine, dit-il, d'ici à quelques jours, il y a des gens importants qui vont débarquer d'un peu partout dans le monde. Nous devons nous préparer.

Comme elle continuait à le dévisager avec un sourire béat, il se tourna vers Matthew.

— Est-ce que je peux vous demander de nous ramener sur Nevis ? Je crois que Lorraine a besoin de s'allonger.

— Buck et LaRue vont vous aider à la porter dans le bateau et vous reconduire à terre, répondit Matthew. Bienvenue dans notre équipe.

Quand la petite embarcation se fut éloignée, Tate se blottit dans les bras de Matthew.

— Ils ont l'air vraiment bien ensemble, remarqua-t-elle.

— Je comprends, maintenant, pourquoi tu n'arrêtais pas de parler de lui. Il comprend vite, et il s'attache au plus important.

— C'est le meilleur dans sa spécialité, et son nom a beaucoup de poids. Lorraine n'est pas n'importe qui, non plus. Avec leur contribution, maintenant, notre expédition revêt vraiment un caractère officiel et scientifique. Et le fait que toutes ces personnes influentes soient au courant de notre découverte empêche désormais VanDyke de s'interposer.

— Ne baissons pas la garde pour autant, répliqua Matthew. Je me méfie de lui.

— VanDyke ne peut plus rien nous faire. Il peut bien s'adresser à tous les politiciens, toutes les institutions et les personnages officiels qu'il a dans sa poche, ça ne changera rien.

Elle enroula ses bras autour du cou de son compagnon.

— Je sais que tu aurais préféré gérer les choses autrement, mais je suis convaincue que nous avons choisi la meilleure solution.

— Pour tout t'avouer, j'ai trouvé notre petite mise en scène beaucoup plus gratifiante que je ne l'aurais cru. Le fait est que nous gagnons, et qu'il a perdu. Sur toute la ligne.

Matthew plongea la main dans sa poche et en tira l'amulette.

— Elle est vraiment à toi, maintenant.

— A nous.

— A toi, si l'on respecte les règles de sauvetage, corrigea Matthew, tout en glissant le joyau autour du cou de la jeune femme. A mon avis, quand Etienne a fait faire ce bijou pour sa femme, il a choisi le rubis pour représenter le cœur, les diamants autour comme symbole d'éternité, et l'or pour sa force.

Il déposa un baiser dans le cou de sa fiancée.

— L'amour a besoin de tout cela.

— Matthew, murmura Tate, très émue.

— Je me suis dit que tu aurais peut-être envie de le porter pour notre mariage.

— Ce serait le cas si je ne possédais pas un bijou qui a encore plus de valeur à mes yeux. Il s'agit d'un médaillon en or avec une perle.

Matthew dut s'éclaircir la gorge, avant de pouvoir parler de nouveau.

— Tu l'as gardé ?

— J'ai essayé de le jeter au moins une douzaine de fois, au fil des années, mais je n'ai jamais pu m'y résoudre.

— Ça va marcher entre nous, Tate. Tu es ma chance.

Il l'embrassa tendrement.

— Si on allait se coucher ?

— J'arrive. Je voudrais juste revoir mes notes, m'assurer que tout est parfait. J'en ai pour une demi-heure, tout au plus.

— Voilà que tu te montres raisonnable, alors que je pensais te mettre la tête à l'envers.

— Bon, disons vingt minutes, corrigea la jeune femme avec un rire. Je dois vraiment revoir mes notes, Matthew, insista-t-elle. Je veux impressionner le représentant de la Société Cousteau, quand il va arriver.

— Ambitieuse et sexy, dit Matthew d'un air connaisseur. D'accord, je vais t'attendre.

— Un quart d'heure, lança-t-elle, comme il s'éloignait.

Tout ce qu'elle avait toujours désiré se trouvait à sa portée : l'homme qu'elle aimait, sa carrière, le musée…

Elle enroula les doigts autour du rubis qui pendait à son cou, et ferma les yeux. Après plus de quatre cents ans, Angélique allait enfin pouvoir reposer en paix.

Tate comprenait brusquement que rien n'est impossible. Soudain, elle entendit des pas derrière elle.

— Un quart d'heure, Lassiter, dit-elle en riant. Peut-être dix minutes, si tu ne viens pas me distraire.

La main qui la bâillonna brusquement était humide et douce.

— J'ai un revolver pointé dans votre dos, Tate, dit une voix menaçante que la jeune femme ne reconnut que trop bien. Il est armé d'un silencieux. Je peux vous tuer, ici même, et personne n'entendra rien. Si vous criez, je tire et j'abats toute personne qui se portera à votre secours. C'est compris ?

Tate hocha la tête, et il la prit à la gorge.

— Faites bien attention. Il ne me faut qu'une fraction de seconde pour vous tuer. L'instant d'après, je plonge et je m'enfuis.

— Qu'espérez-vous prouver ? demanda Tate d'une voix étranglée. L'*Isabella* et tout ce qu'elle contenait sont désormais hors de votre portée. Vous pouvez me tuer, vous pouvez nous tuer tous, cela ne changera rien. On vous retrouvera, on vous jettera en prison, et vous y resterez jusqu'à la fin de vos jours.

— Personne ne pourra plus me toucher, une fois que j'aurai l'amulette. Vous savez le pouvoir dont elle est investie. Vous l'avez senti.

— Vous êtes cinglé.

Les doigts de VanDyke se refermèrent sur le cou de la jeune femme, lui arrachant un petit cri rauque et faible.

— Elle est à moi, souffla-t-il à l'oreille de Tate. A moi depuis toujours.

— Vous ne pourrez pas vous échapper. Ils sauront que c'est vous. Tout votre argent, toutes vos relations seront impuissants, cette fois.

— L'amulette suffira.

— Vous devrez vous cacher pour le restant de vos jours, poursuivit Tate, tout en cherchant désespérément des yeux un objet qui pût lui servir d'arme. Nous avons les cassettes vidéo. Nous avons annoncé la découverte de l'épave. Hayden et Lorraine sont au courant de toute l'histoire. Vous ne pouvez pas tuer tout le monde.

— Je peux tout faire. Rien ni personne ne me touchera. Donnez-moi l'amulette, Tate. Et j'épargnerai vos parents.

Tate écarquilla les yeux et referma les doigts autour de la pierre. Elle semblait battre dans la paume de sa main.

— Je ne vous crois pas, dit-elle. Vous me tuerez. Vous nous tuerez tous. Et pourquoi ? Parce que vous imaginez qu'un collier va vous donner le pouvoir et l'impunité ?

— Qui sait, peut-être même l'immortalité. D'autres l'ont cru, mais ils étaient faibles, incapables de maîtriser le pouvoir qu'ils détenaient. Je suis différent. J'ai l'habitude de commander. La puissance et le pouvoir sont mes alliés. C'est pourquoi l'amulette m'appartient. Où est-elle ?

— Ici.

Elle souleva le rubis qu'elle tenait toujours dans sa main.

Stupéfait, VanDyke la lâcha suffisamment pour lui permettre de se dégager. Mais elle ne s'enfuit pas. Où serait-elle allée ? Elle préféra l'affronter, le regard froid et défiant.

— Elle est belle, n'est-ce pas ? dit-elle doucement.

Puisqu'elle ne pouvait faire appel à sa raison, elle allait s'adresser à sa folie.

— Pendant des siècles, elle a attendu d'être portée de nouveau, d'être admirée. Savez-vous qu'elle était intacte, quand je l'ai trouvée sur le sable ?

Elle fit pivoter le rubis, de sorte qu'il attrapât et reflétât les rayons de la lune.

— Ni le temps ni l'eau ne l'avaient abîmée. Elle est intacte, identique à ce qu'elle était la dernière fois qu'Angélique l'avait portée autour de son cou.

VanDyke regardait fixement l'amulette. Il était comme hypnotisé. Alors, Tate recula doucement.

— Elle l'avait, le matin où ils sont venus la chercher pour l'exécuter, poursuivit Tate d'une voix douce. L'homme qui était responsable de son malheur l'attendait à la sortie de sa cellule. Il la lui a prise. Il n'avait pas pu la posséder, elle, alors il a volé le dernier lien qui la rattachait à l'homme qu'elle avait tant aimé. Du moins, c'est ce qu'il a cru. Mais il ne pouvait pas briser le lien qui les unissait. La mort elle-même n'avait pas ce pouvoir. Angélique ne cessait de prononcer le nom de son mari, alors que la fumée emplissait ses poumons, que les flammes lui léchaient les pieds. Le nom d'Etienne. Je peux l'entendre, VanDyke. Pas vous ?

Il déglutit péniblement, sans quitter l'amulette des yeux.

— Elle est à moi, dit-il d'une voix rauque.

— Oh, non, elle appartient toujours à Angélique. C'est ça, le secret. Ceux qui ne l'ont pas compris et qui l'ont convoitée pour leur propre bénéfice sont ceux-là mêmes qui ont attiré la malédiction sur leurs têtes. Si vous la prenez, ajouta-t-elle avec une brusque certitude, vous êtes damné.

— Elle est à moi, répéta-t-il. Je suis le seul à qui elle était destinée. J'ai dépensé une fortune pour la trouver.

— Mais c'est moi qui l'ai découverte. Vous ne faites que me la voler.

Tate était tout près du bastingage, maintenant. Mais, soudain, VanDyke tourna le regard vers elle. Ses yeux étaient clairs, de nouveau. Ils avaient perdu la fixité un peu vitreuse de la folie.

— Vous croyez pouvoir me berner ? Vous pensez pouvoir gagner du temps dans l'espoir que votre héros va se précipiter à votre secours ? Dommage qu'il n'arrive pas, d'ailleurs. Vous auriez pu mourir ensemble. C'eût été romantique... Mais j'ai perdu assez de temps. Donnez-moi l'amulette ou je tire. Je vous préviens que je viserai d'abord le ventre, et non le cœur, afin de vous faire souffrir le plus possible.

— Soit.

Tate se sentait étrangement légère, tout à coup, comme si elle avait quitté son corps et qu'elle flottait quelque part, plus loin.

— Puisque vous la voulez tant, allez la chercher. Et payez le prix.

Et elle la lança très loin dans la mer.

VanDyke poussa un hurlement inhumain, et se rua vers le bastingage. Puis il se jeta dans l'eau noire.

Il n'avait pas encore disparu sous la surface que Tate plongeait à son tour.

Elle avait conscience de la folie de son acte. Mais c'était plus fort qu'elle. La raison lui disait qu'elle ne retrouverait jamais l'amulette dans l'obscurité, sans masque et sans bouteille. Mais, au même instant, elle aperçut l'ombre de VanDyke, et un formidable élan de rage la propulsa vers lui, tel un requin qui se jette sur sa proie.

Ici, dans l'univers sous-marin, la force de VanDyke se heurtait à la jeunesse, la souplesse et la dextérité de la jeune femme. Il n'y avait plus de revolver. Seulement des mains et des dents. Et Tate se servit des siennes avec une rage et une violence inouïes.

Ensemble, ils luttèrent dans le silence de la mer, s'accrochant l'un à l'autre, chacun essayant désespérément d'empêcher son rival de remonter à l'air libre pour pouvoir respirer. Finalement, alors que Tate sentait ses poumons sur le point d'exploser, ils crevèrent la surface de l'eau, et la bataille se poursuivit, ponctuée par leurs souffles rauques.

Au bout d'un moment, les yeux de VanDyke se révulsèrent tandis qu'il entraînait la jeune femme sous l'eau. La mer les embrassa, avide, et Tate se mit à étouffer. Le sel lui brûlait les yeux, et, toujours, VanDyke l'entraînait sous l'eau. Le bourdonnement à ses oreilles devint une sorte de rugissement infernal. Des lumières explosèrent dans son cerveau.

Non, se dit-elle en luttant pour se libérer.

Mais, soudain, VanDyke la lâcha brusquement pour nager vers le fond. Il avait vu l'amulette : elle brillait comme une étoile de sang, sur le sable blanc.

Tate vit qu'il la prenait dans sa main. Elle vit la lueur rouge transpercer ses doigts, pâle et translucide, tout d'abord, puis de plus en plus sombre, de plus en plus sanglante.

Il tourna la tête et regarda la jeune femme d'un air de triomphe.

Puis — Tate aurait pu le jurer —, il poussa un hurlement.

— Elle revient à elle. Vas-y, ma jolie, tousse un bon coup. Crache-moi toute cette flotte.

Tate entendit la voix de Matthew, par-dessus ses hoquets. Elle sentit la dureté du bois, sous son dos, les mains de Matthew autour de sa tête, et l'humidité de l'eau sur son corps.

— Matthew.

— N'essaie pas de parler. Merde, où est cette foutue couverture ?

— Ici, répondit Marla en enveloppant sa fille. Tout va bien, ma chérie.

— VanDyke…

— Ne t'inquiète pas pour lui, répondit Matthew en tournant la tête du côté où VanDyke se tenait accroupi, sous la surveillance de LaRue.

Il riait comme un fou et parlait tout seul.

— L'amulette…

— Mince, elle est encore autour de ton cou, dit Matthew en la lui passant par-dessus la tête. Je ne l'avais même pas remarqué.

— Tu étais trop occupé à essayer de la ranimer, dit Ray.

Quand il avait vu Matthew sortir la jeune femme inanimée de l'eau, il avait vraiment cru, cette fois, qu'il avait perdu son enfant unique.

— Que s'est-il passé ? demanda Tate qui faisait des efforts pour ouvrir les yeux.

Quand elle y parvint enfin, elle vit tous ces visages livides penchés sur elle et poussa un gémissement.

— J'ai mal partout.

— Tiens-toi tranquille un moment, dit Matthew. Ses pupilles ont l'air normal. Elle ne tremble pas.

— Le choc se produira peut-être plus tard, dit Marla. Nous devrions la débarrasser de ses vêtements mouillés et la mettre au lit.

Elle pressa la paume de sa main sur le front de Tate.

— Je vais te faire de la camomille.

— D'accord, répondit Tate, un peu abrutie.

Elle sourit.

— Je peux me lever, maintenant ?

Matthew la souleva dans ses bras, avec la couverture.

— Je vais la coucher.

Puis il marqua une pause, et tourna la tête du côté de VanDyke.

— LaRue, toi et Buck vous devriez l'emmener à Nevis et le refiler aux flics.

— Pourquoi est-ce qu'il rit ? demanda Tate.

— C'est tout ce qu'il sait faire, depuis que Ray l'a repêché. Il rigole tout seul et il marmonne des histoires de sorcières qui brûlent dans l'eau. Allez, je vais te faire couler un bain.

Matthew la pomponna comme un nouveau-né. Il lui massa les épaules, lui lava les cheveux, la sécha, l'aida à enfiler une chemise de nuit et la coucha.

— Mmm, je pourrais m'habituer à ce genre de traitement, murmura Tate au moment de s'abandonner contre son oreiller.

Elle prit la tasse de camomille que sa mère venait de lui apporter et sirota le breuvage parfumé et brûlant.

— Ray a accompagné LaRue et Buck jusqu'à Nevis, dit Marla à l'adresse de Matthew. Il ne voulait pas quitter VanDyke des yeux jusqu'à ce qu'il soit entre les mains de la police. Veux-tu que je te prévienne, quand ils reviendront ?

— Je vais remonter dans un moment, répondit Matthew.

Marla hocha la tête.

— Je prépare du café. Repose-toi bien, ma chérie.

Elle déposa un baiser sur le front de sa fille et sortit en refermant doucement la porte derrière elle.

— N'est-elle pas merveilleuse ? demanda Tate. Rien ne perturbe jamais ce magnifique panache sudiste.

— Tu ne vas pas tarder à découvrir ce qui perturbe un tempérament yankee, ma petite. On peut savoir ce qui t'a pris ?

La jeune femme tressaillit.

— Je ne sais pas. C'est arrivé si vite.

— Tu ne respirais plus. Tu ne respirais plus quand je t'ai sortie de l'eau.

— Je ne me rappelle pas. J'ai plongé derrière lui, et après, tout devient flou et un peu surréaliste.

— Tu as plongé derrière lui..., répéta Matthew.

— Je ne sais pas ce qui m'a pris. J'ai jeté l'amulette dans l'eau. C'était un risque à prendre. Soit il m'abattait d'un coup de revolver, comme il menaçait de le faire, soit il essayait de la récupérer.

— Il était armé ?

— Oui. Il a dû perdre son revolver dans l'eau. Quand tu m'as laissée sur le pont, il est apparu brusquement et il m'a enfoncé son arme dans le dos.

Elle lui raconta la scène, jusqu'au moment où elle avait jeté l'amulette à la mer.

— Il ne m'a même pas regardée, conclut-elle. Il s'est rué vers le bastingage et il a sauté par-dessus bord.

— Qu'est-ce qui t'a pris de le suivre ? Tu aurais pu m'appeler !

— Je sais. Je ne peux pas expliquer ce qui s'est passé. J'ai plongé derrière lui, sans réfléchir. Je savais que c'était une folie, mais c'était plus fort que moi. Je l'ai rattrapé…

Elle ferma les yeux pour mieux revivre ce moment.

— Je nous revois en train de nous battre, sous l'eau et à la surface. Je n'avais plus d'air. Et, d'un seul coup, j'ai vu cette lumière.

— Merde ! s'exclama Matthew. Tu veux dire que tu as eu une de ces expériences, avec le tunnel, la lumière et tout le reste ?

Tate rouvrit les yeux.

— Non, je ne crois pas, mais c'était tout aussi bizarre. VanDyke m'a lâchée, d'un seul coup, et il a nagé vers le fond. L'amulette était sur le sable. Le sable était blanc et je le voyais aussi clairement que je te vois. Je sais que c'est impossible, et pourtant, c'est ce qui s'est passé. Et VanDyke, aussi, l'a vue. Il est allé la chercher et je suis restée là, à le regarder.

Elle marqua une pause et fronça les sourcils, comme si elle-même avait du mal à croire ce que sa mémoire lui racontait.

— Il l'a prise dans sa main et il s'est tourné vers moi. Presque aussitôt, la pierre s'est mise à… Je voyais le rubis. On aurait dit que sa couleur transperçait la peau de VanDyke. Et elle s'est mise à saigner. Comme si elle était devenue liquide. Il m'a regardée droit dans les yeux et…

— Quoi ?

— Il a poussé un hurlement. Je l'ai entendu. Il n'était pas étouffé par l'eau. C'était un hurlement perçant, effrayant. Et il y avait du feu partout. Je voyais la couleur des flammes, la lumière aveuglante, mais je ne sentais pas la chaleur. Et je n'avais pas peur. Je n'avais pas peur du tout. Alors, j'ai nagé jusqu'à lui et je lui ai pris l'amulette.

Elle éclata d'un rire nerveux.

— Je devais être émue, après ça. Ou peut-être m'étais-je évanouie bien avant ? J'ai dû rêver toute cette scène.

— Tu portais l'amulette, quand je t'ai repêchée.

— J'ai dû la trouver, murmura la jeune femme, au comble de la perplexité.

— Ah oui ? Tu l'as trouvée, comme ça, après l'avoir jetée par-dessus bord, dans une eau noire comme l'encre ? Ça te paraît possible ?

— Oui. Enfin, non, admit-elle.

— Laisse-moi te raconter ce que j'ai vu. Tu m'as appelé et j'ai couru sur le pont. VanDyke était dans l'eau. Il battait des bras, et, en effet, il hurlait comme un cochon qu'on égorge. Comme je ne te voyais pas, je me suis dit que tu étais sûrement sous l'eau, et j'ai plongé.

Il ne jugea pas nécessaire de lui expliquer qu'il avait nagé jusqu'à ce que ses poumons fussent sur le point d'exploser, que jamais il ne serait remonté sans elle.

— Quand je t'ai trouvée, tu étais au fond, allongée sur le dos, comme quand tu dors. Et tu souriais. Je m'attendais presque à te voir ouvrir les yeux. Puis, comme je nageais vers la surface avec toi, je me suis aperçu que tu ne respirais pas.

— Alors, tu m'as ramenée à la vie, murmura la jeune femme, prenant le visage de son amant entre ses mains. Mon preux chevalier.

— Le bouche-à-bouche dans ces conditions n'est pas si romantique, tu sais.

— Qu'importent les circonstances ? Tu m'as sauvé la vie.

Elle l'embrassa tendrement, puis se redressa.

— C'est drôle, tu sais. Je ne me rappelle pas du tout t'avoir appelé.

Elle sourit.

— En revanche, je n'arrêtais pas de prononcer ton nom dans ma tête.

Elle poussa un soupir et posa la tête sur l'épaule de Matthew.

— Et tu m'as entendue.

30.

Matthew considéra Silas VanDyke, à travers les barreaux de la petite cellule. Cet homme, se dit-il, avait empoisonné son existence ; il avait assassiné son père, comploté pour le faire tuer, lui, kidnappé et pratiquement noyé la femme qu'il aimait.

Il avait été un homme puissant, un financier inaccessible, avec de nombreux appuis politiques et sociaux.

Maintenant, il était en cage, comme un animal.

On lui avait donné une chemise et un pantalon en coton usé, trop grands pour lui. Il ne portait plus de ceinture ni de lacets à ses chaussures — encore moins une cravate de soie.

Pourtant, il était assis sur la couchette étroite comme dans un fauteuil ancien, comme si cette cellule avait été son bureau. Comme s'il maîtrisait toujours la situation.

Il paraissait avoir rétréci, cependant. Son corps était frêle, dans les vêtements trop larges de la prison, et l'ossature de son visage semblait ressortir davantage, comme si toute sa chair avait fondu, au cours de la nuit.

Il n'était pas rasé, et ses cheveux étaient emmêlés et plaqués sur sa tête. Des écorchures zébraient son visage et ses mains, rappelant à Matthew la lutte désespérée que Tate avait dû mener, pour survivre.

C'était suffisant pour lui donner envie de franchir les barreaux de la prison et de briser les os de VanDyke, un à un.

Mais il se força à rester calme. Le prionnier se raccrochait à des vestiges du passé dont l'orgueil, la puissance et la dignité. Mais Matthew savait bien qu'il ne s'agissait que d'apparences.

— Alors, ça fait quel effet, de tout perdre ? demanda-t-il.

— Vous croyez que ceci va m'arrêter ? répondit VanDyke, dans un chuchotement qui parut se glisser entre les barreaux comme un serpent. Vous croyez vraiment que je vais la laisser entre vos mains ?

— Je suis venu vous dire que vous ne représentiez plus rien. Vous n'êtes plus rien du tout.

— Vraiment ?

Une lueur sauvage brilla dans les yeux du prisonnier.

— J'aurais dû la tuer. J'aurais dû lui tirer une balle dans le ventre et vous laisser la regarder mourir.

Matthew fit un bond en avant, et il aperçut aussitôt une expression de satisfaction sur le visage de VanDyke. Non, pas de cette façon, se dit-il. Pas à sa façon.

— Elle vous a battu. C'est elle qui vous a mis à genoux. Vous l'avez vu, n'est-ce pas ? Le feu dans l'eau. Vous l'avez vue qui vous regardait, ajouta-t-il, décrivant la scène que Tate lui avait racontée. Elle était si belle, si terrifiante, prise dans cette explosion de lumière. Vous avez hurlé comme un enfant qui se débat dans un cauchemar.

VanDyke avait pâli.

— Je n'ai rien vu, cria-t-il en bondissant sur ses pieds. Rien du tout.

Debout au milieu de sa cellule, tremblant comme une feuille, il lutta contre les visions terrifiantes qui envahissaient son esprit et menaçaient d'achever de détruire, à jamais, les quelques lambeaux de raison qui lui restaient.

— Mais si, poursuivit Matthew, impitoyable. Et vous continuerez de la voir, encore et encore. Chaque fois que vous fermez les yeux. Combien de temps pourrez-vous vivre avec cette peur, à votre avis ?

— Je n'ai peur de rien ! hurla VanDyke. Ils ne me garderont pas en prison. J'ai un nom. Je suis puissant. Je suis riche !

— Vous n'avez plus rien, murmura Matthew. Il ne vous reste que des années durant lesquelles vous allez pouvoir réfléchir à ce que vous avez fait, et vous rappeler ce que vous n'avez pas su réaliser.

— Je sortirai. Et je vous retrouverai.

— Non, répondit Matthew avec un petit sourire froid. Pas cette fois.

— J'ai déjà gagné, poursuivit VanDyke en enroulant ses doigts autour des barreaux de sa cellule.

Il haletait, et son regard était celui d'un homme au bord de la folie.

— Votre père est mort. Votre oncle est estropié. Et vous n'êtes rien qu'un pitoyable plongeur de deuxième catégorie.

— Et vous, vous êtes en cage, VanDyke. Et c'est moi qui ai l'amulette.

— Je vous réglerai votre compte. Je réglerai le compte des Lassiter une fois pour toutes, et je récupérerai ce qui m'appartient.

— Elle vous a battu, répéta Matthew. Cette histoire est née avec une femme, et c'est une femme qui l'a conclue. Vous l'avez tenue entre vos mains, n'est-ce pas ? Mais vous ne pouviez pas la garder.

— Je la récupérerai, James, rétorqua VanDyke. Et je m'occuperai de vous. Vous vous croyez plus malin que moi ?

Matthew recula.

— Restez en bonne santé, VanDyke. J'espère que vous allez vivre encore très longtemps.

— C'est moi qui ai gagné ! cria la voix furieuse de VanDyke, dans son dos. C'est moi qui ai gagné !

Matthew quitta le poste de police, frotta son visage entre ses mains et se tint un instant au soleil. Tate ne tarderait plus à sortir. Elle était en train de signer sa déposition.

L'air était chaud, immobile, et il rêvait de se plonger dans l'eau fraîche de la mer.

Lorsque Tate le rejoignit, vingt minutes plus tard, il lui trouva l'air fatigué. Elle était très pâle et ses yeux étaient cernés de mauve. Sans rien dire, il lui tendit un bouquet de fleurs roses et bleues.

— Qu'est-ce que c'est ? demanda-t-elle.

— On appelle ça des fleurs. Ça se trouve généralement chez les fleuristes.

Elle sourit et enfouit son visage dans le bouquet. Aussitôt, elle se sentit mieux.

— Merci, dit-elle.

— J'ai pensé que nous en aurions besoin, tous les deux. La matinée était dure ?

— J'ai connu mieux. Mais les policiers étaient patients et compatissants. Avec ma déposition, la tienne, celle de LaRue et les cassettes vidéo, ils ont de quoi le boucler pour les trois siècles à venir. On va sûrement l'extrader, à un moment ou à un autre.

Matthew lui prit la main, et ils se dirigèrent vers la voiture qu'ils avaient louée, ce matin-là.

— A mon avis, il va passer le restant de ses jours dans une cellule matelassée. Je suis allé lui rendre visite.

— Oh ?

— Je voulais le voir dans une cage.

Ils entrèrent dans la voiture et Matthew mit le contact.

— Et alors ?

— Il est au bord de la folie et je l'ai peut-être poussé un peu plus près du précipice. Il a essayé de me convaincre, ou peut-être de se convaincre lui-même, qu'il avait gagné.

— Il n'a pas gagné, dit Tate en respirant encore le parfum des fleurs. Nous le savons, et c'est ce qui compte.

— Juste avant mon départ, il m'a appelé James, comme mon père.

Tate le considéra avec attention.

— Cela m'a paru juste, poursuivit Matthew. Un peu comme si la boucle était enfin bouclée. J'ai passé la moitié de ma vie à vouloir revenir en arrière, à vouloir revenir à ce jour où mon père est mort, comme si j'avais pu défaire ce qui s'était passé. Je ne pouvais pas sauver mon père, et je ne pouvais pas être lui, non plus. Mais aujourd'hui, pendant quelques minutes, c'était comme si j'étais à sa place.

— Tu as obtenu la justice, plutôt qu'une vengeance, murmura Tate.

Elle abandonna sa tête contre le dossier.

— Tu sais, je me suis rappelé une chose, pendant que je parlais à la police. La nuit dernière, quand j'étais sur le pont avec VanDyke, j'avais la main sur l'amulette, et je lui ai dit : « J'espère qu'elle va vous donner la vie que vous méritez », ou quelque chose comme ça.

— Vingt ou trente ans sous les verrous, loin de tout ce qu'il désire le plus. Bien joué, ma belle.

— Mais qui est derrière tout ça, Matthew ?

Tate poussa un long soupir.

— Il n'a pas l'amulette, mais il a certainement hérité de la Malédiction d'Angélique.

Tate fut heureuse de se retrouver en mer, en train de travailler de nouveau. Elle écarta les conseils des uns et des autres suggérant qu'elle se reposât jusqu'au lendemain, et s'enferma avec Hayden.

— Tu as accompli un travail formidable, dit Hayden lorsqu'ils eurent revu la majeure partie de ses notes et de son archivage.

— J'ai bénéficié de l'enseignement du meilleur des professeurs, répondit-elle. Mais ce n'est pas fini. J'ai des dizaines de pellicules photo à faire développer. Et nous avons les vidéos et mes croquis. Il nous faudra un endroit où tout entreposer. Et puis, maintenant que le secret n'en est plus un, nous pouvons commencer à remonter les canons. Il nous faut les équipements pour préserver et reconstruire ce que nous pourrons de l'épave.

— Tu as du pain sur la planche.

— Et une équipe formidable. Surtout depuis que vous nous avez rejoints, avec Lorraine.

— Nous ne manquerions cela pour rien au monde.

Soudain, ils entendirent un bruit infernal de moteur, avec toutes sortes d'accompagnements sonores étranges : des craquements, des grincements, des ratés.

Tate tourna la tête vers la porte.

— Qu'est-ce que c'est que ça ? s'exclama-t-elle.

Ils se regardèrent et sortirent sur le pont. Matthew et Lorraine étaient déjà près du bastingage, et Ray et Marla jaillirent de la cuisine au même instant.

— Quel bruit horrible ! dit Marla.

Puis elle écarquilla les yeux.

— Mon Dieu, quelle est cette chose ?

— Je crois que c'est censé être un bateau, murmura Tate. Mais je n'y mettrais pas ma main au feu.

L'engin était peint dans un rose virulent qui jurait fâcheusement avec les nombreuses traces de rouille dont il était couvert, et la cabine de pilotage tremblait chaque fois que le moteur avait un raté. Comme le bateau venait de se ranger le long du *New Adventure,* Tate estima qu'il devait mesurer douze mètres. C'était un véritable cercueil de bois pourrissant, de verre craquelé et de métal dans un état de corrosion avancée.

Buck se tenait au gouvernail, et il faisait des grands moulinets avec ses bras.

— Vous avez vu ça ? cria-t-il avec enthousiasme.

Il coupa les moteurs qui, en guise de remerciement, crachèrent plusieurs nuages de fumée.

— Jetez l'ancre.

On entendit un horrible grincement, et Buck ôta ses lunettes de soleil. Le bonheur éclatait dans ses yeux pétillants.

— On va l'appeler *Diana.* LaRue dit que c'était la déesse de la chasse.

— Buck !

Matthew toussa et agita la main pour chasser la fumée que la brise portait vers eux.

— Tu as acheté ce truc ?

— Nous avons acheté ce truc, corrigea LaRue en sortant sur le pont. Nous faisons équipe, désormais, Buck et moi.

— Vous allez couler et vous noyer, décréta Matthew.

— Il a juste besoin d'un bon coup de peinture, un bon ponçage et quelques réparations mécaniques, répondit Buck en descendant les marches menant de la cabine de pilotage sur le pont.

Heureusement, ce fut la dernière qui craqua sous son poids.

— Et un peu de menuiserie, ajouta-t-il, sans se départir de son sourire.

— Vous avez payé pour cette chose ? s'exclama Tate.

— On a fait une superbe affaire, déclara LaRue. Dès qu'il sera restauré, nous mettons le cap sur Bimini.

— Bimini ? répéta Matthew.

— Il y a toujours une autre épave, mon garçon, renchérit Buck. Je suis resté trop longtemps sans un bateau sous mes pieds ; un bateau qui m'appartienne.

— Je ne sais pas s'il va rester longtemps sous ses pieds, murmura Tate.

Puis elle ajouta, à haute voix :

— Buck, est-ce qu'il n'aurait pas mieux valu…

Mais Matthew lui prit la main et la serra doucement, comme pour l'interrompre.

— Tu vas le faire briller comme un sou neuf, Buck.

— Je demande la permission de monter à bord pour une inspection ! lança Ray.

Il fit valser ses chaussures et son T-shirt et plongea dans l'eau.

— Ces hommes ! Ils adorent avoir des jouets, commenta Marla. Je suis en train de préparer des tartes au citron, pour ceux qui en veulent.

— On arrive, lança Lorraine en attrapant Hayden par la main.

— Matthew, ce bateau est une ruine, dit Tate. Ils vont devoir remplacer chaque planche, chaque clou…

— Et alors ?

— Est-ce qu'il n'aurait pas mieux valu qu'ils investissent leur argent dans un bateau en meilleur état ?

— Si, bien sûr. Mais ce ne serait pas aussi rigolo.

Il l'embrassa, et, comme elle faisait mine de parler de nouveau, il l'embrassa une deuxième fois, avec plus d'application.

— Je t'aime.

— Moi aussi, je t'aime, mais Buck…

— Buck sait exactement ce qu'il fait.

Matthew leva la tête et considéra les trois hommes qui riaient et examinaient la marche enfoncée.

— Il prépare son nouveau départ, dit-il avec un sourire.

Tate lui jeta un regard interloqué.

— Ma parole, je crois bien que tu aimerais aller avec eux en écopant jusqu'à Bimini.

— Non.

Il la souleva dans ses bras.

— J'ai ma propre route à suivre. En avant toute. Toujours d'accord pour te marier ?

— Ouais. Demain, ça te dit ?

— Affaire conclue.

Une lueur malicieuse brilla dans ses yeux.

— On plonge ?

— D'accord. Je vais…

Tate poussa un cri, quand il la porta vers le bastingage.

— Matthew, tu n'as pas intérêt… Je suis tout habillée. Matthew, je ne plaisante pas…

Elle hurla de rire, alors qu'il la jetait à l'eau.

DANS LA MÊME COLLECTION
Par ordre alphabétique d'auteur

OLGA BICOS	*Nuit d'orage*
LAURIE BRETON	*Ne vois-tu pas la mort venir ?*
BARBARA BRETTON	*Le lien brisé*
JAN COFFEY	*La dernière victime*
JASMINE CRESSWELL	*La Manipulatrice*
JASMINE CRESSWELL	*Le secret brisé*
JASMINE CRESSWELL	*La mort pour héritage*
JASMINE CRESSWELL	*Soupçons mortels*
JASMINE CRESSWELL	*Je saurai te retrouver*
MARGOT DALTON	*Amnésie*
MARGOT DALTON	*Kidnapping*
MARGOT DALTON	*Le sceau du mal*
MARGOT DALTON	*Crimes inavoués*
WINSLOW ELIOT	*L'innocence du mal*
LYNN ERICKSON	*Le Prédateur*
TESS GERRITSEN	*Présumée coupable*
TESS GERRITSEN	*Crimes masqués*
HEATHER GRAHAM	*L'invitation*
HEATHER GRAHAM	*L'ennemi sans visage*
HEATHER GRAHAM	*Le complot*
HEATHER GRAHAM	*Soupçons*
HEATHER GRAHAM	*La griffe de l'assassin*
HEATHER GRAHAM	*Prémonition*
HEATHER GRAHAM	*L'ombre de la mort*
HEATHER GRAHAM	*Danse avec la mort*
GINNA GRAY	*Le voile du secret*
GINNA GRAY	*La cavale*
KAREN HARPER	*Testament mortel*
KAREN HARPER	*Le saut du diable*
KAREN HARPER	*L'œuvre du mal*
KATHRYN HARVEY	*La clé du passé*
BONNIE HEARN HILL	*La disparue de Sacramento*
BONNIE HEARN HILL	*Mortelle perfection*
CHRISTIANE HEGGAN	*Miami Confidential*
CHRISTIANE HEGGAN	*L'Alibi*
CHRISTIANE HEGGAN	*Intime conviction*
CHRISTIANE HEGGAN	*Labyrinthe meurtrier*
CHRISTIANE HEGGAN	*Troublantes révélations*

.../...

DANS LA MÊME COLLECTION
Par ordre alphabétique d'auteur

CHRISTIANE HEGGAN	*Intention de tuer*
CHRISTIANE HEGGAN	*Meurtre à New York*
METSY HINGLE	*Le masque de la mort*
GWEN HUNTER	*Faux diagnostic*
GWEN HUNTER	*Virus*
GWEN HUNTER	*Les mains du diable*
GWEN HUNTER	*Le triangle du mal*
GWEN HUNTER	*La piste du mal*
CHRIS JORDAN	*L'étau*
PENNY JORDAN	*De mémoire de femme*
PENNY JORDAN	*La femme bafouée*
R.J. KAISER	*Qui a tué Jane Doe ?*
ALEX KAVA	*Sang Froid*
ALEX KAVA	*Le collectionneur*
ALEX KAVA	*Les âmes piégées*
ALEX KAVA	*Obsession meurtrière*
ALEX KAVA	*Le Pacte*
RACHEL LEE	*Neige de sang*
RACHEL LEE	*Le lien du mal*
RACHEL LEE	*Secret meurtrier*
HELEN R. MYERS	*Mortelle impasse*
HELEN R. MYERS	*Les ombres du doute*
HELEN R. MYERS	*Mort suspecte*
HELEN R. MYERS	*Suspicion*
CARLA NEGGERS	*L'énigme de Cold Spring*
CARLA NEGGERS	*Piège invisible*
BRENDA NOVAK	*L'étrangleur de Sandpoint*
MEG O'BRIEN	*Le piège*
MEG O'BRIEN	*En lettres de sang*
MEG O'BRIEN	*Pluie de sang*
MEG O'BRIEN	*La déchirure*
MEG O'BRIEN	*Spirale meurtrière*
SHIRLEY PALMER	*Zone d'ombre*
SHIRLEY PALMER	*Le bûcher des innocents*
EMILIE RICHARDS	*Le refuge irlandais*
EMILIE RICHARDS	*Mémoires de Louisiane*

.../...

DANS LA MÊME COLLECTION
Par ordre alphabétique d'auteur

EMILIE RICHARDS	*Le testament des Gerritsen*
EMILIE RICHARDS	*L'héritage des Robeson*
EMILIE RICHARDS	*L'écho de la rivière*
EMILIE RICHARDS	*Promesse d'Irlande*
EMILIE RICHARDS	*Du côté de Georgetown*
NORA ROBERTS	*Possession*
NORA ROBERTS	*Le cercle brisé*
NORA ROBERTS	*Et vos péchés seront pardonnés*
NORA ROBERTS	*Tabous*
NORA ROBERTS	*Coupable innocence*
NORA ROBERTS	*Maléfice*
NORA ROBERTS	*Enquêtes à Denver*
NORA ROBERTS	*Crimes à Denver*
NORA ROBERTS	*L'ultime refuge*
NORA ROBERTS	*Une femme dans la tourmente*
FRANCIS ROE	*L'engrenage*
FRANCIS ROE	*Soins intensifs*
M. J. ROSE	*Rédemption*
M. J. ROSE	*Le cercle écarlate*
JOANN ROSS	*La femme de l'ombre*
SHARON SALA	*Sang de glace*
SHARON SALA	*Le soupir des roses*
SHARON SALA	*Meurtre en eaux troubles*
SHARON SALA	*L'œil du témoin*
MAGGIE SHAYNE	*Noir paradis*
MAGGIE SHAYNE	*Un parfait coupable*
TAYLOR SMITH	*Le carnet noir*
TAYLOR SMITH	*La mémoire assassinée*
ERICA SPINDLER	*Rapt*
ERICA SPINDLER	*Black Rose*
ERICA SPINDLER	*Le venin*
ERICA SPINDLER	*La griffe du mal*
ERICA SPINDLER	*Trahison*
ERICA SPINDLER	*Cauchemar*
ERICA SPINDLER	*Pulsion meurtrière*
ERICA SPINDLER	*Le silence du mal*
ERICA SPINDLER	*Jeux macabres*
ERICA SPINDLER	*Le tueur d'anges*

.../...

Composé et édité par les
éditions Harlequin
Achevé d'imprimer en octobre 2007

par

LIBERDÚPLEX

Dépôt légal : novembre 2007
N° d'éditeur : 13162

Imprimé en Espagne